四川历史
名人丛书
小说系列
NOVEL SERIES

汤汤水命

秦蜀郡守李冰

凸凹 著

四川文艺出版社

图书在版编目（CIP）数据

汤汤水命：秦蜀郡守李冰 / 凸凹著. —成都：四川文艺出版社，2019.11
（四川历史名人丛书小说系列）
ISBN 978-7-5411-5487-4

Ⅰ.①汤… Ⅱ.①凸… Ⅲ.①长篇历史小说-中国-当代 Ⅳ.①I247.5

中国版本图书馆CIP数据核字（2019）第160882号

SHANGSHANG SHUIMING：QINSHUJUNSHOU LIBING
汤汤水命：秦蜀郡守李冰

凸 凹 著

出 品 人	张庆宁
编辑统筹	宋　玥
责任编辑	梁康伟
内文设计	史小燕
封面设计	今亮后声 HOPESOUND pankooyupa@163.com
责任校对	蓝　海
责任印制	唐　茵

出版发行	四川文艺出版社（成都市槐树街2号）
网　　址	www.scwys.com
电　　话	028-86259287（发行部）　028-86259303（编辑部）
传　　真	028-86259306
邮购地址	成都市槐树街2号四川文艺出版社邮购部　610031
排　　版	四川胜翔数码印务设计有限公司
印　　刷	成都东江印务有限公司
成品尺寸	168mm×238mm　开　本　16开
印　　张	21.5　字　数　350千
版　　次	2019年11月第一版　印　次　2019年11月第一次印刷
书　　号	ISBN 978-7-5411-5487-4
定　　价	98.00元

版权所有·侵权必究。如有质量问题，请与出版社联系更换。028-86259301

"四川历史名人丛书"编委会名单

主　任：何志勇
副主任：李　强　王华光
委　员：谭继和　何一民　段　渝　高大伦　霍　巍
　　　　张志烈　祁和晖　林　建　黄立新　常　青
　　　　杨　政　马晓峰　侯安国　刘周远　张庆宁
　　　　李　云　蒋咏宁　张纪亮

"四川历史名人丛书"总序
——传承巴蜀文脉,让历史名人"活"起来

文化是民族的血脉,是哺育民族成长壮大的乳汁,是一个国家、一个民族的灵魂,文化兴国运兴,文化强民族强。从十八大到十九大,习近平总书记以政治家的战略眼光,以唯物主义的科学态度,从中华文化的思想内涵、道德精髓、现代价值和传承理念等方面多维度、系统化地阐述了对待中华文化的根本态度和思想观点。他将中华优秀传统文化提升到"中华民族的基因""民族文化血脉""中华民族的根和魂"和"中华民族的精神命脉"的崭新高度,指出"一个国家、一个民族不能没有灵魂","优秀传统文化是一个国家、一个民族传承和发展的根本,如果丢掉了,就割断了精神命脉",要"加强对中华优秀传统文化的挖掘和阐发",从传统文化中提取民族复兴的"精神之钙","对历史文化特别是先人传承下来的道德规范,要坚持古为今用、以古鉴今,坚持有鉴别的对待、有扬弃的继承",努力实现传统文化的"创造性转

化、创新性发展"。总书记的一系列著名论断，从中华民族最深沉精神追求的深度、国家战略资源的高度、推动中华民族现代化进程的角度，把中华文化的发展提升到一个新高度，升华到一个新境界，推向了一个新阶段。

中华文化源远流长，积淀着中华民族最深沉的精神追求，是中华民族独特的精神标识，为中华民族生生不息、发展壮大提供了丰厚滋养。沧海桑田，古印度、古埃及、古巴比伦文明早已成为阳光下无言的石柱，而中华文明至今仍然喷涌着蓬勃的生机。四川作为中华文明的重要发源地之一，历史文化源通流畅、悠久深厚。旧石器时代，巴蜀大地便有了巫山人和资阳人的活动。新石器时代，巴蜀创造了独特的灰陶文化、玉器文化和青铜文明。以宝墩文化为代表的古城遗址，昭示着城市文明的诞生；三星堆和金沙遗址，展示了古蜀文明的不同凡响；秦并巴蜀，开启了与中原文化的融通。汉文翁守蜀，兴学成都，蜀地人才济济，文章之风大盛。此后，四川具有影响力的文人学者，代不乏人。文学方面，汉司马相如、王褒、扬雄，唐陈子昂、李白，宋苏洵、苏轼、苏辙，元虞集，明杨慎，清李调元、张问陶，近现代巴金、郭沫若等，堪称巨擘；史学方面，晋陈寿、常璩，宋范祖禹、张唐英、李焘、李心传、王称、李攸等，名史俱传。此外，经过一代代巴蜀人的筚路蓝缕、薪火相传，还创造了道教文化、三国文化、武术文化、川酒文化、川菜文化、川剧文化、蜀锦文化、藏羌彝民族风情文化等，都玄妙神奇、浩博精深。瑰丽多姿的巴蜀文化，是中华文化的重要组成部分，有着鲜明的地域特征和独特的文化品格，是四川人的根脉，是推动四川文化走向辉煌未来的重要基础。记得来路，不忘初心，我们要以"为往圣继绝学"的使命担当，担负起传承历史的使命和继往开来的重任，大力推动巴蜀文化的传承、接续与转生，让巴蜀文化的优秀基因代代相传,"子子孙孙无穷匮也"。

四川历史文化异彩独放,民族文化绚丽多姿,红色文化影响深广,历史名人灿若星辰,这是四川建设文化强省重要的文化资源。中共四川省委、四川省人民政府秉持高度的文化自觉和文化自信,借助四川文化资源富集的优势,持续深入推进文化强省建设,先后出台《四川省"十三五"文化发展规划》《关于传承发展中华优秀传统文化的实施意见》《建设文化强省中长期规划纲要》等一系列战略规划及措施,大力推进古蜀文明保护传承、三国蜀汉文化研究传承、四川历史名人传承创新、藏羌彝文化保护发展等十七项优秀传统文化传承发展工程,着力构建研究阐发、保护传承、国民教育、宣传普及、创新发展、交流合作等协同推进的文化发展传承体系,不断探索传承守护中华文脉的四川路径。

"四川历史名人文化传承创新工程"是四川启动最早、影响最广的一项文化工程。自2016年10月提出方案,经过八个多月的论证调研、市(州)申报、专家评审,最终确定大禹、李冰、落下闳、扬雄、诸葛亮、武则天、李白、杜甫、苏轼、杨慎为首批十位四川历史名人。这十位历史名人,来自政治、文化、科技、艺术等多个领域,他们是四川历史上名人巨匠的首批杰出代表,各自在自己专业领域造诣很高,贡献杰出:李冰兴建都江堰,功在千秋;落下闳创制《太初历》,名垂宇宙。李白诗无敌,东坡才难双;诸葛相蜀安西南,杜甫留诗注千家。大禹开启中华文明,则天续唱贞观长歌。扬雄著述称百科全书,千古景仰;升庵文采光辉耀南国,万世流芳。

十大名人之所以值得传颂,不仅在于他们具有雄才大略、功勋卓著、地位崇高、声名显赫,更在于他们身上所承载的思想理念、人文精神、气质风范、文化品格等,是中华民族和巴蜀文化的集中表达。大禹公而忘私、为民造福的奉献精神，李冰尊崇自然、求真务实的科学态度，落下闳潜心研究、孜孜不倦的探求意志，扬雄悉心著述、明辨笃行的学术追求，诸葛亮宁静淡泊、廉洁奉公的自律品格，武则天巾帼不让须眉的豪迈气概，李白"直挂云帆济沧海"的博大胸怀，杜甫心系苍生、直陈时弊的忧患意识，苏轼宠辱不惊、澄明旷达的坦荡胸襟，杨慎公忠体国、坚守正义的爱国情怀，都是中华民族优秀文化的浓缩和凝聚，是四川人民独特气质风范的体现，是社会主义核心价值观的本源和本质，是四川发展的宝贵资源和突出优势。

历史名人要有现实意义才能活在当下。今天我们宣传历史名人，不能停留在斯土有斯人的空洞炫耀，而要用历史的、发展的、辩证的思维去深入挖掘、扬弃传承、转化创新，不断赋予时代内涵，不断呈现当代表达，让历史名人及其文化"站起来""活起来""动起来""响起来""火起来"，真正走出历史、走出书斋、走进社会，走向世界、走向未来。"四川历史名人文化传承创新工程"实施三年多来，全社会认知、传承、传播历史名人文化的热潮蓬勃兴起，成效显著：十大名人研究中心全面建立，一批中长期规划先后出台，一批优秀成果陆续推出；十大名人故居、博物馆、纪念馆加快保护修复，展陈质量迅速提升；十大名人宣传片全部上线，主题突出，画面精美；名人大讲堂、东坡艺术节、人日游草堂、都江堰放水节、广元女儿节等品牌文化活动多地开花，万紫千红；以名人为元素打造的储蓄罐、笔记本、手机壳、冰箱贴等文创产品源源上市，深受民众喜爱；话剧《苏东坡》《扬雄》，川剧《诗酒太白》《落下闳》，歌剧《李冰父子》，曲艺《升庵吟》，音乐剧《武侯》，交响乐《少陵草堂》等一大批舞台艺术作品好戏连台，深入人心……

"四川历史名人丛书"的编纂出版，是实施振兴四川出版战略、实现文化强省目标的重要举措，其目的是深入挖掘提炼历史名人的思想精髓和道德精华，凝练时代所需的精神价值，增强川人的历史记忆、文化记忆，延续中华文化的巴蜀脉络，推动中华文化传承创新，彰显巴蜀文化的生命力和影响力。

"四川历史名人丛书"的编纂出版，始终坚持正确的政治方向、出版导向、价值取向，深入挖掘名人的精神品质、道德风范，正面阐释名人著述的核心思想，借以增强川人的文化自信，激发川人了解家乡、热爱家乡、建设家乡的澎湃力量；始终坚守中华文化立场，着力传承中华文化的经典元素和优秀因子，促进人民在理想信念、价值理念、道德观念上团结一致；始终秉承辩证唯物主义和历史唯物主义观点，用客观、公正、多维的眼光去观察历史名人，还原全面、真实、立体的历史人物，塑造历史名人的优秀形象，展示四川文化的独特魅力，让历史名人文化为今天的社会发展提供精神动能。

"四川历史名人丛书"的编纂出版，注重在创新上下功夫，遵循出版规律，把握时代脉搏，用国际视野、百姓视角、现代意识、文化思维，将思想性、知识性、艺术性、可读性有机结合，找到与读者的共振点，打造有文化高度、历史厚度、现代热度的文化精品，经得起读者检验，经得起学者检验，经得起社会检验，经得起历史检验；注重在质量和水平上下功夫，立足原创、新创、精创，努力打造史实精准、思想精深、内容精彩、语言精妙、制作精美的文化精品，全面提升四川出版的知名度和美誉度，为建设文化强省、助推治蜀兴川再上新台阶提供思想引领、舆论推动、精神鼓励和文化支撑，为增强中华文化影响力贡献四川力量。

"四川历史名人丛书"编委会
2019 年 10 月 30 日

丙子丁丑涧下水，甲寅乙卯大溪水

壬辰癸巳长流水，丙午丁未天河水

甲申乙酉井泉水，壬戌癸亥大海水

——《四库全书·三命通会·论纳音取象》

目录

开　篇	001
1. 涧下水命：出蜀记	005
2. 大溪水命：枳地九年	026
3. 长流水命：跟着河流走	048
4. 长流水命：出入蜀	069
5. 天河水命：秦国任命第三任蜀郡太守	110
6. 天河水命：从天彭阙到湔氐道	138
7. 涧下水命：崩溃	164
8. 井泉水命：盐铁论	197
9. 井泉水命：穿二江成都之中	228
10. 大海水命：千秋堰功诞天府	260
后　缀	297
附：李冰生平史料录引	325

开　篇

雾来了。蜀地的水雾漫漶而来。

我是鱼凫王，末代鱼凫王。冰是我的裔孙。冰，也就是你们所说的李冰，本王更习惯呼他为冰。

我已死了三千多年了。死后，住天彭阙，一直住那里。这样的事体，或者说如是的障碍，却不能阻止我的天塌地陷排山倒海的神思。时间、空间随便怎样变化，纵也罢，横也罢，直或者曲，固或者液，无穷大，无穷小，都不能奈何于我。

只要我愿意，我的有形又无形的意志，可以在所有物和非物之中任意穿行，乃至恣肆。

死后，我成了又迷糊又清醒的神——世间万事万物随着我的高兴和不高兴，知道和不知道而存在和不存在，我只对裔孙冰及与冰有关的事体葆有一毫不差的记忆。这记忆悠远、偏执、吊诡、不容反驳，像广大的蜀雾。我们向空间的远方望去，是雾。向时间的远方望去，还是雾。这就注定了我的每一句话，都有雾来打底，形成基色与背景。

我的裔孙冰是你们的远方，是你们的雾——是你们的真实。撩开雾的远方，是虚构的存在。

事物都是轮回的，文明更是。在这一轮回里，我已然太累了，我想休眠了，在休眠里进入漫长的下一轮回。休眠前，还有最后一件事要做，那就是把我的裔孙冰的故事,讲述出来。我不讲述,就没有人能讲述,更没有人能讲述好了。

就从冰降临人世的那一天讲起吧。

我的裔孙冰出生那一年,天下发生了一些说大不大说小不小的事,比如,在位二十六年、车裂商鞅、下令灭巴蜀的秦惠文王薨,次年秦武王继位,张仪萌生去秦之意。比如楚国左徒、三闾大夫屈原奉命使齐,意图联齐抗秦。比如,孟子结束周游列国生涯,携弟子归家乡邹国。还比如,秦在蜀郡初筑成都、郫、临邛三城。正是这些事,让我锁定了那一年的时间。但周历有周历的时间,秦历有秦历的时间,记来麻烦,还是用后世大家通用的历法好。这样,经过简单的推演、换算,于是知道,冰,生于公元前311年。

冰是生在水里的。就是说,冰一泗出母亲子宫里的那泓水,就进入到另一泓水里。这另一泓水,叫湔水。

因为在水中生娃崽,是我们鱼凫部族的古老习俗。还因为冰父母的部落在阳平山地区,而阳平山背抵自己的母山岷山,面临湔水。

岷山是蜀山的一个部分,其主体在成都城西面,张着一北一南两翼山脉,莽莽苍苍,重峦叠嶂,向成都平原俯冲、围来。这一过程,与盆状的天色浑然一体,混为一谈。

我清楚记得,冰是六月二十四生的。因为那一天热得出奇,冰死在水底,却又像一块冰浮了上来。初生的婴儿,无不红得像血团,而冰的肌肤却冰一样白,闪闪发光。那一天太热了,热得附近的雪山都矮了两指,雪融的声音,比平常大了一箭远——平常一箭远可闻,那天两箭远都能听见。那天,雪融的声音虽则很大,却差点没听到,因为那声音竟大得像蜀山里蚕食桑叶的声音,非我族人,根本分辨不出。

冰之所以沉入湔水温泉滩底,是因为他的母亲涞压根儿不知道已然生下了腹中之子。那天天气太热,她的头部伸在水面外,一门心思只在热上,她的身体浸在冷热适中的水中,一门心思只在享受上。直到孩子从水底升起来,浮到水面上,直到阳平女巫跑来大呼小叫,涞才知道发生了什么。

知道发生了什么,举族才开始在惊奇中奔走相告:这娃崽居然没有被水呛死!又终于在女巫围着冰跳舞纵歌、敲锣打鼓的仪式中知道,阳平部落出人物了。至于出的是什么人物，他们并不关心，他们只坚信，这个娃崽，日后定能为鱼凫争光，为阳平扬名。

几乎没做思考，阳平女巫就为涑生下的这个儿子取名冰。几乎没做思考，阳平寨主潋就同意了她的建议。潋是冰的祖父。冰年轻的父亲叔沈和更年轻的母亲涑，异常主动地露出了被动的笑脸。这对父母比族人更相信冰定会大有出息，但他俩的共同心病是，冰的命太硬，而冰的兄长森的命太不硬——森出生时都孱弱得差点夭折，救活后依然病病怏怏，风一吹就倒。

当晚，阳平族人在篝火中狂舞、猛歌，大碗喝酒，大块吃肉，寨主添孙，忭之，不亦乐乎。篝火顺湔水两岸堆燃，水道怎么弯曲，篝火就怎么弯曲。

时，森刚过一岁生日不久。火龙的热风吹他，湔水的凉风也吹他。他无所适从，更莫名其妙。喝了侍女递来的一竹管凉水，屙了一泡尿，待到把体内的燠热排了一些出去，又感到凉了。如果一切正常，他最终会成为新一任寨主，甚至，被秦王封侯。当然，一岁之龄，任谁也想不到这层。但是，想到了也没用，因为一切都不会正常。

后来，涑抱着满月的冰走出竹屋，冰睁着盛了两潭清水的眼，见到这样一幅画面：

阳平山竹木笼罩如雾，山顶平台上，主寨铺排，像一座小邑。主寨区域边缘，有石头码砌的护墙。护墙四个方向的内外，均搭有高高的木架岗楼，每个岗楼，都一明一暗布置有两名哨丁。一些零星的小寨房，像衣衫上的彩色装饰，环山而缀。

寨子下面，有一头巨大的犀牛。寨子就筑在犀牛背上。就是说，阳平山实际上是头巨大的犀牛。能指出这一点的，天下只我一人。阳平山离天彭阙十多里远，我住在天彭阙天上，当然可俯观全面了。

阳平山三面的山体都嵌卧在千里蜀山中，只有北面临水。

有一股温泉从山脚碗口大的岩洞中汩汩涌出，涝不盈，旱不亏，终年不断。由于泉眼在湔水中，看是看不见的，能感知的，是水四季不变的温度。就在湔水与温泉汇合的地方，有一个湾，湾里即是阳平族人生孩子的温泉滩。

因为温泉是鱼凫族人血脉传递、生命繁衍的通道，而被族人举为最高的隐秘。但温泉同时也是鱼凫族人的灾难——灭族之灾。但凡异族敌人要寻鱼凫人，只需望温泉寻去。鱼凫氏是古蜀国五代蜀王中继蚕丛、柏灌之后的第三个氏族,也是第一个在蜀地建立国家和王朝的氏族。后来,杜宇来了,我们的国家就被他夺了去。

冰是左撇子。出手就是左手,怎么教都教不回。

左撇子冰两岁那年,阳平寨出了事,大事。

冰的祖父、阳平寨主潋本是助秦的,不知中间出了什么状况,却成了反秦。直到死他都不知道。这个变化太大,大得像水的流向,顺流成了逆流。

这事儿须从五年前,即公元前316年秋天说起。

1. 润下水命： 出蜀记

316，注定是个载入大中华民族系统的重要数码。

这一年，战国七雄中的秦国出兵偷袭吞并巴蜀成功，秦的国土翻番——秦自此坐大，轻诸侯，并一举迈出了获拥建立大秦帝国、一统大中华雄阔基业与伟力的重要一步。自此，秦对巴蜀的统治达一百一十年，而秦在全国的统治仅十五年。

当时，国相张仪、大夫司马错、都尉墨，欲率精锐秦军伐蜀灭巴。可是，蜀道那么难，大军如何翻越秦岭直扑成都？

开明十二世、末代蜀王是个实诚宣厚、重情重义的主。

嬴驷即位秦国君主时，循周礼，蜀王与诸侯国一样，遣了使臣前去咸阳致贺。此后，秦蜀两国互示友好，往来频仍。两国国王在秦蜀边境褒谷相会那次，一边饮酒赏美，一边神采飞扬，聊兴甚浓。彼时，嬴驷已由"公"，变成了"王"，秦惠王。

秦惠王说："本王的秦地，以及山东六国，金银财宝多如石卵，但凡蜀国无有者，这边皆有。"又说，"大王的蜀地物产丰饶，蜀锦、茶叶、漆器，俯拾即是，但凡七国之匮，蜀地反多。情状如此，如之奈何？"言毕，秦惠王抬首有意无意望了望秦岭山间从褒谷到斜谷的那条如羊肠的褒斜道。

蜀王哈哈大笑，豪爽万丈："开蜀道，接秦壤，物货两往，国乐民喜，可好？"

秦惠王窃喜："善！如此甚安！"

秦惠王还听闻了这样一则故事。蜀国武都有个已婚男，一夜间化为女子，盖山精也，美而艳。蜀王得知此信息，又眼见了实物，大喜，乃纳为妃。但此女不服蜀都水土，欲家去。王尝了甜头，哪里舍得？多才多艺、又词又曲又歌的王，遂亲作《东平之歌》逗美人开心。但天不遂人愿，欢喜了没几年的此妃没走成武都道，却上了黄泉路。那是一个盛夏，王既怕尸身腐于路上，又不愿红颜离己太遥，乃一边为红颜悲伤，一边令五丁力士去城北百里之外的武都取土，一趟一趟担回成都。多年不出王宫的王，自己亲去抱了一鼎洛水回来。尔后令女仆将红颜从冰窖中抬出，用红颜家乡的水土，于成都城西北角，为她筑了一座占地八亩、高七丈、上有石镜的冢，即五担山。王还现场即兴作了《臾邪歌》《龙归之曲》来悼念逝妃。之后，下令埋葬了参与修墓者，封了墓门，让他们为墓主殉葬。筑墓工程水工头目——冰的舅爷，便是殉葬人中的一个。最后，植了墓碑。墓顶上有高高的、巨大的石镜，既能让王妃远眺故乡，又能与王在镜中相会——宫中的王，一抬头就能看见石镜。

这个故事让秦王觉得很有意思，他笑了。收了笑，遂对给他讲故事的秦国大臣说："蜀王既溺女色，犹易与也。然五丁力士，何以除之？"少顷，大臣说："臣有一计，需大王有不吝之心。"秦王说："本王欲谋天下，何惜财帛？"大臣说："非只财帛。蜀王好色，正宜访求美人，投其所好。若大王献上五位公主，卑辞重币，以结秦蜀之好。然后徐徐图之。"大臣上前与秦王一番耳语。秦王的面色在大臣的递进式言辞中变化着，先是面浮愠色，再又面浮杀气，一路冲顶，在顶上争论、弥漫硝烟，后又顺原路退下山来。

"此计甚善！"秦惠王咬牙切齿说了四字，然后离座，大踏步走了，剩下臣工满满的朝议庭，鸦雀无声，仿若无人。

得知友好邻国秦国要敬献五位公主与蜀王为妃，蜀王深感欣慰。看了秦使呈上的五公主画像后，就把欣慰升格为了大喜。遂令五丁力士开路，并随蜀太傅去咸阳迎接五位公主。送亲迎亲的车马，上了新开的蜀路。有秦将和五丁力士护送，一路顺利。过蜀境梓潼时，看见一条大蛇，正逃进洞中。见状，一名大力士上前抓住蛇尾往外拽。见同伴拽不动，四位大力士也伸手抓住蛇尾，五人一起拽，一边拽一边大呼小叫。这一状况，可乐坏了轿车中的五位公主，她们拍着玉手也跟着大呼小叫起来。女一叫，男就叫得更来劲了。这一来，五阳五阴之声合拍共振，大山震得崩裂，巨石铺天盖地滚来，将五公主五力士和所有随行者覆盖得了无踪迹。这一崩裂，原来的大山成了五岭，每岭上均有平台。在宫中因等待五位新妃入洞房而度日如年的蜀王，却等来了天塌地陷、完全相反的消息。

情种就是情种，即使身心俱痛，即使路途遥远且艰险，蜀王还是以惊人的身手翻身上马，纵马梓潼。王把五岭一一登了一遍，登岭的样子，就像把五位刚见面的新妃一一宠幸了一遍。秦使，也就是那位向秦王献"淫蜀策"的大臣樗里子，亦快马到了现场。秦使樗里子及蜀相、蜀王公子来了，他们看见的，是一个丧妻之人的专情凭吊。接下来，蜀王将这座崩裂之山命名为五妇冢山，在中间那座高岭上筑了望妇堠，也就是思妻台。想想，又觉不妥，便在思妻台上补办了纳妃大典。末了，对秦使一拱手，让他向意外丧女的秦王转达一位丧妻之人的诚挚歉意。

除去了五丁力士，有了伐蜀的路，又把蜀王收拾得情意缱绻、一心只把相思泪抛洒后，秦惠王还嫌不够。秦惠王还缺一个名正言顺、师出有名的理由。

不怕贼偷，就怕贼惦念。秦惠王想理由，理由就翩翩来。

蜀王有福共享，有难独担。承了王位后，即把自己的弟弟安排妥帖。汉中地区堪称经济宝地、军事重镇，蜀王于是就把弟弟葭萌封侯封到那里，号苴侯，还准予其治所城邑以弟弟的名字命名。可这个血亲弟弟却不是个善茬，当了苴侯还不知足，还想立苴国，自己任命自己当国君。这还不够，明明知道巴、蜀系世仇，却公然与巴国国君交好，作为靠山。骄傲、多情又血气方刚的蜀王大怒，乃亲率蜀军北上征伐。苴侯哪敢抵抗，径直逃去了巴国。蜀军一路杀向巴国，巴国虽有抵抗之力，却也招架不住旷日持久的战火，就慌忙求救于秦。秦于是故意把这一消息放于蜀。蜀王明白，历史上蜀秦之间多次交战，虽互有胜负，但秦当然不是好对付的主，于是也派了使臣游说、示好于秦。

但张仪却说话了，他不赞成伐蜀，他建议攻韩。为此，他与力主先伐蜀再伐楚的司马错之间，发生了一场著名的廷辩。秦惠王不动声色听着，最后拍板出兵伐蜀。

就算五丁力士开通了从咸阳到成都的路，施了淫蜀计，又有了出兵的理由，可蜀军那么强，移师伐之，虽可取胜，但代价甚大，若无出其不意的偷袭之策，断然不可轻易出兵。

秦如何助蜀？秦的意见是，秦军在成都集结，然后浮江而下，一举灭巴，活捉苴侯。蜀的意见是，秦军可通过蜀境取巴，但只能从蜀境边缘地带经过，不能重演当年虞国借诏给晋国伐虢，而自己反遭晋顺手牵羊灭了国的笑话。经两国使臣反复磋商，最终折中意见为：秦军一分为二，征战部队携少量粮草经蜀地边境去巴，辎重队伍经褒斜道抵成都，再由水路达巴，与征战部队合龙。

行动了。

兵马未动，粮草先行。

这一年秋天，蜀王宫中的王，一边思念他的爱情，一边关心他的国土。更令他莫名所以的是，岷水泛滥了——岷水居然在秋天跳了出来，跳出了季节的水道。

当军中斥候快马向他报告秦人粮草车队行程等情况后，急问斥候："秦人使五牛车载五石牛，五石牛均有便金之功？秦人每行十里，石牛即便金一次，散与蜀人，蜀人莫不哂笑欢然？"斥候回曰："然。"蜀王大惊："秦人，贼也，所谓粮车，实为利兵。蜀信于秦，秦祸于蜀矣！"

蜀王遂令国尉点兵。聚举国之兵已来不及，蜀王自己便亲统成都平原蜀军北上拒秦，太子、蜀相、太傅随王而动。刚刚入得葭萌城门，以粮草和屙金屎的五石牛为掩护的秦国虎狼之兵，就轰轰隆隆昂昂赳赳到了城下。葭萌连同之前蜀境的所有关隘都向秦人与金屎敞开大门，按周礼行迎迓之礼。接下来的秦蜀事体来得很正常，就像按剧本往下走一般。只不过，这个剧本的作者只姓秦，不姓蜀。张仪、司马错、墨率领的秦军精锐，将破城当破竹玩，虽没想到蜀竹还端的难破，但最终还是破了。被蜀道折腾得疲累不堪的蜀军，再次被蜀道折腾了一遍。不同的是，来的时候车辚辚马萧萧，旌旗蔽日，回的时候一群残兵败将护着自己的君王如惊弓之鸟、丧家之犬。秦国要的不是打败蜀国，获一城一地之利，它要的是蜀人的灭国。由是，斩了蜀使，拒绝和谈可能，只铆着一股劲要蜀王的命。如是的态势，决定了不能更移的蜀王的命数。

蜀王的命数还真个不是被秦人逮了，绑了，下了刀。

蜀王一生中最后一段路程，从成都向北跑到葭萌，又从葭萌向南跑到武阳。

他一生的最后一口气，竟让他跑了一二千里，才在岷水边的武阳落了气，在泮的怀里闭了眼。不仅他累死在了路上，连他的太子、宰相、太傅也累死在了路上。给予秦军试刀机会的，只有蜀宫的几名武艺高强的骁勇卫士。偏偏是，司马错制止了兵士的嗜血狂欢，他要的是蜀人的臣服，和蜀地的长治久安。

都是跑死的，但还是有所不同。从葭萌起跑，跑着跑着，蜀王不见了。太子、蜀相、太傅认定他们的王一定逃向了蜀山方向，于是乎望蜀山追去。这样一来，蜀王的臣子及人马就跑死在了另一处地方，即与阳平山隔山相望、湔水附近的逢乡白鹿山。在他们刚刚跑死，还没倒下的那一小会儿，后边的秦剑、秦矛、秦箭追上了他们。他们的血还未流出，剧烈跳动的心脏就遽然停止了跳动。

蜀王死后，一直把蜀王挂在心上的秦惠王问大臣："蜀王奔逃，路有千条，因何之武阳？"大臣面面相觑，竟不能作答，也不是不能作答，而是答得南辕北辙，啼笑皆非。他们哪里知晓，蜀王可以不在岷水边落气的，他奔向南边的武阳，是他放不下岷水泛滥的水情，放不下生活在水边的他的人民，以及他亲爱的泮。

在316这个数码中，名义上处于滥觞地位的苴国随之陷落。

有着两三千年文明史的古蜀国至此灭亡，并入秦国版图。

见秦军闪电出击灭了强邻蜀国，巴国君臣还在想拿什么犒劳孝敬劳苦功高、诚实守信的秦人，就被秦军一顺手拿下了，蹈了蜀的覆辙。浑身都流着热血的巴王，则被屈辱生俘。这是公元前316年冬十月间的事。

灭了巴蜀，张仪、司马错建议国府设立巴郡、蜀郡和汉中郡，将三郡土地分为三十一县。用时两年多忙完这一揽子对山河进行分割和经营的事体后，张仪又接受秦惠王新指令，重返他的连横破纵战场，前往楚国游说楚怀王。

一朝天子一朝臣，随着秦武王的登基，好日子到头。逃秦去魏国出任相国方一年，即灭巴蜀七年后，张仪的那条舞姿奇诡、舞转七国、四两拨千斤的三寸不烂之舌，终于安静下来，像初生婴儿的沉睡。他大约不知，他舌头安静下来这年，蜀地动荡起来。也就在这年，冰随着水流，离开了他的生长之地阳平山。

秦在西边新扩之土地上设三郡后,司马迁八世祖、文武双全的司马错大夫,兼职当了蜀郡首任太守。

这个动作,应该属于战乱时期对一方疆土的军管措施。因此,蜀地的稳定、治安见了成效后,司马大夫就打道回咸阳了。

蜀人世世辈辈生活在自己的国家里,劳动、吃饭、唱歌、祭祀,都在自己的习俗里,有一天却突然被宣布,这个国家姓秦了,自己从今以后也由蜀人变为秦人,干什么不干什么,必须按秦人规矩办,这可怎么受得?抵触、反抗成为必然,但凡改朝换代,概莫能外。反秦势力自此生成、集结起来。不用说,稳定压倒一切,司马错的主要功课,就是对反秦势力的霹雳打击、血腥镇压和怀柔招安。

司马错的手段,显然有了效果,又显然没有效果。有了效果,是指蜀人的热血暴动已被秦军平定,没司马郡守什么事儿了,可以离开了。没有效果,是指蜀人的反秦情绪还在蜀人的骨头里流窜,寻找出口。治蜀,还需换一种模式,为此,司马郡守可以御任复员了。这一年是公元前 314 年。

这一年,秦将蜀郡的郡县制改为分封制,封已故蜀王的一位叫繇通的儿子为蜀侯,任用秦人陈壮为蜀相。这个布局,一目了然,蜀侯是傀儡,蜀郡的实权牢牢掌握在蜀相手里。名义上蜀郡属自治区,蜀人自己管理自己,实际上呢,又不是。否则,陈壮算什么,陈壮直管的秦国驻蜀军营算什么!

繇通很感激司马错的,因为是司马错主张不杀蜀王子,并从众多蜀王子中选中了他,然后,向秦王做了推荐。

司马错临行前,将手中的郡政一分为二,一部分移交蜀侯,一部分移交蜀相。并且,他还在郡府召集二人举行了三人府议。当然,议前,与陈壮有过一次彻夜长谈。长谈中,年轻的陈壮在烛火中含着热泪,多次抓住司马错的手,表达着要以司马郡守为榜样,为秦国建功立业的热切志向。

司马错与二人谈话,中心思想就一个,蜀侯蜀相要精诚团结,以国家利益为上,兼顾地方利益,将蜀郡这块生地,治理成秦国的熟地,让蜀郡为秦国的统一大业做贡献。

说得二人频频点头。

点头归点头，事情的发展，却与司马郡守的初愿相反。

縣通这边呢，虽然对蜀地的统治由蜀王降格为了蜀侯，但毕竟较之司马错治蜀的二三年间受的窝囊罪，较之作古的太子，还是好了十倍百倍。这说明，秦王还是不敢小觑蜀人的嘛，要治好蜀地，还非得蜀人自治不可。这样一想，就有些不在乎趾高气扬的黄毛小子陈壮了。

縣通当然有不在乎的理由，因为各位蜀王子手里还攥着众多资源和军事力量。秦军追击蜀王和太子、大臣赶到武阳和逢乡后，成都蜀宫早得了消息，各位王子一边迅速撤离，一边谋划应对之策。司马错任蜀郡守后，一手打击，一手拉拢，这样就有几位蜀王子又回到成都，当起寓公来。人回到成都，不代表他就不反秦，没准儿哪个部族的武装，正是他在遥控指挥呢。

实践证明，正面交锋，君子之战，下战书，执纛旗，布阵列，擂战鼓，你出一员虎将，我出一员虎将，公平公开公正厮杀，则蜀军每战每败。实践还证明，蜀军一旦撤至蜀地无边群山峡谷中，你打你的，我打我的，不按规矩出牌，则每战每胜。此种状况，把擅长率兵长途奔袭的司马错折腾得够呛，莫之奈何。思前想后，他觉得应施另策，用分封制取代郡县制，或可见效。于是乎，上书王廷，并荐了蜀王的公子縣通为侯。

陈壮这边呢，他所有纠结就在"名士"二字上。他一心想成为名士，而他的实情却只是处于名士和士之间，进一步则为名士，退一步则为非名士。而他认为，非名士，就什么也不是了。成为名士的路径颇多，学识，主张，独特的技艺，等等，不管哪一方面，只要获得广泛认可就胜出。他师法法家一门，但不管怎么努力，都晋不了名士的阶。没办法，只好入仕，靠仕的作为，取得功名，从另一维度修复当不了名士的心理缺憾。在秦国取得功名，就得做出让秦王欢喜的大动作来。在秦国的蜀郡取得功名，就得在稳定的前提下，让蜀地为秦国贡献最大化的人力和物力。

但事实不仅不这样，还正好与他期望的相反。他一心想叫傀儡蜀侯縣通臣服于自己，否则，何以令行禁止，号令蜀地？偏偏是这个该死的傀儡完全不买他的账，我行我素，唯我独尊，俨然把这个蜀侯当作蜀王来做了。尤为可憎的是，为增加自己的权重支撑，縣通竟然广招他老爷子的旧部，向族群部落公开暗示朝他靠拢。又偏偏是，那些族群部落信以为真，拿他当回事了。这不，成都南线的丹、犁部落就公开投奔了他，让这个傀儡实力大增，让陈壮对这个傀儡的发号施令形同放屁。

蜀侯除了加重自己的砝码，保障自己的安全，其实什么也没做。虽然什么也没做，但陈壮还是透过平静的水面，提前看见了汹涌的、反秦势力的暴动场面。

这当然是陈壮不能容忍，更不能任其发展下去的。陈壮同时也相信，铁腕秦王也是不能容忍，更不能任其发展下去的。

基于这样的判定，加上情势紧急，书禀国府已没时间。他决定集结力量，硬拳出击，平定蜀侯叛乱。

像蜀侯一样，蜀相也派信使给一些部落和山寨发去了指令性质的邀请。有好几个部落和山寨既收到了蜀侯的，也收到了蜀相的，这其中就有牛鞞部落、阳平山寨。

阳平山寨既没答应侯，也没答应相，冰的寨主爷爷澉不愿涉足政治的旋涡与风险。牛鞞部落年轻的酋长金渊却是又答应了侯，又答应了相，两边都不得罪，然后相机行事。阳平山寨地处成都西部，牛鞞部落地处成都东部，虽然一个是部落，一个是山寨，却是成都周遭地区中实力最强的族群集团。秦灭蜀国后，牛鞞部族一直在向秦示好，希望自己在秦人的布局中成为蜀地各地方势力的翘楚与代表。一山不容二虎，卧榻之侧岂容他人安睡。因为这些个道理，牛鞞酋长把阳平山人当作自己的竞争对手、死敌。而阳平寨主并无什么心思，更不知道牛鞞酋长的心思。所以，牛鞞酋长眼中的死敌，不过是他的假想敌而已。两人的私交上，金渊这边，表面上他俩还是朋友；澉这边，自是表面内里都是朋友。

侯相双方都在集结力量，箭在弦上，一触即发。

蜀侯到现在才发现出大事了。蜀侯所做的，只不过是加大自己的权重，使自己获得一点尊严而已，哪想过暴动、反秦、撵秦，然后复国？想也是想过的，可刚一想，就蔫巴了。军事力量的对比再清楚不过，陈壮不仅有虎狼秦国驻军，蜀地经过秦人七年的经营，已有很大一部分部落完全顺从于秦，一旦开战，败是必然的。这样一想，繇通就想和解，并把这个意思透露给了陈壮。

陈壮得知鼢通心思后，自然高兴。兵不血刃，不战而屈人之兵，杀敌三千自损八百，和气生财，这些浅显道理，他能不懂？这一高兴，他的名士派头又出来了："置酒，烹肉，给蜀侯送帖。本相要在相府大宴蜀侯！"说罢，又觉不妥，万一蜀侯疑心这是摆的杀人宴咋办？"罢了，还是本相亲自上门示好。备车。"言毕，接过侍从递来的头冠、官服和佩剑。

早有人通报蜀侯。蜀相马车刚止，蜀侯就迎了上来。

"蜀相亲临鄙府，有失远迎，见谅见谅。"又，"所为何来？"

"不请自到，只为讨壶酒喝，蜀侯不怪陈壮唐突吧？"

"荣幸之至，荣幸之至。"

两人一笑泯恩仇，执手向府内走去。牛鞞部落酋长一直笑眯眯跟在蜀侯身后。陈壮没想到在这里碰上他，心里闪过一丝不悦。金渊，时年二十七。从眼睛里看酋长的笑，只能看见一半，因为他是独眼龙。本来就只一眼，偏又是小眼，闭上后，几乎连眼缝都无了。看上去，整张脸，只有一个瞎眼还算个眼。小时候，他因病吃药吃瞎了双眼，吃药又吃好了一只。自此知道药的厉害，恨上药，更爱上药。

季为春夏之交，时近黄昏。

两人喝得其乐融融，你一爵我一爵，心中的块垒一块一块化去。陈壮说："本相酒足饭饱，谢蜀侯大人好酒。备车，回府。"但蜀侯哪里肯干，大叫："知己难遇，不醉不休！"陈壮无奈，不好翻脸，复又坐下。又是你一爵我一爵，这一喝就喝醉了，就把喝没了的块垒又喝了出来。侯呢，喝出了少年嚣张，相呢，喝出了中年壮志。侯说了一句嚣张的话。相说："你再说一遍，本相杀了你。"侯就又说了一遍，相就拔剑杀了侯。

事出太即兴、即时，真实得像假的一般。

侯的血出奇多，射出的血，像响器，发着蜀刀的啸叫。

这时，相府的人纷纷持械来到相身边，而侯府的人和牛鞞酋长的人，举着火把，闯进院坝，分成两列队伍，夹峙着他们，愤怒如手中的火把熊熊燃烧。三支力量，剑拔弩张。三支队伍中，相府人少，明显处弱势。最强的是牛鞞部落，人多，且都是训练有素的武士。

见了血，酒逃之夭夭，陈壮一下清醒了，仿佛酒不是让人迷糊的，而是让人更清醒。清醒之后，立即知道，自己正处于敌巢之中，性命危在旦夕。

陈壮强作镇定，挥剑大喊："蜀侯叛乱，起军反秦，已被本相设计诛杀！蜀已归秦，蜀人即秦人，但有二心者，杀无赦！凡归顺本相者，一律无罪！"

喊毕，鸦雀无声。三支力量，依然剑拔弩张。

陈壮把眼睛射向牛鞞酋长佘渊。

金渊从身上取下弓，搭上箭，瞄准陈壮。一箭射出，中箭倒下的却是陈壮身后的侯府带兵头人。

金渊拔出腰刀，大呼："蜀侯叛逆，罪该万死！归顺大秦，拥戴蜀相！"

除了蜀侯府的人，在场所有人跟呼："蜀侯叛逆，罪该万死！归顺大秦，拥戴蜀相！"

这时，侯府管家大呼："蜀侯冤死，秦狗欺人太甚，蜀人忍无可忍！杀秦狗，为主人报仇！"话毕，率先向相府一干人杀去，侯府人一边齐呼："主人冤死，杀秦狗，为主人报仇！"一边跟随管家杀去。

金渊将刀指向冲杀人群："杀！"

牛鞞人狼一样扑向侯府人。秦人坐山观虎斗。

终于安静下来。尸体遍地。

金渊向陈壮施礼道："金渊与牛鞞部落愿追随蜀相，效犬马之劳。"

陈壮："酋长洞察是非，深明大义，本相没看走眼。本相自会向秦王申报牛鞞部落今日平叛之首功。"

金渊："金渊谢谢蜀相扶携！"

陈壮连夜擘画和实施一系列计划：拟写《安蜀民书》，县、乡、里层层发布；秦人驻军立即戒严成都县、郫城、临邛城，并随时准备迎战和扑灭反秦势力；迅即捕杀漏网的蜀侯心腹；立即向秦惠王拟写奏折，报告蜀侯反，已被蜀相诛杀；牛鞞部落派人到蜀地各部落发布蜀相主张，动员大家识时务，听令于蜀相……

蜀郡一时间再次成为军管之地，只不过上次的最高管制者是蜀郡守司马错，这次是蜀相陈壮。

善变的丹、犁部落这次又成了陈壮的嫡系。

万事皆朝着陈壮的设想方向运行，只有一件事，让他焦躁、不安、狐疑，甚至感到莫名其妙。这件事就是王宫的消息。按说，秦王的旨意该到了。这等大事，别说旨意，钦差大臣也早该到了。事实却是，早该到的，迟迟未到。

消息与钦差可等，郡政却是等不得的。军事、治安、断案、救灾、生产、商市、民俗活动，等等，哪样都得及时办理。它们是一桶水的围板，随便哪块围板松动，整桶水都会漏尽。

蜀相干得蛮称职，干一干的就称职成了蜀郡太守甚至蜀王的样子。不仅他自己有这个认为，别人也有这个认为。自己有这个认为无所谓，捂在心里的，没人瞧得见。别人有这个认为，就危险了，按秦律死一百回都不够。思及这层，不由冷汗不上脊背。可又想，别人认为我称职，说明我是真称职——说明我陈壮是真有能力称职。既然称职，那就好好干吧，千万别浪费和辜负了自己屁股下的位子，把蜀地按一个主权国家的机制来治理，勤勤恳恳踏踏实实为蜀民做点事。

再说，蜀郡的山形水制，不就是一个天然的国吗？否则，古蜀国何以存在两三千年？进一步讲，如果再把巴郡拿下，巴蜀一体，则更是上天赐予的佳国了。天然的大盆地，四面环山，山阻峡箍，谁能攻入？到那时，战国就不是七雄，而是八雄了。

现在，对于来自咸阳的消息与钦差，他已不再关心，更没有焦躁、不安、狐疑和莫名其妙之感了。他甚至希望他们永远不来，就让日子像水一样流啊流一直流下去。他非但没斩泮派来的议和使臣，还有礼有节予以接待，只是要求泮的三万蜀军限期来降。为防泮的武装叛乱，他把他筑的成都、郫、临邛三城，在军事防守方面做了进一步加固。他的动作，让郡越来越像国了，自己越来越像王了。

但是，咸阳的风到底是吹来了。咸阳的风吹来的不止一个消息，更不是一个受任钦差的人，而是一支部队，准确地讲，是一支随着"秦"字大纛旗而行而止的黑色铁甲平叛兵团。

消息还说，统领这支大军的是秦国客卿甘茂。之所以是甘茂，盖因秦王想聘他为相，但对他的能力又拿捏得不够准，这才令他统军入蜀，以期做一次决定性的考察。

这是陈壮知道的消息。还有一个消息，是陈壮不知道的。别说陈壮不知道，连秦军统率甘茂都不知道。正因为都不知道，消息也就不成其为消息，而直接就是事实。这个事实就是，令蜀人谈虎色变的司马错将军也入了蜀，且就隐身在甘茂所率秦军之中，任低级的军侯之职，助手为田贵。就是说，秦王安排了甘茂入蜀，也安排了司马错入蜀，并且是分别安排的。

对于这支平叛大军，陈壮的理解是，秦王一定是得知蜀侯叛乱，本相虽斩杀了蜀侯，但蜀侯散布在蜀境的力量太强大，怕本相控制不住，这才派大军帮本相镇蜀来了。这样一想，也就对咸阳行动迟缓有了解释——调集大军哪是一时半会儿就能完成的事体？

直到得知甘茂统率的秦军一路上见鬼杀鬼、见神杀神，杀气腾腾直端端扑成都而来，陈壮才慌了手脚，乱了心智。急忙唤来牛鞞酋长金渊商议对策。

陈壮："甘茂，无名之辈也，欲入蜀立威。今来者不善，本相当如何应之？"

金渊："甘茂有备而来，不可不慎。进退全凭大人裁决。"

陈壮："秦王已生嫌隙。若甘茂入蜀有加害本相之意，则本相誓与成都城共存亡！"

金渊："不可。甘茂气焰正盛，所向披靡，而成都城墙败陋残破，不足御敌。如此则玉石俱焚矣。"

陈壮："酋长之意，莫非让本相开城门，以迎甘茂乎？臣服竖子之下，万万难从！"

金渊："非也。今观甘茂入蜀，杀伐甚重，非止嫌隙而已，必欲逞意而后快。甘茂所图，必在大人。"

陈壮："战不可，降亦不可，只剩逃乎？"

金渊："非为逃也，是隐也。逃则无功，隐亦有为。善角力者，不以力拼。大人且暂避锋芒，于隐中保存实力，待甘茂主力撤离，再作良图。古语所谓，君子藏器于身，待时而动。"

陈壮："隐在牛鞞部落？"

金渊："大人亲近牛鞞，世人皆知。甘茂寻大人隐身之地，必首选牛鞞。"

陈壮一言不发，只望着他。

金渊的一只独眼像他另一个脑球，不停地画着圈："依在下愚见，可带上心腹，西去阳平部落。在下与阳平部落寨主潋是老朋友，他定然欢迎大人入寨。"

蜀侯无故被杀，蜀民震怒，他不降我，竟让我降他，真是岂有此理！焚王山上，泮越想越气，正待顺民意发兵灭了蜀相，铸成反秦复蜀大业，得知甘茂大军入蜀，才停止了行动。就是说，就算甘茂不来，陈壮依然会面临一场杀伐。

阳平寨岗楼上，面东的明暗哨丁老远就看见一队人马，沿着被夕阳泅红的湔水而来，再看，就看见了黑旗、黑盔黑甲。急忙奔向主寨大厅，喘着粗气禀报寨主："寨……寨主，一队秦军向……向本寨方向而来。"

寨主潋正与包括冰的父亲叔汎在内的几个头目议事。

寨主："确认是秦军？"

哨丁："确认。纛旗，盔甲，皆为黑色。"

寨主："既是秦军，慌什么！走，看看去。"话毕，大步出厅。

大厅众人随即跟上，一上东门门楼，即举目眺望。

寨主："叔汎，你眼力好，看仔细，可是秦军？"

叔汎："是秦军，约一二百人。黑旗上还有个陈字，当是蜀相的人马。"

寨主豪爽地一挥手："既是蜀相亲临，那就开门迎接，烤肉置酒，隆重待客。"

叔汎："父亲，孩儿建议还是探知一下这队人马来本寨的用意，若无问题，再开寨门不迟。"

寨主："人家本自正当，你这一探知，反让无问题生出问题来。阳平寨的规矩从来都是首先诚恳待人，永不负人在先。"略一迟顿，又说，"那就待他们再行近些，让我亲见了蜀相本人，再开寨门，随我出寨迎客！"

叔汎还想进言："可是……"

寨主："不议！蜀相是秦王授命的蜀郡执行长官，疑蜀相即疑秦王，这可是犯上叛乱之罪！"

这队黑如乌鸦的人马走得风一般快，不多时就到了寨墙外。与他们一样快的，是从湔水中升起的雾。

人马停下来，金渊一夹腿，坐骑向前，脱出队伍一二丈。金渊对着寨子门楼上的人影大呼："阳平寨主，蜀相在此！"阳平寨人，只有漱一人认识这位独眼龙酋长。

寨主已然看清楚了一身戎装的蜀相陈壮的脸廓，兴奋地回应："蜀相稍候，漱即刻出寨相迎！"

寨主率门楼上的众头目出寨迎客。蜀相、牛鞭酋长跳下马，与寨主施礼、寒暄毕，蜀相即与寨主执手向寨内走去。寨主发现叔汎不在迎客之列，不悦，却不好表露出来，更不便问及。

蜀相人马入寨才入了一半就杀声四起。暮霭中，甘茂大军仿佛从天而降，不知怎么就追了上来。追上来后，但凡遇持械者，不论秦军、土著，通通斩杀。

寨主漱完全傻了，蜀相是秦军，追杀蜀相者也是秦军。还没想清楚自己应该如何站队，就见自己的族人已然对向自己举起屠刀的杀戮者拼命了。时不时，也有黑甲人倒下。

他也想像自己的族人一样，登高一呼，与举刀之敌血拼，可回头一看，蜀相、牛鞭酋长早没了身影。

"蜀相，蜀相！"寨主的声音越来越苍白。

他一下感觉到一定有什么地方出了问题，正不知如何应对时，却见手握长矛的儿子叔汎在寨子北边大呼："父亲，我们上了陈壮的当了，他把他的祸，引嫁到阳平寨了！"

寨主惊醒、懊恼："什么？我这就去向杀我们的秦军解释。"

叔汎急呼："来不及了，再不走就死定了！父亲……"

他的急呼还没呼完，寨主已然扔了刀与弓箭，赤手空拳向敌阵噔噔走去。还没走到寨门，便被拥进寨子的秦兵来了一场刀剑暴雨，淋成了血团。

血团回身，向儿子发出一生中最后，也是最大的喊叫："叔汎，带族人逃！逃！你是新寨主……北岩树……"

"父亲——"

一场围猎般的杀伐。

天色完全暗下来时，整个阳平寨，除了地上的数千具尸首，站着的，全是甘茂的红着一对兔眼的将士。火把被旋来的河风吹得噼啪直响。

正是陈壮一行的非正常行军速度，让愈发警惕的叔汎更加快速地行动起来。

他知道怎么提醒实诚的父亲都没用,就暗暗盼咐人手去安排族人进入紧急备战和撤退状态,一旦临危,掩护妇孺先撤。

夜雾中,两支行色匆匆的队伍在撤退中相遇了,准确地讲,是陈壮、金渊一行数十人,在瞎穿乱寻中,与叔沈率领的一二百位阳平族人撞上了。叔沈一见仇人,竟忘了父亲的嘱言,大喊一声:"祸族毒蛇,纳命来!"挺了长矛就向陈壮冲去,阳平族人不分男女老幼随之向敌阵冲去。

惊慌奔逃的陈壮一时更惊慌了,但毕竟还有几分名士风范,很快稳住了阵脚,举剑与叔沈格杀。两支队伍立即粘在一起。泳背着两岁的冰,一手牵着长子淼,一手持竹矛与一秦兵击斗。相持中,差点被另一秦兵从背后一矛刺中时,族人赶来杀了秦兵,救下母子。不时有人倒下。

战斗中,泳发现淼不见了,急得四处寻找。

山顶甘茂军士的寻呼之声时断时续传来。

金渊挺刀帮陈壮敌住叔沈,轻声急催陈壮:"大人,不得恋战,因小失大,赶快脱身!"拉了陈壮便走。

陈壮惊醒过来,朝仅剩的七八位部属一挥手:"撤!"

叔沈望着在夜色中疾去的背影,欲追,却听见儿子冰的哭声。哭声很响,惊动了寻过来的甘茂秦军。叔沈一个愣怔,果断下令:"撤!"

没有人知道冰为什么哭了,我知道。冰看见了自己的爷爷,在女巫的歌声中,向空中的一团乌云飘去。爷爷飘去,冰不会哭。我的裔孙冰哭,是因为爷爷变成了红颜色,非常不好看的红颜色。

"淼,我的儿,你在哪儿?"

泳还想寻淼,被丈夫训斥:"泳,记住,你现在已不再是泳,而是寨主夫人。不能因我们家的私事,造成灭族之灾!"话未毕,已强行带走泳。泳一心护冰寻淼,自始至终没与独眼龙金渊照面。

这一战下来,阳平寨只余百十来人了。

年轻的新寨主带领本寨最后的一支族人从密道,即一个山洞穿过,潜入水中,再浮起来,㴑水上就冒出了他们的头。他们的头一冒出水面,就向岸边凫来。冰一直在哭的,一进入水中,哭声自然消失。趴在母亲背上,很享受的样子。这个山洞的入口在半山腰凹崖处,出口在山脚㴑水中。

早有族人在水边安排好足够的独木舟。冰一露出水面，第一眼就看见打坐于水边的阳平女巫。

月光淡如面前的湔水。湔不仅美丽，还有一双在黑暗中亮着灯火的眼。一上岸，迅即开始清点人数。她知道丈夫需要这个。在年轻母亲清点人数的过程中，冰把每位族人看了一遍，听了一遍，同时也被每位族人祝福了一遍。这样的过程，亦是我的裔孙冰获取我们鱼凫族人传递古老能量的过程，这些能量包括光明、刚毅、智慧和行动。

叔沇按照妻子亲自清点的人数，令族人将待用的独木舟留到水中，将多余的独木舟拖到河滩上，傍着阳平山一方堆成一座高高的祭台。筑台过程中，有两位族人将两木桶猛火油泼在了祭台上。然后，叔沇率众人面向祭台，背对湔水，齐扑扑跪在河滩上，对着阳平山拜了三拜，长跪不起。冰已不在母亲背上，他挨着母亲跪着。

阳平女巫，在现场做法事，为族人远行祈祷。

新任寨主起身走近女巫，想对女巫说什么，女巫以手势挡住："寨主，别劝了，老身是不会走的。离开阳平山，老身还是阳平女巫么？"又说，"时辰已到，下水吧！"话毕，一眨眼消隐在山林中。蜀山，黑魆魆的，无边无际，像唯一的世界。

山上的火星如游弋的萤火虫。举着火把搜山的秦军越来越近，连冰和湔水都能听到其黏着关中咸腥味的呼吸。

年轻的新寨主点燃一支火把举着。火斑映在他脸上，像鱼鳞。

年轻的新寨主对着跪在面前的人众，字字如骨刺地说："族人们，让我们记住鱼凫族的血脉，记住阳平山，记住屠杀我族的秦兵，尤其是引狼入室的陈壮。有恩必偿，有仇必报！"

众族人："有恩必偿，有仇必报！"

年轻的新寨主："让我们对死去的寨主，死去的所有族人起誓。我们一定会回来的，活着回不来，死了也要回来。生死阳平山，生死在一起！"

众族人："生死阳平山，生死在一起！"

年轻的新寨主："下水，解缆，起舟！"

众族人起身快速奔向独木舟。一支长长的独木舟船队，开始顺水而下。

河滩上，年轻的新寨主一边向水边走，一边将手中的火把向后抛去。独木舟垒成的祭台，一时烈火熊熊。阳平山和湔水，亮如白昼。

泳和二儿子冰等在最后一只独木舟上。泳举刀砍断舟缆。扶着舟身的冰，看见父亲从三五丈远的岸边一跃而起，飞过激流，稳稳站立舟上。舟顺着湔水，分开水面，飞驰而下。

二更天，山顶主寨。此前一直任事文职并无带兵经历的甘茂，望着被冲天火光突然打开的世界，目瞪口呆，有几分不甘、羞耻，却又莫名感动——感动于自己没有对弱者赶尽杀绝和阳平寨人与水同在的生命力。遂向着湔水上身着土著服饰的独木舟队伍一拱手："阳平族人，我甘茂记得你们，走好！"

阳平族人走水道出蜀的同时，陈壮、金渊从陆道潜回了成都。

何去何从，陈壮的脚下有千万条路，因此，他是犹豫的，从侦得甘茂入蜀的消息，到一逃成都城，再逃阳平寨，都是。与之相反的，是金渊的坚定：金渊脚下只有一条路。每当陈壮的千万条路与金渊的一条路讨论出路时，也就只剩这条可走了。就这样，像牵一头乖乖盲羊，金渊将陈壮牵回了成都。

牵着这头乖乖盲羊回成都的路上，金渊还是以非常大度、非常怜悯的姿态，仿若自言自语说了几句话："金渊不才，成都也有好几处私宅。南门一处，几无人知，蜀相入住，虽则清寂，却是万无一失。何地最安全？当然是敌人眼皮底下。蜀相都想不到的地方，他甘茂岂能想到？"

甘茂自然想不到，但金渊却可以帮甘茂想到。安顿好陈壮后，金渊就去找甘茂了。

金渊找到甘茂，甘茂自然就找到了蜀相。蜀相被甘茂生俘了，又上了枷，囚押去了咸阳。更令他意外的，是他一走下囚车，满是蜀尘的脚站立的地方，直接就是咸阳城的刑场。

蜀相生前一直想建功立业，甚至将错就错把蜀侯的头颅拿来作晋级的阶梯。实际情况却是，他的头颅，成了别人晋级的阶梯。还在凯旋的蜀道上，甘茂就接到了秦惠文王封他为相的诏书。

蜀相的头颅也成全了牛鞞部落酋长金渊的功业。

甘茂不是一个过河拆桥的主，自己得了好处，也没忘记并肩作战的盟友。

他向秦王禀报了金渊的两项功劳,一是独力生俘蜀相之功,二是生俘蜀相后帮助甘茂剿灭叛匪丹、犁部落之功。两大功为年轻的酋长带来了两大好处,授爵和发财。还有一个封侯的好处,这是后话。面对如许好处,惊喜的金渊把眼睛睁大到了极致。这样,他的一只小眼,比两只加一起都大了——他的族人真担心他脑球中的物事,全从这眼硕大的洞口喷涌出来。

有着上千年族史的丹、犁两个部族,至此消失。甘茂将俘虏的两族男女,作为奴隶批发给牛鞞部落,牛鞞部落自留了一少部分,然后又将剩下的分批绑押到成都奴隶市场出售。大发战争奴隶财的金渊,自此成为巴、蜀两地最具实力的酋长。

善变的丹、犁部落,再也变不回来了。

一队独木舟载着阳平部落顺湔水而下,自赵里入沱水,过鳖灵峡,江阳遇大江。他们没有任何犹豫,一只一只独木舟箭一般射入大江。当地人全看傻了,他们从没见过谁敢驾独木舟行走大江!他们哪里得晓,这是一支特别善水的部落,是我鱼凫族的传人,他们更不知道,这支飞流直下的独木舟队伍,一心只想以最短的时间逃离秦国的属地。

现在,独木舟队伍已进入一处叫符里的地方。这是个傍有小集市的三岔汊口。面前有两个选择,一是顺大江而下去楚地,一是折入赤水,溯流而上进入夜郎国。顺大江而下,意味着要穿越秦国巴郡之境,显然,这是拿族人生命开玩笑。右转,折入赤水,则很快即可进入夜郎国。

几乎没作考虑,这只独木舟队就入了赤水的河道。较之大江,赤水促狭、湍急,更加之逆水行舟,困难之大,不言自明。这当然难不住世代都在湔水上讨生活的阳平寨人。独木舟用一根树身粗大、木质紧扎的树干制成,不易漏水,无散架风险,加之小巧灵活,特别适合复杂多变的险峻小河。我们鱼凫族的人,不仅活在独木舟里,也死在独木舟里——生死都在驾驭独木舟。船棺葬是我们族人和本族巫师认为的最高贵、最尊严、最能驶向永生的葬礼。我们部落的坟山下,一只一只埋着独木舟,日积月累,一代一代,就成了一支布列整齐的庞大的地下独木舟船队。船舱里,除了棺主的白骨,还有棺主生前的爱物,那些扛得住时间风化的随葬品。

入了夜郎国界，船队还想深入一些，以期名正言顺取得较长时间的居住权，但他们的申请没有获得批准。年轻的寨主与族中几位头目商议后，又去交涉。他们同意不居住，但提出借道夜郎国，去往楚国。夜郎国没有任何理由地驳回了他们的意见。他们又再三强调他们是秦国人，借道只为经商。他们以为对方会因怯于大秦而给面子，哪知对方竟显出不屑的神态："大秦？在我们夜郎国面前也敢称大？嗯！"言毕，交涉毕，转身而去。

阳平族人自此知道天下还有不惧秦的厉主。敌人的敌人是朋友，仇恨满胸的叔汜很愿意与夜郎国交朋友，问题是，人家不愿与他交朋友。

只有退了。可退出夜郎，又回秦境，如何是好？

好在，秦夜国境线处，有一段空白地带，准确说，是主权有争议的模糊地带。没有选择，他们就在这模糊地带，过上了与他们水一样清亮的性格截然相反的模糊生活。

这样的生活，过了两月，就过不下去了。原因是，水不够。

大禹说过一句话，以水定人，有几多水定几多人，有什么样的水定什么样的人。把以水定人往开处说，还可得出以水定城、以水定地、以水定产的放之四海而皆准的诸多水法则。

模糊地带里，有多少水却是再清楚不过。赤水弯弯，流过模糊地带的河道长度，只有三箭之远。刚开始还行，捕捞的水产品勉强可够族人充饥。由于过度捕捞，水产品越来越少，很快就食不果腹。于是，安排上山刨食的族人一天比一天多。阳平寨人，擅长的是水中取物，离了水，就像失了魂，上山刨食，更像仪式，收效甚微。

这还不算。由于模糊地带两边的土著，都有畏水的天性，就都避开水，在山上展开近身拼抢。而叔汜所带领的外族人的到来，则打乱了他们又仇杀又和平共处的古老平衡，就把气一齐向阳平人撒来。

因此，阳平族人必须走了。

必须走，还在于一个原因，那就是他们预测过巴郡现在应该无恙了。

他们预测的依据是，从夏到秋，他们离开阳平山快三月了，加之还是蜀郡外的活动，还加之蜀郡正忙着追剿丹、犁部落的叛乱呢，哪还顾得上百十位助叛反秦潜逃的戎夷？

近三个月的潜逃生涯中，阳平寨人有生有死，死了一位百岁老人，生了一名女婴，总人数没增没减。

独木舟上的阳平寨再一次出发了。

出赤水，入大江，过垫江，过江州，一桨不划，一舟一根竹竿，几点几不点，就到了楚国的枳地。比想象还顺利。

江上，不时有大船往来。大船冲压的水波，把他们的独木舟颠得要翻，却总也不翻。大船船工的恶作剧没有获得上演机会，他们在失落、诧异之后，又向独木舟竖起大拇指。

枳地处楚、巴之间。当枳地被楚占领时，巴就顺着大江顺下打，直到把枳地占领才罢兵。当枳地被巴占领时，楚就溯着大江往上打，直到把枳地抢夺回来方休战。

枳地在楚、巴之间的重要性，正是由水决定的。楚、巴之间，枳地不仅可以扼制长江，还可扼制涪水。涪水，后世又称枳江、乌江、黔江，源自贵州高原，自西南向东北奔腾于大娄山系与武陵山脉之间，全长两千多里，至枳地汇入大江。上游是楚国的黔中郡，下游是秦国的巴郡。

因为争夺战的原因，枳地地广人稀，自带几分荒凉。叔汎他们泊了舟，刚一上岸，就被吃公饭的县府小吏缠上。所谓缠上，就是不停地唠叨："枳地地大物博，鱼多柴多，所缺者人力也。诸位既来之则安之，与其奔波远行，茫于前路，不如就在枳地搭屋砌灶，安身立命，繁衍子孙，何乐不为乎？"阳平族人哪想过滞留此地？只想离秦境越远越好，偏偏年轻的寨主又羞涩又不善言辞，为尽快摆脱小吏的唠叨对他的折磨，只得答应下来。

答应下来，当然不仅仅是为摆脱折磨，还因全族人狠狠吃了县府派给乡之部佐、乡之部佐派给里典承担的一顿大肉、一场大酒，且可在枳地范围任意寻占空地做寨基，迅即筑寨。

比较了多处方舆形胜后，在傍临涪水、靠近大江的一座小山上，叔汎带领族人建起了阳平山寨。寨子房舍大致呈三合院格局，正面房舍对着寨院，其他三面开有过廊，其后三十步远处设有栅栏。栅栏外，有个天池，正好可用作鱼塘。不用说，这个山寨，比蜀郡那个，小了很多。站在寨子里望两条江水，像两条丝带,更像两条龙,有时白龙,有时黑龙,有时彩龙。寨子小是小,却是很好看的,武陵山系中众多的濮人部落,反衬出了这座鱼凫族人山寨的独特韵味来。

此地水资源富集,这就意味着阳平寨人吃穿用度不成问题。

其实,叔汎最终决定落寨枳地,还有一个重要原因,那就是寻到了一处有温泉且利于从水路逃遁的寨址。县府对他们的选址也很高兴。这群异乡人当然不知道,他们筑寨所选的空山,是被当地土著称作鬼山的一文不值的所在。至于为什么称鬼山,各说不一,没人能道出个子丑寅卯。

冰随族人在枳地平平安安生活了一年,又出事了。

为了获得更大的收益,阳平族人常常会根据节令及政令,要么在巴郡捞食,要么在楚地捞食。这天,叔汎驾一只独木舟,带着妻儿,在离枳地二三十里远的大江上游打鱼。此地离巴境尚有三四十里远。正在船舱中把鱼从网上取下来的冰,听见声响,对父母说:"此系何声?"

父母知道自己的儿子天赋异禀,好些地方不同于常人,时不时就显出灵异的一面,便停下手中活计,侧耳一听,却什么也没听到。

这时,冰欢天喜地大呼,手指上游:"船,是大船!"

父母顺着儿子的手望出去,望见的,是一幕比山脉更厚实的江雾。待父母也听见大船的声音时,大船正将头颅从雾孔中钻出,且距他们不足一箭之地。后来,雾孔越来越大,几乎跟江水一样大了,而从雾孔中钻出的船也越来越多,到最后,整个江面都铺满了。

再一次看见黑色纛旗上篆书的那个大大的"秦"字,以及旗之下船之上披坚执锐的黑色甲兵。

一时间,仿佛全天下的乌鸦都飞了来,一羽一翼,把白雾都洇染黑了。把镀金的秋天,也洇染黑了。

2. 大溪水命：枳地九年

时年三十六，正值蓬勃之岁大展宏图之龄的司马错大将军开始浮江伐楚了。这是他一生的梦想，也是他一生的光荣与苦难。

司马错的这次出军，被后世一位叫常璩的蜀人，在他的《华阳国志》中做了如是记叙："（周赧王）七年，封子恽为蜀侯。司马错率巴、蜀众十万，大舶船万艘，米六百万斛，浮江伐楚，取商於之地为黔中郡。"周赧王七年，即公元前308年。

正是粮食丰美的时候。司马错率蜀军及少量秦军精锐从武阳码头上船，顺岷水而下，在僰城入大江，沿大江至江州。会合巴军后，择了笼雾的天气，解缆起锚，浩浩荡荡，悄无声息，向楚地射去。水有多急，船有多快。在刚刚进入楚境枳地江面不久，一只独木舟横舟泊江，似在打鱼。

相当于一只老虎来了，不，是一群老虎来了，而百兽，不，就一只麋鹿，却不躲不闪，这不是找死是什么？

面前这只渔舟就是一只麋鹿。

面前这只渔舟若不是一只麋鹿，是不会惊动长史田贵，更不会惊动司马错大将军的。

司马错统率的十万巴蜀大军，一万艘战船，面对一只横江的渔舟，既没有吆喝，又没有射杀，而是视若无物，沉默着，直接按既定航线航行过去。

奇怪的是，这只小渔舟，没能让秦国的江上大军给碾压了。小麋鹿灵巧地躲避着老虎,在老虎的夹缝中穿梭,其从容自得之状,竟似杂耍。

来自关中的精锐秦军之中,有一位叫白起的百夫长,亦是此刻看客中的一位。

年轻的长史田贵看表演,却看出了这其中可能潜在的价值,于是向司马错提出建议:"大人,属下素闻江上渔人,驾舟捕食,不问楚境巴地,舟随鱼走,如夷人之于草地也。今我大军已入楚境,不见楚军异动。事有蹊跷,故请大人明鉴,且容在下擒来渔人,探听虚实。"

司马错点头,一挥手:"然。详加盘问,不得无礼。"他伏在羊皮地图上,头也未抬。指挥船的舱内,除了放置地图的大桌,尚有两排案墩。一位军吏肃立一角,像一根桅樯。

旗语烽火一样传递出军令。万艘战船突然停止,像流水被突然冻结。

秦军兵士所乘之船,为太白船,每船可载陆军(陵军)一个什,即十人。岷水段,由于河道险峻,大将军亦乘太白船。入大江后,则将吴越水师发明的大翼船作为自己的指挥船。大翼船由两船连接并置而成,船宽一丈六尺,长十二丈。可载军士略一个屯,其中,步兵二十六人,操长钩矛、斧者各四人,吏、仆、射、长各一人。水手中,棹手五十人,舳舻手三人,船长一名。全船载人凡九十一人。大将军所乘大翼船,则将步兵换成了幕府人等。大翼船船体修长,五十名青壮棹手一出手,船行如飞。

田贵再迟来一步,小渔舟就逸出由万艘战船铺衍在楚之上的秦之国土了。

突然死寂不动的船队让叔汦一家三口莫名所以,却生发了与自己相关的预兆。眼看自己操持的小渔舟就要冲出庞大的船阵,进入空无一人的上游江面,却见几艘战船不顾体面了,突然启动,转向,硬生生封了自己的去路。环顾左右及后方,亦见战船向自己围来。一时间,冰再也见不到一丁点儿水了,甚至天与雾也不见了,整个天空都是白帆。见不到水,独木舟仿若搁浅沙滩,一动不动。水都没了,自然路就没了,冰随着父母到一艘战船上,所有的战船躲瘟神一般为这只战船让出了路。虽为秋天,秋老虎还在,壅塞的风终于有了吹向三龄孩童冰的通道,冰一时竟欢喜起来。这只战船在众目睽睽的夹道仪式中开始划动。战船上的田贵说:"老乡,别怕,我是司马大将军麾下的长史田贵。大将军有请。"

叔汦将头一昂:"嗯,好笑,哪个怕了?"头昂的角度过大,头上的斗笠几近掉落江中。

田贵诧异:"听口音,莫非足下是蜀人?"

叔汔:"是又怎样?"

田贵的回答,更像自言自语:"蜀人好,蜀人好。"

浮江国土太大,花了小半个时辰,战船才七拐八拐划到了国都——指挥船边。

田贵走进将军舱时,看见司马错看地图的姿势,与先前一模一样,心想,状态如斯者,也只有雕塑才能做到。

"大人,田贵已将渔夫一家三口请来。他们原乃蜀土人氏。"

司马错纹丝未动,全身只有嘴翕动了一下:"进来吧。"

田贵出门将叔汔一家带进将军舱。

田贵虚指上司,对叔汔介绍说:"这位大人,是司马大将军。别怕,大人问什么,你就如实回答什么。"

司马错还是保持原姿势,他想把来客先晾一下,乱乱心智。哪知不待主人发问,田贵话音刚落,叔汔就盯着司马错,先发了问:"大人,草民一家三口在此捕鱼,不知抓我们做啥?"

大将军埋着头:"天下蜀人,皆为秦民,军民一体,何以言抓?"抬头一笑,"是故,小兄弟,你们一家是本将军当作贵客请来的,非抓也。请,入座说话。"

田贵与那位幕府军吏伸手将三人假扶到座墩上。汔犹豫着该不该落座,却见丈夫与儿子早一屁股坐下。叔汔坐下后,似乎悟到了什么,脸上有了笑意,遂起身,向司马错一施礼:"谢大人赐座。草民不懂礼数,大人见谅。"

"坐坐,不怪,不怪。然则,你们并无失礼之处,本将军想怪也不能怪也。"

叔汔在司马错的手势中顺从地复又坐下。

司马错的中年声音带着老人的慈祥:"本将军统率巴蜀大军伐楚,作为秦民,你们可有什么要告知与我?"

冰发表自己的高论,没有任何铺设:"今日大雾迷漫,行船须当心礁石。"一副认真相。见众人笑,又说,"何故发笑?冰之所言不虚。若不信,且看窗外。"站起来,跑到舱窗下,因够不着高,就使劲跳了跳,还是够不着。司马错起身,上前两步,抱起他看窗外。

司马错笑道："小子，看够了没？"

冰："没呢。"过了好一阵，"好了，看够了，放冰下来。"落地说，"这场雾，再过几个时辰，就散了。"

司马错逗他："告知司马爷爷，到底几个时辰？"

冰略一思忖："三四个时辰也。"又说，"半夜，雾还会回来。"

叔汍："冰儿，一边去。大人问正事呢。"

冰："伐楚，难道雾不是正事？那好，遵父言，冰噤声便是。"

司马错在舱内悠闲地散起步来："兄弟，可有正事告知本将军？"

叔汍："草民还真有一件正事要告知大人，不光是正事，还是大事呢。"说到这里，不见下文。

田贵催问："大事？是何大事？"

叔汍："今秦国大军顺江伐楚，须知楚军正操戈以待。他们在沿江两岸，尤其峡道上，伏有重兵。"

司马错一点不惊，笑问："是么？"

叔汍不悦，咕噜道："信不信由大人。没人敢强迫将军大人。你们要不是秦军，我们要不是蜀人，还不说呢。"

司马错依然微笑："急甚？本将军没问兄弟。本将军问兄弟之妻也。"

泜不望丈夫，只低下头果断回答："民女主人所言不虚。"冰雪聪明的她明白，丈夫这样说，是怕秦军杀进枳地，倘再获悉阳平寨人逃亡至此，一顺手把新筑的阳平寨也拔了。

司马错："莫非亲眼所见？"

泜："嗯，亲眼。"

司马错走近冰，躬下腰身，胡须之瀑几乎罩住冰的视阈，温柔如纤女发问："小子，你父亲，还有母亲，说的可是真话？"一只手已本能地按住了腰间的剑柄。他的细微动作，早被叔汍、泜瞥见，二人心中顿时下起隆隆雷雨。

冰，童人童语，不假思索回答："父亲说的假话，母亲说的不是真话。"

大翼船将军舱一片死寂，又电闪雷鸣。

司马错："何出此言。"已然松开按剑的手，那对夫妇的雷雨随之小了，又更大了。

冰："因为冰没看见父亲说的重兵埋伏。只有眼见了，方为是。"

司马错步步紧逼："那你见到了何物事？"

冰："前天早上从寨子出来，一路上见到了山、水、太阳、蓝天、鸟、风、船、鱼，和各种各样的人。今天见到的，主要是雾，还有司马爷爷的许多大船。一句话，三天里，什么都见了，就是没见到楚军，一个也没见到。"

"可，冰儿，你……"叔沇想解释什么，被司马错用手势挡了。

司马错："你一直跟父母在一起吗？"

冰："然也。"

司马错："白日睡觉吗？"

冰："睡呀。"恍然，遂机智、调皮地一歪头，"可梦中亦与父母在一起也。"

叔沇、泳终于如释重负。

不谙世事的冰，哪里知道，自己的真话，把家人悬于一线的命，救了下来。

司马错："一个楚军也无，那他们在哪里呢？"

冰："这个只有问鸟儿和大江也。"

司马错向田贵耳语了几句什么，田贵点头，迅速出门，没一会儿，又返回舱内。叔沇注意到这个，只能暗自紧张，再起雷雨。冰对此一无所知，此刻，正翻上司马错座椅，趴在桌面上像大将军一样研究起地图来。

大江上，大翼船较太白船摇晃小些，但终究是摇晃的。司马错、田贵的很大一部分精力都放在了这里，生怕跌倒失态。军吏显然来自江南水乡或本身就是水军出身，下盘比上司稳得多，但还是不能与叔沇一家比。叔沇一家仿佛是船的一部分，甚至是水的一部分，丝毫无此之虞。

"不愧为大秦之驯服蜀民，本将军信你们所言。你们三人所言，本将军尽信。"司马错还未笑完全，就收了笑，智勇遍布的脸盘上开始现出驰骋疆场的嗜血将军绸缪杀伐未能得到淋漓展开的痛苦。但，与笑一样，痛苦尚未展开就收了。

司马错和和蔼蔼说："兄弟，你们常年在水上生活，对水路一定知之甚广。既然顺大江伐楚有重兵埋伏，不可行，可知从哪条水路伐楚，最为适宜？"

叔沇："此等大事，草民不敢胡言，但有闪失，草民全家的脑袋也不够大人砍。"

田贵插言道:"大人让说,但说无妨。只要是实说,安有闪失之虑焉?"

司马错向叔氿点了点头。

叔氿:"在草民看来,有一条水路可行。大人的战船从此处掉头,沿大江上行四五百里到达符里,然后左转,入赤水上行,借道夜郎国,即可达楚地黔中郡。然则,大人这艘大翼船行走赤水肯定不行。"阻止秦军前行是怕族人在战乱中遭殃,建议秦军后退绕行是希望秦军损兵折将。夜郎国可没把秦放眼里!

司马错一边听,一边看羊皮地图,随着手指的运动,一条长途奔驰、偷袭楚国的行军路线,已然清晰。

司马错一拍桌面,大喊:"烹肉,上酒!"幕府军吏箭一般射出门外。

司马错面向冰:"司马爷爷请你们一家大吃一顿,可好?"

冰拍手蹦跳、哂笑:"好也,好也!"

叔氿斥责儿子:"冰儿,小孩子瞎闹个啥?大人军务在身,岂能陪草民一家喝酒误时?不醒事的东西。"又朝向司马错:"大人心意,草民一家领了,只是天色已晚,寨子族人不见草民按时回寨,定然放心不下,四处寻找。谢谢大将军、长史,草民这就告辞。"

司马错正色道:"就这样走?"

众惊,不知大将军为何突然变脸。

司马错:"长史,你多给他们一家安排些好酒、好肉,还有赏钱,让他们带走。"对叔氿一家,一笑:"如此,安可?"

众笑。

叔氿:"多谢大人对草民一家的赏赐。"

司马错叮嘱:"回寨小心些,避开楚国徭役和军吏走。"上前几步,拉起冰的手,将从腰带上取下的一块篆有"错"字的白色玉佩放在冰手上:"言念君子,温其如玉。你叫冰吧,来,这块玉佩,司马爷爷送你。但有事体,随时欢迎来找司马爷爷。"

叔氿一拱手:"谢谢大人。"

冰学父一拱手:"谢谢司马爷爷。"众笑。

田贵:"来,跟田贵走吧。"顺手牵了冰出门,叔氿、泳随后。

江雾像洋葱，被时辰的手指一层一层剥着，渐渐薄了。江雾里的视野，越来越远。于是，即便眼睛近视的江鸟们，也能在十里范围看见如是场景：秦军万艘战船泊在大江上，就像一道宽广的堤坝，将大江拦在两边。

田贵："大人真信渔夫所言埋伏哉？"

司马错："若他们一家三口言辞一致，我反而不信。"

田贵："然，如此当有事先编造之嫌。再则，蜀人也可能被楚军收买的。"又说，"那我军是否立马掉转船头开拔？再等，雾就全散了，我军行动楚军尽知也。"

司马错："还是再等等吧。"又道，"别说，那个叫冰的孩子还真是邪乎，居然猜准了雾散之时辰。"

田贵一笑："多半是瞎猫碰到死耗子了。"

说话间，一位百夫长前来禀报："大人，属下得令后，即组成三支斥候，携带信鸽，化装成渔民，沿江细查。刚得到各斥候的飞鸽传书，果然枳地城及其下游峡谷，均有楚国重兵埋伏。"

司马错："长史，传本将军令，趁江雾尚未尽散，全军战船急速掉头，向赤水进发！"

船队掉头上行四五十里后，田贵得到司马错传见，急忙奔进将军舱，无人。军吏告诉他："长史，大人在船尾。"

田贵急步到船尾："大人，田贵在此候令。"

司马错站在船尾望着远方江面，远方以水的速度和船的速度，去往更远方。司马错背对田贵说："楚军斥候无处不在，本将军放心不下冰一家安危。助我军者，岂有反受其害之理乎？长史，你亲领一支百人甲锐，趁夜潜入他们寨子，将冰一家三口带来，本将军泊舟以候。"

田贵："诺！"

流水的速度很快，但还是没比赢天黑的速度。田贵的队伍还没抵达枳地城，天就完全黑了。好在星月还在，他们才不至于擎举火把前行。

没有人知道叔氿一家离开战船后出了什么情况，只有我知道。

我见田贵长史将他们三人送上装了酒肉和钱币的独木舟后，彼此立于船头作揖告别。我见独木舟载着他们三人朝下游漂去。我见他们快到枳地时,就被人跟踪了。身后的尾巴撑船、靠岸、上山,一直看见三人进了寨门才飞快离去。

寨主还未靠岸,就兴奋地仰头向山包上的寨子呼喊:"喂,族人们,叔氿回寨了,舟上有好酒好肉,下来几个青壮,帮着搬啊!"几个青壮一眨眼就连爬带滚到了面前,大家你背我扛,把舟上财物搬上了山。冰也没闲着,抱了一条活蹦乱跳的鱼。鱼滑,老从他小小的怀中跑到地上草丛中,他就一路走一路抓鱼。是条鲤鱼,命大,出水时间长,进了寨子,冰将它放进鱼塘,它就摇头摆尾游弋起来。

入夜,天的凉与篝火的热相抵消,还是昼的凉热。篝火在寨子中间小巧玲珑的旷坝上噼啪燃烧,把年轻寨主黑红的脸映得光芒万丈。全寨人围着古老篝火,更围着慷慨激昂义愤填膺兴奋难抑的年轻寨主。

寨主:"族人们,秦军可恨乎?"

众族人:"杀我族人,毁我寨子,可恨!"只冰沉默着,手里玩着玉佩,像个哲人在思考什么的样子。

寨主:"离开蜀山阳平寨时,叔氿曾发誓,以牙还牙,血债血还,杀秦狗,给死去的族人报仇。大家可记得?"

众族人:"记得!"

寨主:"战国七雄,秦不可一世,藐视诸侯,巴、蜀皆为其灭,我族纵有血恨家仇,又奈它何如?然则,我族避难赤水时,偶然得知,夜郎国地大人众,山如刀,水似剑,不惧秦。大家可记得?"

众族人:"记得!"

寨主:"我族积弱,但天佑我族!今天,天上的老祖宗让我们逮了机会,叔氿、洓、冰,成功将司马错统领的巴蜀两郡秦军,引向赤水,引向了夜郎国。叔氿相信,夜郎国的刀剑,会为我族雪耻!"

众族人:"感谢天神,感谢祖先,寨主万岁!"

我的这些裔孙真有意思,本王什么也没做,却把功劳记了一笔在本王身上,这叫本王说什么好呢。

酒。肉。歌。舞。全寨人一直狂欢到二三更天,才随着篝火熄灭下来。有些醉意的叔氿见儿子坐在一边地上玩玉佩,就过来训斥儿子:"不是让你把这秦狗的烂玩意儿扔了吗，怎么还在？"一把抢过，随手扔向寨栅外边，但用力之猛，竟似投掷一支梭镖，自己又下盘不稳，趔趄了几下，险些摔倒。又一把拉了儿子回木屋睡觉。儿子也懂事，见寨主父亲醉了酒，也不反驳，随了去。

父亲拢屋就上床，上床就打鼾。母亲喊儿睡了，简单收拾屋子，也睡了。冰自然是假寐，悄悄起床，轻手轻脚出门，又悄无声息出了寨。寨门处是有一位族人轮值的，但他的眼睛向着寨外，哪会留意身后呢。冰借着月光在草丛中寻找玉佩，找了老半天也没找到。后来，飞来一只萤火虫，就去捉，怎么飞，怎么捉。这样，就忘了找玉佩。萤火虫在他前边两步远处飞，终于忍不住，一个跳跃俯冲，向前伸手一抓，没抓住，身形却变成狗啃屎。伸手从嘴里取出屎，哪里是屎，却正是闪闪发出温润光泽的白色玉佩。

从草丛钻出，冰上了寨前山路，还没拢寨门，手执长矛的轮值就发现了他："冰，怎么是你？"

冰："十二叔，是我啊，怎么啦？"

轮值惊讶："你是怎么出寨的？这都快四更天了，出寨干啥？"

冰："冰当然是飞出去的，冰当然是从十二叔头顶上飞出去的。至于出寨干啥，冰来告诉你吧。玉佩，十二叔知道玉佩么……"

正说间，空气中传来"嗖"一声疾响，一支冷箭贴着冰头顶飞过，端端插入轮值的心口。轮值訇然倒地，冰伏在轮值身上着急地呼喊十二叔。轮值盯着箭杆上的土黄色标志，望着寨外突然燃起的火把，发出临死前的急切呻吟："快，通知寨主，楚军袭寨，撤，撤……"言未毕气已毕。

冰急忙起身，一边往家跑，一边大喊："阳平族人，楚军袭寨，快撤，快撤！"

本王的族人们什么都不知道，灾难就又一次降临到了他们头上。夜袭他们的楚军中，还有他们熟悉的县衙小吏。而夜袭他们的原因，则是寨主夫妇与秦军的勾当，被楚军的斥候全面掌握。住在天彭阙的本王知道发生在枳地的一切，却什么也做不了。

有顷，寨子二三家窗口有烛光亮起。冰刚跑到家门，就见父母一边整衣一边取下墙上挂着的铜刀。父亲出门望见寨门外的火把，急忙将旁边的一面战鼓摇了起来,一边摇,一边喊:"阳平族人,楚军袭寨,各家各户,扶老携幼,寨后撤出,寨后撤出!"

敌快我快,我快敌快。夜空中闪过一道流星的光亮,那是带火的箭镞从寨门外凌空飞来。一时间,房舍火光冲天,鬼哭狼嚎。一些族人冲了出来,一些没有。

早有人拎着砍刀把寨后栅栏砍开。叔沈抱着儿子,牵着妻子,指挥从大火中冲出的族人向砍开的栅口跑去。正跑中,看见栅口外边突然燃起一片火把,火箭"嗖嗖嗖"射来,便指挥族人从左撤。正撤间,寨左亦燃起一片火把,射来漫天火箭。向右,还是火把、火箭。族人不断倒地。

阳平寨被围,四面楚歌!

年轻的寨主正待率仅存的二三十个族人从前门往外硬冲血拼时,披戴土黄色盔甲的楚军楚声厉厉,从四面杀入寨子,近身杀伐。不多时,族人即被楚军冲杀得七零八落,溃不成军。纵是如此,族人以一家一户为战斗单元,还在各择路径,顽强突围,并相继倒在顽强突围的血泊中。

正在这时,一支百人甲兵脱下楚人布衣,露出黑色盔甲,举着火把从前门突然杀入寨子。他们目标明确,直奔主题,一入寨子就齐声大喊:"冰何在?冰父何在?冰母何在?"显然,长史田贵率领的队伍赶来了。

训练有素的楚兵立即对外敌介入的战情做出了反应:队伍一分为二,小部分继续灭杀阳平族人残余,大部分截杀秦兵,同时,那位丑陋的号手用牛角号吹出了漂亮的求援号。

一支黑龙在一片土黄色中游动,既像肩负斩首行动的队伍,又似择路而逃的困鲸。不时有黄黑色块锵锵倒下。

不知从哪里来的一场坨坨雾,突然就把寨子所在山体全罩住了。

有位身负重伤依然在力战的族人告诉奔寻过来的田贵:"寨主一家在那边!"见田贵不解,又道,"冰是寨主的儿子!"他用蜀刀指了个方向,同时被一把楚刀削了半边脑壳。

田贵杀了族人朋友的敌人,率众一边呼喊一边向族人朋友指的方向杀去。这时他听见了冰的呼叫:"长史叔叔,我们在这里!"

雾像一把利刀,割散了参战三方的战斗序列,让一场偷袭战、一场救援战、一场撤退战，打得像了一团乱麻。因此，田贵一路冲，跟随上来的人一路少，杀到寨外童音处，只剩一个卫士。却见地上尸体横七竖八，叔汎夫妇护着儿子，正与七八个楚兵厮杀。叔汎跛着一只血红的腿，红着一对鳄的眼，渐渐不支，一家人危在旦夕。田贵与卫士两道黑影立即卷入其中，偷袭成功两敌后，即与叔汎一家形成统一战线，跟土黄色对手展开鏖战。叔汎只愣怔了一下，就认同了这莫名其妙的敌我分划与站队。

有个楚兵贼精，给一个战友悄悄做了个动作后，就突然持矛朝泳牵着的冰刺去，田贵一见，挺身护住冰，挡在矛前，泳反手一刀，架开了矛。埋伏在一边的那位楚兵战友迅速搭箭向田贵射去，刚被对手击倒在地的叔汎一见，立马站起，用身体挡了箭镞，救了田贵一命。同时，他拔出胸前的箭镞，用最后的力道投在了射他的敌人身上。

田贵一时大怒，大吼一声杀，疯了样扑向敌人，卫士紧跟。泳牵着冰扑在叔汎身上，又把他抱拖到一棵古柏下，靠着树身。田贵与卫士一气杀光四人，剩下一人大惧，溜之。

田贵跪在叔汎面前，哽咽道："谢谢恩人救了田贵一命！这辈子，田贵欠寨主的！"

叔汎喘着气，非常吃力地说："你也，救，救了冰。咱俩，扯平了，谁也别，别说，欠不欠的。"

田贵："我们秦军也欠寨主一家。要不是你们，司马大将军船队，就真中楚军埋伏。故而，寨主，寨主一家，不惟是我田贵的恩人，大恩人，亦是秦军的大恩人。"

叔汎恍然："原来，楚军，灭我阳平寨，是因我……"痛苦嘶叫，"天意呀！"

寨子大门方向传来很大声响，且夹杂有楚人的口音："援军到也！援军到也！"

叔汎用尽最后一口气说："长史，叔汎求你，求你件事，帮叔汎把，把泳和冰，带下山，母子的安危，拜托了………阳平寨不能，不能断根，求长史了！"又拉着儿子的手，"冰儿，从现在起，你是阳平寨，新寨主！"对泳："你要，你要扶持冰儿。"

又对田贵说:"此外,秦军,赤水……"头一歪,落气了。

冰呼:"父亲!"

泳喊:"叔汎!汎随你来也!"抓起一柄刀,要抹脖,被田贵飞快夺了。田贵斥道:"不可!你走了,你儿子奈何?"冰哭喊:"母亲!"汎一下醒悟过来,搂过儿子,儿子被搂得喘不过气。

田贵一边劝一边拉母子:"走吧。再不走,来不及了。"

汎抹着泪:"叔汎,在这里等汎,汎会回来的,一定会回来的!"

田贵强行将冰抱在卫士背上,自己拉上汎,向寨外树林跑去。刚跑出去二三十步,卫士背上的冰大叫起来:"放冰下来,放冰下来!"三位大人停下步。汎问冰:"冰儿,何事?"冰用手指着旁边草丛:"那里,婷妹妹!母亲,冰要你带她走。"草丛中,躺着一对年轻夫妇,一个一岁左右的女孩坐在地上大哭,只是大约哭得太久,她的大哭实则为嘤嘤细雨,如果不是冰耳尖眼明,很难有人听见看见她。

汎没有犹豫,一把将女孩抱在怀里,朝前跑去。田贵持弓弩断后。雾,一路追赶,你快它快,你慢它慢。

跑了一阵,田贵把卫士背上的冰抱在自己怀里。冰的小小秋衫斜拉在一边,皱得不成样子,田贵给他理了理,看了看他右肩上的胎记,对他笑了笑,然后继续在夜雾中跌跌撞撞奔逃。冰从衣兜里掏出一枚野果,喂田贵。田贵吃一口,他吃一口。田贵时年二十五,望着怀中的冰,竟有一丝当父亲的奇妙感觉。田贵也有个三岁的儿子,田桑,在咸阳,但奇怪的是,三四年来,自己当父亲的感觉,今天才找到,并且是在别人的儿子身上找到的。

在蜀地阳平山时,寨子好好的,平白无故遭秦军烧寨,于是逮着机会找秦军报仇,谁知祸秦却成了帮秦,而不论祸秦帮秦,都惹火烧身,害得族人再遭屠宰烧寨之灾。作为阳平寨人,怎能不仇秦?另一方面,本族惨遭楚军偷袭屠宰时,百名秦兵又拼死相救,伤亡惨重。更令人感动的是,长史田贵还救了冰的命,保住了阳平族人的根脉。并且,夫君寨主临终似又与秦军长史田贵和解,为了一脉香火,居然含有让儿子认贼作父的意思。汎抱着女孩,一路奔逃,一路盘想,越想越繁复,越想越郁闷、痛苦和纠结。

终于到了涪水边。天已蒙蒙亮。山顶焚寨之火还燃着。

涪水边一条斜汊小溪，隐蔽着十几艘船，船边站着五六位布衣秦兵，地上还坐有几位显然刚从战场上下来、气还没喘匀的甲士。他们正商议着什么，见长史几人来了，一位什长立即迎上："长史终于脱身。属下正商议如何上山去寻长史。"

田贵没搭什长的话，对泳说："请移步上船，寨主夫人。趁天还没亮，赶快离开此地。"

泳从田贵怀中接过冰，放在地上。冰问田贵："长史叔叔要带冰和母亲去何处？"

田贵躬下腰，扶着冰的肩膀："先去军中，司马爷爷还泊着船，等着我们。待安全了，你们想去哪儿都行，田贵亲自相送。"又说，"田贵来保护和搭救你们一家，正是奉司马大人之令。只是田贵无能，有负司马大人信任，不仅没完成好使命，还连累了寨主性命，心中甚为不安。"

泳一施礼："谢谢长史，并请长史代草民一家向司马大人问好、致谢。草民母子这就告辞。冰儿，跟母亲走。"从怀中女孩身上腾了一只手，牵了冰匆匆要走。田贵不解，拦了问："这就走？去何地？有何急要事体要办？"泳说："恕泳不能直言长史，此乃本族内部事体。"田贵："既是族内事，田贵确乎不便打听。只是楚军尚在剿杀贵族，你和孩子一定要注意安全才是。楚军应该已烧杀、灭绝了你们族人，你们这一男两女，应该是劫后余生的仅存者。故而，有任何需要田贵帮助的，尽管盼咐。"

泳："明白，谢谢，但有，定烦长史一助。"又走，又住步："对了，冰儿，长史是你的救命恩人，跪下，向长史谢恩。"田贵忙不迭推却，又哪里推却得了。屁股朝天，头朝地，冰跪下就是三个响头。女孩婷甚觉好玩，咯咯笑了起来。

泳牵了儿子又走，田贵喊了声："嫂子。"泳大感意外，不解地望着面前这位从戎的白面书生。田贵进一步，动情地说："嫂子，寨主大哥救了田贵一命，田贵可以把你喊嫂子乎？"

泳只想脱身，答道："长史不嫌，民孺自不必说。"

田贵一施礼："谢谢嫂子！"又望着冰，"另外，兄弟还想收冰为义子，谨请嫂子成全！"

氵水看都没看儿子一眼，直接应承下来："好，能成为长史义子，是冰儿之福。时间紧迫，我看拜继之礼今日就免了。冰儿，我们走。"

冰调皮地："母亲，认田叔为义父，你也不问我干不干，不觉太武断了？"

田贵望着朝涪水上游方向走去的氵水和两个孩子，一脸憨笑，又一脸无奈、担心。

田贵哪里知晓，氵水急于离开他，是不想面对他那双清澈如赤水的眼睛。这双眼睛让她须臾不能忘丈夫叔氿那双痛苦、矛盾的眼睛。她太想把一切，一切的一切，都告诉给面前这位白面书生。她想告诉他，丈夫是怎样一个人，丈夫想做的，是借夜郎国的刀、赤水的刀，杀秦军，为族人报血海深仇。这样的丈夫，还有自己，能为暴秦所容吗？自己死了倒没啥，正好生死随了丈夫，可自己能拿叔氿的血脉、阳平寨仅剩的唯一男人的命，来赌暴秦的仁慈、宽谅？就算面前这位白面书生能宥之，他能担保司马错，还有咸阳城的秦王，能放过杀秦、仇秦并欲再度谋害秦的人？再者，田贵似已知道我们一家三口的身份与名字，这就更方便他们查找阳平寨逃犯，暴露我们自己了。自己说出心中的块垒，自己敞亮了，透明了，可万一儿子的命没了，自己对得起丈夫和族人吗？既然不能预知风险、排除风险，既然把秘密封存在自己胸中，痛苦的只是自己一人，那还说什么呢？那就让命运来痛苦氵水折磨氵水吧，除此，并无另途可走。

所以，避楚逃秦是唯一的另途。

此外，氵水还真有本族的大事要事要做，那就是，将包括寨主丈夫在内的族人尸体瘗埋。

氵水带着两个孩子并没急着走远，走了一二里后，就躲在一块高处的岩石后面。之前，已透过水雾，亲眼看见田贵一行划船疾疾去了，现在，她还想看看楚军的动静。等了约两个时辰，楚军排着整齐的阵列，凛凛来到江边与山寨大门相连的那个码头，上船，离开，并无耽搁，俨然凯旋，急于返回领赏的派头。氵水看见楚军抬走了他们的伤兵，没有看见抬走尸首。

氵水哪里敢立即上山回寨？楚军是撤走了，可寨子里是否还有留守者？再者，今天撤走了，明天后天又返回怎么办？更重要的是，按照她的判断，应该是还留有工兵在山上掊坑埋尸。现在的冰就是一块冰，风险就是一团热，氵水不敢让一丁点儿热与冰产生联系。

氺决定在巴郡躲避些日子再上寨子。氺将自己化了男装。她太漂亮了,她不想因为这种漂亮,给两个孩子带来不安全因素。

"叔氿,等着我,我一定会回来的!"

氺朝山寨方向小声喊了一嗓子后,背着婼,牵着冰,沿涪水岸边下行到大江,又沿大江边,上行至巴郡。对于鱼凫族人来说,没有比沿着河流走更安全的路。亦水亦山,亦山亦水,下水可捉鱼,上山可摘果。敌从水来上山,敌自山来下水。怎么着都是一条活路。

六七天,入了巴境。在巴境江边搭了草寮,刚想着安安生生住些日子再返枳地,结果一住进草寮,就急不可待想往枳地返了。她对冰说:"儿子,你父亲托梦给母亲了,说想我们母子了,我们去看你父亲吧。"冰说:"父亲咋不托梦给冰?"氺说:"父亲知道冰太小了,而父亲的梦,又太重。"

刚入巴郡就止步,乃至刚住下,又急于离开,除了叔氿托梦,还有一个原因,那就是氺怕司马错兵挫夜郎国,派人追杀自己,毕竟巴境亦为秦国。住在秦国边境,原本就是防着万一事发,即可潜逃楚国。

来六七天,返只用了五六天。心情施加在腿脚上的速度应该是大致相当的,来是逃楚,返是追梦。依然是陆路,依然走的水边。对于顺水向和逆水向,虽说陆路速度远没有水路的影响大,但毕竟是有影响的。即或坡度不大,顺水向也是下坡,逆水向也是上坡。往返差出一天的根,在这里。

这逃楚又逃秦、颠沛流离的半个月,让我的裔孙冰大大地成长了,竟像换了个人似的,准确地讲,是由一个冰,变成了两个冰。此前的冰,是寨主夫妇的儿子,现在的冰,除了是寨主夫妇的儿子,还是孤女婼的哥哥。

进入枳地的阳平山寨前,氺踏勘侦察了两次,一次是晚上,一次是白天。先是晚上,晚上隐蔽性强,安全。躲在附近山林望去,没望见灯火,也没听见狗吠,但不能完全证明无人。白天又去看,空寨一座,就奋力掷了一块石头过去,等了小半个时辰仍不见动静,这才放放心心带了俩孩子进寨。

虽早有准备,一进寨,氺还是失声大哭起来,同时"砰"一声,双膝打在地上。再把两手伸出,一拉,两个孩子也一左一右跪下了。两个不谙世事的孩子本来是不想哭的,见母亲哭,也跟着哭了——显然是被突然变得歇斯底里的母亲吓哭的。

整个山头炭一般黑,俨然一片烈火焚过的火烧地。

进寨没见到遍地的族人尸首,见到的是包括族人骨头在内的遍地骨头,一片狼藉。显然,这些骨殖没被人动过,甚至动物也没光顾过这片火烧地。面前是尸体过火后留下的白森森的骨头,除了穿戴有黑色盔甲的无头骨头,剩下的皆为族人遗骨。秦兵的首级,均被楚兵割下,带回去报功领赏了。

泳跪在寨子大门处,一边哭,一边说:"主人,你的妻子泳带着你的儿子冰、女儿婷,回来了!族人们,泳回来了!泳回来,就是让你们入土为安的,入土为安了,你们都可回蜀国的阳平山了。泳最终也会回去的,冰也会的,婷也会的。我们三人,即便被天神安排去了天边,入土后,就能回阳平山。为了让你们更快地回阳平山,泳会用独木舟送你们回去的。泳知道这件事很难,但只要泳不死,就一定做到。"

泳说得对,又不全对。阳平寨人死后,会从地下回到阳平山。但阳平寨人究竟也是鱼凫族人,而所有的鱼凫族人,都会升天到天彭阙内,与我住在一起。阳平山,只是阳平寨人升天前的地上客栈。

没费多大劲,泳就找到了自己的寨主丈夫叔汎。寨主是漂亮而又热血的,但从骨殖上却看不出这点来了。在泳看来,如果拿骨殖与骨殖比,寨主这副,依然比其他任何一副漂亮、高贵、热血。泳领着两个孩子,对着这副骨拼的艺术品,做了最深彻最刻骨的祭奠。

毕竟有过一场血腥杀戮,虽有过火,依然有血腥味笼罩和苍蝇飞舞。泳砍来柏丫,蓬松放置于寨基四角,钻木取火,让冰举着松油火把,东南西北,一一点燃。随着浓烟升起,柏香味随风而动,很快覆盖了山顶。此山再无异味。山寨原有猎刀、铁耒、鱼叉等工具,虽烧得有些变形,但还是可堪使用。

用时两天,搭了简易草寮,三人算是有了家。

几乎是一鼓作气干完的这些活。泳把随身带回的干鱼、饼子等食物,全部给了两个孩子,自己则采野果充饥。好在秋季未完,野果不缺。

她下山,来到涪水边,折入汉溪,从藤蔓遮掩处寻到了田贵扔在这里的太白船。一数,八艘。树大招风,财多惹祸,她决定一艘一艘卖。

卖船所获，泑一律放进了山上的藏宝洞中。我们鱼凫族人的每个寨子，都有自己的藏宝洞。藏宝洞藏有山寨的宝物、钱财和秘密，地点只有寨主夫妇知道。

他们去枳地集市采购了衣食药盐和一些工具。冰、婞兄妹玩得很高兴，婞喜欢各种小吃，冰喜欢玩具、杂耍和各种兵器、百工机具。泑临时起意，买了几卷简册，她决定抽空教两个孩子识字念书。她哪里知道，两个孩子，一个太爱念书，一个太不爱念书。她脑袋中的那些字、那点知识，才教一遍，冰就全会了，且倒背如流。婞呢，对她来讲，泑的说教，等同于催眠曲，课还没展开呢，就入了梦乡。

冰不想离开集市，扯着母亲的衣角："母亲，冰喜欢这里，我们不走，就住这里，好吗？"

泑："冰儿，不行。起码现阶段不行。现阶段，我们三人的家，在山上，在父亲的寨子里。明白吗？"

冰："不明白。母亲，走吧，我们上山，回家。"

六年后刚开春的一个清晨，泑指着墓坑中永恒飞翔的巨大鱼鹰说："孩子们，开春了，解冻了。从今天起，我们三人开始投入新的事体。新的事体，严肃神圣，一言一行，都有规矩。所以，一切行动听母亲指挥。记住，族人丧葬，入土为安，顶顶重要的，就是一个'安'字也。要族人的灵魂安，必要族人的骨殖安，要族人的骨殖安，必得我们一家三口的心安。我们来到枳地，已然六年。六年中，除了正常生活的一年，五年来，母亲带着你们做的只有一件事，那就是，为不幸的百余族人办理丧葬事体。五年，我们三人完成了清理寨子、建设家园、扩塘改墓、搬舟上山，等等。接下来的事，母亲计划用三年时间完成。躁不得，急不得，慢工出细活，讲究的还是一个安字。孩子们，记住没？"

冰、婞："记住了！"

泑："好，孩子们，开工！"

婞已七周岁，能干一些轻巧的杂务了。

接下来的活，有点肖似后世文物工作者的文物发掘、文物清理、文物搬运与文物修复，以及文物就地回填原态保护。

当年为保护骨殖而覆盖了两尺厚泥土的整个寨基，成了如今的发掘工地。掘口定在寨南边缘，此处埋着阳平寨年轻、英俊的寨主叔汍的骨殖。

祭拜仪式毕，他们轻挖细刨，移走叔汍身上的土，取出零乱的骨殖，按仰睡之姿，一块一块摆放、拼接在一张木板上，而后将木板抬至墓坑中墓主户头上的舟旁，挪开棺盖，按原位摆放骨殖于舟舱中。对损伤的骨殖，用白泥进行修补。对缺失的骨殖，则用白泥和鱼骨捏塑仿做，予以替代。几乎所有死者的骨殖，都有修补和替代品，不是生前缺膊子少腿，掉牙折骨，就是死后在焚烧和践踏中身首异处、身飞体散。我们鱼凫族的骨俗是，生为二百零六块，死亦二百零六块。对骨俗的神奉，使我们鱼凫人拥有了一项特别的辨骨能力，即认识一个人的皮囊，就认识一个人的骨殖。随便有多少人的骨殖混杂一处，我们的族人都能让它们一一归位，回到各自生前皮囊里的骨局之中。船棺中的骨殖被拼接得美丽而本真。三十四具船棺中，只寨主这具显得空旷而孤寂。望着丈夫身旁的空位，汯再次萌发了同去的念头，直想跳入棺中安然睡去，渡回阳平山。这个念头一浪一浪升起，又被身旁的儿子一桨一桨打掉。枳地丧葬工程中，最精微、耗时的，就数对位拼骨了，而拼骨前的辨骨、捡骨和寻骨事体也是万分繁重，少一块不行，多一块也不行。解决多余物问题，往往比解决前者更难。拼了骨，跟着，寻来墓主生前使用的渔具、猎刀、食具饮具等铜、铁、陶、石器物，钟爱的玉、锦等物什，以及金银钱财等，随葬舟中。钱财取自藏宝洞。随着船棺的丰满，洞藏三百万钱的地方，堪堪成空。汯将阳平寨所有钱财按族人一家一户身份等级分为三十四份，寨主最高，奴隶最低。奴隶可以不享受的，但寨主夫人还是考虑了他们。

一具船棺的骨殖、随葬品全部入殓后，一百零八颗木钉动作起来，钉上了棺盖。刚一钉上，蜡就扑下身子，吱吱叽叽来回滚爬，密封了所有缝隙。

盖棺之前，汯率儿子冰，再次祭奠了亲人。母子心情沉痛，但没有用声响和泪水哭。泪水是最小的海、最大的海，动静太咸。

第二十六具是婥一家的船棺。盖棺时，汯特别喊来婥，让她牢牢记住这具船棺，好好祭奠。婥牢牢记下了这具船棺，也好好祭奠了，但不知为什么要牢牢记下，好好祭奠。

汯："女儿，你不是爱哭吗？现在哭吧，怎么哭都不过分。"

婤试着哭了几下，但终是没有成功。不仅哭不出，她还有笑的冲动。望着一脸肃穆的母亲和兄长，硬生生将喷薄欲出的咯咯笑声咽了下去。

让婤将棺中人当亲人祭，是让棺中人心里好过。不告诉棺中人是她亲人，是为了让她的生活好过，成长顺风顺水。

为三十四具船棺钉了盖，封了蜡，髹了漆，选了天时，集体祭祀后，他们开始了填土封墓事体。这墓要是隆出地面来，一定像个小山丘。但没有。为了隐蔽，不被吃鬼饭的人盗墓和仇家掘墓，他们在墓顶上植了树木花草，抛了乱石，将其做得跟周遭地坪环境一致。

过了风，过了雨，过了烈日与雷电后，这匹空山上哪里还有一座巨墓的影子？一群蜀蝶绕墓盘旋，其数量与墓中人完全一致。

其实，枳地丧葬工程的难处，就两点，除了人手太少，就是隐蔽性问题。筑墓八年来，泳不光手脚忙，耳目也忙，甚至后者更忙。前四年，担纲放哨、瞭望、巡山的主要是冰，后四年主要是婤。八年中，空山上所有的良善动物都见惯了两个孩子的美得惊人的赤脚奔跑，都视他们为同类。所有的非良善动物，都成了泳那张蜀弓的猎物，都被泳的火把逼去了另山。

但纵使鱼凫族人墓地再怎么隐蔽，再隔多久，墓主的后裔也能准确找到。除了他们，谁也不能嗅到团在墓地不离不弃不亏不盈的鱼水气息，灵犬也不能。

泳没有想到，无常的命运将她的寨主夫人的人生，衍变成了守墓人的人生。她已决定，这一生，只做一件事，那就是为族人守墓。守墓的同时，守好冰，守好婤，让兄妹俩好好成长，长大成人，让阳平族人的血脉顺着河流一样的时光流布下去。

但不到一年，情况发生了变化。

这个变化需要泳接受一个事实：你要守好墓，当好守墓人，必须逃离墓，远离墓。

本来，作为阳平寨人，天下哪里都好，就是不能待秦国和楚国，但偏偏泳待了九年的地方——枳地，总也逃不开这两个国家的统治。九年中，你打过来，我打过去，枳地不是姓楚，就是姓秦。泳不怕易帜，她怕的只是这种易帜对空山带来的不利。这种易帜之变、之乱，却没有导致空山之变、之乱。空山依然静如处子，安之若空。

担心的，没让她担心，不担心的，偏偏让她担了心了。

进驻空山的这些年，空山即空山，最近一年才知道，空山不仅是空山，还是鬼山。消息来自枳地城。赶了集，汈肩着货品带着俩孩子往回走，经过涪苓客栈，老板热情拉客："客官，还赶路啊，再过一两个时辰，天都黑了。住店不？"汈回礼："不住。"老板对两孩子："小妹妹，小弟弟，渴不？喝碗水再上路吧。"婕："母亲，渴，想喝。"汈："老板，买两碗吧。多少钱？"老板从门边水缸舀了两碗水给两个孩子："不就两碗水？说什么钱。客官，你们这是去何地？"汈说了个更远的地儿。老板："那可要经过鬼山脚下。"汈："鬼山？那山不是叫空山么？"老板："空山即鬼山也。"刚得到这个消息时，她万分震惊，只想立马逃离枳地。可静下心一想，反觉得这是好事了。别人怕鬼山，不碰鬼山，这正是自己求之不得的好事。自己呢，这么吓人的鬼山，竟一住多年，屁事没有。真个是无知无畏，早知是鬼山，自己如何不怵？既是鬼山，楚人不碰，秦人不碰，原来根儿在这里。

在飞地上生活，还有什么可担心的呢？

正是这种不担心的自在生活，惹来了担心。

按照当地人遮遮掩掩鬼鬼祟祟的传言，自阳平寨族人和好些秦楚军人变鬼后，鬼山一下进入了活跃期，鬼影幢幢，时不时就有过路客撞见鬼。有说鬼是两个小鬼，一个男小鬼，一个女小鬼，总是在跑，快得像风，停不下来，有说鬼是三个，坐着鬼器，从山顶飞下来，吓死个人，有说鬼山阴气太盛，盛得都冒烟了。越说越神，越说越没人敢进山，就是要路过，也一定绕道走，这叫惹不起，躲得起。

人上一百，形形色色。总有人不怕鬼，这就为鬼山带来了情况。

鬼带来了情况，人也带来了情况。

人的情况是秦兵盔甲带来的。将烧损的秦兵盔甲变成资财，是有风险的。这个，汈知道。但族人回故乡需要这些资财，有风险，也得冒，或者说，有风险，就化掉它。汈的化掉方式是，一次几副几套，不定期地，用独木舟载着，运到不同乡里，卖给铜铁工坊。回到山上，即把卖来的钱币，放进藏宝洞。一位年轻秀气"商人"的如此行迹，一次两次可以，多了，就让人疑窦丛生。打听乃至调查这位有着蜀人口音的"商人"来路,已有风生水起、趋之若鹜的征兆。

还有一个信息,泑不知。泑若知了,会更紧张。这个信息就是,阳平寨幸存者从蜀郡逃亡后,甘茂无有动作,甘茂一心只在抓陈壮上,但并不代表牛鞞酋长金渊没有动作。金渊派出的暗探一直在查找叔汎这伙人的踪迹,当得知他们被楚军灭族后,才放下心来。放心了两年,金渊又不放心了,又开始派人寻查。灭族,虽是官方民间共同的说法,但毕竟只是口实,没见尸没见骨的。待终于查到鬼山上,鬼山还真是一匹空山。泑带着儿女刚刚登舟离开,在涪水流入长江处,与暗探船只擦肩而过。接踵而至的,是秦国廷尉署派出的斥候。

三人是人是鬼?是人治人,是鬼治鬼。治人好治,有的是办法。治鬼也有办法,号聚众巫,封山打鬼。

人鬼带来的情况,形成了若干似有似无的信息,准确地讲,是一种气味,让泑的嗅觉有了反应。如果外界发现他们是人,那这三位未亡人待在鬼山干吗?继续追索,就会得知,除了守墓还能干吗?泑非常明白,自己要做的,是让鬼山没有守墓人。没有守墓人,自然就没有墓了。

泑果断决定,离开鬼山,离开枳地。

如果外界认为我们为蜀人,而非蜀鬼,逃则一定逃向蜀地。但我们偏不。我们决定顺江而下,江水带我们到哪里,就到哪里。泑幽幽一笑。

其实,泑不入蜀,还有一个根本性的原因,她前不久听到一个传言,说蜀侯恽叛乱,司马错带兵入蜀平叛,恽被逼自杀身亡。当年阳平寨被毁,族人遭屠,不就是秦军入蜀平叛的结果?今又遇此乱,怎敢返蜀,自投罗网,重蹈覆辙?

传言始于成都,传到枳地,用了大半年时间。待传到泑的耳中,已是一年以后了。

泑将工具、餐饮具以及拆除草棚的材料,全搬入藏宝洞,然后垒石封洞。鬼山上所有人为痕迹都一一消失后,才住手。

冰:"母亲,孩儿不想走。孩儿不想离开父亲。"

婞:"母亲,女儿也不想走。"望一下冰,"女儿也不想离开父亲。"

泑:"孩子,母亲也不想走。但为了保护你们的父亲和族人,我们必须走。"

冰："孩儿听不懂母亲的话。孩儿就是不走。"

泺问婳："你呢？"

婳："哥哥都听不懂，婳儿更听不懂了。婳儿听哥哥的。"

泺："母亲给你们说过多次，你们为什么不听？"佯装生气，"那好，你们兄妹就留这空山上，母亲一个人走。"

冰："冰儿不要母亲一个人走。冰儿要保护母亲。"

婳："婳儿也要保护母亲。"

公元前300年，即蜀侯恽叛秦被平的次年，十一岁的冰和九岁的妹妹婳，随母亲泺，放舟江上，再次逃亡他乡。江雾翻卷，故土蜀地越来越远。

3. 长流水命：跟着河流走

草木深深，江风河风从不同方向上山，催着他们上路。

泐与儿女还在跪拜。他们面前，草木如兵乱，如动词，一副比湍流都着急的样子。这是夏天丰水季，所有水都急着办自己的事体。

独木舟载着三人，顺大江而下，疾行二百里，见江面和两岸没什么异样，才放慢了速度。他们两手空空，没有钱，没有值钱之物，随身携带的所有物事就是一个小布袋装着的干饼和风干肉条，另一个小布袋装的衣物。他们需要补充物资，但这个委实简单，江水中食品资源，完全可满足这点，而水中捞食，于鱼凫族人又是小菜一碟。

但泐是不会仅仅满足衣食之足的。她在解决衣食问题后，一定会攒积儿子的学资和为儿子寻求一位好先生。至于女儿婞的问题，她则决定亲自执教。

这样做，她认为是自己的义务，更是为了叔汎和所有亡故的阳平寨族人。

泐是有大资财的，但她把它们交给了死者。育儿教子，作为母亲，她决心凭一己之力。

舟过鄢城，上岸，又待了一个月。正是在鄢城，他们与嬴梼父子相遇了。

这天下午，泐带着冰、婞在江边街角摆摊卖烤鱼和蜀绣，一位独臂中年人，一位美少年，这肖似一对父子的两人，从摊前经过。少年到底是没扛住烤鱼香味的诱惑，扯了下中年人的衣襟，说："父亲，孩儿饿了，想吃烤鱼。"他其实刚吃饭不久。父亲也不点破，笑笑，走到摊前："老板，来两尾烤鱼。不，四尾。"然后,立在一边,欣赏着面前这位少妇的美丽和她娴熟的手上动作。

泳:"好的。客官稍候。"

正在这时,着一条半长短裤、一身水淋淋的冰从江边过来,手里拎着一串尚在活蹦乱跳的鱼。"母亲,冰儿回来了。"问候了母亲,又冲小顾主友好地笑了笑。少年也笑了,却是对着冰旁边的婷笑的。婷坐在蜀绣摊后,手上正忙着刺绣的活儿。摊前,斜立着一块木牌,上书"代子求师"四字。搁了鱼,冰勾着腰用一把蒲扇给火炉送风。

冰从竹篓中取了几张粽叶,包了鱼,装在一只小篮中,递给少年。少年接了,友好地说了谢谢。侧身,又指着婷面前的蜀绣对父亲说:"父亲,这是何物,真好看,漪儿想买一件。"中年人:"是刺绣。"伸手拿了一条手绢察看,问泳:"蜀绣?绣得真好。"泳:"客官行家,此乃蜀绣。"中年人:"漪儿,你喜欢就挑一件吧。"少年:"谢谢父亲。"对婷说:"嬴漪不会挑,小妹妹帮我挑一件吧。"婷也不客气,挑了件花色素朴的手绢递小客人:"这件,行否?"少年:"你挑的,安有不行之理?谢谢小妹妹。"

中年人用左手从衣兜中取出一方赤金,放在婷手上:"小妹妹,拿着,不用找了。"向泳施了一礼。泳回了一礼。

不用说,身着华服,时年四十四的独臂中年人就是嬴梼,而时年十五的翩翩美少年正是他的儿子漪。

父子回到客栈,客人已在厅堂候着了。客人是嬴梼的老朋友,见面第一句就是:"真香!烤鱼吗?"话未毕,手爪已撩开嬴漪拎着的篮中之物。

嬴梼笑笑:"兄长老馋猫也。比你侄子都馋。好,趁热,吃吧,咱边吃边谈。

风卷残云,黄灿灿、油晶晶的四尾烤鱼很快就没了,连一根刺、一块骨也没了影。

嬴梼拍了下儿子的肩:"儿子,既然你欧阳伯好这一口烤鱼,你跑一趟,再买几尾回来。"

嬴漪仰头诡笑:"欧阳伯好这一口,父亲不好也哉?"

嬴梼笑骂:"贫嘴。别磨蹭了,快去吧。"对朋友说:"那位女老板,不仅烤的鱼好，刺的蜀绣亦为上品。更有意思的是，她还在大街上公开代子求师。蜀中女子，不简单也。"

客人没留意嬴栵在说什么，只拿眼往漪身上瞅。

嬴漪一溜烟跑到江边街角，举目四望，除了暮色时分的江边街角，哪还有卖摊、人影？

拖儿带女的涑，每到一个城市，但凡要住下来，都会在江边寻一处价位适中的客栈。在楚国都城郢城，沿江的客栈有好几家，挑来比去，价格都超出了涑的标准。没办法，随便走进一家，选了价位最低的那个光线、通风最差的小房间。

订了房间，收拾了行李，他们就扛着拎着摆摊家什，往外走。几天后，还是这样往外走，还未出厅堂呢，就遇到了正走进客栈来的嬴栵父子。父子身后，跟着一位肩着行李的仆从。进出双方，彼此一愣，似觉眼熟，下一瞬就认出了对方。

嬴漪望着婷，兴奋地嚷起来："是你们？巧了。"

嬴栵面对涑："你们住此处？"

涑一施礼，点头："然。"

嬴漪拍手："妙哉，妙哉。父亲，我们又可以吃到香喷喷的烤鱼了！"

没几天，漪、冰和婷，就熟络了，又没几天，成好朋友了。三位成朋友后，一个介绍一个，朋友圈越来越大，他们与整个街区的孩子都玩到了一起。相比之下，冰和婷玩得要少些，甚至可以说少得多。兄妹有两个时段可以玩，一个是不出摊的下雨天，一个是晚上没生意收摊后。即或是这两个时段的玩耍，母亲也是有所控制的，她希望儿子不要玩得忘了读书。控制的是冰，得到控制的是婷，因为婷完全是哥哥的跟屁虫。慢慢地，漪明白了这一点，他想约婷出去玩，便约冰出去玩。

这个下雨的下午，十几个孩子在一座废弃的五进九开的大作坊里玩藏猫猫游戏。十几个孩子中，嬴漪最大，婷最小。抓阄决定谁猫谁鼠，结果，冰成了猫。冰被布条蒙了眼，大家一哄而散，各寻藏身处。少顷，嬴漪的声音远远地七拐八拐传了来。

冰立即扯下蒙眼布条。

这座作坊俨然是孩子们藏猫猫的天堂,藏处太多,又不易找到。但正因为是天堂,孩子们就常在这里玩,玩多了,就把藏处全曝了光。这不,嬴漪为了藏得更深,就寻了个藏身的处女地。他一个纵跳,翻身上梁,当起了梁上君子。果然,猫将所有的鼠都捕获了,独独没捕到他。

冰大喊:"嬴兄,出来吧,你赢了,冰认输了!"

"梁上君子"一得意,身子一晃,竟掉在了一个硕大的陶制水缸口上。水缸口盖了一张破烂篾席,哪里承受得起一团肉的重量,梁上君子就随着篾席到了缸中。偏偏缸中又盛满雨水,偏偏梁上君子又不会凫水。

赢了藏猫猫的嬴漪,一时间发出了失败者的惊叫。惊叫中既有水的苏醒之声,又有缸的嗡嗡之鸣。

听见求救声,玩伴们风一般跑动、寻找,最终将声源目标锁定在了水缸里。现在的声音成了动物撞击缸壁的声音,且声音越来越小。

望着比俩孩子都高的水缸,孩子们急得团团转,却又一筹莫展。

孩子甲:"嬴漪不会游泳,他会淹死的!"

孩子乙:"他死了,大人会打死我们的,快跑!"边说边向作坊大门方向跑去。他一跑,孩子们就一哄而散了,就像几分钟前的一哄而来。婷跑了几步,见哥哥没跑,就折返了回来。

她看见哥哥寻了块磨刀石,双手举起,猛力砸向水缸。"喳"的一声脆响,水缸顿时出现一个拳头大的洞,水从洞中射出,大有夺路而逃的样子。这缸女性的水,早被冰这只疯狂的动物吓得花容失色了。冰没有住手,一鼓作气把水缸大卸十八块,然后跨前两步,蹲在水缸原来的地盘,抱起像一摊水瘫在地上的嬴漪。兄妹俩费了老大的劲,终于让嬴漪趴在冰的马步腿上,叽里呱啦吐了一肚子的水。

转瞬之间,冰成了嬴家少爷的救命恩人。

嬴梼自是悲喜交加,涕零滂沱。对嬴漪的生死,他比对自己的亲儿子都看得重。嬴漪刚生下来不久,他的一位生意上的贵人就将这个男婴托给了他。贵人告诉他,这个孩婴是自己的私生子,生孩子时孩子的母亲大出血而亡。而惧内的贵人又不想让自己的夫人知道这事,于是找到了他。之所以找他代为养子,一是因为他们是最铁的过命的兄弟,二是因为他的夫人正怀了孕,再有一二月就生产了,正好鱼目混珠,掩人耳目。当然,贵人还特别指出,代养孩子的资费他会以十倍之数按时支付。最后,贵人严肃嘱咐这件事,我们之间,只能有三个人知道,要对其他所有人保密。这三个人是,你、我和你的夫人。翌日,嬴梼就带上夫人去魏国打点生意了。一年后返回咸阳时,家人及邻里方知嬴夫人生了龙凤双胞胎。嬴梼租下一条巷,办了百桌大宴,高调庆贺。嬴漪打小聪明伶俐,虽说是养子,可带一带的,就带得比亲儿子都亲了——虽然这只是想象,因为嬴梼并无亲子比较。这次来楚国洽谈生意,他压根儿没想过带上嬴漪,反是贵人让他带上。贵人说:"该让他历练历练了。要想长本事,须得广见世面也。"又说,"然则,好好看护他,不可有万一之闪失。"那一瞬,嬴梼恍惚面对的是秦王,自己站在朝堂议政大厅,秦王高坐于前。鄢城客栈,那位化名"欧阳先生"的商客,即是这位贵人。

　　嬴梼完全不敢设想,嬴漪坠瓮溺亡的后果。当他听闻街人传言嬴漪坠落水缸无法搭救多半已死后,红润的脸一下变成土灰。毕竟临过战,见过大急难,这个昔日百夫长当即撇下手上生意,梼机一样蹿出客栈,奔废弃作坊而去。他没想到的是,这个时间段,嬴漪的脸色跟他相反,正从土灰向红润转化。更没想到的,是小嬴漪四岁的冰,以急智救下了儿子。

　　从这一天起,漪、冰成为兄弟般的朋友。

　　儿子休养两天,身体如常后,他当即在郢都临江那家最高档酒楼,办了酒席答谢恩人一家。酒桌上,他从站于身后的仆从手上接过一个褡裢,放在泳与冰面前的桌上,单手打开,黄金百镒发出的金黄光芒,让屋内人眼睛瞬间闭上,睁了老半天才睁开。这自然是对一条命的礼谢。令他没想到的是,泳与冰坚辞不受,认为救人乃人之为人的本分。

　　嬴梼万分感动,却又无助无奈,脸露痛苦表情。他想令嬴漪跪谢恩人,又担心这担心那的。而自己的单手,连作揖都做不了,于是双膝一弯,扑通一声跪在木地板上:"嬴梼跪谢恩人!"

　　见父亲如此,嬴漪也扑通一声跪下了:"嬴漪跪谢恩人!"

　　泳一家三人慌忙起身。泳着急地要扶嬴梼起来,又觉男女授受不亲,便将缩回的手，扶向嬴漪："请起，快请起，如此大礼，安敢受之？"

嬴梼："请大妹子一定收下嬴梼的这点心意，否则我们父子永不起身！"

冰："嬴伯、漪兄，请起吧。母亲说不收就不收。她说过的话，从不改口。"

婷："母亲正是这个性子。"

泳："冰儿、婷儿说得是。"

嬴漪："父亲乃大丈夫，更是一诺千金、一言九鼎。"

嬴梼："知父者，漪儿也。"

大人小孩一唱一和，两家人扛上了。如果嬴家父子认死理，犟牛一样不松口、不起身，解这个套的，只能是泳了。泳慈爱地望了一眼冰。无奈之下，泳只能取一条折中之路，同时也是必由之路：

"先生，你看这样行不：你也帮我们一个忙，这样就两不相欠、互不馈礼了。"

嬴梼没作声，只愿听下文，心想，还有什么样的帮忙，值百镒黄金，更可堪与救一条命相较？

泳："先生请起吧，还有嬴漪，也请起。你们不起，泳实在不能往下说。"

闻言，嬴梼只能说："大妹子言已至此，好，漪儿，我们起。"父子起身，站立，又道，"大妹子请讲，纵令嬴梼赴汤蹈火，雷劈电打，也一定帮到这个忙。"

泳："言重了，谢谢。先生是明白人，应该也看见了，我们的摊位前，立了一块木牌，木牌上写有四字。"

嬴梼："代子求师？"望向儿子。

嬴漪："对，父亲，木牌上写的正是'代子求师'四字。"

泳："代子求师，正是泳请求先生帮的忙。泳想为冰儿请个饱学之士教教他，让冰儿学有所成，但至今没能如愿。"

嬴梼吃惊："就帮这个忙？嬴梼不才，但帮这个忙，的确不算个事。救人一命，兹事体大，嬴梼盼给大妹子和冰，效犬马之力，帮更大的忙。"

泳："这个就是泳需要先生帮的最大的忙。"

你来我往，又是一番说辞，但最终还是和解在了泳抛出的方案上。于是乎，嬴梼围绕这一方案介绍了相关情况。他说他的家中本来就为儿子嬴漪请有先生，冰直接去学就是了,所有费用不需泑考虑。他说这位来自魏国的先生自是饱学之士,诸子百家无一不烂熟于心,流觞于舌。他说他对先生也是极挑剔的,见了上百人才定了这一位,让泑尽可放心。

魏国先生是他挑的,但却是那位神秘贵人,以及贵人背后的人,认可的。

嬴梼是老秦人,其祖辈身上有着养马时期秦人的纯正血脉。他自己年轻时也曾追随秦国君主南征北战,喋血沙场,多有战功,断了右臂退役时已升任百夫长。退役返乡,先是经营田地,后又在贵人帮衬下,拓展经营地盘。搞了三年商贸后,就在秦国都城咸阳开办了织布工坊。他农工商三栖,经过十四五年的迅猛发展,已勉强跻身秦国富族之林,实现了人家用几代十数代人的努力与积累才能达到的目标。

泑也介绍了自己的一些情况。她说她家在蜀地,十一年前,岷水突发洪水,冲毁家园,淹死族人。幸存者于是遵从巫师的导引,顺水而下,到了枳地。不料刚住一年,又遭山匪劫杀,全族人只余下自己这一家三口。他们三人因畏惧秦楚战火,这才离开居住多年的枳地,一路漂行,寻师定家。泑的这个介绍,与儿女打小听到的和后来见到的一致。

嬴梼于是建议他们把家定在咸阳,他说:"蜀人也是秦国籍嘛。还是住在本国好,这样也方便孩子读书。"嬴梼讲的方便孩子读书,是指反正自己已为孪生儿女聘有私塾先生施教,少一个是教,多一个是教,多俩孩子还可相互激励勖勉。

泑:"先生言之有理。然则泑从未去过咸阳,还是去了看了再说吧。"还在担心秦军血洗阳平寨、族人持械反抗,以及丈夫仇秦献计的后续追究。

嬴梼因信心满满而爽朗一笑:"好,就依大妹子的,眼见为实,到了咸阳再定。"

冰舍不得独木舟,但还是卖了。五人同行,又是长途,独木舟就显出了自己的短处。

嬴梼雇了条有篷仓和桅杆的船,顺大江而下,又逆汉水而上,在武关弃船登岸,然后乘马车直入咸阳城。

泑想住客栈,嬴梼哪里肯依,就用自家院落一处闲置的小别院,安顿了泑一家。小别院有三间房,母女一间,冰一间,还有一间做厨房兼餐室。院中有一棵筑了鸟巢的老树,一眼连有洗衣石板的水井。冰最喜这眼水井,常常扑在井口上望水,仿佛这井连蜀水,连大海。这样的环境,让冹有了拥有一个家的感觉,但更多的却是寄人篱下的思乡的愁绪。

刚入住这里时,长她六七岁的嬴夫人对她是有敌意的。嬴夫人发现丈夫看她的目光,就跟丈夫看新婚蜜月期的自己的目光一样。但嬴夫人很快又发现,冹看自己丈夫的目光,跟看自己的目光,没什么两样。与自己的丈夫相处,冹是坦然的、素洁的,一心只在自己的孩子身上,令所有的男人,即或最野蛮的男人,都无法生出邪念来,生出的,反是怜惜与敬重。敌意,正是在目光转切的千般比较中淡去的。不用说,这是女人与女人间常犯的那种因保卫爱情闹出的敌意。按说,对于冹的到来,或者说鸠占鹊巢般的入室,她的敌意多多少少会因对她一家三口的感恩而得到削减和宽谅,但没有。如果说有,也真是有,那是她挂在脸上的对丈夫感恩态度的迎奉。她这样,不是不通人性,恰恰相反,是太通人性。她太爱亲生女姘了,偏偏是从胎外硬生生飞来一个龙凤胎儿子,更偏偏是丈夫爱子竟有厚薄,爱儿远胜爱女。这怎么可以,怎么可以?所以,虽说丈夫反复给她解释,嬴家的发家,完全靠的这个非亲生子父亲的扶携,可她就是无法做到像丈夫一样,爱别人的儿子胜过爱自己的女儿,甚至认为,如果这世上可以不存在嬴漪,那她宁愿放弃那位贵人带来的财富。丈夫把爱,一丝一毫都爱在自己亲骨肉身上,才是她最大的幸福。她自嘲,如果说自己是自私的、错误的,那母爱就是自私的、错误的。如果有人知道她这个以偏概全的逻辑,一定会向她指出,但她心里的火山,怎么可能有人知道呢。

还有一个想法,可以平去她心里的火山。既然剥夺不了丈夫对漪的爱,那就让女儿去沾染直至接管那份爱。就是说,把女儿嫁给漪。漪很优秀,又与女儿没有一丝血缘关系,更有一个有钱的亲爹,想法完全成立。想法成立,却不能实施,一实施就破坏了两个男人之间异常保密的游戏规则,而规则就是底线,所以也就想想而已。

到咸阳的第二天,嬴家四人就陪着冹家三人游逛了一整天咸阳城,看建筑,看市肆,看人流。接下来的两三天,还把城外周遭走了一遍。冹一家都很兴奋,但却是各有各的兴奋。冹因为秦都的安宁而兴奋,这完全突破了她的想象,也坐实了嬴梼一路上的介绍。她原以为暴秦的首都，必是肃杀的、恐怖的。冰因为咸阳城的巍峨和丰饶而兴奋，他只走了一遭，就把这座城池里的百工技艺剜了出来，一件一件码在脑仓的抽屉里，供随时取用。婷因为关中地区的杂耍、小吃而兴奋，但这个兴奋没有持续多久，她的舌头和胃袋很快就怀念起枳地的食材来，其实也就是母亲的厨艺味道。

见儿女都还适应咸阳之居，泳就决定阶段性定居咸阳，待儿子学成而又遇了机会，安全无虞，再返故乡蜀地。既然决定住下来，泳就考虑给自己找个事做。

最后，在嬴梼的帮助下，在嬴氏织坊旁边开办了一家蜀锦蜀绣工坊。

冰在咸阳嬴家大院学了两年，还想学，先生却不让他学了。先生不让他学，不是不想教他，而是太想教他，但却又偏偏教不了他了。

入学前，冰已拥有泳的全部智识，和过了他手的所有书本知识。这两年，他又获拥了这位魏国先生的学问。他是极佩服这位先生的，诸子百家无一不通，并且对每一家都有自己的评判，满以为还可学两三年呢，哪知先生却向东家嬴梼递了辞呈，言明即日启程返魏。鞋大鞋小，只有脚知道。肚里有货无货，只有自己清楚。先生肚里是有存货的，而先生又是爱脸面的，再讲下去，讲到井枯见底、江郎才尽，还有何脸存于人世？读书人更懂得见好就收、留有余地的至理。

先生就是先生，格局大，胸襟宽，怎么想的就怎么说出来："承蒙嬴梼兄弟盛邀，老夫滞留秦地已逾十载。虽才疏学浅，也自悉心躬教，所幸四位弟子多寡皆有所获，诚无愧焉，亦足可欣慰也。然则，江河后浪推前浪，一代新人超旧人。漪、冰智高识远，姩、婷聪慧伶俐，后学无不突飞猛进。老夫精力不济，学问不逮，继之则误人子弟，废人前景。故而需四弟子另择名师以臻善境，正其时也。"

但先生越是实打实说，越是真诚，嬴梼和四位弟子越是认为先生过谦，越是挽留，越是对先生的才学和美德抛洒直至穷极赞颂之词。但先生去意笃定，不容更易，第二天就登上东家备好的马车，辚辚然出潼关而去。

其实，先生也没完全实打实说。他的离去不是因为四弟子突飞猛进，而仅仅因为冰一人突飞猛进。

冰其实也没突飞猛进到一枝独秀、超过嬴漪的程度。冰只是与漪刚刚达到齐头并进的水平，先生就撂挑子了，不，是知难而退了。君子有所为，有所不为。这很正常。正常的魏国先生，看见了蜀地学生冰的不正常。完全异于常人的头脑，常过目不忘、倒背如流，让先生兴奋得如遇甘霖，又遇得莫名所以。如伯乐相马，相得格外精准，又精准得胆战心惊，如履薄冰。

先生就学问之事体对弟子说了很多，只有一样没说：通才也就是样样会，样样不会；门门精，门门瘟。先生这把年岁了，说功名无功名，说学名无学名，只能以通才之长，教点常识之课，混碗饭吃。

魏国先生终究还是一位好先生。走之前，他对自己的四位弟子大致说了这样一段话，他说，至今日止，你们已完成学业之基础部分。基础不牢，地动山摇。基础重要，以后你们不管学甚，都建构在基础上。基础再重要，都只是基础。它可以让你成为通才，却不能让你持一专长，独步一界，成为方家。是故，要想成为专才，在某一方面有所建树，须选定一门术学，学精学深。姊、婷，作为女子，你们之学问，不是够了，而是足够，故你们两位可不必再行拜师。漪、冰，你们两位就不同了，当选定一学派，修正果，成名士。你们从为师处，学了诸子百家，对诸子百家就有了比较，结合自己之实际，一定也有了选择。在此，何不把你们笃定之选择，道与为师听？

冰有一说一，实诚有加："老师，弟子作何想，老师必是知悉。"

漪："老师肯定知悉，但老师是想让弟子亲口道出。"

先生："冰先说。"

冰："弟子意从墨家。弟子认同墨家兼爱、非攻、尚贤、尚同、天志、明鬼、非命、非乐、节葬、节用等主张，即以兼爱为核心，以节用、尚贤为支点之思想。墨家是个学派，却有着严谨的组织架构，又特别重视民间百工。墨家不是一国一城，却可以不依附君主之权欲，亦有一国一城之作为。墨家以天下为己任，以天下之难为己难，以天下之戚为己戚。乐与万民乐，苦与万民苦。诸子百家，抱负如斯者，唯有墨家。是以，弟子仰慕，计以身从之。"

先生："冰好动手，喜百工，又兼济天下，从墨而为，善哉也。"

冰："谢谢先生点评。然弟子心智愚拙，不通人情世事，但有些许识见，皆为先生教授之得耳。"

先生:"漪,汝志安在?"

嬴漪:"漪欲法家。弟子对管仲、士匄、子产、李悝、吴起、商鞅、慎到、申不害等法家人物推崇备至,个个皆为富国强兵之翘楚。法家之思想简洁易懂,其行动刚劲有力,有山之巍峨山之坚定,特别适宜乱世之用。譬如,缘法而治,不别亲疏、不殊贵贱、一断于法,法不阿贵、绳不挠曲。譬如,君臣上下贵贱皆从法,刑过不避大臣、赏善不遗匹夫,等等,皆入弟子之心。弟子对法家学派的理解是,公平、公正、公开、秩序,在法律和规则面前人人平等,对国家、对社会、对万物的治理,均以法治,而非人治,更非天治。是以,弟子愿以身修法,成为国家栋梁,以慰平生。言尽于此,但有不当,先生指教也。"

先生:"漪素有猛志,一心向法,寄望立竿见影,仕在强国,择法家而高进,无可厚非也。秦国尚法,吞并巴蜀后,图东方六国之心日切。加之漪身为老秦人之后,乃秦人之中坚。故而,漪习法学,于国,于己,正当其时也。"

先生让两位弟子分别持道家、墨家的观点面对面辩论,由先生裁定输赢。双方于是扬己之长,攻他之短,辩论九九八十一个回合,不分高下。先生身在界外,心在界中,弟子精彩言论叠浪翻滚,让他大感欣慰。

先生又道:"为师年届六旬,名下弟子逾百,但以你们两位为优。为师希望你们择定名师,刻苦攻读,假以时日,必各有所成。为师幸与你们有师生之缘,平生无憾也。"

两位师兄弟扑通跪下,叩头有声:"弟子重谢师恩!"

先生:"好了,歇息去吧,明早为师还要起程返魏。"

两位师兄弟刚刚起身,门外响起一个声音:"跪下!"

原来是经过厢房外听了屋内对话的嬴梼,大步闯了进来。见两人重又跪下,再道:"你们只知跪谢师恩,岂可不知跪求老师指路荐学耳?"

师生三人一下就明白了独臂老秦人嬴梼的良苦用心。

但凡世中人,都在一个圈内。问哪个圈的事,就得问那个圈的人。嬴梼是农工商圈里的人,知道这个理儿。所以,为儿子和恩人冰寻良师,就问了学人圈的魏国先生。问话中,他还向先生提了个要求,希望两孩子的求学之处,在同一地方,以便年长的漪照顾冰。漪很高兴父亲的这个补充要求,这样师兄弟又可待在一起交流和玩耍了。漪还想照顾婞，但也只是想想而已。

关于走马荐师，魏国先生是想说的，但没人让他说，又何必多言呢？但现在，可以言说了。

送了先生，男女四弟子颇伤感，就在渭水边上忆过去、话将来，想到即将分离的场面，更伤感了。

> 黄鸟黄鸟，无集于榖，无啄我粟。
> 此邦之人，不我肯榖。
> 言旋言归，复我邦族。
>
> 黄鸟黄鸟，无集于桑，无啄我梁。
> 此邦之人，不可与明。
> 言旋言归，复我诸兄。
>
> 黄鸟黄鸟，无集于栩，无啄我黍。
> 此邦之人，不可与处。
> 言旋言归，复我诸父。

这首《黄鸟》歌，冰不会唱，婞就耐心教，直到教会。冰会唱后，四人将这首歌唱了又唱。他们的歌声像鱼饵，上下游的鱼都向歌声游来。

这个夏天，接踵之间，嬴家大宅走了两人，一是魏国先生，跟着是小姐婞。小姐婞去了王城咸阳宫，是被一辆马车接去的。宫里使者在宅门前大喊接人时，婞和她的父母站在门前路边，完全吓傻了，不知发生了什么事体。跟着，才知是件好事。几天后，又才得知，这好事，是嬴楟托贵人周旋来的。

这一年，冰十三岁又半。

魏国先生言说推荐的两位先生住在韩国阳翟的颍水边，法家先生住北岸，墨家先生住南岸。颍水发源于中岳嵩山，迤逦东下，半抱阳翟城北，折东北向，汇入淮水。

舜时期，禹在此受封为夏伯，开创了第一个奴隶制王朝"夏"。

冰离开咸阳时，嬴梼要给他学资，他拒绝了，也拒绝了洓，却开口向洓要了一点盘缠。冰选择墨家，还有一个原因，很大一部分墨家人物对求学弟子不收学资，准确地讲，是用劳务费冲抵学资。墨家人物大多出身贫寒，入门前入门后混身底层百工之中的，大有人在。冰的墨家老师缠子就是这样的人物。

缠子在乡里任水官，直接对部佐负责，其级别相当于里典，可命令伍老。其职责就是带领一位助手，组织河长、水师、水工，维护、治理水道，旱时蓄水，涝时排水。说白了，就是让流经本乡的五十里颖水有利无害地正常流动，分分秒秒对其迎来送往。

接到魏国先生从秦国发出的荐书后，缠子也写了一折荐书发往秦国。缠子将荐书装在一节细竹管中，泥封后，绑竹管于鸽腿，然后，放飞鸽子。缠子很信任魏国先生的识人之目，因信任而重视。由是，在并无补缺之位的情况下，立即进行安排。他的安排是，没有缺，那就造一个缺，让冰来补。这个缺，就是他的得力助手。他很快就接到了钜子腹䵍手书的飞鸽传书，就一个字：然。缠子知道钜子身边缺一个像自己的助手这样的人才，而钜子又像他信任魏国先生一样信任他，就这样，一个信息，一个信任，缺就出来了。得知前任因自己的来而走，冰甚为不安，又得知走的地方是总部，才堪堪释怀。

冰哪里知道，自己离开秦国奔赴墨家，而墨家的大本营恰恰就在秦国。墨家总部已迁移到秦国境内这个信息，除了本门中的一部分人外，对其他人而言都是秘密。

钜子之所以信任缠子，是因为太了解。之所以了解，是因为缠子在腹䵍还没有坐上墨家首领即钜子宝座之前，就是腹䵍的师弟。并且，腹䵍能顺利出任钜子，缠子是出了死力与巧力的。但墨家的规矩是，整个墨家王国，只有一位老师，那就是钜子。其他所有人，均以师兄弟、师姐妹相称。这样一来，腹䵍作为缠子先生先前的师兄，后来就变为老师了。本该是师生关系的缠子与冰，在本门内部行走时，称谓上却成了师兄师弟关系。但倘若以其他学派和行业传统论，从师承脉系梳理，墨家钜子腹䵍则是冰的正宗师爷。

漪跟着他的法家老师在颖水北岸的具茨山上研读，冰跟着他的墨家老师在颖水南岸码头的一艘篷船上工读。

具茨山为古有熊氏的发祥地，堪称历史名山。《史记》载："黄帝登具茨，访大隗，命驾于襄之野，七圣皆迷，无所问途。"漪跟随老师在山上研读法家，越研读越感到法家的正确与实用，尤其前途广大，就越是兴奋。一兴奋，就禁不住溜下山，坐渡船到南岸找冰分享自己心得。说是分享，实则炫示，更实则为策反——把救命恩人、昔日师弟从墨家策反到法家来，仿佛冰目下处境，属于明珠暗投。仿佛唯有法家，才是师兄弟从同道到殊途，又殊途同归的正路。冰试图张目墨家的优势，并不试图将师兄策反到墨家来，他认为人各有志，岂可强勉。但师兄一点不给他说话的机会，只管让自己的话语如绵绵群山，一山一山地向他扣压下来，直到临了听课的点，才立即停嘴，渡河上山。上山的路上，漪的心情如林中山鸟一样轻捷、美丽，他的兴奋终于在颍水边得以通畅地涌现。也有郁闷的时候，且更多的是郁闷的时候。因为当他兴奋难抑，跑下山渡过河去寻那条公干的官船见冰时，往往却没了官船的影子。只好对着河水呜呼哀哉一通，把胸中的兴奋当废气一样放掉，放不掉的那一部分，只好留作块垒。其实他应该知道，冰不在实属正常。吃住行、上下班都在船上的冰，很多时候都在行水中。缠子给他授课，也完全是即时性质的，要么工余时间，要么一边工作一边进行。总之，以不耽搁治水为前提。这样，在跟随缠子的两年时间里，冰既学了墨家，又学了治水。

一年多时间，冰掌握了墨辩逻辑、数理计算、发明之术、军事兵器、百工机窍、鬼神信仰等墨家精髓，唯有对另一精髓"墨侠"缺乏悟性。墨家剑术本就高深莫测，对冰而言就更加高深莫测了。当然，这个指的是实际操作，因为他永远不能把剑端所指，想象成一个鲜活的、将由他结果生命的同类。一想象，剑就发抖，就患了软骨病。仿佛晕血，事实上也晕血，但他却不怵运筹帷幄决胜千里的大兵团之间的攻防与杀伐。而在墨剑理论上，冰却有更加高深莫测的建树，也就是有非凡的纸上谈兵的能力。

正是冰的这种纸上谈兵的能力，让缠子痛苦不堪。如果没人知晓师弟的这一能力，也就罢了，偏偏是他的这一能力早被南来北往的墨侠沿颍水带去了五湖四海，将剑侠江湖搅得沸沸扬扬。须知纸上谈兵，卖嘴皮子，君子动口不动手，正是墨家子弟的大忌。这真是好事不出名，坏事传千里，冰的顺水四溢的能力，正多多少少影响着墨家的声誉。按照缠子的想法，百年难遇的墨家奇才冰，如果没有这个能力，完全可以破格升至钜子的核心阶层，成为四大护场之一，并有望在钜子百年之后接班。但是，现在，怎么办呢？

缠子痛苦的同时，冰也有了痛苦。他感到身体内的水，在另一个小周天循环时，越来越不通畅了，甚至，随时都面临被山石、淤泥堵塞的危险。并且，越学墨家，这种痛苦越甚。

冰完全不知师兄的痛苦，但冰的一个开口，却是解除了师兄的痛苦。

冰向师兄如实报告了自己身体和内心的痛后，说道："缠子师兄救冰也。"

冰说话的那一瞬间，缠子竟看见了他身体内的河流、鱼群和两条首尾相衔的水龙。但也就一瞬，画面消失，一切恢复如常。

缠子："师弟乃旷世奇才，墨学已不能满足师弟才识与生命之所需，然则，墨学又是师弟行道之基。故，缠子以为，师弟当沿墨之来路，向上追索，先道家，再大禹。愚兄观师弟体内万象，水象是也。生辰八字，水命是也。毕生必成伟绩，伟绩当在治水矣。"

从学术流派上看，墨家是道家的一个分支。而墨家创立者墨子，又遵循着上法大禹、以身劳天下的行为准则。这就是为什么缠子提到了道家和大禹。

冰惶恐，慌忙道："师兄高看贱弟，不敢，不敢也。"

缠子："愚兄之言，还请师弟谨记，并遵之。"

冰茫然："师兄是要贱弟转学道家乎？"

缠子："然。墨家源于道家，求学本源，有何不妥？再说，汝不离去，汝身体里的内疾，永远散不开，化不了。"

冰："然则，贱弟乃墨家院内子弟，怎可背叛师门，有负师兄之教、老师之恩？"

缠子："冰，从今日始，你已被墨家开除。你我之师兄师弟关系，汝与钜子之师生关系，实存，名亡。至于除名道理，缠子自会向钜子禀报。"

"作为墨家院外弟子都不可？"

"不可。"

求学墨家两年，冰去秦国见过钜子两次，两次都顺道去咸阳探了母，见了婷妹、婷姐。

冰："有何道理可言？"

缠子："墨规有言，不得纸上谈兵，违者除名。"

冰："这个……冰以后不再谈，不行么？"

缠子："不行。水已泼出，安可收回？"

冰："冰不想离开墨家。"

缠子厉声道："这个由不得汝。墨家子弟，墨守成规，不分何人，无问贵贱，人人平等。墨者之法，杀人者死，伤人者刑。即便钜子之子，但有越矩，该罚则罚，该诛则诛。汝乃明白人，自是知晓，何需缠子提醒。"

冰亢然道："既如此，为不破墨规，冰愿以身试法，被开除也。"

缠子低下的声音，因诚恳、动情而有些失声得像冰裂："冰，缠子舍不得汝走，墨家更舍不得。然则，汝是奇才、大才，不同吾等凡夫庸卒，只有走，跳出墨家，从道从禹，尊天敬地，师法山水，才能有大宏图，大伟业，也才能光耀墨家，贡献墨家。汝走再远，毕竟出自墨家，这个是改变不了的。"又说，"诸子百家，唯墨家组织机构健全，纪律严明，而汝之大鹏之身，兼爱之志，为民之向，是容不得这般桎梏的。师弟，汝要理解愚兄的一片苦心。冰，师弟，这是缠子最后一次称汝为师弟。"

说罢，抱着冰，两人流了泪，眼红红的，像金鱼。

冰哽咽道："师兄，让冰最后一次呼汝一声师兄吧，师兄！"

按墨家的规定，被派往各国做官的墨者，必须推行墨家的政治主张，行不通时宁可辞官，也不行非墨之事。另外，做官的墨者要向自己的组织捐献一定比例的俸禄，做到墨家子弟有财相分。缠子主意笃定，开除冰，于公于私，于国于民，利远大于弊。

缠子手书一折荐函，把他最舍不得的小师弟推去了齐国稷下学宫的李柴子门下。李柴子是老子李耳曾孙李宫的孙子，即老子的第五世孙。最后，师兄还把自己最心爱的勘水铁尺送给冰做纪念。它是缠子花三年时间，仿大禹那支量水铜尺制作的，除了勘水、测度，还可当杖、当兵器、当望远镜。缠子去过多少河流，它就去过多少河流。冰获此量器后，视若己身，几乎从不离手，连睡觉都握着。多年后，在勘探蜀水激流过程中，李冰对其做过改进，让它更具蜀性。

冰拄着铁尺，到了咸阳渭水边的家中，与母亲、妹妹叙了别离之情，正按母亲要求要去拜见嬴梼夫妇，却与闻讯而来的这对夫妇在门前撞了个满怀。儿顺女顺，家和万事兴，夫妇二人红光满面，每次见面，都要年轻几载，仿佛可以长命百岁。

冰向母亲道了原委，征得母亲同意后，千里迢迢，千辛万苦来到先生李柴子膝下拜师，先生却不要他拜。要拜可以，但必须姓李。

先生是大户人家，又是集道学正脉精髓于一身的战国名士，德行上佳，万般谦和，只因近年上门拜师求学者趋之若鹜，就对门下弟子制定了三个颇显个性的要求：一、必须足够优秀；二、必须姓李，或改为李姓；三、不准缴纳学资、不准向先生送礼。

先生看了缠子信札，又看了冰的命相，对这个欲入本门的新弟子很满意。但满意归满意，规矩不能破。先生三言两语快速说了话，然后慢吞吞转身回了书斋。

先生慢吞吞回了书斋，冰就火速往咸阳赶，纵使火速，路过韩国时，还是去看了两位师兄。去颍水南泊船上看了缠子，去颍水北具茨山看了嬴漪。漪的法家老师一副病恹恹的样子，仿佛随时都可能一病不起，让人对他思想中和身体内的强国风云和霹雳手段，时时刻刻提心吊胆，却又永远峰回路转，转危为安。这位病恹恹的先生是法家名士慎到最得意的弟子。韩国阳翟期间，因冰去过具茨山几次，并与漪有过精彩辩论，所以他与冰熟识。但他看好的，只是冰对法家思想的见解和一定程度上的高度认同，其他均不看好，甚至不屑一顾。

冰："讲规矩，定法度。认事不认人，法度面前人人平等。先生，冰以为，这些，是法家的主张，也是我们墨家的主张。但我们墨家的兼爱，却是法家匮乏的。法家太冷，亦无软硬兼施之道。"

冰说这些话时，漪在旁边大为着急，生怕把病恹恹的先生气殃，正欲替先生训斥师弟，先生却幽幽一笑，说："冰评价得极是，可谓一语道破法家天机。冷硬，唯理不情，正是吾学的精要。冰，坐下说。来，喝水。"

冰给病恹恹先生备了礼，却没给漪备。他说："冰素无余资，兄莫怪。"漪爽朗一笑："此话怎讲？能不辞辛劳，转道上具茨山看愚兄，乃最好之大礼也。"离开缠子去稷下学宫时，冰亦去向漪辞行过的。漪得知师弟被墨家除名、转投道家，颇震惊，更生气，认为道家不值一提，更遑论入门以学了。

两位师兄及漪问起冰为何返家，冰道了实情。缠子认为应答应柴子要求，漪和他老师认为不应答应。冰说一切由母定。

咸阳，晚上，松油灯下，冰小心翼翼说了此次专程返家见母的核心用意。因为突然，泳略为愣怔了一下。冰赶紧说："母亲，就是这样的，李柴子先生接收弟子的这一要求，完全属于怪僻之举。也因此，好些欲入其门的优秀学子，转而投学他门。改名不以为是，改姓却是何等重要的家族大事。所以，母亲若不同意，冰儿不入李柴子先生之门就是。"

泳莞尔一笑："冰儿错怪为母也。重视姓，乃中原之俗，更换姓，乃中原族人大忌。这个，冰儿自知。冰儿亦知，我们阳平寨人，是鱼凫族的后代。而不管鱼凫，还是在先的蜀山、蚕丛、柏灌，在后的杜宇、鳖灵等族，皆为蜀族。但凡蜀族人，姓氏并不分家，或者说，只有氏，没有姓。蜀族人自古以来，重视的是不能变色的血脉，不能更易的骨头。由是，秦并巴蜀后，巴蜀原住民，渐而接受中原姓氏之俗，中原之各姓，已被巴人蜀人堪堪取用。是故，孩儿完全可遵李柴子先生之招学定规，取姓为李，姓名李冰也。"又摩挲着儿子的头发，疼爱地责斥，"此等小事，冰儿不该从齐返秦，路长水急，千辛万苦不说，更耽搁了攻读之时间也。"

冰没想到母亲如此明达、痛快，扑通一声跪在地上："谢谢母亲成全，儿子李冰定不负母亲生养，为我们蜀族人争一口气。"

冰，自此有姓，世上自此有李冰。这一年，李冰十五岁。

李冰在咸阳待了三天，正要返回齐国时，漪从韩国回来。漪说："师弟，别急，等我几天吧，我跟你一起去稷下学宫。"

冰："当真乎？"

漪："然也。"

冰一把拉过漪的手："甚善！我们兄弟又在一起也。"

此次上具茨山，漪与冰之间展开的话题，不管跑多远，漪都会抛一根话绳，将话题拽回来，拽在稷下学宫。而这一点，恰恰被他的老师所察觉。察觉了，也就提醒了。本来，依病恹恹先生针对漪的课程安排，还要学两年，至少一年，才推荐弟子到稷下学宫。他与他的老师慎到,当年都是稷下学宫中赫赫有名的人物,有了这层因缘,荐弟子去稷下学宫,本就在他的教学流程中。只不过,这次,为满足这位弟子的急切,提前了一二年而已。

漪回咸阳,他的父亲送了他一份意外的礼物。这份礼物挺大,大得他惊喜不已,一蹦八丈高。拥有爵位,无疑是入仕进阶之路的一大筹码,而爵位原则上要有耕战之功才能取得。这份礼物是一个上造的爵位,是嬴梼根据秦法,用"粟爵"——即以粟换爵的法度——取得的。这当然是明面上的信息,内里的实情,是嬴家的大贵人假嬴梼之名,用两千石精粮操办的。在秦国,按照卫鞅的变法,不去打仗,或打了仗无斩首之绩,获不了战功。不耕作,或耕作不来足够多的军粮捐献国家粮仓,获不了耕功。目下,一心向仕的漪什么都没做,就建了功有了爵,怎不令他惊喜若狂?秦国二十级爵位中,上造是很低的一级,垫底的是公士。但如果把秦国人分成两种,一类为有爵位的,一类为无爵位的,那他就理所当然归位前者按今天的叫法,官是职务,爵是职称。秦国的官是政府办事人员,只领固定俸禄。而爵可以获得浮财般的经济利益,如土地、奴婢等;爵还可获官位,可世袭。先秦,卖官鬻爵始于卫鞅,由政府公开拍卖,卖爵收入归国家财政。

师兄弟俩从渭水上船,入黄河,一路顺水顺舟,到了齐国。在稷下学宫,拜见各自老师,一切如仪,读书辩论,相安无事。期间,兄弟俩与学友荀况成了朋友。

但读书求学不到一年,漪却遇到两件事,第一件是坏事,第二件是好事。

坏事是,他的越长越年轻、可以长命百岁的父母,被人杀了。多名干吏受国府要臣芈戎亲自指派,拿出吃奶的劲破案,但一无所获。凶手大白天作案,嬴梼在大街上行走,被人放了一把匕首在右肋里,就像他的断臂从战场回来,插在身体上,却错了一个位。几乎同一时刻,在家中做女红的嬴夫人,被一支穿过窗洞的毒箭,洞穿了脑袋。于是,先是疑为来无踪去无影的职业杀手所为,后又疑为某国的一个暗杀集团下手。嬴梼生前走南闯北,先是耕战,后又工商,跨界者众,接触人等众,恩仇复杂,追捕凶犯,不得要领。这是漪和冰匆匆赶回咸阳后,听姊介绍的案情。听完案情后,漪姊兄妹抱在一起伤伤心心痛哭了一场。漪狠狠地说:"此仇不共戴天,他日寻得仇家,吾一定把他们碎尸万段!"

漪狠得嘴唇都咬出了血。嬴婡刚入宫时是宣太后的使女，因颇得太后喜欢，两年后便把她嫁给了自己的弟弟芈戎，成为华阳君的三夫人。

他们按照秦人丧葬习俗，在渭水边山包上给嬴椁夫妇筑了坟，树了碑。

他们不知道的案情是，嬴家的那位神秘贵人也在案发的当天，神秘失踪了。收到安插在嬴宅里的线人飞鸽传书后，贵人立马化装，奔逃出城。上了船，船行得望不见咸阳城后，方松了口气。哪知，这时，却望见了两位船工手上的鬼头刀。贵人的贵体被大卸十八块，抛入了渭水。

好事是，办完丧事，回稷下学宫不久，漪就同时收到了两封信札，一封是咸阳宫的，一封是婡的。咸阳宫令他立即返秦。婡告诉他，回国听候任命。

这个属机密，嬴漪有的是政治素质，因此他对谁也没说实话，包括师弟冰和他自己的老师。他的说辞是，妹妹来信，告知父母的案子有线索了，让他回国协助破案。他向老师和学宫执事请了长假。

他嫌逆水行舟慢，就快马加鞭，沿驿道回了咸阳。当他在秦王宫议事殿见到秦昭襄王嬴稷时，竟激动得四肢微微颤抖。当他听见任命自己为蜀郡牛鞞县县长时，激动的尺度大为减小，因为一回到咸阳，妹妹婡就向他透露了这个信息。那一刻，妹妹的透露，何尝不是一位女王在宣布任命？

吃了定心丸后，漪就向冰和老师写了信，道出了回国实情，并正式向老师提出辞学。

由于坏事好事加身，秦齐又相距遥远，两个奔波过去，作为稷下学宫学子的嬴漪，基本就成了个挂名生。冰倒是学得扎实，加之过目不忘、入耳即入心的天赋，一年刚出头，李柴子先生就让他毕业出师了。

辞别道家老师、走出稷下学宫大门的李冰，按出墨时的既定计划，走上了大禹的治水之路，直接就去了洪灾之地。他知道，哪条河流泛滥成灾，王叕就一定在哪条河流。

当时正发大水的是淮水，于是冰就在淮水找到了他。

王叕是冰在阳翟修习墨学时认识的。夏天，颍水发大水，决了堤，七国治水超群的十大水师都赶了来。十大水师中，王叕是最年轻的一位，只比冰年长四五岁。先是因为年龄差距不算悬殊，两人走得近。走近后才发现，两人更是对得上话，一旦谈起水事和治水事，两人的观点比流水都顺。当然，冰不会跟他之乎者也，谈诸子百家的学说。也不是不谈，谈过，但都是冰一个人的疯人疯语，还没展开呢，叕已扯起噗鼾。因为水，二人成了兄弟，水兄弟。

  冰和叕跟着河流走，哪里有洪灾，哪里就有他俩的身影。才两年，李冰的治水事迹，已在中原声名鹊起。这年冬天，天下未闻水事，他们时在汉水。这天，有位年轻的行商找到冰，告诉冰是泳托自己找的，泳除了托自己，还托了其他几位跨国行商。泳让行商告诉冰，说嬴漪从蜀中来了信札，邀冰入蜀治水。

4. 长流水命：出入蜀

敄随着冰到了咸阳，见了汖和婞。三天后，起程登上蜀道。

仅仅三天，从未对女人动过心也不敢动心的王敄，竟对婞动了心，不知为什么，他一看见婞就怦然心跳。他知道，自己这样的身份，永远也不会把自己的感情告诉任何人，更不会告诉当事人，但他依然不能也不愿冻结自己的暗恋。事实上，即令婞单单纯纯一人，没与任何异性扯上关系，他也不会张口说出，更何况婞已有了自己的情况，不是一个情况，而是两个男人的情况。当然，如果把他这个隐形人也算上一个，就该是三个了。

首先是漪的情况。不用说，漪是爱婞的。还是在鄢城的时候吧，怀春的少年漪就喜欢上了在烤鱼摊旁边刺蜀绣的不到十岁的婞。婞最大的美，是跟汖一致的美，那就是我们鱼凫族女人的水灵。随着时间的流动，漪是越来越喜欢了，因为婞越来越水灵了。不知从哪一天起，这种喜欢，润物细无声地转切为了爱。婞过十三岁生日那天，漪从颖水北具茨山赶了回来。当然不能实话实说，他说他是奉师命回咸阳帮老师办事的。汖给女儿办的生日宴正要开筷，漪拎了一罐韩酒走了进来，他说这次回家，既然撞上婞的生日，当然要来讨杯酒喝。汖自是脸露笑容，表示欢迎和感谢。只不过母女的笑是不一样的，前者的笑只是笑，后者的笑含有羞涩。三人都喝了酒，但主要是漪一个人在喝。汖说："韩酒浊，生涩，不如蜀酒。"漪、婞表示认同，他们是喝过商家贩来的蜀酒的。这天，漪突然觉得婞喝酒的姿势真美，依然是那种水灵灵的美。

宴后，趁泬去工坊忙碌，漪把婷约了出来，沿渭水散步。正是这次在渭水边的生日散步中，漪向婷表达了自己的爱，并把一只珍贵的玉镯戴在了婷小小的手腕上。婷虽然有准备，但还是像受了惊的鱼，一下从一个人的十面埋伏里跑掉了。漪没有追赶，也没有呼唤，只望着女子的背影，吃了糖一样笑着。他真想跳进渭水，开天辟地游他几个来回，但怕水的他，远胜过喜水的他。婷跑回家，直到把手镯藏在自己房间枕头下，心还在狂跳。上一瞬跳到漪身上，下一瞬又跳开了，像一只调皮的鞠球。

两位当事人并不知道，若无其事的泬，已在第一时间感觉到了他俩的情况。

婷是冰救下的，自己拉扯大的，对于婷，无论站在本族立场，还是养女关系上，泬一直有一种肥水不流外人田的想法。毕竟，郎才女貌，知根知底，没什么不好的。但冰与婷是名义上的、公开的亲兄妹。亲兄妹，就是亲兄妹，既不能说肥水也不能道田事，关键是，还给了嬴漪这孩子以可乘之机。嬴漪当然好了，但再好，哪有自己的亲生子冰好呢？按泬的想法，再过一年，至多两年，等婷的心智和承受力再成熟和再强大一些，即把真相告诉她。看来，现在，必须提前了。

漪的介入，几乎让泬措手不及。泬要果断解决，但即便果断，她也用了不少时日，她不愿突然开闸，她担心婷扛不住。她从族人遇水灾辞别故土迁徙枳地讲起，讲到途中她的出生，又讲到枳地战乱寨子被毁，她的亲生父母身亡，一岁的她被三岁的冰救下，直讲到与她的幼时记忆完全接轨的地方，才歇了气。这一歇，就歇了一二个月，婷才缓过气来。

泬什么都讲了，独独没有讲秦军对族人的杀戮。

第二个男人的情况，正是在婷缓过气来后发生的。第二个男人是冰。

见经历了从亲女到养女蝶变的婷终于缓过气来，泬也就跟着缓过了气来。她放下家史话题，开始了另一话题。另一话题核心旨向非常明确，那就是让婷嫁给冰。明确归明确，但泬却只字未提嫁的意思，她只是一味地用讲小故事的方式告诉养女，冰如何如何好，尤其冰对你如何如何好。泬毕竟是前寨主夫人，对晚辈的爱情，不想横刀干预，棒打鸳鸯，但她又毕竟是局内人，是局内人就总有倾向。因此，她所做的，就是引导，将晚辈的爱情朝她的倾向上引导，就像大禹导江一样。其实，养母讲的故事，婷大都知晓。不知晓的那部分，也没让她特别惊讶和感动，因为她太清楚兄长对她的好了。她一点不怀疑，如果她临危，冰可以拿自己的命去换。

但正是汆的近乎唠叨的小故事，醍醐灌顶，让一个被爱着的婷，转换成了一个去爱的婷。这个转变，按说，也不是那么容易的。对冰，她一直爱的，但那是兄妹之爱，甚至，在心里，还有一部分父女之爱。现在，要把这种爱，转变为男女之爱，岂能是一蹴而就？但婷还真做到了一蹴而就。主意拿定后，她想到的第一件事体，就是把手镯退还嬴漪。

终于等到嬴漪回来。就是漪与冰去稷下学宫回来那次，她把漪约到渭水边，将手镯退了他，一字未说，就要跑。但漪拉住她不放手。

漪一下傻了："婷，告诉漪，为何？为何如此？"

婷："嬴兄，婷爱冰，只爱冰。你那么优秀，不愁没有好女子爱你。"

漪更傻了："婷爱冰？说什么？你们不是兄妹吗？"

婷："我们是兄妹，但我们不是亲兄妹。婷是他们家的养女。"

"不可能！你撒谎！"

"此种事体，可以撒谎吗？"

漪背转身，面对渭水大呼，整个人痛苦得像一架尚未成为根雕的树根："天哪！上天为何竟如此待吾？不可能，不可能！"良久，"婷，告诉我，嬴漪真的不如冰？冰就那么杰出？"

无声。漪回转身，哪里还有婷的影子？天空铺排天空，把世界团得透不过气。渭水穿过渭水，而来，而去。

冰比漪早三天得知婷的身世。听了母亲的讲述，尤其有关自己与婷之间的小故事，冰感到自己记忆的源头，接通了另一故事的终点。终于知道从枳地顺大江往返巴郡之前的事——那些两三岁前的混沌世界。

十五年来，冰一回忆往事，总是自然而然地从记忆的源头往回梳理。有时，可以完整梳理至眼前，更多时候，则被中断，甚至，刚一梳理源头，就终止。这样，从枳地顺长江往返巴郡的事——那些混沌的兄妹之爱、父女之爱的小故事——就占据了他少小记忆的主流河段。

汆把对婷讲的故事，轻车熟路，但依然情感丰沛地对冰讲了一遍，所不同的是，她没有历数儿子对婷的好，而是陈述了婷对儿子的好。儿子毕竟还小，功名事大，儿女之事不能牵绊太早，这个，泳清楚。为此，她没有把自己的想法点破，她相信水到鱼行，鱼行水活。前边的故事，让冰震撼，很以为然，后边的陈述，却不以为然，因为他太知道了，并且知道得比母亲还多。妹妹喜欢哥哥，爱哥哥，对哥哥好，正常了。

婞约上冰，坐在渭水边沙滩上回忆往事。

婞含情脉脉："你对婞真好，以后，要更好。"

冰爽朗："会的，会更好的，比亲妹妹还好。"

婞起身，用指头戳了一下冰的额头，娇嗔地："傻哥哥。"转身跑开了。

这一切，被远处的嬴漪看了个一清二楚。

依照嬴漪所学的法家路数，他会立即使出霹雳手段，一招致情敌于死地，一招揽住爱情的小蛮腰。但不能。这个小小的、大大的情敌，不光是自己的师弟，还是救命恩人。嬴漪是法家，但也讲情义。为一个女人，让他对冰使坏，他下不了手。好在，这个十五岁的情敌，春心未发，情窦未开，不谙世事，他还有时间想出办法，做到天下归谐，家国仁和，皆大欢喜。

三年后，亦即在蜀郡牛鞞县任县长不到两年，就来了机会：公私兼顾，一举两得。

牛鞞县境内有四条河流流经并合流成沱水，四条河流是湔水、洛水、绵水以及岷水支流郫水。还未入冬呢，巴郡阆中县风水大师落下先生就放出预言：次年初夏岷水将发大水。有了大师的这个预言，就有了嬴漪的机会。这个机会是，让婞压根儿就没有与冰见面的机会。面都不能见，还爱什么爱？于是召集县丞、县尉等几个主要部属坐下来走程序，当场决定，邀中原治水名士、青年才俊李冰入蜀治水。

岷水支流汇入沱江之水，占整个沱水四五成之多，而岷水发大水，牛鞞县不说在劫难逃，多多少少都要受些水灾。但问题是，落下先生的预言准吗？作为一个县的行政主官，嬴漪要说它准，一定有准的理由。要说它不准，也一定可以有不准的理由。并且，就算发大水，多大才算大，多大才值得花财政赋税舍近求远去请水师入蜀？官字上边一顶帽，下边两张嘴，怎么说都冠冕堂皇、振振有词。

公元前293年，蜀人李冰返故乡，除了心情格外不同外，对故乡的陌生感，完全跟他到任何一个陌生的地方一样。两岁前的记忆，乃至三岁前的记忆，待在记忆的老地方，主人家都走出去老远了，它还是不动，别说别人不知它在哪儿，连它自己的主人都不知它在哪儿。但是，因为母亲泷的描述和故事，因为心情的原因，冰对沿途蜀地景色、风物的陌生，却是一种熟悉的陌生，或陌生的熟悉。

王叕是第一次入蜀。按说，跟着河流走天下的他早该来过多水的蜀地了，但就是没来过。当李冰邀他入蜀治水时，他高兴得像个孩子，又高兴得像个即将拜堂的新郎。

李冰："什么？叕兄没去过蜀地？蜀地不是很多水吗，兄没去蜀地治过水？"

王叕："蜀地的确水多，且水灾多发，可人家不要咱中原水师、水工，奈何？"

李冰："兄是说蜀地多有水师、水工，且治水之术不输中原……明白了，蜀地不是大禹的故乡么？出过大禹的地方，自然不屑于外乡治水者了。"

王叕："正是此理。而此理显然成立，你李冰是千年不遇的治水奇才，又偏偏是蜀人。此次有幸入蜀，还不是沾了你这个中土蜀人的光？"

李冰："蜀人既善治水，那为何多见蜀水泛滥？"又道，"明白了。治水成否岂是水工之能事？主责当在官府也。"

走在蜀道上，王叕高兴，且大有新鲜感，却全然没有李冰的感受。他看路边的蜀舍，就是路边的蜀舍，看路边的古树，就是路边的古树，压根儿看不出另外的东西来。但他依然有着冰的兴奋，他没想到，蜀地的山水，比山东更灵秀，蜀地的气象，比北方更巍莽。而更独特的，是蜀地的烟雨雾霭中洇染出的仙气与诡气。

毕竟是兄弟见面，冰抵达牛鞞县的当天，嬴漪就用一个县府的最高礼仪接待了他。听说县长邀了个治水专家，时年四十三岁的牛鞞酋长金渊专程从成都县赶回了老家。李冰从席间大家伙儿对金渊的态度看，此人虽身在民间，却是牛鞞县乃至蜀郡最有实力和影响的人物之一，听说连蜀侯绾也对他客气有加。

席间，金渊邀冰和漪去他的长松山庄，再次为李冰接风。

长松山庄坐落成都东边龙泉山，距成都城池七八十里，向成都方向眺望，会看见这样一幅既幽深又壮美的奇特画面：成都城郭炊烟袅袅，人间味十足，城郭的背景，却是云雾中一长列南北向的雪山雪峰。积雪终年不化的山峰，贡嘎山、庙基岭、巴郎山、四姑娘山、赵公山、九顶山等，仿若一队身披雪白披风的仙女，由南至北飘然走过。

正是在看一队仙女飘然走动的过程中，李冰看见了他自己的仙女——桃枭。中午，在山庄观景坪酒宴时，桃枭一直都在的，金渊也在宾客相见时，专门将李冰和桃枭拉在一起做了介绍，但李冰依然认为她不在。直到酒至中场，桃枭终于忍不住了，把酒盏往桌上一杵，霍地站起，对伴宴的琴女说："汝歇一歇，且让桃枭弹上一曲，为远方的客人佐酒。"透明人现身。

桃枭大步跨上琴台，稳稳坐下，稍一屏息凝神，玉指轻抚，一曲蜀乐水雾般散开。跟着，玉唇轻启，歌声如桃花撵山，撵哪儿红哪儿。桃枭先是十根指头，后来十根指头让出一半，桃枭于是一分为二，又成了两瓣嘴唇。乐之，歌之，一时间，所有的桃枭，都出现了。

正是在这一时刻，李冰先是听见她向自己走来，继而看见她向自己走来。乐曲长什么样，她就长什么样。歌声有多美，她就有多美。他甚至看见了，她一动不动的绝世舞姿。他抬起头，睁开眼睛，看见她完全就是从一列雪山仙女中走出的一位。那一刻，李冰突然惊异地发现，自己成了被性与爱编织、笼罩和昼夜敲击的男人。

桃枭这边正相反：从一开始的第一眼就看见了李冰。当宾主双方所有的人出现在她眼前时，她首先看见的就一个——李冰。所有的人中，只有李冰是她的陌生人，是让她产生异样感觉的不一样的人。除了唯一的陌生，李冰还是所有人中唯一没觉得她存在的人，他在很长一段时间，一直傻乎乎望着西边的雪山，像个妄想跳崖的抑郁症患者。真是一个安静的、心无杂念的孩子。略高，偏瘦，一张典型的蜀人脸盘上，嵌着两潭夜晚也亮着的神水。显然有着很白的肌肤本底，只是由于常年日晒雨淋的原因，外露的部分，被大自然抹上了淡淡的黑红色，但这让他看上去更健康、更阳光。在一群工师中，他像一位读书人，在一群读书人中，他像一位工师。蜀人中，似中土人，中土人中，似蜀人。成人中，如稚童，稚童中，如成人。正常，却又有几分神经质。

但他偏偏又是名动战国的治水名士！

一泻千里、万丈洪涛的水，与一个安静的男孩子，怎么能扯上关系呢？这似乎是一个悖论。

显然，长松山庄的这个女孩子，对李冰的一见钟情，不是对李冰的一见钟情，而是对一种悖论人生的一见钟情。

因为，桃枭是个反安静的女孩，她太好动了，好动得像一条需要治理的河。

桃枭是金渊酋长的独生女儿，长得花容月貌欺桃花，却偏偏像个假小子。她有两个哥哥，又最得父母之宠，为所欲为，任性得想干啥就干啥。无论她与兄长大牛、二牛发生任何争执，只要她一哭，父母不问青红皂白，对方一定挨一顿老揍。多番如此这般后，她不哭了，再也不哭了，以至不会哭了。这样一来，连俩哥哥也真真切切喜欢上她了，以至从喜欢发展为了溺爱。集万千溺爱于一身的她，不知中了什么魔，争强好胜得连男孩也不放眼里，经过一场不落的围猎实战，还真有了英姿飒爽的女侠风范。除了在自己闺房，不管什么场合，一律着打猎时穿的骑射服装，一会儿胡骑、秦骑，一会儿又是蜀骑服。

喝的是蜀中名酒，醉酿酒。酒宴结束了，但酒还没结束，还在饮者的身体里哈哈大笑、哭哭啼啼。一场酒宴下来，有饮得多的，有饮得少的，基本上都是以饮酒的多寡结知己，多饮的跟多饮的抱团，少饮的跟少饮的扎堆。嬴漪与金渊父子打着漂亮的酒嗝回屋玩赌博去了，李冰正大光明望着一群酒鬼不知所措，想贼头贼脑偷窥下桃枭亦不知所措，不知所措间，就有一只小小的玉手跑来，强有力地、不容置辩对着自己的右手说话，他就在一个人的手语中，穿过春天的桃花与草地，进入到春天的楠木林。如此事体，只能发生在小雄鹿与大花豹之间。

被拽进林中的小鹿既兴奋又惊慌，而拽小鹿入林的花豹却有此山由我开、此树由我栽和客随主便的理直气壮。小鹿本想说些什么的，却又不知怎么说、说什么，待想到要说时，却怎么也插不进话缝儿。花豹的话题以及随之的话语密不透风，一会儿介绍加表演蜀曲、蜀歌、蜀舞，一会儿讲述她单骑杀狼的传说。最后讲的是有位官员找到金渊，给她说亲，是蜀侯府中的一位公子哥。哪知他们的相亲见面会，却被她搞成了比艺招亲会，结果那位公子哥，比文艺，文艺输，比武艺，武艺输，最后自惭而去。

桃枭一个黄花闺女，大户人家小姐，文武双全，论条件要多好有多好。但自从这事传出去后,再没人敢提亲,让蜀中多少公子少爷,蠢蠢欲动又胆战心惊,只能望美兴叹。比公子少爷急的,当然是她父母。她自己没事人一样,一心只想成为蜀中第一女侠,直到今天,遇到李冰,才变了想法——只想成为李冰一个人的女侠了。看看又将夜宴,李冰正要发表点自己对她的赞美性意见,左脸颊却被她努得跟胸乳一样坚挺和高傲的小嘴,给飞快地亲了一下,"啪"的一声,很响,很尖锐。由于这一突发性动作太快,待李冰反应过来,就只能看见她穿着高筒马靴和紧身骑服,大步走去的背影。一个好听的声音也从背影上传了过来:

"冰,知道汝有话跟桃枭讲,桃枭也还有好多故事要讲,下次吧。下次很快就到了,桃枭给汝留机会!"

桃枭时年十九,只比李冰大一岁,但女比男大的这一岁,足足是四个春天的距离——夏秋冬皆为春天。正是这个长长的距离,像一张没有距离的网,网住了在水中自由遨游的一尾叫冰的鱼。

这个勉为其难、本不想参加的接风活动,却给李冰带来了意外的喜悦。认识桃枭的结果是,他身体中的一个机栝被打开了。从机栝中流出的水,他想治也治不了,何况他并不想治。

从龙泉山下来,李冰立即投入治水事体。踏勘河流,查看资料,访宿问民,谁知,时间一天一天过去,自己一点招儿没有。没有招儿,也可不急的,如果他自己没有亲自坐实落下大师的那个预言的话。偏偏是坐实了:今年初夏岷水将发大水。

翻过秦岭一入蜀地,他就开始察风水、观星象,见了野性十足的岷水后,更是加重了这项事体的研究与把握。考察岷水期间,他专门去汶山绵虒乡石纽山剜儿坪拜谒大禹降生发祥之地,一个人对着岷水边石头里的大禹说了三天三夜的话,尤其说了缠子师兄为自己指出的修学和志业走向。三天三夜,他连向导桃枭、助手王叕都不见。如此勘察,直到在从龙泉山下山后的第三个旬日上,才有了结果。有了结果后,他惊讶了,佩服了。

李冰对着岷水大呼:"落下大师,乃真大师也,李冰佩服!"

右旁的桃枭莫名其妙,左旁的王叕明白李冰的心情,但自己的心情却揪得更紧了——往下走怎么走?

李冰在惊讶佩服之后,依然不知咋走,但水却是知道咋走的,这就让他不得不急了起来。偏偏是桃枭不许他急,急出病来怎么办?她邀他上龙泉山散心,他说想去但没时间去,她就随口撒了个过生日的谎,将他诳去了。

这次,由于远处有薄雾,那些雪山仙女就不能牵扯李冰的视线了,吸引李冰视线的,反成了脚底下近处牛鞞县山山水水的地理形制。

看着看着,李冰就傻了。傻了后,又更傻地望着桃枭。桃枭见状,吓了一跳,手足无措,生怕一不小心,把这个情圣情痴折腾得更傻。但她想多了。

李冰发现了治水的卯窍。

牛鞞县是个有水就涝、无水就旱的地方,水仿佛一位负有重要使命的驿使,来得快,去得快,一分钟都不想在县境多待。但李冰想出的办法,既可排涝,又可救旱。

俯瞰中,李冰发现,那条岷水支流被一条狭长的山丘所阻,一旦发洪,水位升高,县城就面临被洪水倒灌之危。而山丘背面,则有一面常人看不出来的坡度,沿着这个斜坡开一条短渠,则可与另一条发源于龙泉山的桤木河相汇,然后相拥相抱东入沱水。偏偏是,这狭长的山丘正好有个脖颈式的豁口。而山丘背面,还有若干处几无人家的巨大深壑。

经备细思虑,李冰正待下山去县府向嬴漪报告这一大好消息,刚转身还没抬步,就看见了气喘吁吁、一脸红光的嬴漪。不知怎么就得了消息的县长大人第一时间赶来了长松山庄。顺着李冰左手的指点,聪颖又急切的他,一下就找到了指点江山、排水去涝蓄水防旱的宏观而细微的美妙感觉。

接下来,县府连夜部署,撰写《治水令》,广布公告,令全县所有在籍不在籍人员,不分男女老少,但凡有二十斤以上劳力者,一律上工地出力,否则按秦律罚办。在施工技术方面,宣布由李冰全面总监。

因为知道洪水到来的时间,且随着时间的越来越临近而知道得越来越精准,李冰就紧迫起来,不得不提出歇人不歇工、连班倒的建议。还是因为知道精准的时间,他就不紧张了。果然,排水、蓄水工程刚一竣工,洪水就虎啸狮吼扑了来。扑在牛鞞境内工程上,就变羊变兔了。

两岸人民泣泪欢呼。

治完了水,喝完了庆功酒,就没李冰什么事了。而嬴漪更忙了,也更紧张了。自打入蜀上任,他就心系牛鞞人民,苦也人民,乐也人民。因为一心想着把自己的职务变一个字,而能否变字成功,则由人民来定,不一心系民,何来成功?县境内人民达到一万户以上,谓之大县,一万户以下,谓之小县。大县设县令,小县设县长,这是秦法的规定。水定人,水定城。有多少水有多少人,有多少水有多大城。牛鞞,一个平坝山岳各半、多涝多旱之地,哪里留得住人?所以,变长为令,一字之差,何其难哉。

而现在,就是机会。

治水前,全县人口六千四百八十七户,因《治水令》返乡治水的八百三十九户,上万,还有二千六百七十四户的缺口。

一旦填了这个缺口,他就由县长变县令了,而眼前的治水利好就是一个转机。一旦失去这一转机,他的梦想不知何年何月才能实现了。

他吩咐属下反复核实了人口缺口后,亲自撰写了《牛鞞水患已治请民返县书》通告。哪知通告还没张布完全,县民便从四面八方潮水般返籍了,包括山东六国的牛鞞籍人氏,也匆匆启程走在了回蜀的路上。这样一来,县长大人要做的事体,就是放下一切事体,每天都静坐于县府,兴奋、喜悦得无比焦躁,像等着决胜千里的战报一样,等着所有县吏骑着快马,第一时间前来报告新增户数。一时间,全县乡、里、伍各级相关人等,如三老、游徼、啬夫、里典、伍老及族长、寨主,全动了起来,手捧籍簿,走伍穿户,忙碌起来。

见没自己什么事,李冰就走进县府,告诉嬴漪,最近想抽个时间到巴郡阆中县走一趟。

嬴漪一点不吃惊:"想去拜见落下先生?没事,自当一去。"

李冰:"还是师兄知吾哉。"

嬴漪:"愚兄是你肚里的蛔虫,你想什么,蛔虫安能不知?"又道,"河道一些扫尾事体,就让王叕干。"

不时有人入室找县长。见嬴漪大忙,李冰就要出门,却见桃枭风风火火闯进门来,还没坐下,就直问李冰:"要去阆中?好,带上本姑娘,本姑娘也要去也。"

李冰:"桃枭,别闹了。六七百里路,又爬山又过河的,你去何为焉?"

桃枭把小嘴一翘："你才别闹了哩。这一路的巴山蜀水，你的身边若无桃枭护着，焉知你能平安到达阆中，又能平安折返？"

嬴漪插话道："桃枭说得甚是有理，师弟，你就让她去吧。"

李冰："师兄也是瞎闹。她一个女孩子，她父母能让她去吗？"

嬴漪笑道："桃枭野惯了，她想干啥，没人拦得了。"

桃枭拊掌道："是也，是也。"

桃枭终是随李冰出蜀，往东北方向去了巴郡阆中。当她给父亲说，要护送李冰去阆中，她没想到父亲坚决不让她去，她父亲更没想到，自己无论有多坚决多厉害，女儿的坚决与厉害，总比他大一寸，重一滴。而昨天，李冰和桃枭才从阳平山归来。金渊要知还有这一节，不知会气成什么样。

她父亲说："女儿，以后父亲都听你的，这次你就听父亲一回。"

她说："父亲，以后女儿都听你的，这次你就听女儿一回。"

父女俩都在乎这一次，是因为父亲把这一次看作是一次危险，而女儿要的恰恰是父亲心里想的那种危险。知女莫若父，知男莫若男，女儿这一次真是临了危。一路上，两个年轻人越走心越近，在摩肩擦背的微空间中，激荡出了一场广大无边的旷世之恋。

李冰跟随落下先生学了大半年后，上察天文、下识地理的落下先生认为自己已经教无所教了，就说："李冰，汝已饱学，可以返蜀耳。"李冰："非也，先生学问浩瀚，堪比天宇，弟子所学不及先生毫发。弟子学而不厌，愿意侍候先生，追随一生。"落下先生："汝不走乎？奈何奈何，吾走吾走。"李冰以为老顽童似的先生开玩笑，哪知第二天推开圆融书院门，先生还真是走了。书院里十几位同窗，平时跟李冰挺要好的，这会儿看他的眼睛，却有怒目而视的意味。李冰一时尴尬无比，不知如何自处。桃枭一股风闯进书院，还了怒目而视者们一个怒目而视："怎么了？要吃人啊？落下先生抛下你们走了，碍我的冰兄什么事？"内中一人梗着脖子道："安能不关李冰之事？李冰若走，先生就不会走。"李冰拦了欲发作的桃枭，一笑，一作揖："各位同窗尽可释然，先生此举，乃戏谑也，当不得真。李冰一走，先生即返，何虞之有哉？"

李冰回到牛鞞，刚一入驿馆，就从驿丞嘴里得到两个信息，一是县长大人嬴漪携《牛鞞县万民户籍》去了国都咸阳，二是母亲冼重病急唤儿子回咸阳托付后事。

李冰问王叕："叕兄，母亲病重的消息从何而来？有人从咸阳带来的？"王叕说："谁知道呢，人人都在传。再说，隔三岔五都有人从咸阳来，这可不好问。愚兄的意见是，伯母病重事大，宁可信其有，不叫信其无。再说，治水已告毕，是到了我们离开蜀郡的时候了。我们兄弟的战场，在天下各国，在洪水出现之地。"

桃枭对李冰说，她要陪李冰去咸阳探母。李冰说："此去山高路远，家事水事缠身，不知归期，实不便同行。况乎金渊酋长担够了阆中行之心，这次是绝不会让你去了。"又说，"桃枭，等着冰，冰一定会入蜀娶你的。"

次日一早，李冰、王叕起程离开牛鞞。没想到从城门到沱水边，形成万民相送之场面，全县能来的都来了，本不能来的也尽力赶了来。连常年在成都、牛鞞两地行走，日理万机的金渊酋长也滞留牛鞞，专门给李冰送行。只有一个人没来，桃枭。

桃枭是全县所有人中最想来的一个，她来不光是送行，送行完后，她会陪行，一直陪行到咸阳。她是可以出门上路的，大门小门，大窗小窗，全都打开着，手脚也打开着，可不知为什么，就是起不了床，且一睡就是两天两夜。

我当然知道为什么了。当事人都不知道的事，我都知道。

不用说，几位当事人中，金渊是知道的。女儿要死要活、不要父母也要跟李冰去阆中，女儿的这种孤注一掷的快乐，让作为父亲的金渊痛苦不堪。痛苦之余，开始思谋解决痛苦的办法。思之再三，再三思之，让女儿高兴，自己也跟到高兴的唯一途径是，女儿嫁给李冰。对于女儿未来的夫家，他一直有个心愿，非官宦人士不嫁。后来，随着女儿的长大，女儿的脾性和风格，又导致没人能娶、没人敢娶。这样，就变了想法，变成急于嫁女了。但再急，也不能就嫁了李冰这般无官无财无定所的三无浪子吧。偏偏是，女儿却钟情这个浪子，没办法，只能说也好了。反过来讲，人家李冰虽则属随河流漂泊的浪子，但毕竟还是有些虚名的治水英雄嘛，所以，两害相权取其轻，降低门槛，屈就李冰，也是无不可的。只是此事体，毕竟是关系女儿的终身大事和他金渊酋长的名誉，因此，慎之又慎，对未来女婿的根根底底枝枝柯柯做一番调查，也是必须走的一道择婿程序。

金渊是什么人，他要调查谁，还有什么调查不出的？所以，程序一启动，其中一支调查专家就使出了踪迹倒推法，沿着李冰入蜀的路线出了蜀，专家们像一群优良的猎犬，从咸阳渭水边嗅到齐国临淄稷下学宫，又嗅到韩国阳翟颍水边，再嗅到楚国郢城、鄢城，在枳地嗅了较长时间后，沿大江、沱水、湔水，一直嗅到了阳平山、阳平寨遗址，李冰的气息消失殆尽。金渊完全没料到，他此前对阳平寨幸存者的追索，此次对李冰的调查，两条线竟碰到一起，扭成了一条线。于是知道，幸存者似只三人，且是翻不起浪来的三人。但，除了这三人，一定没有其他人？专家的调查报告刚一出来，精明而果决的金渊的决定就出来了。

金渊的决定一出来，女儿就睡了两天两夜才醒来，李冰就匆匆离蜀返家探母，母亲浽就病入膏肓又无病无疾，一如惯常。

李冰、王叕二人，与嬴漪一行，几乎是在同一天的同一时刻出发的，一个从牛鞞，一个从咸阳。

嬴漪毕竟是做大事的、以天下为己任的人，所以一到咸阳，没先去渭水边见婞，而是直接去见了姅，而后进了国府。进国府大门前，他还是上造爵县长，跨出国府时，已是不更爵县令了。

走出国府，在芈府，与妹妹、妹夫小宴了一回，宿了一夜，打整好心情，就拎上蜀地土特产，去见婞。见婞之前，先见了浽。他知道，要婞高兴，必须要婞的母亲高兴。浽显然是高兴的，见了久别的又任了官职的故人之子、儿子之友嬴漪，但尤令她兴奋的，是听到了儿子冰在蜀地的作为，以及跟落下先生修习天文地理之事。嬴漪将李冰描述得非常好，甚至比李冰实际做的都好，而在国府对秦昭王汇报治水业绩时，只在秦昭王不经意间淡淡提了一下作为水师的冰的名字。嬴漪与浽待了半个时辰后，婞闻讯赶了来。婞只是来听李冰故事的，但她听见的，却是李冰与牛鞞酋长之女桃枭爱得死去活来的难听得要命的故事。浽不相信这个故事，但出于礼节，她控制住了自己的情绪，用沉默开出了自己的态度。她最终又想安慰一下先前的亲女、后来的养女、未来的儿媳几句，却硬是不知说啥，待想起怎么说时，却听婥一声大吼："冰哥哥不是这样的人，你胡说！"然后跑了出去。

直追到渭水边，嬴漪才追上婥。追上婥，但依然没追上婥的爱情。婥站在渭水这边，婥的爱情却站在渭水那边。

婥用比渭水都冷的声音说："冰哥哥不是这样的人，你胡说。"又说，"婥不想见你，你走吧。"

嬴漪没想到自己一腔火热的真爱遇到的竟是冰水，这个自尊心很强的男人知道自己此刻怎么说都没用了。

嬴漪："婥，好，嬴漪这就走。嬴漪在蜀郡等你。你不相信的一切，师弟回来，会亲口告诉你的。"

离开咸阳返蜀时，婥没有去送他。送他的，是泝和婣。

跑进家，见母亲身体安健，精神上佳，李冰立刻明白牛鞞县传闻乃谣言，搁下不再提及。

见到近两年没见的冰，泝和婥都是既兴奋又忐忑，她们希望李冰在巴蜀的所有故事都是嬴漪虚构的，包括治水、修习天文地理。只有清零，抹杀掉他在巴蜀的一切作为，冰才是冰，才是泝和婥共同希望的那个瑰丽而温软的结合点。但越怕什么，越要来什么。她们的未来梦到底是破灭了。听完冰的自述，一老一小两个女人笑得比哭还难看。

泝："婥，你去工坊看看，母亲有事跟冰儿谈谈。"谈到最后，泝说："既如此，冰儿，你去找婥谈谈吧，她是个好女孩，别太伤她的心。"冰明白母亲和妹妹的心事，但覆水难收，无能为力，无从下手。还是去找婥谈了，末了，婥轻轻说："哥，婥恨你。"冰问："如何才不恨？"婥咬牙切齿说："蜀女桃枭死，或者婥死。非此别无选择！"冰说："婥，那你恨哥吧，哥对不起你。你们谁死，都是要冰的命。"

冰可不是铁石心肠的人，但让他放弃和背叛已然爱进骨头的桃枭，去爱相处十几年、从未有过性别之分的妹妹，这个角色他永远变不过来，这种伦理他永远不能接受。在这一点上，他的固执与底线，堪比墨家缠子师兄送他的那把总不离手的勘水铁尺。

他的勘水铁尺告诉他，婥，过去今天未来，都是他的同父同母亲妹。

他的勘水铁尺还告诉他，洞庭湖发水了，主人的亦敌亦友的宿命来了。

按照勘水铁尺的指引，冰离开婞，去了洞庭湖。

在接下来的一两年时间里，婞一直在等冰的融化，和冰融过程中的幡然醒悟，而后要死要活扑进她怀里，却始终没有等到。等到的是锲而不舍的一折又一折的蜀中来书。最终，她按照书信的指引，在婞的安排下，随一队商旅，抵达了牛鞞县城官驿。推开房门，门内端坐着嬴漪。在驿馆，她给冰写了信，说非常抱歉，不辞而别，没有尽早告知，是怕母亲阻止和追赶；说冰伤透了她的心，如果不远离冰，她真怕自己拿起刀，杀了自己，或者杀了冰；说她已到蜀地，并正式答应了嬴漪的求婚。

秦昭襄王十八年（公元前289年）初春，司马错担任客卿，与大良造白起率军攻打魏国的垣城和河雍二城，居然久攻而不能拔之。原因很简单，两城临汾水而立，汾水之上两座大桥，分别与两城相连，这就使得两城永远不缺魏国的辎重给养以及兵源补充。而如是城址，又导致不善水战的秦军只能正面强攻，无力迂回包抄，更无力四面围之。谁都知道，解决面前问题最省事最有效的手段是：断其桥，绝其援。可正因为谁都知道，两城守将还能不知？于是，他们把防桥守桥的措施，弄到了比防城守城更高的层面上，五里之内，层层布防，除了魏军，任何人不得靠近大桥。白起亲自策划、组织的拆桥、烧桥、撞桥行动，强行的和化装的，全都归于失败。

拔城无数杀人无数、百战百胜从无败绩的白起将军竟不能拔掉两架桥，气得吐血，一病不起。

攻城拔城的重任自然落在司马错将军身上了。

司马错传唤心腹裨将田贵前来军中幕府商议。

田贵说："大人，田贵以为，解绳尚需系绳人，毁桥待求架桥者也。"

司马错："爱将之言，当是让高明之水工、木工等工师来毁桥哉？"

田贵："然。"

司马错："可他们如何近得桥身？"

田贵："从水面、岸上近桥，皆功亏一篑，尚有水下一条路可潜行也。"

司马错："让一群鱼去接近桥梁乎？"

田贵:"是也。"

司马错肃然正色:"裨将田贵听令!毁桥事大,十万火急,本将军着你去召水师、木师毁桥,四个旬日为限,不可延误!"

田贵霍霍挺胸:"田贵遵令!"

田贵挑选军中百余名工师、斥侯和具有捕快能力的军士,秘密组成两支寻工队伍,一支寻天下顶级水师,一支寻当年的架桥工师。两支队伍又三五人一组,分解成若干寻工小组。这样,一张寻工网络便迅速而诡秘地网向各国。

寻天下顶级水师这支队伍由田贵亲自统领。军中百工毕竟来自民间,与民间百工或多或少皆有交集,因此没费多少劲就向田贵提供了一份《天下水界十大名师簿》。该簿记载了十大水师的年龄、国别和主要治水业绩,居于十大水师首席位置的叫李冰,蜀人,家居咸阳,年龄最小,仅二十二岁,目前正在洞庭湖治水。

在大江一艘官船上,田贵听了军吏的汇报后,果断下令:"立即起航,目标,洞庭湖!"其实,名簿上的一位水师就在附近,但田贵没做任何考虑,直接就冲天下第一水师去了。

到了洞庭湖,才知洞庭湖的水刚刚降下去,而有关水神李冰的治水传说却还在持续升温。田贵一行闻讯立即调转船头,沿河飞船,上岸驰马,入了咸阳城。

很容易就找到了渭水边上的"蜀锦蜀绣工坊"。继而在工坊侧院水池边,找到了正在高声朗读《禹贡》的李冰:"九州攸同,四隩既宅,九山刊旅,九川涤源,九泽既陂,四海会同。六府孔修,庶土交正,厎慎财赋,咸则三壤成赋。中邦锡土、姓,祗台德先,不距朕行。"

"好个九泽既陂,四海会同。司马将军裨将田贵,慕名拜访,乞助司马将军一臂之力。"田贵言罢,作揖并深鞠一躬。

李冰一施礼:"将军过奖,草民正是布衣水工李冰。将军何事,冰愿闻其详。"

田贵:"汝能架桥乎?"

李冰:"治水岂是治水,乃治堰治堤治坝治渠治船治桥治人,直至顺天顺地是也。冰治水有年，架桥无数，岂有不会之理耳？"

待田贵备细叙述了事情来由，李冰却一口予以回绝："还请将军另请高明，李冰不才，无能为力也。再者，李冰治水只为救人益民，杀人害民之举，非李冰作为。抱歉，李冰乃一介草民，帮不了你们。你们可以走了。"

田贵身边一壮如堤坝的五什长按着剑柄，大喝一声："放肆！你知道在跟谁说话？"

李冰不冷不热："不管跟谁说话，我李冰都是此话。"

田贵："李冰兄弟，本将看你也是一位读书人，当属明事理、知大体者。作为秦国国民，为君王分忧，为国家出力建功，方是本分。可知，拒绝国家征调，按律当是死罪？"

李冰正色："纵死，李冰也绝不做违心之事体。兼爱天下，赴汤蹈刃，死不旋踵。"

田贵："本将佩服你的本心与勇气，可为国家征战，岂可偏执理解为杀人害民哉？哪有一种和平，不是战争之结果？尧舜时期……"

李冰打断田贵的话："道理就不需在此讲了。大人有大人的道理，李冰有李冰的道理。世上有两种人，一种人靠战争推动社会进步，一种人不靠战争推动社会进步，李冰者，后者也。"

那位壮如堤坝的五什长再次大喝一声："李冰，你是要有意抗命吗？"

李冰："自然不是无意。"

壮如堤坝的五什长迅即对同来的几个军士说："拿下，带走！"

田贵想阻挡，犹豫了一下，终是没阻挡。

一群军士押着李冰走，还没出门，就被一人拦住了。不用说，泺。

跟在她身后的，是一群握着棍棒、斧头、剪刀的工坊工友。王叕冲在最前边。

王叕大吼："不得私闯民宅，胡乱抓人！放人，放人！"

众工友齐吼："放人，放人！"

田贵上前一步，义正词严："我等执行军务，何言私闯民宅？你等聚众阻拦，要造反耳？李冰犯了秦法，本将依法拿他回官衙问是，阻挡者，格杀勿论！"

氺突然跪下，望着田贵疾呼："大人，当年杀秦军、骗秦军的是氺，与冰无关，那时他还小。要抓就抓氺，是杀是剐随大人，氺这就跟大人走。只求大人放了冰！"

李冰大惊大惑："母亲，这怎么可能？你杀过秦军、骗过秦军？"

氺："是的。但这不关你的事，那是你两岁前的事，你什么也不知道。并且，是秦军屠我阳平族人在先，错在秦军，不在我族。我阳平族人行于大地之间，站得端，坐得正，上对得起天，下对得起地，摸着胸口，对得起良心！"

田贵却一句也没听进去，只恍恍惚惚说："汝是氺？汝真的是氺？"未待氺回答，又一把扯开李冰衣领，一眼看见李冰右肩那块鱼鹰喙痕。当年，从枳地山寨火海中抱着冰突围，整理冰的秋衫时，他看见并记下了恩人儿子的这块胎记。

氺着急："我真是氺。你们不是一直想抓氺吗？抓吧，这就抓，只求大人放了我的冰儿！"

田贵冷冷地："好吧，就听你的。来人，把她抓起来！"又说，"氺，我们追捕你二十二年了，今天终于归案。你也算是罪有应得。

李冰央告："大人，放了母亲，李冰跟你们走。"

王叕对李冰说："冰弟，鱼死网破，我们跟他们拼了吧！"

李冰："叕兄，别冲动，大家上有老下有小，千万别因我们的家事连累了大家。叕兄，你带大家散了吧。"

待两名军士押着氺从众工友中走过，出院而去，田贵对李冰坦言："李冰，你真想救你母亲？不想你母亲赴黄泉？坐吧。"又对一旁军士吩咐，"去，买一壶酒来。"军士："诺！"

李冰振振有声："只要能救母亲一命，冰万死不辞！"

田贵："死有何用，于事无补。救你母亲，你只需答应本将一个条件，我立马释放你母亲，让你们一家团聚。"

李冰："这……原来你等在这里。你是大人，却也是卑鄙小人！"

"冰弟，答应他吧。不就是打仗么？救母亲才是当儿子的第一正理和本分。"王叕不放心李冰，送别了氺，劝散了工友，回来在门外探望，这时忍不住插了话。

田贵:"这位兄弟明事理。兄弟姓王,李冰好友,叫王叕是吧?"

王叕:"是又则个?"

田贵:"天下十大水师之一,排名第六,本将佩服。李冰兄弟,尚在犹豫?"

李冰:"大人说话可算数?"

田贵:"毁了桥,就是为国家立战功,本将不但让你们一家立即团圆,还上书秦王,永久赦免你们阳平家族杀秦军、骗秦军的大罪。"

买酒的军士进院,给大家掺酒。

李冰:"好,为了族人,李冰答应你。"

田贵端起酒爵:"痛快!来,两位兄弟,干!"

李冰冷冷推开田贵的酒爵:"你们干,李冰并无此兴。"

田贵拟再次给李冰介绍他所知道的桥况,并说当年的架桥工师,亦会很快找到。李冰打断田贵:"大人何需多言?"田贵不解,颇尴尬。王叕笑笑:"天下九州,但凡有点名气的桥,没有李冰先生不知的。是以,大人可免介绍,也不用劳神费力找当年之架桥人。事实上,大人找也找不到,至多能找到架桥人之后人,因这两座桥已是百年老桥。作为我等这般架桥人,谁都不忍毁如此老桥。"

田贵不好意思:"田贵孤陋寡闻,没想到此两桥皆有百年历史,惭愧。"遂传令各寻人队伍返回。

李冰当即写了多封信札,走到渭水边,一声呼哨,十来只鱼鹰飞了来。李冰遂让鱼鹰传书至秦、楚两国各大码头,召集鱼凫族水工十五名,到魏国的垣城和河雍二城接活儿。

见鱼鹰飞走,王叕说:"好,我这就去准备。"走了几步又退回,"将军大人,你这活儿是险活,又急,王叕无所谓,对招来的水工,工钱得加倍啊。"

田贵:"这个自然。完成任务后,工钱加倍,不是一倍,是加五倍。"

汾水边,田贵要把李冰介绍给司马错。李冰很不想见:"冰一个罪人,见司马将军,岂不是让冰速死。速死也无妨,母亲怎么办?"见了司马错,司马错也是一句话不说,直接将他挂在腰带上的玉佩取了,仔细看过,一声惊喜:"是老夫的。真是冰,此也太巧了。嗯,二十年了,该长这么大了。冰,好好干,毁了此两桥，你就立大功了！"

李冰摸着脑袋，莫名其妙。

当晚，李冰又一次摸着脑袋，莫名其妙了，想立马醒悟过来，却不能。正要入睡，王歽走进他帐房，有些神秘，又有些腼腆地告诉他说，如果立了功，千万千万别给他王歽报功。

十五名水工到位后，李冰将众人分成三个组，其中两个组各六人，为拆桥组，组长李冰。另一个组五人，为捞木架桥组，组长王歽。王歽非我鱼凫族人，潜水功夫已是了得，但较之生于水长于水的我鱼凫族人，却又差了老远，因此他还没有资格入选拆桥组。

两支守城魏军当然不知道两座桥梁立于河流中而岿然不动的卯窍。所以，一觉醒来，发现两座桥不翼而飞、人间蒸发时，以为还在梦中。这第二个梦到底还是被惊醒，秦军一如往常的攻城开始了，一成不变的线路，一成不变的呐喊，被惊醒的魏军，不慌不忙，开始了一成不变的守城。但战斗刚一开始，就立即大开城门，缴械投降了，因为他们终于发现屁股后边的后援之桥、后撤之桥，不是梦，是真的没有了。没有了靠山与后路，守城，不就等于守死吗？

就这样，两座城池兵不血刃轻而易举被拔了。

拆桥组的两支人马，手拿工具，从上游的两个隐蔽处下水后，分别潜游至各自桥下，然后各自为战，迅速对着既定点位下手。几乎是同时，两座桥坐了下来，分崩离析，被流水带去了下游。下游，等着它们的，是捞木架桥组用缆索设置的木件堆场。

就这样，拔掉两城没死一人，两城拔掉后不到一月，两座百年老桥又原貌原样出现在汾水之上。《史记》说："十八年，错攻垣、河雍，决桥取之。"这场拆桥攻城之战，被司马错八世孙司马迁称为战国无数战斗中，最工巧最漂亮的一战。

非常神奇的是，病得只差立即死去的白起大将军，听闻垣城、河雍已决桥取之，立即起死回生，精神抖擞站上了点将台。一声号令，秦军黑色洪水一般向魏境掩杀过去。到达轵地后，又在眨眼之间夺魏国大小城池六十一座。魏国君臣及守军压根儿没想到，一夜之间，以秦国克星之身姿，牢牢矗立在汾水上的两桥，竟神奇消失了。

拔掉汾水边两城后，司马错、田贵是想着给李冰办个庆功宴的，甚至白起也想，但军情战况却容不得有任何想法。他们只与李冰施了个大礼，而后立马乘着李冰、王叕为秦军准备的木船、木筏，渡过汾水，向魏国腹地扑去。

行前，李冰在船边拉着田贵说："大人，该做的，冰已做了，现在是大人履行承诺的时候了。"

田贵："李冰兄弟，不，李冰义子，你看看你身后。"言未毕，不待李冰发问，人已飞身上船。

李冰大惑，回首，见八位军士抬着一顶大轿走来，落轿。军士撩开轿帘，一美丽妇人下轿，正是泋。李冰再回首望田贵，田贵正在河中央一手掩嘴偷笑，一手向泋和他挥舞。

原来，阳平寨一案，秦国廷尉署历十数年侦探，已于五年前调查清楚。五年来，他们一直在寻阳平寨幸存的三人，无果，不料却让田贵无意中寻到。

廷尉署查实的事体是，当年阳平寨抗拒秦军，不是阳平寨与叛贼陈壮同谋，而是陈壮奔逃阳平寨，把不幸带给一无所知的阳平族人。但官府就是官府，明知自己有错在先，也绝不会承认错失，并向几乎受到灭族之灾的阳平族人致歉并赔偿损失。非但如此，阳平族人依然有罪，千对万对，让秦军流了血就是死罪，必须捉拿归案伏法。但随着十几年调查的深入，官府又获取了一个信息，那就是公元前308年，司马错大将军浮江伐楚，在迂回偷袭黔中郡之役中多有斩获，全赖阳平寨新寨主叔汎一家三口帮忙。叔汎既让秦军避开了楚军沿江设下的埋伏，又给秦军指引了一条借道夜郎国、向楚黔中发起突然攻击的奇袭河道，而这却给迁徙枳地的阳平族人带去几近灭族之灾。千错万错，让敌人流了大血，就是大功。

查清全部情况后，廷尉署明确的态度是，不再追杀阳平寨残余泋、冰和婞三人，对阳平族人以武力反抗秦军事件，不予追究。按照商鞅制定的秦法，功过不能相抵，能够有这个结果，还多亏司马错大将军的斡旋。事实上，向前来调查人员指证阳平寨事件真相的，正是隐身在甘茂大军中、伪装为小小军吏的司马错、田贵。但牛鞞酋长金渊表面献计、实则怂恿陈壮将灾祸引向阳平寨一节，除了我，没有任何人知道，包括司马错、田贵。

从魏国凯旋回秦后，白起、司马错、田贵拒绝所有人为他们举办的庆功宴，却坚持要为泳、李冰母子举办一个庆功宴。秦王也在被拒绝之列，秦王知道一定另有殊因，也不问起，任其所为。庆功宴后，白起、司马错向国府递交《伐魏将士战功造册》后，又专门觐见秦王，建议对立有大功的李冰封爵。秦王听了李冰建立的战功，大为称奇，又饶有兴致地要求听了泳、冰母子故事。

之后，秦王说："就李冰所立战功论，本王以为，两位将军建议封簪袅爵，实属当然，却是太低，再加两级，封为大夫也不为过。然则，此番拆桥攻城之功，乃至二十年前之黔中大捷之功，皆非李冰及其父母本意所为，更非爱我秦国之大举，而秦国之爵，唯爱秦之人可授。故，本王决定，不封李冰爵，不究李冰过。但有新功，再行封赏。"

话已至此，白起、司马错知道多言无益，遂深鞠一躬："微臣谢我王法外开恩。"

秦王又说："倘李冰除了治水之能，亦有从吏执政之才，倒可考虑择一县而治之。"

司马错出国府后，让田贵把他与白起见秦王的情况告知李冰，并特意说到，倘李冰同意，他将力保李冰任县令。田贵听了，未动声色，李冰听了，淡淡一笑："冰何来此等大福，竟受秦王和两位将军大人如此大恩和倚重。然，冰志不在此，冰魂牵梦萦者，水也。"

李冰立了功，国家就把李冰全家肩头的重担卸了下来。田贵也立了功，他能让特立独行的李冰乖乖就范去拆桥，就是大功一件。大功一件，国家就把一副担子压在了田贵肩头。这副担子有个名儿，叫蜀相。

新任蜀相田贵到任做的第一项工作就是筑成都城，因为当年秦人草草筑就的成都城，被一场狠狠冲向蜀相府的水，给冲毁了。哪知建了大半年，城还没个影儿，因为连图纸都没确定下来。

田贵很清楚，一个优秀的治水人，除了水工的活儿，还会干石工、土工、木土、铁工、绳工、船工、渔工、皮工、测工等的活儿，因治水工程所涉及的筑坝、凿山、挖渠、架桥、疏浚等，需要这些活儿。就是说，只会筑城的人一定不会治水，而治水的人多半能筑城。何况，田贵从骨子里信任叔沈之子冰。

心里,他依然认冰为义子,只是见冻避而不谈,自己也就不好再挂嘴上。

于是,出蜀才两年多的李冰、王裦,又踏上了南来的蜀道。

建成都城,李冰很兴奋,更兴奋的是,终于可以见到朝思暮想的桃枭。

与二人结伴而行的是田贵的儿子田桑。结伴而行,自是田贵的安排。田桑告诉李冰,父亲让他匆匆入蜀,说有要事让他办理,父亲没说要事是什么事,这让他很好奇,好奇则让他有一种尽快抵达成都的急切。田桑与李冰同庚,二人刚开始还算谈得来,只不过田桑身上的纨绔气,李冰身上的布衣味,让一路上的彼此颇不自然,尤其在住哪里、吃什么上,常常出现分歧,后来就越来越无话可说了。

还好,这种局面很快得到解决,否则,同行者就成路人了。一路行到葭萌县时,李冰竟上吐下泻,浑身发烧,躺在驿馆不能动弹。他对田桑说:"田兄且先行,以免蜀相大人急等,也好代冰说明原委。冰病稍好,即起程上路。"

田桑:"李兄此疾,乃忼图便宜饮食、不听田桑劝说之故。也好,有王裦兄照料,李兄养好病再行,田桑先走一步,在成都会合了。"

王裦:"田兄一路保重,王裦在,兄尽可放心。"

在蜀医蜀药和王裦的侍候下,三日一疗程,三个疗程后,李冰下床了。

再见到田桑时,田桑正与李冰日思夜想的桃枭结婚。

入住成都官驿后,李冰留下王裦收拾房间,就去蜀相府报到。守门军士看了一下他递上的文书,放他进了相府。说是相府,其实只是一些牛皮帐篷。成都城几乎所有建筑,都只是建在东边的帐篷,包括官驿。牛鞭酋长的载天山庄,在更东边、更靠近龙泉山的一个小山丘上,未受水害,水来水去,完好无损。

李冰一走进相府,就觉得情形有些不对,当值的吏员都面露春色,窃窃私语。一问,方知蜀相不在。又问,告知蜀相在长松山庄。不便再问,就租了一匹健马,向牛鞭县方向驰去。穿过结满桃果的桃林,还未入山庄大门,就从庄内传出蜀地婚俗仪式上才有的喜乐声。一路上人很稀疏,且都侧着耳听那喜乐。他有些好奇,顺着喜乐走了去,有顷,又走了回来。

他不知是怎么走回的,怎么出的山庄大门。时值盛夏,他身体里一下盛满了西边所有雪山的雪。

他在喜乐声的策源地，两年前与桃枭相识的那块草坪上，看见了正在互致结婚礼的桃枭、田桑。二位新人的脸上喜滋滋的，像站了一千只喜鹊。田贵、金渊高坐上首，但他没有看见。他带给桃枭的玉雕礼品，从手心出来，掉落草坪。

"这不是师弟么？"

李冰骑在马上，毫无意识地被马驮着慢吞吞下山，身后陡地传来的声音惊醒了他。回头一看，是骑在高头大马上的嬴漪，他的身后，还有两个跟班。

李冰勉强一笑："是师兄？"

嬴漪显得很兴奋："真是师弟。妙，妙哉。没时间聊了，快点，跟愚兄走！"

李冰："去何处？有何事体？"

嬴漪一拍李冰的马屁股："去了就知道了。县府见！"双腿一夹，飞马向前。李冰想拒绝，却不能了，马已然向前蹿去。无奈，只得远远跟上。

李冰没想到，他又一次来到结婚现场，新郎是师兄嬴漪，新娘是被自己残忍拒绝、又被自己视如亲妹的婷。二人结婚，李冰一点不奇怪，奇怪的是与桃枭在同一天，且让他一场不落撞上！巫师算过了，这一天是十年才有一遇的"宜嫁娶"好日子。因于此，县令大人嬴漪携厚礼去参加上司蜀相儿子的婚礼，又提前离场，匆匆赶回举办自己的婚礼，两不耽误。

两场结婚仪式，都有纯正的婚俗铺排，前者是老蜀人的，后者是老秦人的。

在布置得喜气盈盈的县府公堂后宅院，李冰还没看见婷，婷就看见了他，那样子，仿佛一直在等着他的到来，都等了一千年了。李冰立时感到一条火舌向自己舔来。看去，却看见了两道目光合流而来的哀怨、乞求、渴望，以及直转而下的得意、奚落和仇恨。他想转身离去，却听见嬴漪热情的招呼声：

"师弟终于来了。来人，看座！"

李冰木木的，像个听话的孩子，立即落了座。刚落座，心情稍稍得到安顿，又被嬴漪喊了起来："师弟，今天是你师兄，更重要的，是你妹妹的大喜之日。既来之，则安之。面对我们这对新人，你这个当师弟的、当哥的，焉能不祝福？"

婷紧张地望向李冰，寄望倒悬之变于万一。

李冰离座站起，微笑，真诚，朗声道："冰奉公入蜀，恰逢大喜之局，纵鞍马劳顿,不亦乐乎。在此,祝福师兄、吾妹,连理恩爱,执手偕老。"

婷无声地大叹一声,彻底死了心。

"嬴漪谢谢师弟祝福。"嬴漪施礼。见婷神思游移,用肘碰了婷一下。婷回过神来:"婷谢谢家兄祝福。"

王叕待在驿馆等李冰,一等不归,二等不归,星星满天了,还是未归,就去寻找。寻找不到,就问跟李冰熟络的几位蜀中人士的名字,田贵父子、嬴漪、桃枭、婷。这一问,就问出了两场盛大的婚礼。这样,就大致知道该在哪些地方找了。最终在成都一个酒馆找到了他。李冰正在喝酒,一点菜也没有地喝干酒,一边喝一边唱柔情似水忧伤亦似水的情歌,把他与桃枭同车、同骑、同行的画面,唱了一遍又一遍:

> 有女同车,颜如舜华。
> 将翱将翔,佩玉琼琚。
> 彼美孟姜,洵美且都。
> 有女同行,颜如舜英。
> 将翱将翔,佩玉将将。
> 彼美孟姜,德音不忘。

王叕坐下来,什么也不说,陪朋友喝起了酒。喝酒就喝吧,喝一喝地,也跟上朋友的节奏,唱起了歌。李冰觉得有些怪异,心想,这王叕,酒喝迷糊了,我唱我的女人,他帮哪门子腔?李冰唱歌的时候,在他的歌声中跳舞并渐行渐远的,是桃枭,王叕唱歌的时候,则是婷。

其实更迷糊的是李冰自己。两年来,自己与桃枭鸿雁传书,一封比一封火热,最后就到了谈婚论嫁的程度。为此,临行前,沵特别叮嘱:"此去蜀地,吾儿与桃枭但要成婚,定要提早告知母亲,以便母亲启程去蜀,见证婚礼,面送祝福。"可到了面前,却成了咫尺天涯。等李冰完全明白这事儿,已是多年以后。本王我当然是明白的。这么说吧,作为桃枭一方,李冰刚出蜀不久,就听说李冰被洪水淹死了,于是跟着也要去跳水。但她是无论如何也跳不成的,因为金渊父子无论如何也要让她跳不成。慢慢地，伤口结了疤，她已不想跳了。好死不如赖活，不管怎样，人总得活下去。可她的父亲还是不相信。女儿不嫁出去，一个人待着，总有一天要出事。女儿年龄越大，他越心急。李冰在中原闹腾得越有动静，他越烦躁。为了不让宝贝女儿出事，他这个酋长的很大一块工作，是搜集未来女婿候选人信息。搜了很多，包括曾经的李冰，但没有哪一条信息与自己设置的内存信息合拍。随着田贵入蜀上任，还真搜集到一条理想信息：田贵的公子田桑在咸阳，成天与一群公子哥在一起鬼混，至今未婚，而其父母急于让他结婚，以期改邪归正，走上正道。这则信息当然算不上理想，但很对桃枭的年龄、脾性，以及自己的前途，这就理想了。况且，一旦成婚，安知桃枭不能镇其夫？安知咸阳纨绔不能留于蜀变于蜀？蜀郡首富牛鞭酋长是有将信息变为行动、将行动变为成果的魔法的，何况是相对理想的信息？

带着好奇之心上路的田桑，一入蜀就莫名其妙当了新郎。在咸阳城日嫖夜赌、跅弛作荡为、浑身都是主张，一到父亲的权力圈，就顿失所有招数的着力点，处于类肖软禁状态。父亲的意思是，待他戒了身上的恶习，就放他归咸阳，回到母亲身边。这个意思，也是金渊的意思。对于一个怀有远大理想的实业家来讲，谁不琢磨在国都王城繁殖一股自己的血脉势力？但这个意思，却不是田桑的意思，准确地讲，有一半是田桑的意思，那就是：回咸阳。明白了全部的意思后，为了这一半的意思，他田桑知道该怎么做了。

而桃枭期望的意思与丈夫相反。她只要丈夫走正道，成名士，在蜀地在咸阳，无所谓。但她又哪是潇洒到什么都无所谓的主？当她在长松山庄草坪拾到一枚她的人像玉雕，并从雕座看见"工师冰制"几字后，方知李冰从未死过且在她婚礼现场出现过，她简直快疯了。冲进驿馆找到李冰，你一言我一句说毕，方知一切都源于一场无中生有的误会。二人于是知道，桃枭寄给冰的信，不是桃枭的信，只是一些与桃枭的手书一模一样的字迹。二人不知道、本王知道的是，冰发给桃枭的信，刚一入牛鞭县境，就被丢进火炉，化为灰烬。误会是彼此的敌人，而造成误会的原因，则是敌人中的敌人。但是，这个敌人在哪儿？再者，现在木已成舟，少女变人妇，做什么都不能改变什么了。虽则不能改变什么，桃枭的性子还是让桃枭有了侦追敌人、揭开真相的秘密行动。她也想大张旗鼓、调动各方力量行动，可自己毕竟是有夫之妇，而这个行动于夫于妇于双方家族，都是尴尬无比，如晒家丑。临别时，桃枭想抱着冰大哭一场，但冰没给她这个机会。她已然是田贵的儿媳妇，自己怎可逾矩，哪怕只越一丁点，哪怕是最后一次。

作为李冰一方，对于爱情的变故，没作多想，想也白想，且越想越痛苦。而转化、稀解这一痛苦的药就是工作。

成都城筑于秦惠王二十七年（公元前311），即我的裔孙冰出生那年，后世史料皆称张仪、张若筑。这个真是篡改历史了。那时张仪并没入蜀，他事实上在燕国，以三寸不烂之舌说服燕王归秦。在完成使命返国途中，闻惠王殁，秦武王即将新立。素知武王不喜他这个靠耍嘴皮子名动天下的主，于是奔魏而避之，次年死于魏。张若呢，更是牛头不对马嘴，此人二十六年后才入蜀的。张若为白起部将，白起在秦昭王时才在秦史中露面，昭王十三年（公元前294）始任左庶长，其部下又怎么可能在二十年前便筑了成都城？既非张仪，又非张若，那究竟为何人？筑成都城的真正领导人当然是蜀相陈壮了，只不过他筑城两年后因叛秦罪被诛，自然但凡与他沾边的大好事，都被一笔画掉，继而转化在声名更显赫更光鲜者名下。

成都在相当长一段历史里，皆由大城、少城共同构成，直到公元346年，桓温伐成汉，既捷，遂平夷少城。成都至此仅存一座孤立的城池。陈壮筑的成都城，就是后来所谓的大城，城西的那座破烂得几近废弃的少城，乃蜀国时期遗留下来的旧城。

蜀国时期的成都城、少城及少城以前的蜀王都城，大抵是沿着水脉，于两岸高地势处建筑的，这样，既解决了居民饮用水问题，又解决了水灾之难。此般城邑，自然是没有人为的规则，长长的，弯弯的，像河道两岸之夹岸。秦入主蜀地后，就不允许这样了，一切都要符合秦国的规制，绝不可在一国之境出现飞地，何况成都这座郡城？这个就叫政治。按照政治的要求，成都城必须仿咸阳城来筑，不能偏离王权的尺度。就是说，要将窄条状，改成四方形。但是，带着蜀人脾性的成都野惯了，一点不畏政治，不理规矩，怎么筑怎么垮，把陈壮折腾得够呛，一点招没有。这天，天刚亮不久，少城内，陈壮在庭院里用愤怒舞剑，筑城工官长兴冲冲跑来告诉他：

"蜀相大人，你快上城垛去看看吧！"

陈壮收了剑："看什么？有何大事需要本相亲自去察看？"

工官长红光满面："龟迹！大人，用龟迹筑城！"

陈壮出门，跑上少城一处破败但还高矗的城垛。顺着工官长的手指，俯视之中，看见一些大得惊人的千年老龟，隔着三五根竹竿的间距，在地上爬着。龟们的身下，有一道长长的水线。

工官长："大人，有位工师对属下说，沿龟迹筑墙，定能起城。"又说，"这位工师是蜀人。"

陈壮："既如此，那就死马当活马医，速试之。"

就这样，大城建起来了，绕城一周十二里，城墙高七丈，下面作仓，上皆有屋，并置楼观射栏。大城北近五担山，南至赤里，南北不正，非方非圆，又因西有少城址，故东西窄而南北长，大体为不规则之长方形。还因曲缩如龟，故又习称龟化城。城有四门，北为咸阳门。筑城时于北郊、西郊取土，取土之地，形成大水池。

秦并巴蜀前，蜀地城邑普遍采用土筑城墙。为在蜀地潮湿、多雨、洪水凶猛等气候中立足，城邑土墙宽而厚，且多为夯筑，重要部位也采用土砖坯。还有一些城邑利用江河山形为墙，或用木栅竹栅荆棘，围拦部分地段。

我们古蜀人筑城，方法笨重，其形土是土些，也不耐看，但还算比较实用。相较之下，陈壮的先进方法，也生出了先进的问题。因秦人不熟悉成都气候、土壤，陈壮决定采用的是关中的版筑法，快速，美观，但因筑出的土墙较薄，密度不高，二十多年来，很多地段被暴雨、洪水摧残，屡毁屡筑，而鱼伯的放水淹敌之举，不过是压死骆驼的最后一根稻草。

李冰用筑城的热情压过了爱情的悲伤。

在工丞王裦协助下，经充分调研，李冰只用不到两个月时间，就拿出了筑城方案。这个方案与前工官长的不同之处，是不仅要重筑成都的大城，还要复建古蜀时期的少城，并且，先建少城。先建少城，是想尽快让成都城中的郡、县府衙有场所展开正常运转，而少城是能速成的。因少城体量较小，且一张白纸好画最新最美的图画。在乱糟糟并有居民杂居其间的大城筑城，难度大得多。大城的城墙地基也重新进行了选址。再一点，就是厚筑城墙，并引进中土的砖瓦技术修建城中房屋等建筑。李冰沿河流去过山东六国各个地方，对蜀地就更熟悉了，尤其又曾为墨家子弟，因此对天下所有的工术、工师、材料了如指掌，一旦要用，信手拈来。

蜀相田贵很认同李冰这一筑城方案，是因他很认同李冰这个人。七国治水、牛鞭排洪、汾水拆桥，哪一样活儿不是做得漂漂亮亮的？谁都可以拿一个看似华美的方案给你，可成本怎样，操作性如何，效果好否，则是另一码事。所以，他认同李冰，其实是认同李冰的实战性。他没有资财，更没有时间，去为一个不靠谱的方案做试验。

田贵带着李冰，走进蜀侯府，把筑城方案，拿给蜀侯绾看。绾很高兴，认为这是秦国给予他的待遇。不给他看，他也没辙，谁叫他是傀儡呢？难得有这个待遇，于是充分享受。虽然知道看了也等于白看，但还是看得很认真，很投入。一边看，还一边让工官长给他答疑，以示自己并非昏聩褊狭之颟顸之辈。

少城的一圈城墙筑有一人高后，李冰把手上的工作交代给工丞王叕，即只身返回咸阳，亲自招收七国砖瓦师入蜀筑城。

一回到咸阳，还没招到一名砖瓦师呢，却迎娶了一位新娘。

新娘是嬴梼的乡下侄女，叫嬴盈，年方十六。嬴盈性子和和气气，长得也和和气气，泺认为有旺夫相。加之与嬴梼的友情渊源，和婶的怂恿、撺掇，泺就大包大揽，坐马车出城，给女方家送去丰厚礼金，为儿子定下了这门亲事。接到儿子蜀中来信后，她就行动了。她认为，爱情伤，还需爱情治。至于得知婶与漪也举行了婚礼，她也只是感慨了一番，然后真诚地说，肥水不流外人田，好，好哇。这个时候，她把漪也当了儿子。

新娘在未成为新娘前就跟泺、婶很熟，唯独李冰不认识她。她每次入咸阳城到伯父家玩，都会被堂姐婶带去泺家串门。她言语婉嬺切窦，手脚却勤快，很讨泺喜欢。泺说这小丫头与自己一家子投缘。

盈没念过书，心眼却是干净如泉，为人处世一点不做作，但凡见过她的人，无论男女老少，都对她有极好的印象。堂姐婶也来参加了她的婚礼，并送上了一份厚礼和最美好祝福。

与治水名士结合，作为村姑的盈，其心境自然是美好的，充牣阳光的，这种美好和阳光伴随了她一生。她比丈夫李冰都长寿，过了八十岁生日才笑眯眯合了眼，此乃后话。李冰这边呢，本想拒绝，转身就走，因见母亲泐的心境是美好的，也就调整心情，跟着美好起来。是啊，就算走，又能往哪里走呢？桃枭是他唯一的路，可这条路，这条红红的杜鹃蜀路，断了，没了。这条路又是人生的必由之路，不经过它，何以到达生命的终点？现在，摆在面前的，又有了一条了，是母亲修的。既如此，那就顺其自然好了，沿着这条路，走下去。

泐的介入，导致这样一个结果：嬴漪娶了李冰义妹，李冰娶了嬴漪堂妹。师兄弟越走越近，成了亲戚。

这一年，李冰二十四岁。

李冰一步没离开咸阳，用不到三个月的时间，召齐了七国五十名手艺出众且能长途跋涉的砖瓦师。咸阳毕竟是国都，除了各国商人，各国手艺人也都有的，而同行之间信息又是通畅的。

李冰率五十名砖瓦师抵达成都后，即在少城周边黏土丰厚且有水源的地方开了砖瓦窑，同时组织蜀境数百名土陶师来此，边干边学。烧制砖瓦术本来就是在土陶制作基础上发展起来的，因此上手很快，一学就会。成都城筑成后，这些蜀籍工师就走出成都城，在自己的故乡大地大展手艺，蜀地自此进入砖瓦文明时代。

筑城这几年，给李冰带来了另外的收获，那就是因为就近寻找工师和建材，而跑遍了蜀地的山山水水。

成都筑城工程一切都按计划进行，不到两年，少城竣工，郡、县两级官衙迁入。随后的大城建设也很正常。只是大城开工刚一年，田贵就被秦王召回咸阳，入职国府，任典客。典客，九卿之一，掌诸侯与少数民族部族首领朝觐事务、接待诸郡县上计吏。接替田贵任蜀相的是白起部将，叫张若。文武双全的张若对田贵治蜀三年的业绩视若无物，唯有对筑城一项至为满意。满意归满意，却不说出，只是令李冰继续任工官长，继续筑城，两年后，大城竣工，郡府从少城迁入大城，李冰再次出蜀。

田贵赴咸阳前几天，亲家金渊邀来张若、嬴漪夫妇、李冰等，在载天山庄，给亲家庆贺饯行。心里是不想邀李冰的，但还是邀了，为人处世，金渊有这个格局。正是在这个酒局上，张若与嬴漪一见如故。

嬴漪高兴，喝高了，完全不顾旁人感受，再一次朝张若敬酒："蜀相大人但有驱使，嬴漪万死不辞。"一饮而尽。

张若环顾左右，爽朗大笑："嬴县令才华出众，治县有方，理政有道，业绩卓然，但有重职，张若自当一荐。"又朝田贵一笑："不惟张若，田大人也会一荐也。"

田贵尴尬了一下，随即坦然道："为国效力，举贤荐能，德也。"

嬴漪张牙舞爪，一把抓住冰，扯嗓大嚷："嬴漪师弟冰，长治水，通百工，两位大人，也当荐之！"

冰："师兄醉了，醉言不必当真。冰扶师兄下去醒酒，两位大人，金渊酋长，慢用。婥，你去端盆热水。"一边说一边扶漪出门。

张若嗤之以鼻："工是工，政是政，两不搭界，岂可混谈？"

声音从背后传来，冰闻之，淡淡一笑，并不停步。

酒局上的话，哪能当真？翌日酒醒，漪立刻就有失言的后悔。此后他与张若见面，张若却避而不谈此事，让他了无生趣，奈何奈何。直到一年后，蜀相变郡守，想法变可能，他才旧话重提，付诸行动。或许不行动也能达到目的，因为张若有可能会主动行动，但他不想冒这个险，他要做到万无一失，将主宰自己命运的权杖掌握在自己手上。这次他没有仓促行动，而是认真思虑一番，比对各种方案得失，最后决定走牛鞞酋长金渊这条路。三个原因：一是此人在朝中有人，张若多少得给田贵一点面子；二是此人家大业大，没有哪位执政者离得开资财的支撑；三是自己与金渊有多年的利益合作，自己又是牛鞞部落总部驻地牛鞞县的行政主官，金渊做推荐人，于他百利而无一害，何乐而不为？

事实证明，嬴漪设计的路线很好，金渊很爽朗地答应了他的要求，张若顺水推舟给了金渊面子应承了金渊的建议，秦昭王没有任何疑惑地同意了。

前前后后筑城的五年时间中，有关筑城的一切，都井井有序地按照李冰的方案在走，只有一件事，走在了方案之外。这件事就是，反秦势力袭城。共袭了五次，平均下来，一年一次。有田贵、张若的秦军护城，袭城当然没有成功，但终究是对城墙及房舍有不同程度的损伤，在李冰这里，则要重新调度各工种力量，抢回耽搁的工期。

少城刚竣工、大城还未开筑，田桑夫妇就离开成都，去了咸阳。二人之所以能离开成都，游逸到父亲权力控制以外，主要基于两点：一是田桑闭门读书，改邪归正，方方面面充好人，装得挺痛苦，也装得挺像那么一回事，这就打消了田贵放虎归山的顾虑；二是桃枭锲而不舍追查造成她与冰的鸳鸯梦被打散的始作俑者，惊慌了始作俑者，真相眼看就要大白于天下，只能让她速速离蜀了。

这期间，公元前285年，发生了一件大事，这事儿看似与筑成都城无关，实则有关。这一年，秦人主蜀地后设的三任蜀侯中的最后一任绾被杀。被杀的公开理由是秦昭王怀疑他叛秦，因为秦昭王看了蜀相张若上报的有关绾反秦的种种疑点与迹象，以及陈述设立分封制任用蜀侯的诸多弊端和设立郡县制的诸多好处后，把信任放在了刚起用一年的秦人张若一边，虽说其自荐意图明显。疑人不用，用人不疑，既有了疑点，就派巴蜀克星司马错率兵入蜀诛之。仅仅诛一个蜀侯，蜀相即可轻而易举办到。派司马错率军入蜀，主要是防止蜀地各部落可能的大面积反秦暴动。而张若诬陷蜀侯绾反叛秦治的真实情况是，他想贪筑成都城之天功为一己之有。

绾其实哪有半点反秦的心思？上任十五年来，他深居简出，谨言慎行，多一事不如少一事，不与任何部落首领有公务之外的交往，断绝与一切旧部人员联系，白天拥美人喝美酒，夜晚面壁叹息。面对新任蜀相张若，他一如既往侍候。可立即发觉，这位蜀相，怎么侍候怎么错，完全不似田贵及田贵之前的蜀相。他甚至将一位联络他反秦的蜀王府后人，绑缚了交张若。他当然得这样做了，因为他发现此人早在张若布控中了。张若怎能不知这一节？因此，接过人犯，只用鼻子"嗯"了一声。后来实在无法，绾就称病，躲着不见。张若何等聪明，知道这其中有诈，却也不拆穿，只在心里拿主意。

绾的这一状态，逼得他的亲哥哥蜀王子泮都好几次想发兵结果了他，只是鉴于他身上流着跟自己一样的血，且杀了他后新任蜀侯未必比他更好，才作罢。这一次，泮终于决定下手了，因为绾居然把自己派去的联络人交给了秦狗。泮的蜀军，即蜀国南方军，还没抵达成都城墙下，就遭到张若的迎头痛击。尔后，张若亲自带兵向南追敌至邛都才收兵。很自然的，这支斩杀绾的蜀军，就被张若理解成了营救绾的蜀军。从这一点看，泮是一位失败的胜利者，他的行动，达到了目的——把绾送上了不归路。对了，反秦势力的这次扑城行动，没有统计在他们破坏筑城的次数之中，因为这次他们连城墙都没碰到。

泮此番发兵失败，还有一个原因，那就是他只知司马错奉秦王令提前撤军了，却不知司马错只撤了一部分军，还留了一部分交张若守城。司马错即便行色匆匆，还是请冰喝了一次酒。司马错让他自带陪客，冰就把师兄嬴漪夫妇、桃枭父亲金渊邀了去。也邀了王叕，王叕不去。陪客很高兴与司马错同桌饮酒，司马错很高兴冰的筑城业绩。酒至中途，张若闯了来，见状，装着毫不知情，欲退出，司马错只得邀他坐下："老夫今日请旧友冰喝酒，蜀相既来之，则安之。来人，斟酒。"张若开始喝酒，但每一爵酒，皆带酸味。司马错倒是喝得很开怀，他不仅这次平叛成功，还于上年攻魏大获全胜。他率军攻打魏国的河内，魏国败，即献出安邑给秦以求和。他接收了安邑，却不杀一人，将城中百姓尽皆放回他们的祖国魏国。

这一年，张若的计划全面坐实。秦王疑绾反，诛之。废除分封制，再次启用秦刚刚入主蜀地时建立的郡县制。任命张若为第二任蜀郡守，同意张若的举荐名单。蜀中十余位伯戎，即各族群部落首领，被秦王封侯，排在第一位的，就是昨天的牛鞞酋长今天的牛鞞侯金渊。张若任命嬴漪为郡丞。

我记得很清楚，大城竣工五天后举行了竣工仪式暨郡府回迁典礼，而李冰离开成都的时间，处于五天中的正中间。就是说，刚竣工两天他走了，就是说，还差两天举行竣工仪式他走了。工官长，是工程设计、工艺、技术和生产调度，以及质量、工期监督方面的行政长官。一句话，李冰是继陈壮、鼫通公元前311年依咸阳制领导首筑成都城后，复筑成都城的具体执行人，领导复筑的是田贵、张若、绾。这种表述当然不是蜀郡当政者张若的意思。张若的意思是，让后世记住，复筑成都城的，是张若，而不是更没有其他任何一个人。此外，最好是让后世抹掉叛秦者陈壮这两个字，将秦人首筑成都城的功名，名正言顺刻写在第二任蜀郡守张若的名头上。

要达到这个目的，最核心的问题是，让李冰与成都城划清界限，撇清关系。解决这个问题的最干净利落的方式是，杀了李冰，让李冰人间蒸发。这对于张若来说，太容易不过。但他最终放弃了这一决定，因为当他找来嬴漪密商此事时，嬴漪听后并未有任何反应，可一听到具体措施，不禁打了个冷战。这个冷战说明，自己让属下害怕了。这不好。过河拆桥，卸磨杀驴，哪个属下敢跟这样的老板共事？再说，漪、冰，不光是一对最要好的师兄弟，冰还是漪的妻兄和救命恩人。漪如果下手杀了冰，岂不也令自己这个长官害怕？还好，自己并没有把杀字说出口，自己说出口的是：

"若郡丞并无异议，我们就让冰人间蒸发，永远消失。"

现在，又进一步说："具体由郡丞想办法，总之让李冰离开蜀郡，越远越好。"

嬴漪松了口气："大人放心，漪一定办妥此事。"

张若慈爱、不忍地说："本守知道你们师兄弟家族渊源颇深，感情极好，本守亦是不忍。然，为了咱俩的前程，筑城之功，必须取之，不能旁落。本守建功立业了，郡丞方能大展宏图。"

嬴漪："谢谢大人教诲，嬴漪分得清孰公孰私，孰重孰轻。"

嬴漪关在屋内谋划了三天，又走出屋，部署了一个旬日，甚至还跨上快马亲自去阆中拜访了落下先生。做完一切功课后，他去告诉冰一个情况，冰听了这个情况，一刻不耽搁，立马就会出蜀，并不再返蜀。放下手中的《竹书纪年》，正要出门，冰就上了门。还没说话，冰就说自己是来辞行的。冰说接到墨家钜子亲自发来的飞鸽传书，言济水泛滥，万民为鱼，希望冰率墨家水工速救之。

冰手执勘水铁尺，身后的王叕背负行囊。二人均牵着一匹蜀地矮种马。此马短距离速度不快，但耐饥渴，足劲大，擅翻山越岭，长途奔行。

由嬴漪拟写、张若改定的仅仅三百言的《筑城记》碑刻，言简意赅，记述周详，却并不见一个人名，只在石碑的最下端，刻上了竣工立碑时间和时任蜀郡太守张若的名字。这篇行文规范，堪称美文，没有任何人可以挑出毛病的《筑城记》，很快就在七国流传开来。田贵、李冰也有看到，看了，不着一语，淡淡一笑。

济水很快得到控制，灾情基本治理完毕时，李冰无意中从一位秦国水工处得到消息，说他的母亲病了。他不知母亲病重病轻，留下王叕在工地，自己就疾疾往咸阳赶。上年从蜀郡赶往济水，本可顺道回家探母望妻的，可为了尽快赶到治水现场，就学了三过家门而不入的大禹，星夜急步，抄近道从咸阳城边走了过去。在咸阳城门附近，他把一封写有自己去向的家书交给了一位邮丞。

到得家中方知，再晚回来一步，就见不着母亲了。泺明知自己病重，却不愿告知儿子，以免因此耽误儿子的治水大事。妻嬴盈见丈夫归来，如见救星，急忙将丈夫引入内堂。泺仰卧在床，深度昏迷。冰急忙伸手给母亲摸脉，又翻开眼皮看了，从身上摸出一丸药，接过盈递上的温水，喂入母亲口中。

盈关切地问丈夫："你这是什么药，管用吗？"

冰："管用，但只能管一时。母亲吃的什么药，把药方拿给我看一下。"

盈将一块写有药名、剂量的羊皮书递上："是妾身找到堂姐，堂姐请御医来看了病，开的药方。"

冰仔细看了药方："药方没问题。你在哪里抓的药？"

盈："东大街唐记药铺。"

冰："是蜀人开的？"

盈："不是。"

冰："你也没说必须要采自蜀地的药？"

盈："妾身不懂，没说。"

冰："明白了。盈，你没错，在这里照顾母亲。母亲醒来后，可给她喂点蜀粟粥。我这就去抓药。"

冰首先找到蜀人开的两家药铺，抓到了大部分药，然后跑遍咸阳城，一家一家问过，最后还是差一味叫蜀葵根的药。一进家门，冰即吩咐盈先将他抓来的药熬给母亲喝，自己一转身，骑一匹快马射出城门。冰爬上大雪纷飞的秦岭，在秦岭的南面，采到了蜀葵根。

回到咸阳，直到母亲饮下他亲手熬制的汤药，才松了口气。一口气刚松，就倒在炕上，倒在母亲脚边沉沉睡去。还没醒来，母亲已醒。醒来的母亲，愣怔了一会儿，跟着就什么都明白了，跟着双目就噙了泪。

冰醒来，见母亲状态大好，悬着的心，一下落了下来。

泺招手："老大，来，喊父亲。"

顺着母亲招手的方向，冰看见盈身边站着一个女孩，三四岁模样，一只小手牵着盈的衣角。女孩一直都在的,只是冰一门心思在母亲处,未曾留意其他。

盈:"喊啊,喊父亲。"

女孩想喊,又怯怯的,喊不出声。

冰明白过来,不禁惊喜:"你是我的女儿?女儿,女儿!"一把搂过女孩,托着腰身,举过头顶。

老大四肢乱弹,大叫:"父亲,女儿怕,快放下我!"

一家人哈哈大笑。自冰生病后,就没这般笑过了。

冰:"女儿,叫什么名啊?"

老大:"父亲不放下女儿,女儿不说。"

冰:"女儿不说,父亲就不放女儿下来。"

老大告饶:"老大。女儿叫老大。"

冰放下女儿,笑得更欢了。

泳:"儿子,还笑,盈就盼着你回来,给我的孙女取名呢。别磨蹭了,快取吧。"

冰略思忖:"蜀地有一种古树叫贞楠,老大叫贞。如果有了老二,就叫楠。母亲,可好?"

泳:"李贞?李楠?嗯,响亮,好听,那就这样定了。"

盈羞涩:"母亲,老二还没影儿呢,怎么就定了……"

又是一阵笑。正笑间,昨天才来过的姊又来了:"这一大家子,乐和什么呢?说来听听。"盈就说给她听,她一听,也笑弯了腰。

这一笑二笑三笑的,就把这个家从半死不活的药味中,乐和过来了,且乐和得那么茂盛、奔腾。

冰自在家侍候母亲,同时享受着家给他带来的天伦之乐。这期间,桃枭去找过李冰,并在渭水边见了面。这次见面,田桑是多年以后知道的,并把这个当了个事儿。

冰失踪了。

冰留简告知母亲和妻子,自己外出修习两载后即归,让家人尽可放心。只是他没说自己的修习处是自己的出生地蜀郡阳平山。

李冰只对田贵说了自己秘密出行的想法和去处。田贵在完全支持他的想法的同时，提了一个建议。他认为李冰在阳平山的两年，应在当地乡上任个部佐，这样既能保证不泄露身份，又便于了解故乡俚俗，还能获得生活之资。并说阳平山隶属天彭县，而天彭县长项致是他的老部下，县长任命一名部佐完全属于职权范围里的事。田贵心里还有一层意思，但他没有说出来。这个意思是，让义子具备从政经历，供不时之需。

李冰去阳平山的本意就两点，一是上山拜祖，二是闭关著述。

他直接走进天彭县府，将田贵手书的羊皮信交给县长项致。项县长很热情，但他又不得不按照上司信中的要求，不动声色，低调行事，连接风洗尘宴都省去了。

李冰已是多次来阳平山了。第一次是桃枭陪着来的，时间是牛鞞县治水成功后、去阆中前。筑成都城时，又来过几次，有时独自来，有时王叕陪着。

那天，李冰一跨出牛鞞县驿馆大门，就见一只在天空盘旋的鱼鹰飞下，落站肩头。一路上，鱼鹰一会儿飞在路前，一会儿回栖肩上。走出县城西门不远，背后传来疾速马蹄声，还没反应过来，就被一只玉手拎在马背上，贴着一个年轻女人的后背。原来是女侠桃枭追了来。桃枭对着天空大喊，抱紧我，摔了可别怪我。李冰说，太野蛮也，你欲何为？桃枭说，劫你上山，给我当压寨丈夫。李冰说，别闹了，冰是去阳平山。桃枭说，知道，我就是去阳平山。

桃枭听说过阳平山，但从未来过。第一次来阳平山，两个人，竟然没走一点弯路。鱼鹰还是一会儿在前边天空，一会儿在李冰肩上。二人沿着鹰头指引的方向走，阳平山就到了近前。到得山顶，鱼鹰一展翅，身子倒立，一头扎进湔水。

以前，阳平寨立在母亲声音上，现在，就立在眼前的阳平山上。阳平寨的故事李冰再清楚不过，此刻，它们像一大群一大群鱼鹰，盘旋天空，然后又随着他的记忆画面，一只一只对位精准地落在地上。那时，他还只知道寨子的画面，不知道寨子和独木舟被焚烧的画面，更不知道一些族人撤走、一些族人躺在地上的画面。眼前的地面荒草铺衍，连竹木也长了出来，不认真看，就像从没有过人居。后来，听了寨子劫难故事，依然什么也没看见。显然，躺在地面的族人，要么被动物啃食，要么腐烂成白骨，被雨水和泥石流掩埋了。秦人的坟冢也没看见，估计是被时间和大自然做了二次掩埋。

地下的祖宗不能没有家。

在桃枭的协助下，李冰在爷爷、老寨主所在的主寨遗址上，用曾经布满族人血迹的石头，垒了一座坟堆。坟堆的形状像一条鱼，鱼背上站着一只鱼鹰。坟前立了一块碑，无字，只有流水的纹理。他又砍折来一堆柏丫，用火石点燃。一股青烟在坟上盘旋，反复盘旋，并不升起。

"鱼凫族人、阳平先祖，不肖裔孙冰，漂泊在外，十六载未归，迟来也。今上山认族，垒坟祭祖，以承血脉，祈盼收归！"

众鸟放歌，他们找那只唱得最好听的鸟，却发现身边竟躺着一只小鹿，黑黑的，没一根杂毛。它迎着他们的目光，又羞涩地埋了头。他从布袋中取了一块肉干喂它，又想起它不食荤，自己不觉也羞涩起来。他们与它很快成了朋友，他呼它墨泉，它就以"苗苗苗"回应。

李冰背着行囊，腰带上插了柴刀，走出天彭县驿馆，直接就朝阳平山走去。一条小径上山，一条大路顺山脚去海窝子，也就是阳平山乡府所在地。没有犹豫，直接往山上走。祭了坟，下得山来，在湔水边温泉旁，自己的出生地，搭建了一间茅屋。他挥舞柴刀，没费多大劲，就在天黑尽之前，建好了。

为了不忙，他大忙了起来。

作为代表秦国利益的一个乡的最高领导，部佐一职，还真不是那么好当的。上边千条线，下边一颗针。一个国家有什么事，一个乡也大差不差有什么事。你要强国富民，我也要强乡富民，你要解决邻国问题，我也要处理乡邻纠纷，你抓治安、农耕、水利，我也抓治安、农耕、水利。所谓麻雀虽小、五脏俱全，道的就是这理儿。最难的还不是这些，最难的是要直接面对包括刁民、流氓、黑恶势力、残疾人、饥民、豪绅、名士等在内的各色百姓，稍有一点什么事，他们就越过伍、里，一抬腿便到了你面前。他们只要想缠你，你逃是逃不掉的。所谓乡府，也就是几间草房，一块坝子，没有围墙，不设门岗。

李部佐稍稍一琢磨，就拿出了自己的治乡理政思路。管乡治乡理乡，其实就是管人治人理人，把人的事做顺了，做到位了，就把所有事做顺了，做到位了。按照这个思路，他走里穿伍，把从乡到里到伍的头头脑脑的情况，做了个田野考察式的全面摸底调研，然后让这些人，把自己管辖地盘上的人力资源和物力资源梳理出来，连同自己的见解、建言报给他。他要做的活儿呢，就简单了，那就是定人、定制度、定目标。

忙完了这一切，部佐位置上的冰，基本上就成了跷脚老板，所有的工作，就是半年听一次三老、啬夫、游徼等属员的汇报。乡府的属员也没几个，他们的活儿就是按照自己的职责管好里。里的活儿，就是管好伍老、家族族长、寨主。

就这样，乡上的闲人，成了湔水边茅屋里著书立说的大忙人。

冰开始撰写《水经》。

视名利为清水的冰压根就没想过要著什么《水经》的。著《水经》的动因，是在考察的过程中形成的，他突然意识到，著《水经》，于民于国于后世皆有益，实有必要。比如，九州之内有多少条河流，每一条及其两岸地理、天气是什么情况，除了河流还有哪些湖水，水有哪些脾性，人如何与水成为朋友，等等。这些内容，都有必要诉诸笔端，镌于简册。沿着河流走，去过九州之内所有的大河，加之从小对水性的认识，自己是完全有信心、有条件做好这件事的。

著《水经》，他断断续续用了一年半时间。茅屋中，一边写，一边会像婴孩和老人一样，自言自语。但他的自言自语是有听众的，墨泉就是他忠实的听众。而他一日三餐饮食的提供者，自然是鱼鹰了。墨泉是素食动物，为冰叼回的一律是野果、野菜。期间，他还顺湔水北行六七十里，去大禹修炼地撰写过两个月。

读者读《水经》，读到的主要意思，是该书梳理、呈现了华夏大地重要河流的心灵和容颜。而《水经》更深一层含意却是，以水为纲，用水统一七国。水流穿越国界，打破诸国概念，又以地上、地下和天上三个维度，将破碎的国家紧紧抱在怀里。

书稿杀青、剖劂成简后，冰骑一匹矮种马，驮着书稿，径直去了天彭县项致县长家。他请县长在县境内找几位书者，将《水经》誊抄二十套，三十天后他自来取。

三十天后，冰和墨泉，带着几匹矮种马，在县长家将二十一套竹简册《水经》驮了，折身向岷山深处走去。县长望着这支形似马帮的队伍的背影，笑着摇了摇头。

马帮去了瓦切。天彭至瓦切五六百里。一到瓦切,冰就把竹简卸下,让一身轻松下来的马匹撒着欢,对着若尔盖大草原大快朵颐。然后,他在简册堆上,支起一顶帐篷,开始了一个人顺水而下的诗意想象。

明代徐霞客未出现以前,岷水被认为是大江的正源。在古代,但凡说到江,指的就是大江、长江。但凡说到河,指的就是黄河。其他的河流,称水。

位居青藏高原东南缘的岷山,是长江水系之岷水、涪水、白水,与黄河水系之黑水的分水岭,而瓦切处于长江水、黄河水之间,距二者各两三百里。冰将墨泉留在帐篷里当主人,将自己安排为马帮。二十套眷抄的简册被他一分为二。由于一套太沉,又将一套分为若干分册。而后,在先后两个时间段里,用几匹矮脚马驮了十套向北去了松潘附近两河交汇口,另十套向南,去了唐克。在松潘附近,他将十套《水经》放在了长江水系之岷水中。在唐克,将另十套放在了黄河水系之黑水中。把简册一分册一分册向水面放置时,他放得很精细,很缓慢,甚至一只小鸟将竹简当了舟,飞栖其上,漂了老远,他才放置又一分册。望着顺水漂浮而去的《水经》,冰笑得像个孩子,直到天黑下来,什么也看不见,才一屁股坐在水边草地上。坐了,又随满天星星的打开站起,在星月的璀璨中,再次眺望远方。远方,他看见《水经》漂流在两条澎湃的大河上,一些被船上的有缘人捞起,一些被岸边的有缘人捡到。还有零星的部分,甚至是被冲断绳索完全散开的部分,则汇入了江河、大海的循环系统。

唐克,黑水,主人在望远方时,墨泉也在,并且脖子比主人伸得长了好几倍。从松潘两河口返回瓦切后,次日一早,冰就收了帐篷,带着墨泉和马帮,南行了。

《水经》未署作者名。作者的意思很明显,他是受河流的请托而做的这件事,著作是河流自己,他只是执笔的书写工师而已。

《水经》写了五万余言,一千余条河流,由于散落,再散落,出水后,在人海中漂流到北魏郦道元手上时,仅存一万多字,一百三十七条河流。郦道元在《水经》基础上,写出了四十卷三十万字、记述水道一千三百八十九条、留名千古的《水经注》。而《水经》的真正作者呢,历代研究者则各有说法,一会儿称郭璞,一会儿称桑钦,扑朔迷离,莫衷一是。李冰没在《水经》上留名,但大地没忘记他，河流没忘记他。南距松潘三四十里，他漂流《水经》去长江的地方，1270年，建了川主寺。由寺而名，川主寺也就成了地名。李冰被后世尊为川主，遍布巴蜀乃至西南大地、以川主命名的庙、祠、宫、堂、寺等纪念李冰的场所，有千余处。甚至还有川主河、川主山、川主乡等河名、山名、地名。每年六月二十六李冰生日，六月二十四李二郎生日，四川、重庆各地都会举行庙会"川主会"，纪念李冰父子。而川主的川，既是四川的川，更是河川的川。

5. 天河水命：秦国任命第三任蜀郡太守

李冰回到阳平山，将他亲手镌写、去了一趟高原草地的那套原版《水经》放陶瓷罐中蜡封后，埋藏在山上一条泉溪的下边。他故意选了个没有任何标志和特征的水段，以免包括自己在内的任何一个人找到它。完整的《水经》，他的《水经》，他只想献给自己的祖地和祖地下边的族人。

跪对鱼形坟堆，祭别族人。

做完这一切，李冰就下山出蜀，回咸阳向母亲讲述阳平山的每一叶风、每一滴雨、每一缕阳光。他要带墨泉一起下山，但墨泉不肯。不管怎么邀它，就是不肯，最后，转身，几蹦几跳就没了它那黑得那么美丽的踪影。下山的路上，冰总感到背后有一双眼睛，噙满泪花，与自己等距，直到走在田畴间，才渐渐消失。

李冰没想到，在蜀道上行走，竟与老将军司马错率领的秦军劈面相遇。更没想到的是，他是作为奸细与司马错相见的。

老将军此行拉开了秦楚大战的序幕，而正是这场秦楚大战，促成了李冰担任秦国第三任蜀郡守的伟业。这一点，李冰更是万万没有想到的。

李冰穿出苴国故都葭萌县北门，继续北上，正行间，尘土飞扬，一队黑色兵马骤然到了面前。蜀道上的百姓纷纷闪向两边，他也随百姓闪向一边，但他没有像百姓那样惊慌，而是步伐从容。并且，退到路边后，在众多的低埋的脑袋中，他的脑袋试图向后仰去，偏偏是，这一过程，导致头上的斗笠掉落地上。又偏偏是，引起了一位百夫长的注意。在众多的人中，李冰成了突出的人。

百夫长纯属本能反应地大喝一声："你，干什么的？"

李冰沉稳作答："赶路的。"

百夫长似没反应过来，一愣，而后再次大喝："楚军奸细！抓起来！"

李冰以为抓他是因为自己的回答有一种戏耍军吏的成分，见两位军士跳下马抓住自己手臂，急忙申辩："草民真是赶路的，从天彭往咸阳赶。"

百夫长愈加厉声道："休得狡辩！纵是满口南腔北调，也掩饰不住尔的楚音。带进葭萌城再审！"

原来抓他的根儿在这里。李冰少时在楚地待了近十年，口音中安能没有楚音？但他并不紧张，因为他在"秦"字大纛旗旁边，看见了写有"司马"二字的旌旗。

李冰："草民认识司马大将军！"

百夫长："你？本百夫长还认识秦王呢，带走！"

这天，从成都赶来的蜀郡守张若、郡丞嬴漪，正在司马错幕府汇报军粮、兵器、战船一应辎重筹备情况时，副将挺胸步入："大人，我军百夫长抓到一名楚军斥候。这名奸细执意要见大人。"

司马错："楚军奸细？好，老夫正想差人去楚捉一二来审，他却自己闯来。带上来！"

百夫长押着五花大绑的李冰入。

屋内三人哪能想到面前的楚军奸细竟是战国名士、水家掌门人冰子。

司马错："李冰？工官长李冰？楚军奸细？如何是你？"吃惊的还有张若、嬴漪。

李冰："大人问我？可这……"做出挣扎状。一枚玉佩在他腰带上摇头晃脑，向它对面的旧主打招呼。

司马错："松绑，快松绑！还有，立马上肉摆酒，老夫要给楚军斥候压惊。哈哈！"又对两位欲给李冰松绑的侍从喊道："让开！"

司马错上前，亲自给李冰松了绑，一上桌，酒刚过三巡，又给他绑上了。是用一件事给他绑上的。司马错对他说："老夫此番欲取楚黔中，战船万艘，浮江而下，志在必得。楚地多水，然工官长乃用水奇才，随军而动，助我攻楚，给老夫薄面，万不可推却。"一位老人、一位大将军，这样说了，他还怎样说呢？

司马错一口一个工官长，让张若心里颇不自在，但也无奈。

李冰没想到，觥筹交错中，还听到了《水经》的消息。

嬴漪："师弟，世间已存《水经》，可有听闻？"

李冰："未曾闻。"

嬴漪："不知何人撰，不知因何现。水至《水经》至，仿若天赐。"

司马错："竟有此等奇事耳？"

张若："大人，确有此事。有人见有简册浮于岷水，捞之。又有人见之，又捞之。合而读之，《水经》也。"

嬴漪突然一问："莫非师弟乃《水经》作者？《水经》现蜀，冰子现蜀，恐非偶然矣。再者，嬴漪在蜀，师弟入蜀而避之，莫非要事在身，不便以见？"

李冰："正是偶然。冰入蜀只为察识水情，亦不曾经成都县。郡守大人与师兄皆政务繁忙，冰一介布衣，实不便打扰。冰不善周全，恕罪恕罪。"

嬴漪："然则……"

司马错："如此饶舌，岂能快哉？喝酒，喝酒。来，司马爷爷再敬工官长一爵。"

这一年，是秦昭襄王二十七年（前280）。秦王再次同意司马错的建议，浮江而下，自蜀攻楚——这是司马错一生的夙愿。这次战役，秦国的军事力量配备规则为：司马错大将军担纲统帅，人力由陇西方面出，物力由巴蜀方面出。按照司马错的部署，所有力量，在蜀、陇交界处葭萌集结，然后，浩浩荡荡，浮江伐楚，攻取楚之黔中郡。蜀郡官员、巴郡官员以及两郡的军粮、军械和战船到了，之后是陇西军到了，他们都按时到了，只有司马错及其随员没有按时。按照司马错自己对自己的安排，他们一行应该是最后到的，但他们却打乱计划，提前到了。这样，本来该蜀、巴、陇三方首领在葭萌北城门隆重迎接司马大将军入城的计划，却变成了一身戎装、威风凛凛的司马大将军依次在南城门、东城门、西城门迎接三路人马入城。

蜀、巴两位郡丞作为筹集、押运粮草等物资的地方官员，随军履责。两郡太守立于码头，送别司马大将军统陇西兵十万，巴蜀大舶船万艘、米六百万斛，浮江东下后，回各自治地行政。

从蜀地攻取黔中郡，有东西两路可选择，为避开驻军雄厚的沅城，司马错以往都选择东路。以往每次都获胜了，但都只能算小胜，因终是未能让黔中郡纳入秦国版图。这次，为出其不意，他决定走西路，并一举吞灭他这一生中令他乐此不疲、兴致勃发的敌人——黔中郡。

拿下楚黔中郡的关键，是拔掉它的门户沅城。

沅城，又称侗人岛，三面环水，有十里天然河滩和众多神秘岩洞。在派人探察和捉了两名楚军小吏审讯后，沅城的地形情势已基本清楚，而守军布防情况却不甚了然，因其布防跟天空的脸一样，屙尿变。布防图在守城将军心里，除了他一人，没人知道，更没人说得清楚。司马错点名召集十余位核心及专业人员商议攻城之策。大家你一言我一语说开了。

这样的情况，从一些点位上破城而入是困难的，你以为你寻了个软柿子，殊不知张嘴一咬，才知是铁核桃。

那么，只能无问西东，横竖一端锅，以雷霆之力全面、彻底摧毁之。

就是说，要么火攻，要么水攻。

火攻是虚无的，因为水很多的沅城，石头也多。水城沅城，亦是石头城。而火，最怯的恰是水和石头。

只有水攻了。

众人几乎是异口同声："水淹沅城！"

李冰："不可。大水覆城，不论军民，人为鱼鳖。惨待同类，于心何忍？"

众人露出对李冰之言不解的神色，甚至想大笑，又见司马大将军正襟危坐，不动声色，便忍住笑声不发。

嬴漪献计："那就水毒沅城！"

李冰一惊："师兄是指在水中下毒？"

嬴漪傲然一笑："如此还怕取不了一个小小沅城？"

李冰："不可，更不可。下毒之害更胜水淹！"

嬴漪又一笑，更得意了："这个嬴漪早有思谋。在上游水中下毒后，飞箭传书，告知城内军民，水中有毒，万勿饮用，为今之计，唯开门投秦也！"又自我点评道，"不死一人而取城，岂不妙哉！"

李冰："水中下毒，大害也，久患也。纵是沅城不死一人，下游岂能逃过，非死即伤。人有此灾，况乎鱼？不可，不可也！"

急于建功的嬴漪一声冷笑："此也不可，彼也不可，闻师弟言，师弟已有良策在胸？"

李冰："无有。"

嬴漪揶揄道："既拒水淹、水毒，又无良策，师弟的意思难不成是撤军乎？"

李冰："师兄，'撤军'二字万不可随便出口，那可有动摇军心之嫌。"

司马错终于说话了："李工官长，军情紧迫，若你无更好之拔城之策，老夫决定水淹沅城！"

李冰："大人，给李冰一个晚上。若明晨尚无良策呈报，李冰无话可说。"

司马错起身，锵锵道："然。老夫等你一宿。退帐！"

月光如水，薄薄地，罩了一层在李冰身上。坐在山上，望着山下的沅水，任自己的大脑潮起潮落，水枯水荣，一遍又一遍过水。眼前的沅水只有月光和眼睛那么长一小段，大脑中却是全部的两千里沅水。沅水，太熟悉了，他在惜墨如金的《水经》里用多达一百一十四字的尺度对它进行了阐述。

才三更尾四更头，李冰就想出了办法。回到帐篷内睡觉，太热，尤其太兴奋，哪里睡得着？在露天林中睡，凉快了些，却又被蚊虫叮咬，正想干脆找司马大将军去，却见司马大将军大踏步走至他的帐篷，却不进去，犹疑了起来。有几位英武的文吏、武士，远远跟在他后边。

"司马大人，还没入睡？找冰么？"

"知道你没睡。看你的神情，怎么，有计了？"

冰从树林中跑出："冰正要找大人说也。"

司马错："善。何处说？"

冰一指山头："山顶，俯山望水观城，如何？"

司马错："走，上山。"

二人携手上山，几束火把，跟在身后，金鱼般摇曳生姿。

山顶，悬崖边。二人坐在石头上，面前是一张军用牛皮地图。他们一会儿指着地图议论，一会儿站起指着山河和远处的沅城议论，直到东方既白。几位军士举着火把，不远不近半围合着二人。

昨日司马错点名召集的十余位核心及专业人员，今晨又兴致勃勃准点出现在大将军大帐前。可奇怪的是，帐门紧闭，两名魁梧的军士梧桐一般立在门侧。大家脚都立软，才见帐门一掀，却是一位军中文吏。文吏："大将军尚在睡中，各位少安毋躁。"话毕，复入帐内。更奇怪的是，却不见李冰人影。他们本来还有心看李冰笑话，现在他不在，还看什么看？他们哪里知道，李冰正在自己的帐中酣睡呢。近中午时，帐门再掀，文吏皓牙雪齿，亢亢高喧："司马大将军有令，各位将军、大人入帐！"

众鱼贯入。正待入座议事，却听高坐于大案后的司马大将军威武出语：
"大计已定，各位听令！"

屁股尚未挨到座板的众人，皆直身挺胸，耷拉的双耳陡立："请大将军发令！"

司马错的命令是，今夜行动，所有的十万兵力只做一件事，衔枚疾行，见鬼杀鬼，遇神杀神，将沅城以上的沅水，以及任何一条流向沅城的泉溪，完全控制在秦军手中。楚军得知这一变故后，一定会拼命夺回，但我军寸土不让。之后，军士变水工，在工官长李冰指定的地点筑坝拦水。这一行动，估计会有难度，但牺牲再大，也要不折不扣完成，但有违令者，斩立决。

众人一听，即刻明白，司马大将军决定水淹沅城了。就是说，这一晚，李冰什么办法也未想出，或者说，想出的办法纯属书生之见，未被大将军采纳。

果然，上游河段的紧要处均有厉兵布防，夺取后与筑坝时，又有楚军被迫出城争夺与破坏。击退楚军，完成拦水，秦军付出了一两千人的伤亡代价。

至此，秦军没有任何一种围城动作，却让一城子楚军龟缩城内，再不敢出城。他们本可向下游方向逃逸的，又不敢，既怕上司治罪，又怕人心大乱和遭秦军埋伏。在城内，他们却没闲着，而是忙得不能再忙。一是忙守城，二是忙启动舟楫、广扎竹排，和放掉蓄在城中的水——秦军一旦开坝，放水淹城，自己能借浮物逃生。没有浮物的，则潮水逆行一样往城中高地势处涌。但仅此一涌，踩踏伤亡者数十，这是李冰没有想到的。沅城是多水之城，从无水井及打井一说。一切准备就绪，开始等待水的到来。

但他们等待的水一直没有到来。最后，连守城将军都渴得忍无可忍，只好下令打开城门，率城中干燥得即将燃烧的将士，烈火般拥向秦军，缴械投降。也有向下游逃逸的，但还没把脚丫子打开，就渴晕在地。水全攥在秦军手心，下游哪来水？

李冰向司马错献的是"水枯沅城"计。

秦军筑坝拦水后，沅城下游就断了流。蓄了七天水、断了七天流后，开坝放水了，只不过，开的不是大坝，而是在更上游的岔水处筑的小坝。小坝一开，大坝中的水开始往上跑，在打开的小坝处折入岔水，一泻而去。沅水如此，沅城上游其他泉溪无不如此。

沅城一拔，黔中郡门户大开，哪里扛得住秦军的水陆夹击？司马错于是以手中的黔中郡归还不归还为筹码，迫使楚襄王割让了上庸和汉水以北土地给秦国。

次年春天的一个下午，李冰正在咸阳家门口的渭水修渠，七岁的女儿李贞、三岁的儿子李楠，围着他看。三名骑快马从楚地赶来的布衣壮士找来，将一支五寸长的铜管递给他。他稍一琢磨，找到机关，摁了一下，白起手书给他的一封帛信滑了出来。信很短："李冰工官长，秦伐楚，鄢城坚，速助之。"大良造白起大将军亲邀自己助力，于公于私，如何能拒？

火速到得鄢城方知，白起并不是让他帮助攻取鄢城，反而是想利用鄢城之战，让他立功，还他当年拆桥之情。

但李冰拒绝了白起的盛情。

公元前279年，秦昭王决定利用司马错大胜黔中郡的战机，令白起直捣楚国中央集权地区，重创楚国。白起遂率军数万沿汉江东下，攻取沿岸重镇，掠获汉水流域丰饶的粮草补给军需，出敌不意突入楚境。为表决一死战决心，还命令秦军过河拆桥，登陆毁船，自断后路。而楚军因在本土作战多有后顾之忧，将士只关心自己的家人和家财，斗志委顿，无力抵挡虎狼之师秦军的杀伐，节节败退。长驱直入的白起军团，迅速杀到楚国别都鄢城下。鄢城距离楚国都城郢很近，是拱卫郢都的军事重镇，楚王早已集结重兵在鄢城，以阻止秦军南下攻郢。秦军于是在鄢城遭到进入楚境以来最顽强抵抗，屡攻不克，而秦国军队孤军深入，不宜持久。白起召集谋士献计，由是定下了"水淹鄢城"的计划。具体方案是，利用出自楚西山长谷、流向东南的夷水，在鄢城西边百里处筑堤蓄水，并修长渠直达鄢城，然后开渠灌城。

这是一场战争，更是一项水利工程——利用水来达到修渠者的目的。白起希望水家掌门人冰子来完成这项工程，并认为此事体对李冰来讲，太容易，于是快马送手书邀来李冰。李冰这方呢，认为这个方案堪称完美，但正是这种完美，让他感到害怕。白起的水，不是淹城，是淹鄢城里的人，几十万人。

李冰："冰谢谢大良造好意。冰治水只在利民益民，决不伤民杀民。还请大人不必强求，放冰离开。"

白起："离开？你就不怕本将军以临阵脱逃和抗命罪杀你吗？"拔了拔剑。

李冰："杀冰，冰亦不从。"

杀人无数的白起何曾被一位布衣这般拒过？颇恼怒，想大发雷霆，最终平静说道："你我两清了，你走吧。送客！"

李冰刚刚走出军帐，白起即举起一只大陶罐，砸在地上，大吼："白起哪想杀人？然我不杀他，他必杀我！"

开渠放水灌鄢城那天，楚军撤离。水从城西灌到城东，在一个叫熨斗陂的地方入注成渊。水流随之冲垮城池东北角，百姓随水流死于城东者数十万，城东皆臭，故后世称熨斗陂为"臭池"。而城西那条百里长渠，则被后世谓之"白起渠"。

秦国王城里，相关大臣正在审议司马错呈报的楚黔中郡大捷战功名簿，名额有限，关系复杂，迟迟不能敲定。偏偏这个时候，却又传来李冰拒绝大良造白起军令的消息。于是乎，大家一致同意，从战功簿上删去李冰之名，对李冰不奖不罚。司马错得知这一消息后，通知李冰去见他，问询了水淹鄢城一事。他欲进宫责问，帮李冰争取功名，被李冰阻拦："冰一生志水，不志功名，大人当知冰。"

后来，白起知道了这事，觉得是自己想帮李冰，变成了害李冰，于是乎，旧情未了，又欠了新情。

离开鄢城，李冰去睢水流域拜访住在水边山洞里的水族族长陆铎。族长很骄傲，但二人论水七天七夜后，他就词穷理寡，论不下去了。于是大为服气，格外谦卑，举族重待李冰。临别，族长将水族传世之宝《泐睢》一书送冰。这本被后世称为《水书》的著作，主要记载了水族的天文、地理、宗教、民俗、伦理、哲学等文化信息，李冰尤其认真研读了书中鬼神术、卜卦术之于水的作用。

水命人李冰，自是对书中关于《龟书》和水命人的详解，表现出强烈的兴趣。其命理四柱八字学推算法，按每年天干地支纪年，将金、木、水、火、土五行分为五种命格，认为日干是壬或癸的人，属于水命。水主智，其性聪，其情善，其味咸，其色黑……水命分为六类，涧下水命、大溪水命、长流水命、天河水命、井泉水命、大海水命，其命局各各不同。明朝进士万民英深受《泐睢》影响，在其所著《三命通会》中说："丙子丁丑何以取象涧下水？盖气未通济，高段非水流之所，卑湿乃水就之乡，由地中行，故曰涧下水；甲寅乙卯，气出阳明，水势滔源，东流滔注，其势浸大，故曰大溪水；壬辰癸巳，势极东南，气傍离宫，火明势盛，水得归库，盈科后进，乃曰长流水也；丙午丁未，气当升降，在高明火位，有水沛然作霖，以济火中之水，惟天上乃有，故曰天河水；甲申乙酉，气息安静，子母同位，出而不穷，汲而不竭，乃曰井泉水；壬戌癸亥，天门之地，气归闭塞，水历遍而不趋，势归乎宁谧之位，来之不穷，纳之不溢，乃曰大海水也。"

人一出生就注定了。没人能逃脱一滴水的覆盖。年有年的水命，月有月的水命。一月雨水命，二月泉水命，三月露水命，四月潮水命，五月瀑水命，六月酒水命，七月雾水命，八月温水命，九月海水命，十月湖水命，十一月溪水命，十二月河水命。这个当然是指的阴历。

两年间，除了拜访水族，插缝在咸阳家中小住，李冰均在七国治水。这一天，他与王叕一起治理泾水，田贵差来的典丞找到了他。

田贵找他，是因为蜀郡太守位置空了出来，需要填上，而田贵就荐了冰。

蜀郡太守位置悬空，是因为秦楚大战的结果，而秦楚大战，却是因为一只鸟，准确地讲，与鸟人、鸟事有关。

楚襄王与鸟人见面前，战国七雄中楚、秦两个大国，是和平共处的。公元前283年，楚襄王与秦昭王在鄢邑友好相会。同年秋天，二王再次在穰邑把酒言欢。两国过了两年蜜月期的好时光——直到鸟人出现。

鸟人的出现，是因为楚襄王闻知本国居然有个惯于用微弓细绳射击北归鸿雁的人，出于好奇，也为了解一些射击经验，遂把此人唤入王宫。

鸟人终于有机会大展口辞之才了。他从射天上的小鸟说起，继而引申到以圣人为弓、勇士为箭，射城、射地、射国，射取天下。他说，如楚王欲一统天下，可合纵小鸟般的诸国，首先射杀背靠大陆而居、面向东方屹立，左面邻赵国西南、右面接楚之鄢郢、正面对着韩、魏，展翅翱翔，方圆三千里，一心想独吞中原，且与楚国有旧仇的大鸟秦国。

楚襄王听进了这个鸟人的鸟语，于是大张旗鼓派出多支使者队伍游说诸侯国，重新约定合纵，一举灭秦分秦。秦昭王听到这个消息，决定先发制人，令白起、司马错两大战神，以夹击之势，出兵攻楚。

这一出兵，司马错首先就以黔中郡之捷，在楚国的后背插了一刀。跟着，白起大军挺进楚国腹心地带，拔掉邓城、鄢城，攻打并占领西陵，扼住大江，截断郢与西面巫郡的联系。跟着，攻陷楚国国都郢，烧毁楚先王陵墓夷陵，向东进兵至竟陵。楚襄王兵败，向东北方溃逃至陈，并迁都于此，以求自保。白起因战功卓著被秦昭王封为武安君。但秦国还未罢休，又令白起领兵，夺取了楚国的巫郡和黔中郡。直到在战国四公子之春申君的调解下，秦昭王才与楚国结盟休战。地盘大得占七国半壁江山的楚国，自此一役后，一蹶不振。

而这场战争，又腾出了蜀郡守的位置。现在，秦王需要考虑的是，谁可堪任秦国第三任蜀郡守？

郡守，郡的长官，边地多为武将，内地多以郎官出任，享受银印青绶、秩二千石的待遇。秦国的郡守权力颇大，除由国府直接任免的县令县长、负责监察郡治的监御史、负责统领驻军与管理治安的郡尉三种人外，郡辖地的其他官员均由郡守自行任免。

蜀郡守张若，本是作为白起大军的地方后勤保障职能，随军而动的。但随着楚国巫郡、黔中郡被攻取，而秦国又意欲钳制它们，将楚两郡合成一郡，名秦国黔中郡，张若心里就有了想法：不回蜀郡，就地当秦黔中郡守。这一职位，貌似拥了两郡之权，有权利倍增之感。水往低处流，人往高处走，如能谋得，岂非善哉？这是其一。其二，官场讲究树挪死、人挪活，由蜀郡守变黔中郡守，挪一挪，有利无害。再说，秦黔中郡新置，楚军虎视眈眈，正可大有作为，一战成名。而蜀郡之水患，既无短方以控，又无长策以治，想起就头疼，闪身走人，上佳之选。其三，这一变位，就给郡丞嬴漪腾了位，也算兑现了当初对此人许下的诺。

张若原本就是白起手下的兵，与白起说话也算方便，于是就将自己想担任秦黔中郡太守的心思说了：

"武安君夺取楚之巫郡、黔中郡，两郡并一，秦新置黔中郡。然，新置之郡，内外交困，局势复杂。张若得武安君之便，有先入识察之利，故，张若意欲离蜀，就任黔中郡守之位，安镇黔中，为国建功，企盼武安君一荐。"

对于张若露骨的坦率，白起一点不吃惊，他了解自己的兵："如何安镇黔中？本君愿闻其详。"

张若正等着这一问，于是胸有成竹，和盘托出了自己的施政纲领。

听毕，白起说了两个字："甚善。"而后，又说了若干个字，把自己的想法和要求，布置给张若。

张若自是兴奋不已："武安君答应荐张若了？"

白起："蜀郡守可有人选？"

张若："郡丞嬴漪，老秦人之后，所学法家一派，职蜀经年，熟悉蜀情，堪任也。"

白起："向秦王荐才，兹事体大，务必慎之，本君不识察者，岂敢妄荐哉？"

很快，张若如愿以偿，在原巫郡所在地、今郡治地黔城，见到了秦昭王对他的任命王书：秦黔中郡首任太守，张若任之。留名传世，张若最喜欢也最擅长。但这一次，因筑成都城而留名青史的他，失算了。正史所载有秦一代先后所置三十六郡，即河东、太原、上党、三川、东郡、颍川、南阳、南郡、九江、泗水、巨鹿、齐郡、琅琊、会稽、汉中、蜀郡、巴郡、陇西、北地、上郡、九原、云中、雁门、代郡、上谷、渔阳、右北平、辽西、辽东、南海、桂林、象郡、邯郸、砀郡、薛郡、长沙各郡中，并无黔中郡。这真是一件令张若万万没想到的诡异之事——攻楚黔中有他，任秦黔中郡太守有他，偏偏史册上没有他的黔中郡!

旬日之内,正在蜀郡府代张若行政的嬴漪,接到了张若的快马传书。张若在书信中说,蜀郡守位置已为他腾出,并已向武安君举荐他。但为了万无一失,让他也火速托人在咸阳宫周旋。最后说自己已兑现对他的承诺,祝他好运。

从接到这封书信起,嬴漪就一直处于极度亢奋状态,直到他的师弟李冰上任,才瓦解下去——下至冰窖。

要找与咸阳宫沾得上边儿的人,这个人自然就是显臣芈戎三夫人嬴姅了。嬴姅是亲妹,没什么话说不出口,嬴漪立即提笔给姅写了信。写好信,编了个公差的名儿,差一名郡吏,骑上他的胡地良种马,带上两名卫士,沿蜀道向咸阳宫驰去。嬴漪绝想不到的是,这名郡吏和两名卫士翻秦岭时,着了山匪道,遭了洗劫。大白天的,山匪压根儿就没想过做这趟买卖,只因那匹胡地纯种马太惹眼也太令人流涎,逼得他们不下手都不行。郡吏本意很不乐意被派这趟差,得知有好马骑,就求之不得了。山匪本意是只求财,不讨命,抢了良种马就放三人和两匹普通马离开。但他们从三人身上搜出了路牌,发现了其公人身份,这就不行了,必须杀人灭口。杀了人,挖个坑埋了。看不懂嬴漪手书,也一顺手扔进了坑里。此三人一去无音,嬴漪后来查过,不得要领,又不便过于深究,不了了之。

有了嬴姅、张若的双保险,按说够了,但嬴漪还觉不够。他拿着张若书信,去了载天山庄。金渊看完信,其亢奋之态,一点不输当事人嬴漪。

金渊握着桑木手杖,控制住情绪,故作懵懂状:"好事,好事!可郡丞亲自登临本侯寒府,其意是……"

嬴漪当然知道面前这只独眼龙老狐狸在装,但也只能老老实实、明明白白吐词:"侯爷与田大人家有结亲之好,田大人又系秦王身边之人,故而,蜀郡守之位,还乞侯爷一荐。"一施礼,又说,"嬴漪如能如愿,定不忘侯爷栽培之大恩,必当厚报,纵肝脑涂地,在所不辞。"

金渊:"郡丞言重,言重。你我相识以来,多有合作,可谓荣辱与共,同进同退。今有机会,自当全力相荐。本侯预见,蜀郡守一职,非嬴漪莫属。恭贺,恭贺。"

典客田贵收到亲家牛鞞侯的荐书后，方意识到自己的存在，以及蜀郡守一职，他也是可以荐的。仿若醍醐灌顶，一番梳理，脑海中立即跳出一人：李冰！

按亲家的建议，荐嬴漪，当然行。嬴漪有这个才，至于德，也没发现什么出格的问题。难道就没有比嬴漪更适合的人选？治蜀的人，当是治水之人，嬴漪的师弟李冰，不就是天下第一水利名士吗？越想李冰越合适，李冰越合适他越兴奋。于是，决定明天就向秦昭王面荐李冰。待见了秦王，田贵又犹豫了。万一荐而被否，就失去了转圜余地，不好旧话重提再荐了。要知道，嬴漪可是有芈戎这条线的！几斤几两，他知道自己的分量，这个分量还不足以有说服秦王的把握。再说，就算说服了秦王，那宣太后呢，她要是当庭发难怎么办？还有丞相魏冉，他要作梗，再好的事，也得泡汤。

田贵斟字酌句写了举荐书，签了名，又去找老将军司马错签字。果然不出所料，司马错很乐意签了字。

司马错："李冰，不错，老夫信之。蜀郡守一职，非他莫属。"

田贵："估计嬴漪也在找人活动。"

司马错："找了你？"

田贵点头："然。"

司马错："嬴漪怎可与李冰论高下？老夫近日本拟回乡休养一段时日。既有此事体，老夫就推迟回乡，待秦王任命了李冰，再走不迟。"

田贵大喜："善！"

秦昭王正在彻夜为蜀郡守一职发愁时，收到了司马错、田贵联名举荐书。此前，也有收到举荐书，荐这个那个的，但都觉得不合适。也不是因为被荐人不合适，而是因为荐者不合适。天下人何其多，君王不认识、不了解被荐人，太正常不过，但君王是认识举荐者的。这些臣工一类的举荐者大多不熟悉蜀郡郡情、蜀地风物，甚至基本都没去过蜀地。这样的人说的话，显然不着调，荐的人岂能靠谱？当然，也可能瞎猫碰到死耗子，恰恰荐对了，但谁又敢冒此风险一试呢？治蜀，是大事，秦昭王自然不敢就做了主，再说，面对一堆不靠谱的主，他也实在不想做这个主。于是，秦昭王去甘泉宫请示宣太后，到了门口又退回了。把一堆自己完全不能说出个所以然的人，拿去折磨母后，母后还不反过来折磨自己？但现在可以去了，李冰来了。典客田贵将他与司马错联名的举荐信拿到他的东偏殿书房，面呈了他，并回答了他的若干问题。他心里算是有了兜底的东西。宣太后在后宫微笑着听了秦昭王对人选的介绍及他的倾向性意见，问道：

"王儿下一步如何决断？"

秦昭王："还请母后赐教。"

宣太后："母后就不赐教了，王儿按自己的想法做就是了。"说完，一个哈欠，转身入了内室，两名侍女急忙跟扶。

田贵还焦急地等在东偏殿书房，两个时辰了，才见秦昭王返回。急忙问道："秦王，太后的意见？"

秦昭王："太后没有意见，让本王自己做主。"

田贵："哦。那……"

秦昭王："典客，你不是说李冰四海漂零，以河流为家吗？能找到他么？"

田贵："臣启我王，找李冰最容易了。哪里有水灾，哪里就能找到李冰也。"又说，"现在，他应该在泾水。"

秦昭王："是骡是马，一上殿堂，几回应对，可知也。"

五月中旬的一天，天刚刚亮开，东边的朝霞欲出未出、既红且黑，像一只悬而不定、羞羞答答的怪鸟。咸阳宫车马场随之苏醒，车来马去，气象辘辘。宫中内侍在殿外铜鼎、香柱、红地毡、白玉阶等处穿梭。总之，从人到物到天象，皆比平日多了好些繁忙。

卯时二刻，随着正殿大门隆隆开启，数十位奉诏大臣打起精神，以匹合各自官阶的风仪，陆陆续续登阶，款款进殿，并在自己的座案前僴然入座。一只鱼鹰也从殿门飞了进来，大大咧咧盘旋一圈后，堂而皇之栖落在王座正上方梁檩上。它看见"四贵"穰侯魏冉、华阳君芈戎、公子嬴悝、公子嬴芾来了，看见御史大夫、白起、司马错、田贵来了，看见治粟内史（掌管谷食钱货，九卿之一）、大田令（掌农事土地）、太仓令（掌粮仓）、邦司空（掌工程）、大内（掌物资储备）、少内（掌钱财流通）、工室丞（掌百工制造）、关市（掌商市交易并税收）、右采铁（掌采掘铁矿石）、左采铁（掌冶铁）等执管经济的臣工来了，还看见丞相座案在距秦王高案右侧三步处，独立于众臣之外，大显特殊。

123

而与丞相座案对称的，还有左侧的一席空座。辰时的宫钟刚刚响起，殿前给事中就字正腔圆、高声宣呼："辰时到，秦王登殿朝会！"

朝臣齐刷刷起座，拱手高语："臣等参见我王！"目光聚焦在王座后硕大的黑鹰屏风方向。空空的寂静中，脚步声自木质屏风后响起。秦王在一名内侍的虚扶下坐进宽大王椅后，向殿堂做了个手势。丞相魏冉呼道："各位请坐。"

众臣整齐落座。

秦昭王道了开场白："诸位臣卿，今日朝会，不议他情，只定一事，即治蜀之长策。为何要定治蜀长策，因久治不果的蜀乱已成当务之急。具体情由，由丞相向各位大臣言及。"

魏冉清清嗓子："是何人，做何事。是何事，服何人。凡事，皆由人定。故，定治蜀之长策，实乃定治蜀之能人也。巴蜀并入我秦土，已三十又九载耳，除徒增版图外，仓廪空虚，并无税负货殖之利，且蜀侯频反，蜀地频乱，灾情一发再发。凡此种种，派驻军，拨粟物，几成秦国负累。实乃藏筋之骨，食之无味，弃之不舍。此，与三十九年前，秦吞巴蜀之初衷，大相径庭也。"说到此处，意味深长又不无嘲讽地望了司马错一眼。众臣亦偷窥司马错表情。司马错肃然正色，昂然迎之，并无半点愧怍。

魏冉继续说道："因之，今番朝会，具体为，定蜀郡郡守者谁？列位同僚皆知，原蜀郡守张若，已在黔中郡郡守任上，蜀郡守一职目下正虚席以待。一郡之太守，亦属要职，故，荐者众。然皆徒有虚名，并无治蜀之能。旬日前，老将军司马错、典客田贵联名向我王荐有一人，此人能否担此重任，尚待今日朝会议之，秦王断之。"

秦昭王："今日朝会事，正如丞相言，蜀事也，请诸位认真思谋，发表高见。宣李冰。"

咸阳宫内，在"宣李冰觐见"的一级一级的接力传递声中，殿前司礼导引一人步入殿中。此人一身青色裋布短衣，脚蹬草鞋，背负斗笠，左手拄一铁杖，其雪白肌肤呈现出日晒雨淋后的黑红，瘦长精劲的躯干，像一尾直立行走的箭鱼。甫一站定，秦昭王头顶梁上那只鱼鹰，一声欢叫，斜斜飞下，栖落在他右肩头。众臣见人已是大奇，这会儿见鱼鹰如此，更是叹为观止。看来，今儿要在咸阳宫看场好戏了。

来人大大方方，坦坦荡荡从诸臣座案中间过道走过，待自己距王座三丈处站定，不卑不亢向王座上的中年人一拱手，声音沉沉稳稳而出：

"布衣水工李冰，应召入宫，参见秦王。"

秦昭王微微一笑："先生鞍马劳顿，应召入宫，不及休息，实乃本王求才若渴所致，先生莫怪。"

李冰："秦王礼遇水工，乃礼遇水也。在此，冰代天下之水，对秦王深表谢意。"向秦王行躬礼。

秦昭王没想到面前这位水工，有如此不俗之语，但他还是平静说道："先生请坐。"

司礼吏员将李冰导引至王座左前侧大案前，虚扶入座，然后退下。鱼鹰一跳，蹲在座椅靠背上。李冰这个座席，说是与丞相座对称，实则比丞相座更靠中和更靠近王座，不用说，这是一人之下、万人之上的最尊贵的位置，大约只有应国王召见的诸如老子、苏秦、张仪、尸子等山东名士才享用过如此规格。此刻，一个乡野渔樵人物，却有这般礼遇，怎不令殿内臣工莫名惊诧，邻座间交头接耳猜度不休。面对如此之人，还真不知该咋说话。一时陷入僵局，大殿再次化为寂静。

魏冉笑笑，无话找话："先生手拄铁杖，可是标榜特立独行、不与众同？"

李冰："冰杖不离身，实不与众同。然非标榜也。冰治水为生，离不开这勘水铁尺。"

芈戎顿时夸张地笑了："一根铁杖，长不过五尺，水深几何，水宽几何，如何探测？"

李冰望着芈戎，一指殿顶："此殿高否？大人可知高为几丈几尺？"

芈戎有些莫名其妙，更有些难堪。李冰也不等他搭腔，直接离座站立，铁杖立在地面，将一个机关一摁，铁杖上端"唰"一声伸出一大截，又摁又伸出。随着李冰指头的快速摁动，唰唰唰，眨眼之间，铁杖上端已抵殿顶。李冰埋头一看铁杖刻度显示，朗声道：

"殿高五丈二尺。"又一摁机关，铁杖"唰唰唰"缩回，复位原长。

邦司空脱口道："奇了，殿高正是五丈二尺。"不禁鼓掌。众臣本能地跟着鼓掌，下一瞬，仿佛想起什么，急忙放下手，回归庄严之坐姿。司马错、田贵二人还在继续鼓掌，直到魏冉咳了咳，才收手。

李冰望着邦司空道："大人不必称奇。此器乃大禹发明，非冰之能也。大禹发明的量水铜尺，治水是量尺，打仗是兵器，冰不过在缠子兄仿制之基础上，略作改进，不敢有贪天之功。"话毕，坐下。

秦昭王："司马将军、田典客，你们既荐李冰先生任职蜀郡守，李冰何许人，拥有何能，做有何事，可向诸位大臣简述之。司马将军年岁不轻，不必劳累，田典客但说无妨。"

田贵起身，朗声道："李冰者，鱼凫之后，蜀人也。少小随母离蜀，捕鱼织锦为生，多有磨难，而志愈坚。识字，过目不忘，做事，巧手善工，四乡称曰少年天才。始从墨家，后习道家。学成，治水为业，先水工，再水师，数载即被天下水界呼为水神。祖地蜀土，三进三出，一治水，二筑城，三著书，皆有成也。是故，天下水家，公推冰为首，诸子百家，亦认其为冰子矣。"

公子嬴悝说道："秦有秦律，无功不授爵。李冰无尺寸之功，怎可受任重郡主官？"

司马错忍不住回答道："公子有所不知，李冰立功多矣。秦昭襄王八年，末将率巴蜀之军伐楚黔中，得李冰一家力助，既避楚军埋伏，又得进军新路。秦昭襄王十八年，末将与白起将军攻魏之垣、雍二城，李冰有拆桥拔城之功。秦昭襄王二十七年，亦即三年前，末将率陇西之军再伐楚黔中，又得李冰'旱枯沅水'之策。如此作为，可谓军功赫赫。此外，治水之功，更是数不胜数。"

公子悝讥之："如此，功名簿上、封爵册里，为何不见李冰之名？"

秦王略露尴尬之色。

公子芾见状，接话道："对此，芾有所耳闻。秦武王二年，甘茂入蜀平陈壮之乱，时李冰两岁，其族人似有反秦之嫌，其父亦有仇秦之怨，以致此后所立之功，并非其本愿也，是以被抹。两年前，白起将军令李冰水淹鄢城，李冰不从，有违军令，是以旱枯沅城之功被删。"

魏冉："功过两清，盖棺论定之事体，复提何用？再者，按秦法，无功不授爵，但无功，却可任用。"又道，"但是否堪用，容不得试任，故，各位但凡有惑，只管相问，我等但听李冰先生高宏之论。"

芾："蜀归秦三十九载矣，先生对三十九年来之蜀情及蜀地问题，有何见教？"

李冰："笼统言之，蜀情及主要问题有五。其一，治蜀之制多变，先是郡县制，后为分封制，今又郡县制。地方之长治久安，当以长策计。"

年轻的御史大夫猛然嚷叫起："李冰大胆，谵言妄语，攻我秦政。臣启秦王，请求杀之！"

满殿响起"杀李冰"之声。

李冰将椅背上的鱼鹰抱在怀里，一边手抚其羽，一边微笑着，空茫地望向大殿，像望着未驯之水。

秦王一言不发，待大家一言不发后，对李冰说道："先生请讲。"

李冰松了手，鱼鹰跳回椅背之上，仿佛什么也未发生，它听见李冰开口道："其二，蜀虽为秦之一郡，水土丰腴，人文厚积，然则偏远、闭塞，蜀道之难，割裂了中土与古蜀的互通有无，取长补短，共同发展。地理之优，亦成地理之劣。其三，蜀王子泮虽然逃去了南方，但当地反秦势力与情绪依然存在，各族群之酋邦、山寨众多，戎伯依然强，此等人为之形势，掣肘着秦制的布施。其四，以水灾为主的天灾仍频，几成最大之蜀害。其五，蜀地人众聪慧，资源富集，但未能充分开化，豁然导之。凡此五种，既为蜀情，亦为治蜀之难，解而化之，蜀乱立平也。"

御史大夫大约认同了李冰的后四个观点，态度陡转谦和："先生之意，针对五个问题，各个击破，一一破解，即为治蜀之道焉？"

李冰："不然。治蜀当治水也，水定则蜀定。"

治粟内史："新鲜。本官今日开眼界也。先生，治蜀当治水，水定则蜀定？愿闻其详。"

李冰："五大问题，实则一个问题，即水灾问题。解决了水灾问题，即解决了贫困与富庶失衡问题。倘蜀郡整体富庶，其他四个问题，将不攻自破，不再成为问题。只有蜀郡富强，长治久安，才算治蜀成功。而蜀地之富与穷，皆由水生也。水利生富，水害生穷。蜀有岷山，南出岷水，北出沱水，两水皆入大江。岷水，大江之源也。治好两水，山野广增田亩，百姓安居乐业，蜀富之路也。"

秦王大赞："治蜀之乱，以治水为纲，善！"

魏冉："闻先生业绩，治水乃专长，依本相度之，任县府水丞似堪称。而郡守一职，乃一郡之主官，政涉方方面面。请问，先生为何欲任此职？"

李冰："李冰平生以治水为长业，志不在仕。然则，治水工程大矣，所需钱粮之巨，所需民夫动辄几万几十万上百万。如此事体，一名布衣水工，岂可调集，安能节制？调集节制之能事，唯官府也，唯官府之主官也。"

魏冉："先生言之有理。治郡先治人，问题是，作为郡守，先生怎么治吏，何以治民？"

李冰："治郡如治水，治人如治水。水刚也，冲破一切直奔大海，遇善杀善，遇恶杀恶，不可谓不刚。水柔也，无骨之躯，愁肠百结，不可谓不柔。水野也，山洪暴发，如驽马群奔，不可谓不野。水曲也，入渠则渠形，入碗则碗形，不可谓不曲。水平也，可镜照，可圭臬，不可谓不平也。此外，水可滴而穿石；水可凝而成冰，蒸而成汽，云而成雨；水可养生灵、泽万物；水登高而生，处低而居……老子曰，'上善若水。水善利万物而不争，处众人之所恶，故几于道。'敢问世间，谁堪与水比？官耶？民耶？皆只望其项背也。故而，治水者，安知不能治蜀乎？"

魏冉抚掌道："精彩之至焉！然则，李冰先生，行政并非只看口舌之功，无有从吏经历与政绩，你让我王和诸位大臣如何信你？"

李冰欲言又止。众臣皆以为丞相一招击杀了这位布衣狂士，心想今儿这台好戏快落幕了。

"李冰有过从吏经历，且，方圆百里，政声颇佳。"

众人闻声寻去，却见是田贵的发声。

公子悝："方圆百里？莫非先生曾任乡之部佐？"

李冰："正是。蜀郡天彭县阳平乡，任部佐两载。"

县为秦国最低一级地方行政机构，秦的正式官职也仅仅设在县一级。故而，部佐治乡，行官员之事，却无官员身份。

田贵："还任过筑成都城之工官长。"

举殿哄笑。"任过部佐、工官长，即任郡守，奇谈也，奇谈也。"哄笑之声不绝于耳。

秦王正待说话，却听见一个女人的声音从黑鹰木屏后传了出来：

"老身倒不觉得是奇谈。部佐任蜀守,有何奇怪?派治不了水的人去治蜀,那才叫奇谈,是不?"跟着,挂着檀香手杖的宣太后现身。两名男内侍迅即将一把大椅抬在秦昭王身边。两名宫女轻扶宣太后入座。

宣太后对李冰微微一笑:"老身近日身体欠安,先生高论,未能全闻,还乞先生海谅。"

李冰施礼道:"参见太后,恭请万福。"

宣太后:"诸位继续问答应对,老身洗耳恭听。"

芈:"蜀地并入秦国以来,蜀侯多有叛乱,蜀地人心不稳。今若依旧以蜀人治蜀,恐偏隅一方而朝令不达,徒滋事端,足可忧也。"

司马错:"这倒不必忧心。郡府之郡尉、监御史皆由国府任命。末将还知,郡丞嬴漪亦为老秦人之后。有此钳制之势,李冰纵有反心,如何能反?"论反与不反,没人敢与司马错过招。司马将军有句话没说,就算蜀地想反,有我司马错在,安能反成?

芈戎恍然大悟,急忙接话:"是了,嬴漪大有郡守之才,秦王,太后,臣在此举荐。"

秦王:"嬴漪?此人经营蜀地经年,蜀郡水灾如此,积贫积弱,他能无责?对了,华阳君,本王听闻汝与此人还沾亲带故?"

芈戎狼狈地:"这……启禀秦王,臣收回举荐。"

众掩嘴偷笑。

魏冉:"还算有自知之明。"

李冰:"水灾治理乏力,责在主政者,郡丞嬴漪不该担责。"

魏冉:"放肆!担不担责,秦王自有主张,何需先生多言。"

李冰:"多谢丞相大人赐教。冰本不想多言,实因嬴漪乃吾师兄,故有此一辩。"

芈戎:"没想到,先生还算有点情义。芈戎还以为先生会落井下石。"

御史大夫:"约束李冰,按律,尚有质任之规。李冰咸阳的家人,俱在我们掌控中。"

魏冉:"从仕为吏,最重要一点,是要有大公、大义。先生公私不分,与人说情,看似有义,却是小义也。"又说,"秦王、太后,今日朝会,已识李冰应对,本相集众臣之议,认为,李冰族人对我秦国怀有不满之嫌,李冰则大有妇人之仁,缺果敢杀伐之力,故,不适宜任蜀郡守之职。然,李冰颇有治水之才、善工之能,人尽其才,才尽其用,似可掌一郡土木工程和官府作坊工匠,堪任蜀郡府工室一职。"

宣太后:"郡工室一职,不是由郡守任用么?丞相连这个都忘了?"

魏冉:"谢太后指点。郡工室一职,议之朝会,委实不妥。"

宣太后:"司马将军、田典客,老身听闻是你二人举荐的李冰?"

司马错、田贵:"然。"

宣太后笑道:"既为李冰举荐者,当为李冰担保者。李冰但凡治水无功,治蜀无绩,两位爱卿可否愿意以项上人头代为负过?倘若不愿,后悔还来得及。"

田贵站立,亢声道:"臣田贵愿意以项上人头,为李冰担保!"

司马错缓缓起身,微微一笑:"老臣不仅愿意以项上人头担保,还愿意搭上老臣的坟堆。若到了拿老臣人头那一天,老臣已卒,我王、太后可遣人扒了老臣坟堆。"

一言未发的白起,此时霍然站起,昂昂有声:"白起亦愿举荐,并领受担保之责。"

宣太后:"白将军也担保?听闻李冰拒绝水淹鄢城时,你斥他有妇人之仁?"

白起:"一码归一码也。带兵打仗,白起不荐他。即或蜀郡郡尉一职,他也不堪胜任。但他有能力任郡守,尤其蜀郡守,非李冰莫属。"

李冰颇感动。

宣太后:"人无完人,事无完事。即便有问题的人,但凡看准了,也当有大胆起用的气魄。至于官阶、从仕经历、身份,士子还是庶民,奴隶还是囚徒,老秦人还是外国人,在百年难遇的能人面前,更不值一谈。记住,公心,一颗强秦为国的公心,是一切决断的前提与依据。诸位大臣,听毕李冰先生精论宏述,秦王早有定见,王书已然在胸。秦王,然否?"言毕,起座,拄着檀香手杖,笃笃笃径直往黑鹰屏风后走了。

秦王:"本王宣谕,任命李冰为蜀郡守。即日赴任。"

众臣:"秦王、太后英明!"

秦王:"关中大地,乃天下公认之天府。蜀郡守李冰,本王只能给你一项任命，而本王要的却是你为秦国再造一个新天府，蜀地天府！本王知道，这是个改天换地的大工程，不是十年、二十年即可告成。但本王还是想听你告知，你任郡守，多少年可实现？"

李冰："只要治蜀方略不朝令夕改，让冰别无牵挂，一心治水，冰将在二十年内治好蜀地水患。至于在蜀地建一个新天府，让蜀郡成为秦国富欺天下的金库粮仓，李冰有生之年恐难实现，但一定会为此目标，筑好一个坚实的基础，乃至一个可喜的雏形！"

这一年，是公元前277年，冰三十四岁。

两天的时间，在魏冉的安排下，新郡守入蜀事宜全部就绪。由举荐人、典客田贵代表国府持王书送李冰赴任。蜀郡民族众多，典客入蜀宣布王书，恰属本职。李冰还插缝去给嬴梼夫妇上了坟。

晚上，冰和盈已经上床了，泳还在门外对他喊：

"儿子，母亲再唠叨一遍，这次入蜀，一定要找到你的大哥淼。找到他，让他马上来咸阳见母。"

"知道了，母亲，请放心。"

自冰拆桥成功、家世清白后，泳一直想回迁祖地蜀郡，之所以未迁，一是考虑儿子水治天下之志，家在咸阳究竟是方便些，二是自己的蜀锦蜀绣作坊运转尚好，自己又年岁不大，就不想歇业，让二百织工绣工无工可做。如今，自己都五十四岁了，再不回蜀，真怕有个三长两短，成了远离祖坟的孤魂野鬼。儿子也同意一家迁蜀，还说再等两个旬日，过了五十五岁生日（女人过虚岁）就迁呢，儿子却突然被任命为蜀郡守。儿子荣归故里，母以子贵，自己也随之入蜀，多好。偏偏秦国又有质任制，让在外当官者的亲眷，作为人质滞留秦王眼皮子底下，以此约束官员不得在外轻举妄动。归乡纵有万般想法，也只好作罢。

第四天一早，御史大夫率国府全体大臣，在咸阳南门外郊亭，给李冰及包括王叕在内的随员送行，却见秦昭王的王车驰了来，又看见丞相的辂车也出南门来了。原计划只是御史大夫送行，后来丞相魏冉听闻秦王将亲自送行，也就匆匆赶了来。两支车队刚刚停稳，又见一支五十人铁骑风卷而至，这令秦王和丞相都吃了一惊，原来此乃宣太后临时起意，令白起派出了护送李冰入蜀的五十骑铁鹰锐士卫队。饯行毕，丞相陪秦昭王返咸阳宫，御史大夫将李冰一行送至南山脚下，直望着田贵、李冰一行消失在南山嶰口，才折身返城。

除了我，没有人知道，甚至没有人想到，要不是宣太后派五十骑铁鹰锐士护送李冰，李冰恐怕早就血溅陈仓道大散岭了。当然，从血雨腥风中走过来的宣太后应该是想到了，否则她又何必多此一举派秦国最强卫队相送呢？

这天已是初秋，站在成都大城城墙上的嬴漪，切割开下午日光的流水，看见北门外方向有惊鸟腾空，继而升起一笼尘烟，继而，马蹄声中，沿蜀道驰来一队官府车马。探马回报，领队者是咸阳宫田典客。田大人持蜀郡守任命王书而来。这正是嬴漪一直盼等的好消息。他立即差人将此消息告知金渊。

自从接到张若黔中郡来书，有事无事，在北门附近溜达溜达，在北门城墙上瞭望瞭望，几成嬴漪的日课。一有外出公干的活儿，是能不去就不去，去了，办完公事，再远再晚再险，也要急着往回赶。同僚拿他开玩笑，说都是因为想夫人想的，一日不见如隔三秋。他暧昧一笑，并不言语，但同僚们自然认为是默认了。不知多少回，望见了惊鸟、尘烟、车马，希望在地平线升起，又在眼前坠落成失望。北望、北望，总算望来了秋水。

持王书而来的田大人不是来宣读本人就职郡守的任命是来干什么？

嬴漪当即率蜀郡府全体吏员火速出门迎接。他本来还可在出城门更远处迎接的，但不敢了，再走一里二里，就逾矩了，那是恭迎秦王的规制。

蜀郡府郡丞嬴漪、监御史孟维、郡尉西敢，三位官员在前，其他排列在后。

嬴漪施礼作揖，大声呼语："田大人远道入蜀，下官嬴漪代行郡守职，率蜀郡府全体属吏在此恭候，有失远迎，还乞田大人见谅。"

田贵在车中回话："郡丞辛苦。"正待下车，却见嬴漪快步上来一手虚撩轺车侧帘，一手扶在田贵臂上。

田贵刚刚在地上站稳，即吩咐身边侍从长："取蜀郡守任命王书。"

侍从长立即从身边一位侍从的胸前手上取走一只竹筒，并迅速从竹筒中倒出卷着的锦绣王书，抖开，双手拎着两角，呈递田贵。

这一过程，虽让嬴漪激动、享受，但还是感觉长得太过分，比一亿年的大江都长。

田贵昂声道："秦王王书在此，请……"四巡，却不见李冰。

嬴漪侧耳聆听，却不见了下文，折磨得要死。

侍从长何等精明，急忙跑到后边的轺车处，却见李冰在车上呼呼大睡。原来昨晚李冰感冒，今天又吃了两次药，故而一路上眼皮有千钧重，只想昏昏入睡。侍从长唤醒李冰，扶下车，导引至田贵身边站定。

当嬴漪看见被侍从长接引过来的是一身朝服的李冰时，恍若梦中一般，怎么想也想不明白。

李冰向面前三人一一拱手："李冰见过郡丞，见过监御史，见过郡尉。"又向郡府其他人一拱手，"见过诸位大人。"李冰当过成都筑城工程项目的工官长，故彼此间大多认识。

田贵要宣读王书，见郡丞嬴漪还没归位，就看了一眼侍从长。侍从长立即让郡丞从田贵身边回到蜀郡府队列。嬴漪不解，还是服从了侍从长安排。

见众人各就各位，秩序井然，田贵清清嗓子，手捧王书，继续宣告："秦王王书在此，请蜀郡府全体属吏听宣。秦王已任命李冰为蜀郡太守。即日起，由李冰行使郡守之职，嬴漪不再代理，只行郡丞之职，三日之内完成政事移交。诸位，李郡守是秦王、太后钦定的能员，善百工，尤长治水。今后，凡治蜀之事，你等须以李郡守号令为是，不得有误。"

郡府众吏齐呼："秦王、太后英明！恭迎郡守，遵命郡守！"

李冰："李冰刚来，万事皆生，此刻并无多话可讲，一切还请诸位多加照拂。治蜀事大，来日方长，本守今天只向各位宣示两点，一是郡府属员职位，一律维持原状，二是各位依秦律办事，不必奉承本守，本守认事不认人。"又对郡丞说，"郡丞，恭迎田大人入城。"

嬴漪大窘，一时不知何为，但还是依从职守惯性回答了："然。"并且很快把情绪从身体表面移到了身体内里。

嬴漪朝郡府人众大呼："恭迎典客大人、郡守大人入城！"

郡府吏员拥着田贵、李冰及侍从，和五十骑铁鹰锐士卫队，浩浩荡荡进入成都城。金渊在城墙上远远望着这一切，惊愕之余，心事重重。

田贵急切想进成都城。正是他的急切，使得这一队车马从咸阳到成都的时间,提前了整整三天。一路上,他总是不停地用声音对马夫扬鞭催马,马夫就用扬鞭催马对面前的畜生扬鞭催马。大家都以为典客是想让李冰尽早上位,尽早享受郡守的荣耀。但大家想多了。

田贵急切想进成都城,是想看看自己当年做蜀相时,领导规划建设的大城、小城。当然,主要是想看看张若接手后的大城建得怎样。住进官驿,刚洗了脸,郡丞置办的晚宴还没吃,田贵就要看大城。田贵让大家去忙,只让李冰陪同,但陪同的依然是李冰、郡丞、监御史和郡尉四人。游城还没开始,田贵亲家金渊也"匆匆"赶了来。田贵一路走,一路啧啧有声,李冰听见的是赞城,另三位听见的却是赞冰。直到走到《筑城记》碑前,田贵才噤了声,只是看,只是笑。兴犹未尽,偏偏天未黑,于是又去看了少城。夜宴在少城南门边桤木苑进行。桤木苑是成都最高档的一家集餐饮、客栈于一体的场所,蜀人开的,老板叫桤木老板,老板死后,接替者也叫桤木老板。

李冰哪知嬴漪的心思,跟以前一样,该敬则敬,该喝则喝,该不敬则不敬,该不喝则不喝,心里没一点芥蒂。嬴漪也装作开心的样子,嘻嘻哈哈,左一杯右一杯地喝着。嬴漪:"郡守大人,属下敬你一杯。"李冰把他拉在一边:"师兄,公开场合,我们按官府规矩,私下里,我们还是用老称呼,你师兄,我师弟。"嬴漪:"不妥,不妥,不分场合,都要讲规矩。"李冰:"讲个屁规矩。来,师兄,师弟冰敬你一杯。"这一晚上,大家推杯换盏,喝的都是高兴酒,只有嬴漪,喝了一晚上的苦酒,而牛鞞侯喝的,则是一半苦来一半甜。牛鞞侯很不想敬李冰酒,却又频频敬:"恭贺郡守大人高升,荣归故里,你喝一杯,本侯喝三杯。"李冰:"谢谢侯爷,冰不胜酒力,只能半杯。"牛鞞侯:"半杯也是给了本侯面子,干。"金渊很想敬嬴漪,以酒洗愁,以酒赔罪,但却是敬得最少,他生怕嬴漪醉了,胡言乱语,把那些该说不该说的,通通吐了出来。田贵心知肚明,主动敬了嬴漪酒,一句话不说,却是安慰之意。嬴漪不知自己的梦想为何破裂,在哪个点位上破裂,想说话,却是码不住怎么说。年轻的桤木老板也来跟客人们敬了酒。桤木老板倜傥潇洒,又带有一点点羞涩,是个蛮讨人喜欢的蜀商。

第二天,牛鞞侯在大城东门外载天山庄,宴请了亲家田贵和郡守李冰。田贵一进庄门,便将一包东西递给金渊:"亲家,此乃犬子和桃枭托我带给你们夫妇的一点关中特产。"金渊接过："谢过亲家。俩孩子都为人父母了，路途迢迢，也不怕给亲家添乱，不懂事。"管家躬身上前将东西从主子手中接过。金渊两儿子大牛、二牛侍立在侧。

一路寒暄，入了厅堂。席地而坐。两位年轻漂亮的女奴给客人沏了蜀地青城山茶，随管家、大牛、二牛退出。

"大人、侯爷，你们聊，冰去观赏侯爷的园林水景。"李冰是去观赏园林水景了，可又哪是观赏园林水景，他是寻觅和感受桃枭的足迹和呼吸去了。这潭静水，桃枭照过面影；这棵银杏，桃枭爬过；这座假山，桃枭钻过……欸乃一声，小溪，小舟，从桃枭的裙裾边流过。

他同时又想到了远嫁咸阳的桃枭的处境。除了当事人桃枭还蒙在鼓里，他们的熟人无不知道，田桑与桃枭的女儿田桑桑上边，还冒出了一个儿子。儿子是田桑与桃枭结婚前鬼混时，与一位相好生的。桃枭是多年后知道这事的，因为那个相好跟一个外国商人跑了，跑之前，让儿子找自己的亲爹去。桃枭是什么脾性，见了这个飞来的十好几岁的儿子后，根本不能接受，田贵父子只好将他寄养在乡下亲戚家。

秋风瑟瑟。思及桃枭的命运，李冰忍不住哼起了一首叫《泉水》的歌。正哼间，真听见有人唱这首歌，是桃枭在咸阳田府后花园水边轻轻吟唱：

毖彼泉水，亦流于淇。有怀于卫，靡日不思。娈彼诸姬，聊与之谋。
出宿于泲，饮饯于祢。女子有行，远父母兄弟，问我诸姑，遂及伯姊。
出宿于干，饮饯于言。载脂载舝，还车言迈。遄臻于卫，不瑕有害？
我思肥泉，兹之永叹。思须与漕，我心悠悠。驾言出游，以写我忧。

趁李冰不在，金渊想问亲家举荐嬴漪一事，以便给嬴漪一个说法，却不知怎么开口。田贵一笑，主动说道："亲家之举荐书，我认真看过。但治蜀之事，已成秦之国家之急，国家之难，国家之重。兹事体大，依嬴漪之才之能，岂能胜任？然则，李冰本事，却正好适合治蜀。田贵手中之权，确乎公器，不敢夹带半点私心，此，尚请亲家理解。"

金渊忙不迭答道："理解，理解。"

田贵又说:"事实上,李冰在咸阳宫正殿朝会之上应对时,不惜惹火烧身,还为嬴漪说了好话,做了辩护。"

金渊大异:"李冰为嬴漪辩护,确乎?"

田贵:"确乎。吾亦在现场。还有华阳君、嬴漪的妹夫芈戎,也举荐了嬴漪。然,秦王不受也。"

金渊:"既如此,嬴漪当不可责于吾也。"

田贵:"蜀郡守者,宫中大臣,荐之者众。田贵纵荐之,亦枉然。"

金渊:"由是,亲家即荐了李冰?"

田贵:"岂止吾,还有司马大将军、大良造白起将军,亦荐之。"

金渊再惊:"三人联名荐李冰?"

田贵:"然。且以三颗项上人头作保。"

金渊甚是惊愕。所有的惊愕在一只独眼里打旋,溢出眼眶:"金渊阅人无数,李冰者,不可度也。"这是真心话,正是真心话,让他寒至背脊。

金渊人在厅堂,时不时会拿眼偷瞟一下内室门。

内室,一人一直在尖耳偷听,不是嬴漪是谁?这时,他从后门溜了出去。

在庄园的园林水景中回忆爱情、与桃枭合唱忧伤情歌的李冰,恍惚看见一个身影从庄园侧门闪出,但这并未岔了他的回忆与歌声。那一会儿,桃枭是他的全世界。

从桃枭的世界出来,李冰就开始进入治蜀的宏大构想中。事体太大,人力财货投入太巨,牵一发动全局,稍有不慎万劫不复,必须谋定而后动。

在驿馆里,他滔滔不绝向田贵彻夜畅谈他的宏大构想,田贵听得很兴奋,但终是扛不住酒精和奔六年岁身体的反兴奋。李冰畅谈了半天,方知席地上的听者早已酣然入睡。李冰一笑,也待卧身睡去,却听田贵发出老顽童一样的咕噜:"郡守说如此之多,实则一个字也,忙。此,焉知不是催老夫尽早离蜀?"李冰拿背抵住田贵的背,搡搡,笑笑:"田大人爱怎么想,怎么想。冰睡也。"

田贵只在成都待了两天就返咸阳了。李冰留,金渊留,都留不住。他自己也想再待几天的,但他能待,那五十骑铁鹰锐士却不能待,必须按时返回白起军营。太阳刚刚从东边龙泉山斜过来,北门外郊亭,李冰敬了田贵一盏酒,然后笑道:"田大人若再多待一日,冰就不能相送了。冰又要复为水工,出城勘水去了。"田贵哈哈一笑:"老夫相信这事也只有你李冰做得出来。"又说,"你李冰可做出任何事。不赘,告辞。"

望见车马渐小,黄尘渐稀,李冰即率蜀郡府一干人反身入城。

一入城,李冰立即在蜀郡府议事厅升堂议事。这次府议是李冰上任第一天,陪田贵观城时,请郡丞着人快马通知的。要求除偏远地区以外的县令县长均参与。大家以为郡守首次府议,内容很多,时间很长,整饬吏纪,下马威上马威,施政纲领,总结过去展望未来什么的,皆有涉及,为此做了充分的准备。所以,直到府议结束,他们以为还只是一个开场白。

年轻的郡守在他就职上任的首次府议上,只讲了三句话,三件事,一件事一句话。准确地讲,只讲了两件事,两句话,因第一件事第一句话,只是对北门外就职表态的重申。他大致是这样说的:今天的事议,只明确今后半年时间里的三件事,一是各位的官职、各地的职数,一律不调整;二是郡丞嬴漪依然行使本郡守未上任前的职责,即代行郡守权力,唯一不同的,是不能以郡守名直接上书国府;三是全郡各县,包括今天未参会的县,将你们当地最好的百工工师,尤其治水工师,以及对山川地理熟悉的老人,登记造册,呈报郡府。末了,说声议毕,再不多说一字。待与会者反应过来,拟提一些问题和建议时,哪里还有年轻郡守的身影。须知,年轻郡守本就开的一个不阐述、不解释、不回答的会。最没想到的当然是嬴漪了,他正说一散会就向新郡守移交已被自己摸得很熟的工作呢。

当然,三句话之前,年轻的郡守还让与会者,自己把自己介绍一遍。年轻的郡守是这样介绍自己的:"本守李冰,蜀人,鱼凫后裔,年三十又四,生于水,业于水,无志于水外之物。"

府议后,李冰官服换布衣,拄铁杖,偕王叕,悄悄出东门,开始了与蜀水的会晤、对话,对蜀水的勘察、调研。

6. 天河水命：从天彭阙到湔氐道

我的裔孙冰出城考察的第一站是天彭阙。蜀郡有无数个与水相关的地方，连我都不知道他为什么偏偏就去了天彭阙。难道是我的隔世呼唤起了冥冥的作用？得知冰回到祖地，用治水的方法来治蜀，我是多么高兴啊。但高兴的同时，又感到了痛苦，痛苦自己不能帮他，鱼鹰羽毛一样轻的力都不能给他。唯一能做的，就是呼唤他能来天彭阙好好看看。此前，他多次来过天彭阙，但只是匆匆路过，目标就一个，阳平山。这次他是以蜀郡最高长官的身份，抱着治水的目的，那就一定该来天彭阙看看，看了之后，一定会启发他的治水灵感与思路。没料到，我这样想，他就这样做——他真还来了。

出成都东门，翻龙泉山，到了沱水边。然后他就马不停蹄朝沱水上游走，过鳖灵峡，过三江口。这一走，就走到了成都西北边，到了天彭阙。

离天彭阙尚有五六里远时，他愣住了，突然傻了一般。当时他与王叕正沿沱水上游的湔水走着，远方除了雾还是雾。一些鸟一会儿在水上，一会儿钻进雾中，再一会儿又从雾中钻出。二人一边走，一边察探水况。太阳不经意就出来了，远雾不经意就散了，李冰不经意一抬头，但见前方横卧着一条青黑长龙，揉揉眼，却是一脉南北向的巍巍大山。而湔水，正从前方大山的一个谷口奔泻而出，水声嘭嘭，及至面前。从谷口射出的山风，带着谷口的形状，继而大扇的形状，向平原吹拂清凉的湿润。其谷口深狭，两侧山体如王宫之石门阙，鱼肚白的天挤在两阙之间，水天相接，恍惚中竟不知水在何处，天在何处。阙口正对着的,是广大的成都平原,具体说来,是成都平原的北部地区。穿过平原,则是横亘绵延的龙泉山脉。

关于李冰见天彭阙的情形,后世《华阳国志》的描述是:"冰乃至湔,及见两山对如阙,因号天彭阙。云亡者悉过其中,鬼神精灵数见。"明代曾学佺在《蜀中广记》中说:"李冰以亡者过其中。"后世对前世的描述,大多差之天壤,但对天彭阙的描述,还是差不离的。这其中,对李冰是否"亡者",亦即亡命者、逃亡天涯者,一直存有争议。事实上呢,李冰从两岁始就成了逃亡者,说他是亡者,也无不可。我,末代鱼凫王,死亡三千多年了,但我至今都住在天彭阙里面的雾霭云层上。天彭阙这个谷口,以前是没有名字的,是李冰在现场写勘水记录时,给它起的名。为描述方便,我给读者诸君讲述李冰故事过程中,在天彭阙还没被命名时,就启用了这个命名。

我非常清楚,我的裔孙冰愣怔不是因为天彭阙,而是因为天彭阙突然给了他治理蜀水的大灵感:在岷水的出山谷口处,设堰首治水!

冰非常清楚,治理蜀水,其实主要就是治岷、沱二水,而沱水自成都平原北部过,显然没有正对成都城。流向成都南边,且水量巨大的岷水,对成都平原的作用大。因此,治蜀水,主要的主要就是治岷水。之所以选择先踏勘沱水,就是在掌握蜀水整体环境基础上,把重心停留在岷水上。没想到的是,这一思路,让他遇到了仿若首见的天彭阙,获得了治理岷水的功垂千古万世的宏大灵感。那一刻,面前的天彭阙,与百里外的岷水出山口,在他的脑中交叠闪现。

李冰平静了一下心情,他没有急于奔赴岷水,而是决定把天彭阙以及天彭阙上下的湔水踏勘透彻。这一过程,花去了两人一个多月时间。期间,有劫匪要李冰的命,但结果却是劫匪丢了命。劫匪来自高山异族,错把李冰当成了当地虎寨的仇人。但李冰并不知此事,就更不知谁杀了劫匪救了自己。我当然是知道的,但却不能也无法告知他。

一个多月时间里,李冰一直在湔水边忙碌。他首先穿过天彭阙,穿过海窝子,径直上了阳平山,是一个人去的。他让王恝继续勘测天彭阙。正是一个人上山时,他差点被三个劫匪谋财害命。在阳平山,他看见他为族人砌的鱼形坟,不仅坟草青青,连树木都有模有样了。蝴蝶翩跹,团着坟丘,还是那么多,一只不增,一只不减。祭了祖,献了牲,一转身,看见老朋友墨泉,正站在自己身后，无喜无悲，一身慈爱。李冰转身抱过它，说了好一阵话，也不管这兽类听得懂否。

与王羖会合后，二人又去了阳平山西侧的瞿上城遗址。瞿上，乃高处之意，瞿上城即为筑在高地上的城。只有建在高地的城，才能既防洪水的冲袭，又防敌对势力的攻城。瞿上城，是从蜀山西北高原，逐渐迁徙而来的蚕丛酋邦，建立的第一座古蜀时期的王城。城池筑立在湔水南岸一个平地而起、形似狭长矩形山体的平台上。二人面前的一两千年前的都邑，早已残垣断壁，动物粪便把草木支撑得那么葳蕤。

海窝子居于阳平山东侧，原是山谷中的一块大平坝，湔水急咆咆奔至此处后，被前边的一个峡谷急弯所阻，湔水回旋，泥沙俱下，就在海窝子形成了一个数十平方里的过水湖海。

站于湔水北岸高山向南俯望，即可看见对岸群山大尺度地凸走过来，因湔水环绕山体流过，并形成过水湖海，竟使其成了一个标准的半岛，而瞿山城、阳平山、海窝子后山，以及丹景山，则皆从西至东依次坐落半岛之上。奇的是，整个画面，竟俨然一幅阴阳太极图。难怪李冰之后不到三百年，张道陵即在此地创立了居天下道教二十四治之首、独占中央教区地位的阳平道观。

出天彭阙顺湔水往下走，然后，向北折入湔水支流鸭子水，二人又来到另一个古蜀都邑的遗址，凭吊千年前的蜀国鱼凫王城。不用说，这座王城是先王建的，是本王发号施令的地方。我的裔孙冰应该知道这个，他不知道的，是他和王羖此刻的脚下，深埋有我族的众多祭祀、劳作、生活等用具和艺术品，铜器、玉器、陶器、石器、骨器，均有。这个，我当然清楚了，因为这正是本王在强大的杜宇兵马进入蜀地、我军一败再败后，下令掩埋的。掩埋后，我族焚城并分成数支进入蜀山。我的这座王城，就是你们后世熟知的"三星堆"。

对包括天彭阙在内的沱水流域的踏勘，让李冰有了治理岷水的灵感，还有了一个决定：治理岷水的同时，一定要把连同沱水在内的成都平原北部地区纳入整体策动。

从鱼凫王城遗址折入金牛道，南行百里，李冰、王羖回到成都城。李冰这才知道，这一两个月，蜀郡府竟炸开了锅：郡守人间蒸发了！

监御史严厉责备李冰："一郡之首官，上任伊始，一夜之间，不知去向，蜀岂不乱乎？加之蜀地入秦不久，反秦势力犹存，本不安稳，郡守大人之怪异行为，无疑雪上加霜，火上添油。郡守大人自当行动自由，然则，按御史府授予我监御史之职，郡守大人之行止，孟维定当知悉也。"

李冰孩童一样坏笑着："监御史息怒，冰知错也，知错则改，下不为例。"

监御史："郡官失控，监御史之责也。但有下例，本监御史定当向御史大夫书告。"

李冰乖得像一个幼龄学生："诺。"

郡尉、郡丞在一边傻笑。

监御史对郡丞说："郡丞，立即为郡守大人配备一名门下书佐。郡守大人到何处，门下书佐即到何处。门下书佐随时向我等三人知会郡守大人行止。"

郡丞："诺。属下听从监御史安排，郡守侍从今日到位，绝不过夜。"

李冰哈哈大笑："侍从者，耳目也，好事也，以防李冰再犯此次之错。"一拱手，"谢过三位大人！"

在一边傻笑的嬴滴当然不傻。聪明的他，决定用傻作材料，用傻作工艺，制造自己的面具、盔甲和长矛。按说，当嬴滴在载天山庄内室偷听到妹夫芈戎荐过他、李冰为他辩护过的实情后，应该释然了，但没有。非但没有，反而更恨李冰了。得到这些信息后，他立即有了这样的两个反应：一，妹夫芈戎荐自己失败，那是世上有李冰，如果世上没有李冰，自己已然去掉"代理"二字，直接是郡守了。张若在位时，郡守位，他想是想，但并不强烈。自代理郡守后，才发现郡丞与郡守虽一字之异，实质内容却差之千里万里。是啊，这样的位子，没坐过就算了，既然坐上去了，且坐起瘾了，谁还想下来呢？二，李冰当廷为他说好话，怎么说呢，大约只能用猫哭耗子假慈悲来形容了。你既说我好话、为我辩护，你自己首先得退场休赛吧？再则，就算李冰真心维护我，可他只是一介布衣水工，更只是我的小兄弟，我堂堂嬴滴又岂能被这样的人俯身可怜、伸来提携之手？这不是羞辱斯文、气杀名士、打我脸是啥？

现在，嬴滴虽然恨李冰，亦有对挡道者实施遇鬼杀鬼、遇神杀神的霹雳手段，但终是不准备做出什么。他非常清楚，就算李冰突然亡故，不管什么原因，任何人用脚指头都能想到，他一定是第一嫌疑人，因为他是明显的有动机者和最大受益者，就算李冰故去，继任者当真是自己吗？理性想来，有可能，未必一定。但是，业绩呢，我嬴漪的业绩在哪儿？蜀未治好，责下来，郡丞领一份。蜀治好了，功报上去赏下来，郡丞领一份。问题是，在从仕之道、变法之道上不学无术的李冰，能治好蜀？司马错、蘇通、陈壮、恽、绾、田贵、张若，这些治蜀者一个不剩全都是傻瓜？再则，就算碰了巧李冰治好了蜀，立了功，杯羹分下来，让本人吃他的嗟来之食，又如何吃得下去？再再说，不花百年时间，不划拨国库资财，能治好蜀？能让成都平原变天府？他李冰向秦王夸海口承诺的是二十年治好水，就算二十年完成，二十年后我嬴漪多大了？六十了啊，六十还能干啥？

正是在这样的纠结旋涡中，郡丞嬴漪做出了自己的决定：无论如何，要建立自己的政绩。而要建立自己的政绩，谈何容易？你要做任何事，上司不准予，能做吗？即或上司允了，又成功了，那还不是算成上司领导下取得的业绩？正如筑成都城，你李冰做再多，功劳还不是记在张若头上？这样一想，嬴漪便有了取得政绩的总体思路：以静制动，以不变应万变，在对方急于治蜀的万变中，发现对方的漏眼和错判，然后堂而皇之，以己之正理，劝阻之。劝阻成功了，是自己的功劳，劝阻不成，依然是自己的功劳——自己毕竟劝阻过。这叫以对手之失败，反证自己的正确，而谏言正确乃属官可取得、可独享的唯一政绩。对手因漏眼失败，因失败卸任，自己因谏言获得政绩，因政绩上位，岂不美哉？再说，兄弟间都有龃龉，何况师兄弟？

经过这番整理，现在，嬴漪心情大好。他要以大好的心情，去迎接机会的到来。

嬴漪邀请李冰到家吃了一顿饭。饭是婞做的，那是冰熟悉的味道。嬴漪与婞已有了一个儿子，叫金，很可爱，三岁，与李二郎同龄。自始至终，他们不再互称官职，回到了从前的称呼上。席间，师兄说，我要是觉得你的施政决定不对时，可否提反对意见？师弟说，但有真知灼见，尽管说，不要怕我难堪，不说，或说假话应付，最终难堪的，还是我。师兄说，这可是你自己许的，到时别恼。师弟说，感激都不够，岂会恼之。

几年不见，婞更有了成熟蜀女的美。婞是一个喜怒都写在脸上的女人，李冰已明显发觉了她对自己的不满，言语之间，话锋辛辣，夹带讽刺。现在，她对李冰的恨又加深了一层,不,准确地讲,是翻了一番。以前只是由爱生恨,这次却是恨他一夜之间变成可以在自己男人头上拉屎拉尿的人。但李冰不以为然,他认为这是妹妹对哥哥耍的小脾气。嬴漪对此心知肚明。

这次返成都,李冰还是按照监御史的点拨,约略过问了蜀郡府几位属官的政事。他还主动向郡尉西敢了解情况。西敢是个高傲的标准军人,他给自己定了个底线,新来的、年轻的郡守不来找他,他是绝不会主动找郡守的。但他的骄傲显然等于即时的虚荣,因为当他看见李冰走进他的驻军大营,并当着正在训练的军士向他真诚施礼时,立即就缴械投降了。从操场向尉府走去,还没跨进尉府大门,西敢就向郡守汇报了有关蜀郡军务的一切情况。当然,他们走的时间够长,一箭之地,竟走了一两个时辰。

郡尉说了这样一个信息,引起了郡守的警觉。他说,蜀郡地界上有多支反秦势力,但都不足为虑,唯有一支,堪称势力强大。这一支,也就是几年前欲救蜀侯绾,而被张若击败并追至邛都的那支,民间称他们为南方军。事实上,邛都并非这支敌军的老巢,他们当时向南往邛都方向撤退,就是为了不暴露老巢。蜀并入秦三十九年了,我们不仅不知他们的老巢在哪儿,更是连这支军队的首领是谁都不清楚。但种种迹象表明,他们有个强大而隐秘的基地,且这个基地就在蜀境内,因为他们对我方信息的反应很快,其离成都的距离当在一匹快马往返四天的时间内。虽然据此推断出了基地的所在地范围,但要找到他们甚难,因为这一地区,酋邦、山寨众多,地形复杂,山岳河流密布,道路险恶,甚至一些地方还出了郡境。这个基地的军队人数,我们一直没有掌握,这是很可怕的。更可怕的是他们的地下力量。刺探情报、暗杀、搞破坏、散布谣言、制造恐慌,其手段无所不用其极。他们覆盖广,组织严密,即便抓到他们的人,却是什么也审讯不出。要么什么也不知道,要么知道什么,却又迅即吞了衣领边的聋哑药,立即成为聋哑人。我们怀疑,蜀郡府和驻蜀秦军中,亦渗入有他们的内线。而成都,乃至咸阳,都设有他们的秘密联络站点。

李冰:"他们针对的敌对方,明确乎?可有政治口号?"

郡尉:"非常明确。但有利秦之事、损蜀之人,他们皆仇视,不分秦人、蜀人。"

李冰："可有政治口号？"

郡尉："有。撵走秦狗，复我蜀国。"

李冰这才恍悟，为什么从自己被任命为蜀郡守后，就总感到背后有一双或多双眼睛盯着自己，从咸阳到成都的赴任路上有，从成都去天彭阙考察的路上有，甚至刚刚任命刚刚跨出咸阳宫宫门就有了。

李冰："南方军？会不会是蜀王子泮当年带走的蜀军又回来了？"

郡尉："有这种可能，但也只是可能，因为没有证据。"

与郡尉的这番谈话，让李冰有了一个新想法，或叫新决定也可。

李冰差门下书佐蒙可将郡府掌钱财的少府史请了来。

李冰："汝掌钱粮，可知蜀并入秦前一年，即秦惠文王后元八年，蜀地共有几多人口，蜀人人均年上缴赋税几何，纯获利几何？"

少府史头上开始冒汗："郡守大人，属下……"

李冰："蜀并入秦三十九年来，蜀民较之以前，是富了，还是穷了？可有数据佐证？本守上任前，即去年的情况怎样？"

少府史双脚发抖："属下失职，属下愿接受郡守大人惩处……"

李冰："少府史，汝不用害怕，本守不怪汝。因汝之失职，并非在本守执政期间所犯。现在，本守问汝，上述情况，尤其数据，汝需要多少时间查清楚，报与本守？"

少府史试探着说："三月，三个月时间。"

李冰起身："不行。此事十万火急，本守最多给汝两个月。本守知道汝人手不济，然，此不用担心，需要多少，找郡丞，还不够，找郡尉借。"

踏勘岷水，监御史令门下督贼曹给李冰派了包括门下贼曹精猴、肥熊在内的五位武艺高强的侍卫，加上王叕、蒙可，一行八人。蒙可、精猴、肥熊，自此成为郡守的金三角侍从。

已经是暮秋初冬了。蜀山一片红、一片黄的，煞是好看。但河风打脸的寒意，也是显然的。

李冰之前察看过两次岷水，但只是了解，目的性不强。这次不同，专为治水而去。他们出成都南门，过广都县，入武阳县，一直到了岷水中上游节点处的江口码头。从江口沿岷水上行,过金马县,入汶山县。岷水的出山谷口,就在汶山县境内的都安乡。

还在离岷水出山口老远的地方,李冰就知道不远了,因为像以前一样,他听见了那种从高向下、从窄至宽的激越的水声。越走,越近,直到眼睛都能看见那白白的、飞溅的、以大反差从黝黑的莽莽岷山中奔脱而来的岷水。

岷水的出山口,还是与湔水的出山口天彭阙有不同之处的。天彭阙,就像神仙木匠在一直直的、长长的南北向山脉上,凿了一个凹形槽,水从凹槽出,直接到了无遮无拦的成都平原。而岷水出山口的不同之处是,它所在的地方,从岷山山脉中横生出了一脉玉垒山。玉垒山与岷山主体相接处,也就是丁字形的山体处,一条名西湔水、源出玉垒山西北边九顶山巅的河流,冲袭而出,汇入刚刚从谷口奔腾而下的岷水。自此由东南转向正南的岷水,则伴着逶迤向南的玉垒山崖壁继续向下,数里之处,遇到垂直伸出的一截低矮的半岛式的玉垒山体拦道,于是岷水又绕过半岛而去。再往下,才是一马平川的成都平原。

玉垒山位于岷水东岸。站在玉垒山西望,看见的是,岷水被岷山、和从岷山山体中伸出的玉垒山,以及从玉垒山山体中伸出的半岛,半围合在一处宽广的过水平坝上,水则从半岛与岷山形成的宏阔山门奔出。李冰越看越兴奋,无疑,这块具有足够转圜空间,一头接山、一头连平原的地方,是驯化烈马般的岷水,设置堰首的最理想、也是唯一的耗费成本最低的地方。为什么如是说?设若设在山中峡谷,别说寻不到一块稍大的平地施展治水的拳脚,就算寻到了,治好的水,一路裹沙挟泥冲出谷口后,还不是在平原上成为脱缰野马,泛滥成灾?设若设在离谷口老远的平原上,那该拿什么来圈养自由惯了的、不听人话的水,难道要人造几匹坚如原山的大山出来?

堰首的位置大致有了,但李冰还是决定穿过谷口,继续研究、掌握岷水上游。治理谷口的水,哪是治理谷口的水?分明是治理来自上游的水。

于是乎,过汶山、茂城,入松潘境,李冰再一次去了岷水边那个漂流《水经》的地方川主寺。在川主寺,一行八人分别去了岷水的东西两个源头。东源出自松潘县北部的岷山山系弓杠岭南麓隆板沟。《水经注》对其注述为:"缘崖散漫,小水百数,殆未滥觞矣。"西源出自松潘县岷山山系郎架岭。后世对岷水,即岷江的描述为:东西两源汇合于虹桥关上游川主寺后,自北向南流经茂汶、汶川、灌县；穿过成都平原的温江、新津、彭山、眉山；再经青神、乐山、犍为；于宜宾注入长江。干流全长 735 公里。岷江流域面积 14 万平方公里，是长江流域水量最大的一条支流，年径流量 900 多亿立方米，为黄河的两倍多。

从江口，到源头，这一次，李冰利用测水尺、称重器等工具，结合访问沿岸各山寨土著，将岷水的水况、水道、泥沙，以及水岸两侧十里范围内的情况，全部勘测清楚了。就水来说，测了单位时间河口流过多少水的流量、单位时间流多远的流速、水能蕴藏量、平均水深、流域面积、水质、水温等。就水道来说，测了长度、平均宽、平均岸高和落差等。就泥沙来说，测了单位体积中泥沙的平均重量、平均悬移质输沙重量、水道泥沙单位时间平均增积厚度等。了解到岷水的推移质，主要产于上游，数量较大，且具有粒径大、年内集中、年际变化大的特点。了解到每到春季，岷水上游有雪水补入，年内径流季节变化与降雨季节相应。大面积暴雨发生，则随洪峰传播，沿途支流洪峰重叠遭遇，则造成岷水峰高量大，严重威胁中下游民众及财产等安全。

岷水的水文数据，一天之内都会有变化，更遑论一年之内、几年之内，盛水期和枯水期呢？所以，李冰只是把这一次所精测的数据，作为一个基础，再结合上两次粗测的数据，以及沿岸采访行走的渔民、樵夫以及各山寨土著居民的情况，综合、归纳、提炼出了一组相对准确的岷水水文资料。

为了获得更准、更新的资料，他留下王叕和精猴、肥熊两名侍卫，令他们沿岷水寻找一些当地的水工，作为各水段的水长，直接为蜀郡府提供岷水涨落信息等水文资料，以及地震、泥石流、彗星等情况。余下的五人，直接回成都。

此行，李冰又一次去汶山绵虒石纽山刳儿坪拜谒了禹里。

一走进蜀郡府，李冰立即令蒙可唤来少府史。

走进李冰书房，未待李冰开言，少府史立即禀报："郡守大人，在下已按大人要求，办好所差之事。全郡百姓各年度钱粮盈亏情况及比对数据，俱在此，请大人阅示。"递上一捆简册，置于郡守书案。

李冰："少府史辛苦。本守即刻阅之。若无问题，即行抄刻，上呈国府，下发各县，不得有误。"

少府史："诺。"退出郡守书房。

李冰连夜审完，形成《秦昭王三十年蜀郡守冰告蜀民书》，交郡丞、少府史办理后，刚想在书房内室卧榻上小憩，一阵疾速的马蹄声从郡府大院曲曲弯弯、端端直直传了来。

"急报郡守，王叕水师有难！"

一位浑身泥泞的人下马后，一边奔跑一边喊叫。此人正是李冰几天前在岷水边留给王叕两位侍卫中的一位——精猴。

王叕与两位侍卫，做着郡守亲自布置的活儿。这天午后，三人乏了，就在河滩上点燃一堆火，坐在火边打盹，三匹马在不远处吃草。不觉之间，两名侍卫睡着了，而王叕却恍惚听见一种沙沙的声响。睁眼一看，一只胖乎乎、黑白分明的可爱动物，在不远处山边吃竹叶。王叕不是蜀人，更没见过此物，竟不知面前的活宝就是大熊猫。起身向大熊猫走去，想靠近探个究竟，可聪明的大熊猫立即发现了他，于是，继续扯咬了两嘴竹叶后，转身边嚼边朝山上走去。山很大很高，树木虬老、粗壮，山顶有积雪。大熊猫走得很从容，你快我快，你慢我慢，始终与追逐者保持等距。在这座山中，大熊猫何曾遇到过这么好玩的游戏，因此开心极了。而这种对奇美的追逐，早已让王叕忘了一切，以致傻傻的、笨笨的大熊猫，突然在眨眼之间，爬上一棵十人方能围合的巨大黄葛树藏了起来，他才惊醒过来。

惊醒过来，便猛然发现，正前方不远处，有一块巨大的白石拦道，再看，哪里是白石，分明是一头白色的巨兽横卧在那里。那还说什么，转身就往山下跑呗。刚跑出不远，就听见后面传来巨石一下一下砸向大地的沉闷的声音，感到了山体的摇晃。再跑，终于听见后面的声音，沉稳、均匀地去了另一个方向。这头巨兽，是王叕依然不认识的大象。

刚刚跑出森林，正想歇口气，却被人捉拿了。正想说几句什么，身上就重重挨了好几马鞭。

山脚下森林边，二三十人正静静等着他的落网。两位在河滩上打盹的侍卫，已被他们捆绑了双手，骑在自己马上，随时准备带走的样子。这些人手持刀、矛、弓、棍，身着粗葛布做的氐服，显然是当地土著。令王叕纳闷的是，自己在岷水流域行走，一直跟土著有接触，不说相处得很好，至少并无敌意。现在却又是怎么了，自己什么也没做，却享受了他们对仇人一样的待遇。土著们围着他,像看一只珍稀动物一样,看得如研究,研究他与他的同类到底有什么不同。这样一来,那两位侍卫就疏松了监管,他们双腿轻夹马腹,走近靠在一起,一边拼命给他们的保护对象王叕使眼色,一边解绑绳——精猴将背朝向肥熊,肥熊用牙帮他解绳。王叕立马明白他俩的意思,一是告诉他,他犯了一个天大的错误,二是告诉他,帮助配合精猴逃走报信。

这下,挨了好几大鞭的王叕变得更加委屈也更加暴躁,拼命大吼大叫,拼命用脚去蹬离自己最近的氐人。这下还得了?年轻的头人一声喊:"给我打!"大家一拥而上对他拳脚相加。一位土著少女,站在外围,想劝阻大家,却毫无办法。正在这时,她看见了侍卫的解绳动作,便拖着长马鞭,趋前两步,欲抽,又终于放下,并转身走近族人。但马蹄沿岷水边马道飞驰而去的动静,惊动了机警、干练的氐人头人。

头人大呼:"敢跑?给我追!"

氐人急转身,上马欲追,却见被缚胖侍卫驱马冲了过来,利用宽大身板,拼命挡住他们去路。但只挡阻了一小会儿,绊脚石一般的肥熊,即被多支矛同时刺中,从马背上挑了下来。氐人一边放箭,一边追赶,只怪太窄的马道约束了他们的本领,否则精猴还能安然脱身?

氐人不再追,拖着肥熊尸体返回,却见少女手拿一块夏布,正俯身给一脸血污的王叕拭血。王叕昏迷着,死尸一般。

头人一声大喝:"小妹,干啥?住手!"

少女:"大哥,我见过这人的,他不是坏人。他是官府的人。"原来,这次来探访岷水,刚入岷山峡谷不久,王叕向她询过周遭天气地理情况。她那时正在水边山坡草甸牧羊,她听明白了他的意思,就告诉了他。而他只觉好听,听得呆了,呆了的样子,就像听得认真得不得了,却是一句也没听懂。李冰知道会这样,就走了过来,把少女的话,向王叕翻译了一遍,然后,告诉王叕:"她发的氐音,说的氐语。在蜀治水,王兄要尽快学会氐语才是。"王叕羞涩地笑了:"王叕听从郡守大人教诲,尽快学会氐语,与氐人交朋友。"又对少女说,"这位小妹,你当王叕的氐语先生,如何?"少女嗔怪道:"你就做梦吧。"抖一个响鞭,吆喝羊群沿下游走去。王叕又呆了,他以为遇见了蜀山仙女。仙女的力量不可抵抗,没两天,他就学会了氐人日常用语。

头人:"那又怎样?擅闯神山者,无问好人坏人,一律点燃祭山!官府的人,更该尊我族法!"又对氐人一挥手,"带走,回寨!"

氐人拖了一死一伤两位异族男人,隐身在一条深狭山谷中。山谷的右侧,便是王叕遇大熊猫、大象的那座神秘之山。

听完精猴的讲述,李冰陡然起身道:"走,救人!带上吃食,路上吃。"从郡府回廊一走到大院,又大喝:"备马!"

郡守制造的动静太大。郡府上下全都跟着有了动静。

李冰在前,蒙可、精猴紧随,三骑快马一出西城门,黄尘就湮没了身影。监御史追出郡府,哪里还有人影?摇头苦笑后,令身边侍从:"请郡尉、郡丞过来商议!"

李冰直接去了汶山县府。到了县府,李冰下马,两位侍从卸下马背上的褡裢、鞍辔。县令见郡守突然出现,不知出了什么事,心里慌得什么似的,嘴上却是镇定自若:"不知郡守大人莅临鄙县,未能出城迎迓,请恕下官之罪。"

李冰:"不必客套。事发突然,未及先告,还请县令莫怪才是。"

听完精猴对王叕被抓一节的情况介绍,县令向郡守报告道:"捉王叕者,定是鄙县羊磨无疑。羊磨,氐人也,柔达娜山寨寨主,与官府素无往来。因讲义气,处事公正,势力强大,故在岷山地区各县,颇有号召力。捉王叕,乃王叕误入其族神山所致。依其族法,无论何人,闯神山者,焚烧祭山。由是,即便下官相求,他也未必放人。"

李冰:"那依县令之见……"

县令:"明天留县丞守城,下官与县尉自率全体巡差上山,向羊磨索要王叕先生。郡守大人在驿馆歇着,等下官消息。"

李冰断然道:"无须多言。本守定要上山。"

翌日,县令、县尉率十几名持刀拎棍的巡差,前来驿馆接郡守,可哪里还有郡守?难道郡守自己真的上山了?这也太大胆了吧。又或者打道回成都蜀郡府了?既然不知去向,那就往危险的方向追吧,虽然多半会追错,但追错了也就是失了送行的礼,可如果向东往成都方向追却错了方向,那可就担大责了,就算不杀头,头上的官帽肯定丢了。

县令的错判让自己走上了一条正确的道路。

李冰一行三骑，来到汹涌奔腾的岷水边。此处河滩宽，两边又是缓坡草甸，因此，很像一个小盆地。李冰望了望岔出岷水的峡谷，又将勘水铁尺举平，一端放眼睛上，另一端瞄向耸入云中的山，更长久地盯着蓝白相嵌的天不放。

　　李冰问精猴："此山即是柔达娜山？县令所言柔达娜山寨，就从这条峡谷去？"

　　精猴顺着郡守的指点，连忙回答："然。"

　　李冰："上山。"

　　蒙可："大人，就我们三人？"

　　李冰一拍马："你俩可在此处等我。"一马向峡谷走去。两位手下一愣，又拍马跟上。

　　却有一彪人马从岷水上游方向驰来，横在了李冰前边。是县令、县尉十几人抄近道赶了来。

　　李冰大喝："闪开！"

　　却见岷水下游方向鸟飞兽奔，一大片马蹄声在云盖似的黄尘中，以一条线的形状穿过水声响起。下一瞬，就见郡尉、郡丞纵马飞来。紧随二人身后的是一杆纛旗，再后是过了好一阵才走完、列队在小盆地的千人黑色甲士。郡守囚犯一样，被囚禁在一堵深厚的黑墙之内。

　　郡尉、郡丞向李冰施礼，齐声："郡守大人安！"

　　嬴漪问县令："你们这是……"

　　县令向郡尉、郡丞拱手："两位大人安！鄙县起事，过在下官，请两位大人恕罪。郡守大人这是想上山救人，下官正在阻拦。既然事出汶山，下官愿意上山解难。既为汶山县令，安有逃责避险之理？"

　　李冰面向郡尉、郡丞："你们这是欲围剿柔达娜山寨？"

　　郡尉："然。"

　　郡丞："劫持官府人员，犯我大秦尊严，必灭之！"

　　李冰："氐人乃蜀民也，冰任郡守，不得对蜀民动武。然则，反秦又屡教不改者，必严惩之。本官初掌蜀郡以来，姑念其初犯，况擅入氐人神山，误错在先。故，本守自当亲自莅寨，对其劝勉，以尽职心。你等在此等候本守便是。三日之内，本守尚未下山，你们即行撤军，不必上山寻找。谨记！"

县令急道:"羊磨凶悍,王妟又冒犯其族人神山。大人此去,凶多吉少,大有生命之虞!情势急难,恕下官出言不逊!"

郡尉:"大人为蜀民而临危之心令人动容,然此去凶险,郡守乃全蜀之郡守也,而非王妟一人之郡守。"

李冰:"凶不凶险,本守自有判断。"

郡丞:"监御史若在,亦不会让你去的。"

李冰:"监御史若在,本守也会去的。谢谢各位好心,冰去也。"

一拍马背,向谷口走去。见精猴、蒙可欲跟上,他大喝一声:"谁也不可跟来,冰自去自回!闪开!"

李冰拔剑,众人以为郡守改变主意,要攻山拔寨了,却见郡守将剑抛给郡尉。郡尉一伸手,一个非常好看的动作,单手接了剑,像凌空捉了一只飞鸿。

队列移动,一条人的峡谷,在李冰的行进中形成,就像一只独木舟在湖面穿行,水自动成道。人的峡谷终于与山的峡谷连通,李冰手持勘水铁尺,一骑走峡谷,直到融入山色之中。

却说山色之中的一处悬崖上,埋伏着柔达娜山寨的几乎全部人马。此处是入寨的必由之地,有一夫当关、万夫莫开的地理优势。寨人持刀把弓,一种杀性祭祖的兴奋,像薄雾升起。他们身穿羊、狗、狼、熊、鹿、麂、獐、虎、豹等动物皮衣,皮里毛外,活像一群蜀山动物的伟大集合。

羊磨举着竹筒,将山下岷水边的动静,看得一清二楚。他甚至还看见对方一人,骑在马上,穿着郡守官服,正奇怪地用一支铁杖看他们,包括看他。事实正是这样,郡守也看见了他。羊磨想到了会惊动官府,想到了官府会找他要人,他也因此做出了自己的应对。万万没想到的是,为了一位官府水师,蜀郡府竟开来了一千多秦人军队,汶山县也出动了几乎全部人马,甚至郡守都亲自出马了。若不是事起于神山,羊磨绝对不会傻到拿族人性命与秣马厉兵的甲士硬碰硬,两败俱伤,他会放掉那人,换个平安无事。但神山是不能变通,更不能讨价还价的。为了神山的神圣、高洁,他与族人已做好与秦军血战到底、不惜举寨献身的准备。

但当他看见郡守喝止兵马,一人一骑昂昂上山,看了从山下一箭一箭接力般隐秘飞来的更为翔实的佐证信息，他更是万万没想到了。

小妹羊雪抢过哥哥手上的竹筒来看，禁不住惊呼："郡守都上山了。一个人！"声音的惊中，有几许喜。她想，或许，王叕有救了。

羊磨对身边一位青壮吩咐："你们继续监视秦军动静，一有情况，立即报我。"对羊雪说，"传令，撤，回寨！"

一支人马撤出埋伏地，迅速沿峡谷向山上转移。羊磨要在山寨坐等客人的到来。

柔达娜寨与柔达娜神山之主山隔着一条峡谷，盘坐在一个小山包上，与神山雪峰对望。其高度，大致处于神山半山腰。

李冰沿着狭窄山谷，在清流的凛冽水声中逆风疾行，官袂飘飘。穿过森林，来到草甸地带，巨大的柔达娜雪山，就像从遥远的地方走来，见到他，突然不动了。直到走到寨门，一路上，没有遇到任何一个人，仿佛柔达娜地区，是一座空山。

连羊磨都感到无比惊奇，这个如此清瘦、年轻的郡守，不说胆有多大，敢只身一人赤手空拳上山，只凭他从未到过本寨，又是如何端端直直来到了自己面前？要知道，这条岔道密布如迷宫的寨道，除了本寨氐人，是没有人可以走通顺走到底的。

疾行而来的李冰，缓缓下马，缓缓拴马，然后从容入了寨门。一入寨门，穿过氐人铿铿锵锵架起的刀矛甬道，就见到寨子旷坝上一幅火热、冷凝的场面。

大院坝中央架着一堆熊熊燃烧的柴火，柴火边一根立柱上，绑着遍体箠痕、一身血污的王叕。王叕的旁边地上，是肥熊的尸体。火堆的两侧，簇拥着手持兵刃的寨人。院坝正前方屋檐下，一张虎皮阔椅上，坐着微笑的羊磨，旁边站着英姿飒爽的羊雪。

火是热的，雪风和寨子，是冷的。

李冰向前走去，羊磨以为走向他，谁知他走向了王叕。两位氐人要拦他，羊磨哈哈大笑："随他去。去见两个死人，拦他干啥？"两位氐人闻声闪开。

李冰上前，合着柱子拥抱了王叕，又弓腰拍了拍肥熊的肩，一句话没说。

王叕："大人，你不该来的，危险！大人大才大德，治蜀非大人莫属。为了王叕一条贱命冒险，不值也！"

李冰:"没有了王兄,冰焉能治水?治不了水,如何治蜀?"

羊磨的声音从虎椅上传递过来,变成了鱼刺的声音:"羊磨向郡守大人问安!"边说边起身站立、拱手。

李冰转身向羊磨一拱手,声音宏阔:"羊磨寨主安!"

羊磨揶揄中含有几许钦佩:"郡守大人公务繁忙,日理万机,此番上山,只为救一水师?"

李冰:"然。但亦是来救羊磨寨主,并你的柔达娜寨全部族人。"进一步,"冰此番上山,就是给大家送一份厚礼来的!"

羊磨:"郡守大人,为达到救人之目的,就危言耸听,就花言巧语,巧舌如簧,拿我们氐人当猴儿耍,没必要吧。我羊磨今天就把话儿撂这儿了,任谁来当说客都没用,秦王来也不认,今儿王叕死定了!"横了心要杀王叕。只因为要给犯神山者施以更大的震慑,本来可以提前杀的,却故意拖至今日。他料定官府会来让他放人,便有意要当着官府的面杀人。但他料定的官府是县府,没想到来的却是郡府。郡府就郡府吧,当着郡府的面,都敢杀犯我神山者,岂不更欺犯神山者,更扬神山名?

寨人齐呼:"犯我神山,焚化祭山!犯我神山,焚化祭山!"

呼过之后,一片死寂。大家都在等主客双方主角说话,羊磨在等李冰说话,李冰又迟迟不说话。

李冰闭了耳根,在观天、观山,并进入一种神思通向空无的状态。

良久,吐出一口长气,说道:"明日巳时四刻,柔达娜雪山东北角雪崩,雪葬柔达娜山寨。故,全寨人必须连夜撤离寨地。此,乃冰上山送给柔达娜寨族人的一份生死攸关的厚礼。"

羊磨仰天哈哈大笑:"欲达目的,不择手段也。本寨主不滥杀无辜,郡守大人稍等片刻,待本寨焚了此人祭山,你就可以下山了。"下令,"将恶人王叕投入火中!"

不滥杀是一方面,还有一方面没说,那就是山下的虎狼之师秦军。杀了郡守,还有族人的生路?作为一寨之当家人,任何情势下,明智、理性都是必需的。

王叕:"非是王叕怕死。但郡守大人一言九鼎,从无诳言,寨主一定要信。

羊雪，你一定要信!"

羊雪："哥！你就信一回吧！"

羊磨："执行!"

四名大手大脚的氐人，用铜刀割了柱上绳索，将王叕平举过头，向火堆走去。

李冰大喝："放下!"

四名大手大脚的氐人，一怔，住了脚步。

羊磨冷笑："郡守大人还有更滑稽的话要讲？"

李冰："羊磨寨主，本守今日不下山，就留在山上。本守愿意跟你打个赌，你且率族人离寨避祸。本守在此立下字据，倘若明日巳时四刻，本守的预言未曾兑现，与王叕先生一并随你焚化祭山。"

羊雪："当真?"

李冰："拿笔墨来!"

羊雪："哥，我们就信他一回。不就延迟几个时辰吗？他们二人又跑不了。再则，用郡守祭神山，神山一定会为我们的至孝而感动，日后祈神保佑也更灵验。"

羊磨一阵权衡后下令："扶老携幼，举寨东迁巴郎山。即刻准备，一个时辰后出发!"毕竟承诺的是赫赫蜀郡最高领导人，为了举族人之现世安危，几个时辰的面子，总得给他。

李冰："族人们，一定要带上你们的全部财产，但凡能带走的，一件不留!"

羊雪："宁可信其有，不可信其无，带上吧!"

天色越来越暗。李冰已挖好坟坑，在羊雪的帮助下，将肥熊尸体搬进墓坑，掀土掩埋。夜色中，一条长长的火龙离开寨子，游弋莽莽群山，向东边运动。构成火龙的，是氐人、火把，和驮了食品等物资的牲口。

比柔达娜神山矮许多的巴郎山，一西一东，与神山遥遥相望，而柔达娜寨，在自己的视线下，像几只抱团的羊一样清晰可见。无雾天，东望，可见成都城全貌及龙泉山。已经巳时三刻，天气晴好，天上地下跟平日没什么两样。族人们谈笑风生，慵懒，或站，或坐，或躺，偶尔瞧一眼神山和空无一人的家园，更多的时候是盯着两位异教徒似的人物看。他们异常兴奋地等着一场大戏上演，不是关于神山与家园的，而是关于这两人的。只有羊雪一人有些紧张，她从皮囊中倒了一竹节水，灌入王叕口腔。王叕很幸福地点头表示谢意。羊磨恨了她一眼，她白了他一眼，这让羊磨的眼更恨了。李冰一直躺在草地上睡觉，现在醒来了，坐在王叕身边，望了望雪山和族人，便开始和王叕聊天。五花大绑的王叕，一直是坐着的，现在被四位行刑人中的两位拎了起来，面朝神山，仿佛不这样，这王叕便是拿自己的生命对他们的神山表示藐视。

李冰面向雪山，平举起铁杖。雪山，瞬间扑进眼中。

突然，起风了，雪凉雪凉的，越来越大，从西边来。风，让族人们一下像动物发现猎人一样警觉起来，全部站立，面向神山。

柔达娜雪山东北角，先是兽们奔跑，跟着雪鸟乍然飞散。开始有表面的雪滑动，先是均匀的、缓慢的，跟着是不确定的、疾速的。接着，裂纹产生，越来越宽，雪开始坍塌，开始流动，像水一样，越来越快，越来越多，多得淹没了峡谷。雪开始上涨，直到把柔达娜寨这堆羊肉吃进自己胃袋，让其消失得无影无踪。整个过程，声音越来越大，大得大地、天空都在随之摇晃，后来逐级减弱，直至阒寂无声，仿若什么也没发生，只有一层乍然而生的雪雾，与白云纠缠，久久不散。

很久很久，族人们僵尸一样站着，完全忘了自己的存在，像随同自己的古老家园被雪葬了一般。

羊雪最先活过来。一活过来，就拔出刀，跑到王叕面前，横一刀竖一刀，断了他身上的绳索，一边断一边激动地说："王叕哥，你获救了。"此刻，王叕比谁都高兴，不因死去活来，只因眼前这位可人的蜀女，将对他的称呼，由水师变为了哥！

羊雪的活过来，传染给了族人们。活过来的族人们，全然没有失去家园的悲切，有的只是还活着的惊疑、惊喜。

羊磨朝李冰一跪，一呼："天神！"

所有族人全跪向李冰："天神！"

羊磨："天神救我全寨，氐人从此有恩人！"

众族人："天神救我全寨，氐人从此有恩人！"

李冰一边扶起羊磨，一边高声道："各位族人请起，天神之称，李冰岂敢受之。奉王书，李冰初任蜀郡太守，给你们一个再生的机会，就是本守给氐人的一个见面礼了。"

羊磨："郡守大人但有驱使，氐人死不旋踵！"

众族人："郡守大人但有驱使，氐人死不旋踵！"

李冰："起吧，起吧。"

羊磨站起，众族人随之站起。

羊磨不解地问李冰："大人，羊磨愚笨，心有一疑，还请大人解惑。我们敬柔达娜雪山为神明，年年有朝拜，节节有贡奉，不保佑则罢，为何还加害我寨族人？今日倘非大人相救，柔达娜寨氐人绝种矣。"

李冰："神山爱憎分明，保佑氐人千百年，岂能有错？寨主今后，万不能疑也。今日神山发怒，乃因寨主害了一人性命，又欲杀王叕先生之故也。王叕入柔达娜山，非但不是去冒犯神灵，反是因敬仰神灵，而去保护神灵。疏浚岷水，乃王叕使命，岷水不治，危害蜀郡，亦危害神山。是故，王叕入神山，实为寻求治水之法也。如此大善，却不得贵寨善报，神山安能不怒而惩罚哉？"

羊磨面神山而跪："幸得郡守明言，一语道破天机，羊磨知错也，还请神山宽恕氐人，保佑我寨！"

众族人："请神山宽恕氐人，保佑我寨！"

跪告毕，羊磨又代表族人向王叕表达歉意，请王叕恕罪。王叕还未开腔，羊雪就代他说了："哥，王叕大人大量，早恕了你的罪了，你自去忙吧，这儿没你事儿了。"

几个时辰下来，羊雪就用三次称呼的改变，把一个铁血男人治理得水一般柔顺了。羊磨、王叕两个男人憨憨一笑，狠狠拥抱了一下。

有十几户寨中的老人，正在捶胸顿足唉声叹气，一副后悔不迭的样子，同时又相互怪罪。原来他们不相信寨子会被雪葬，说什么也不愿劳神费力把财物搬迁出来，结果眨眼之间，什么也没了。

羊磨望着巴郎山顶平台上黑压压的数千族人，巴郎山顶平台上黑压压的数千族人望着羊磨，彼此不知所措，一日之间大起大落的心情，终归于沮丧、沉重和懊悔。羊磨走到李冰身边，向李冰讨招：

"大人，原山寨是永远回不去了，重新择址建寨，人力物力耗费巨大，今后寨人何去何从，还盼大人指路。"

李冰像一个巨大的旋涡，众族人全都聚过来了。

李冰："你们可愿下山，离开祖地？"

众，有气无力："不愿。"

李冰顿着勘水铁尺："可下山是为了治水呢？治好你们祖地的岷水、让它利万物利苍生呢？一旦治好，你们便可重返家园。而这，正是柔达娜雪山的旨意！如是，愿否？"

众，声如洪水咆哮："愿！愿！愿！"

李冰："本守正在谋划一个治水大工程，该工程上马之日，就是你们下山之时。时间不会太久，百日之内，定有结果！"

欢呼声雷动。之后，开始动手搭帐篷不在话下。

集结在柔达娜山脚下、岷水边的人马，候了一天没动静，两天没动静，终于候不住了，就由汶山县令一行带路，进入峡谷向上爬行。郡尉以最专业的军事素养做好了随时应对埋伏的临战准备。对付夷民，他有的是办法，脑海里甚至一浪一浪出现了诸多出奇制胜的血腥、美妙的画面。但他明显失望了，因为走了一天一夜都没见到个人影，甭说人影，连动物和寨子的影子也没见到！

难道郡守和山寨遭遇了我们人类尚不能知悉的不测？

他们刚入山时还晴空万里，越往上走，就越有了雾。雾不大，有雾也能看很远，偏偏是巴郎山顶的帐篷比他们的眼睛和山里的雾更远一点点。

这一路上郡丞嬴漪都希望李冰不要死。死了自己基本当不了郡守，死了自己基本会成为嫌疑人，死了自己就没有好玩的对手了，死了来个新郡守自己还能守住现有阵地吗……直到搜寻无果，原路返回成都蜀郡府，见到李冰安然无恙坐在郡守位置上，他立刻改变了主意，又想他死了。

是羊磨兄妹将李冰、王叕护送回成都的。在都安境内路边小店吃饭聊天，不知怎么聊到了成都筑城的事，李冰、王叕方知，羊磨当年居然也参与了筑城，只不过他那时还不是寨主，才二十岁出头，只是一个离李冰、王叕很远的小水工。他那时就知道李冰的名头，但怎么也想不到，穿过八九年的光阴，将一名工官长与郡守联系在一起。

得知郡守回府，监御史急忙跑了来。

一见监御史，李冰装作恍然大悟，嘻嘻哈哈说："李冰失礼、失敬、失职，回到成都，该当立即向监御史大夫陈述这几天情形的。恕罪恕罪。"

监御史："别嬉皮笑脸的。人救回来了？郡尉、郡丞他们一干人马安在？"

李冰给监御史沏了茶："人已救回，一干人马明日当返，冰安然无恙。大人尽可释然。"

监御史："岂能释然？你们这一去，孟维是食不甘味、夜夜失眠也。"

郡丞回来接受的第一项工作，就是组织官府相关人员和羊磨兄妹，对肥熊的家人表达歉疚、哀思和一份厚实的赔偿，以及立功的凭证。家人见郡守大人都亲自来了，许多的悲伤之泪，纷纷化为欣慰之泪。羊磨为表达赔罪诚意，还抽刀断了一指。郡守问肥熊家人还有何要求，肥熊家人就扭捏着说，让肥熊的双胞胎弟弟顶替哥哥腾出的那份差事。精猴紧张地望着郡守，见郡守答应了，激动得眼泪巴巴的。要知道，他的命，可是肥熊救的。再者，肥熊这个弟，竟长得跟他哥一模一样，喊他肥熊，他立马就应！

将羊磨兄妹送出西城门后，李冰再一次给属吏们玩了消失，带着王叕和蒙可，跑到阳平山，把自己关在写《水经》时搭的茅屋里，整整三十天后，才出山返城。这次出行，除了监御史，他还是谁也没告诉。当然，监御史派了精猴、肥熊暗中尾随保护，也未告诉他。

三十天里，岷水、沱水、成都、成都平原，这四个要件，即两水一城一平原，连同天象、地气，在他脑子里玩魔方。横流、纵流、铺开、卷起、旋转、叠合，液体进入固体，固体进入液体……而在魔方上舞蹈、哭泣、欢笑的，是一群人，一群叫蜀民的人。九天九夜下来，这个魔方不仅弄得他满脑都是，还弄得满手都是，满身都是，骨也是，血也是，呼吸也是，整个人都变为了这只魔方。

变为魔方后，他一千次蘸着用草石制成的有色水，在石板上画图，第一千零一次在一整张羊皮上画出了治理蜀水的设计草图。之后，他向秦昭王上书，将设计图的布局情况进行粗略概述后，提出在岷水出山口附近设置湔氐道。

李冰提出建湔氐道之前，蜀郡在成都以南约四百里的地方，建有严道。

秦在巴蜀推行分封与郡县制并行的同时，还在这一地区的少数民族聚居地，首创了与县同级、但又与县制有若干区别的"道"制。

严道是秦设置的第一个道。秦惠文王更元十三年（前312），功勋卓著、高龄至"老朽"的樗里疾被封于严道，号严君，人称严君疾。樗里疾的这块封地很大，包括有今雅砻江、青衣江流域的好几个县。樗里疾，又称樗里子，秦孝公庶子，秦惠文王异母弟，其母为韩国人。曾辅佐秦惠王、秦武王、秦昭王等秦国君主，任庶长、丞相。因足智多谋，绰号"智囊"，被后世堪舆家尊为樗里先师。司马迁《史记》太史公自序说："秦所以东攘雄诸侯，樗里、甘茂之策。"

现在，第三任蜀郡守又要建本郡的第二个道了。除湔氐道，李冰在任期间，还设置有青衣道、僰道，这是后话。

李冰此次去阳平山时，专门去嬴漪家找了婞，问她去阳平山拜祖不。婞倚着门框，幽幽一笑："婞要去自去，不劳郡守大人提醒相邀。婞早为人妇，倘应你同行，郡守大人就不怕被闲言碎语毁了名节，为了一个人妇，不值当也。"

李冰笑问："你是我妹，何来这般恶浊事？"

婞反讥："婞还是你妹？婞怎么自己都不知？婞既不知，婞的丈夫、大人的师兄就更不知也。"

李冰傻笑着，伸手抚婞头发："冰只知婞是冰的妹，人夫者谁，污言者谁，概可不知也。"

婞打开他的手，大吼："李冰，你是真白痴，还是假白痴？"

李冰莫名其妙，欲问就里，吱嘎一声，面前这位美丽的怨妇，已被门扇闭了进去。转身欲走，却遇嬴漪回家："师弟，不进屋一坐？"李冰："不了。婞好像不高兴，师兄劝劝她。"

李冰从阳平山回到蜀郡府后，只与监御史、郡尉、郡丞打了个照面，便把自己关进书房。书房，七天，过目不忘看完全郡各县报来的百工情况以及地方史志、地质、天气之类的资料。之后，开始设计湔氐道筑城图，思考如何设置乡、里、亭、邮，以及渠首工程启动。

是咸阳宫的一匹快马闯开了他的书房。

咸阳宫的快马向蜀郡府传递秦昭王的决定：在蜀郡设置湔氐道。湔氐道幅员由天彭县全境，和划出汶山县、郫县的一部分构成；撤销天彭县；湔氐道最高长官道令由原天彭县县长项致担任。

咸阳宫的快马出北门奔向返程之路时，李冰和他的金三角侍从快马，正从西门驰出。李冰四人第三天返回了成都。

四人来到蜀郡府后门处，三随从上前去分散门吏注意力，李冰悄悄溜了进去。他刚在书房坐定，监御史就来了："奇怪，我刚来过，没人的，怎么又有了？"李冰笑笑："刚才出恭去了。"监御史嘲讽："难道郡守大人肚子坏了，不然，为何孟维每一次来都没人？"冷笑一声，自出门而去。李冰笑喊："监御史大夫别走，冰今晚请你喝氐酒。"

又来了一位，是郡丞。嬴漪望了下廊道里监御史的背影，对李冰道："三天两夜，倏忽去，倏忽来，随从仅三人耳。师弟贵为郡守，是何道理？"

李冰："师兄还不知？冰最怕，也最烦繁文缛节，况且，亦不想惊动郡吏，影响公务效率，无端增加郡务开支。"

嬴漪："师弟真作如是想？"

李冰："然。"

嬴漪："嬴漪就想不明白了，师弟如此行走官场，就不怕坏了规矩，遭人弹劾？"

李冰："不怕。"

嬴漪："为甚？"

李冰："不是有师兄帮衬、扶掖吗？怎么，师兄不愿？"

嬴漪微愣，笑道："郡守大人说笑了。大人但有吩咐，嬴漪岂有不从？"

整个对话过程中，李冰一会儿案头，一会儿书架，一刻也没停下繁忙的公务，随口说话，并不理会嬴漪的心思。

嬴漪的确有心事，心想：这李冰还真个是一位完全不按官场规矩出牌的特立独行、独断专行者，身上有太多的江湖气、民间味。刚上任，宣布当几个月的甩手掌柜后就消失到了沱水上游地带。返府不几天，又丢下郡务去了岷水，后又只身上山救一名水工，再后闭关而去，再再后出城三天两夜方归。这般行径，官场识见拿陋，哪需我嬴漪动手，只需顺着他，宠着他，不用多时，他这个郡守位，恐怕不保也。

李冰停下手中事，笑道："师兄一呼郡守大人，郡守大人还真有一件大事、急事交与郡丞大人去办理。"

思虑深窅的嬴漪知道该转换角色了："请郡守大人吩咐。"

李冰正色道："旬日之内，择一吉日，在西出成都一百五十里之玉垒山下，都安境内，举行湔氐道成立仪式暨湔氐道筑城奠基典礼。原天彭县府粟粮财货，一律移交湔氐道。相关事体，一应开支，由湔氐道承担四成，郡府、郫县、汶山各两成。"

嬴漪："诺。"

按嬴漪的计划，他是应该唱对台戏，坚决反对的，可临到事口，又出于属僚本能，表示了遵从。再者，现在反对，表达己见，又有谁见证呢？他突然发现，面对这样一个独来独往一意孤行的主，你连过招的机会都没有，因为他根本就不众议，更别说拿出时间与你单独商议。你的存在，只是执行、执行和执行。这怎么行呢，看来自己还得另思良策。

嬴漪一出门，就寻门下书佐蒙可去了，一寻，就寻到了监御史的书房。门下书佐早见惯不惊，两位大人问什么，答什么，让备细说，就备细说，原汁原味，不掺水分。原来，三天两夜，郡守马不停蹄去原天彭县府找了湔氐道首任道令项致，去巴郎山找了羊磨兄妹，四人一同来到玉垒山下，细商了建城、筑堰等事项。李冰要求项致立马在此地搭设帐篷道府，开府行政。

这样一来，属官们就都知道了郡守神出鬼没的行踪，只不过是事后知道，而不是事先明了。

田贵旧属项致与李冰是老熟人，但见到郡守李冰，依然不能将其与写《水经》的部佐李冰等同起来。除了惊讶，便是感叹，虽然此前他已在郡府议事厅见过一次郡守李冰。

湔氐道成立仪式暨湔氐道筑城奠基典礼如期举行。活动简朴，只在背靠玉垒山的地方，拟建道府所在地，用桤木和竹竿搭了简易高台，但场面宏大。高台前的河滩上，密密匝匝站有万人。万人中的一大半是当地羊磨兄妹的族人和其他民族的山寨代表，一小半是未来岷水主要灌区受益者以及各地戎伯并商人，全郡官府吏员有百余人。万人分成一百个百人方队，方队外边及高台附近，郡尉部署的军士在凛凛巡逻。

湔氐道成立仪式很简单,一是由郡丞宣读国府发出的设置湔氐道文书,二是由监御史宣读秦昭王对首任道令项致的任命王书,三是由项致发表就职演讲,最后由郡守讲话提要求。郡守的讲话当然是重头戏,但更吸引人的,是没人知晓郡守嘴中会吐出什么样的象牙来。大家相信,吐出的象牙,要么关涉吏员前途,要么关涉蜀民生计。吐出的象牙,一定包罗万象,从眼前说到咸阳说到天下,从地下说到地面说到天上。

前边的三项流程安安静静正正常常结束了。

李冰挂着勘水铁尺,笃笃笃走上高台,岷水峡谷的风,把他的朝服吹成衣袂飘飘的样子。站定,望了望岷水边的万民,他用沉稳如铁尺、圆润如清水的声音说:

"本守的治蜀思想是治蜀当治水,水顺万物顺。目标是变水害为水利,二十年后成都平原无水害,通灌溉,荒土变陆海。誓言是与蜀民同饥寒共饱暖,一心治水死不旋踵。今日在此设湔氐道,就一个目的,治水。而湔氐道竣工之日,即治理岷水之都安大堰工程的开工之时!"

李冰命名并首次道出的都安大堰工程,即经多次更名、始称于宋代、名震天下的都江堰工程。

李冰说了这几十个字,大家以为是开场白,就等着继续往下听,孰料他却转身向高台的右侧走去,才明白郡守的讲话已然结束。

在场听众细细一想,这位郡守的话不可谓不真诚,气概不可谓不大,可问题是,靠谱吗?这么大个蜀,政治、经济、文化、社会与环境,柴米油盐茶,酸甜苦辣麻,仅仅治一治水就治好了?再者,二十年绝水患出良田,可你李冰能稳坐二十年郡守宝座不挪窝吗,这不太儿戏了吗?我们能信这位天真可爱到幼稚的上司吗?跟着他干有前途吗?这样一路想下来,越想越冷。沿着另外一条线路想,却又越想越热。这条线路是,秦王及咸阳宫朝会都看好李冰,显然李冰有非凡的、人所不及之处,也显然完全认同他的以治水来治蜀的奇特理念。更重要的是,二十年为期,当然也是咸阳宫默认了的,甭管以后怎么变,至少现在是这么回事。这样一想,百姓踏实了。而在李冰治下官场讨饭吃的人,想的是,这个期限,是可以给他们一个稳定、安全的环境的。嬴漪的心思虽然也是忽而冷忽而热的，却自是比同僚复杂、深奥得多了。

做了最后讲话的李冰走到高台边缘，正准备踩着木梯下行，却像想起什么，止步，转身，挂着勘水铁尺，笃笃笃回到高台中央，用年轻的声音高亢宣布：

"各位乡亲、诸位同僚，为强化蜀郡之治水大业，本守决定蜀郡府设都水官一名，同时任命中原水师王叕先生任蜀郡府都水官。此外，准予湔氐道设水丞一名，准予项道令任命本地氐人、柔达娜寨主羊磨先生为湔氐道水丞。"言毕，向台下施了一礼，转身离台。

都水官的命名与设置，是李冰的一个创举。自此以后，都水官一职，在战国各郡堪堪流行起来。

接下来，是湔氐道城池奠基仪式。

奠基的地点就在高台右下方，即设计图上的道府正大门右侧处。这里事先挖了一个坑，事先准备了一块精美的本地长方形红砂石料作为奠基石。奠基石右上竖刻有"湔氐道"三字，正中央是"奠基"两个大字，左下落款为：秦昭王三十一年孟春。落款字体是秦篆，其他均为古蜀文。事先还准备有一个装有城池建筑信息的密封铜匣。奠基仪式由道令主持。著名蜀巫阳平女巫的侍女在地坑周遭摆好粟物、果子、酒具后，阳平女巫从高台上飘飘飞到地面，仿若从天而降。阳平女巫入场，手舞足蹈绕着地坑转圈，其间还跳进地坑三次，嘴中念念有词，大意是告知埋殣葬地的无主坟，和地下的一切生灵，此地要筑城了，请你们迁居他处并乞理解、宽谅。之后，阳平女巫侍女将铜匣放坑底，将奠基石放铜匣上。接下来，踔厉风发的蜀郡守用一把新铲，将坑沿的泥土撒向坑内。蜀郡守破了土，其他众官员便一齐上来，三下五除二培土告罄。

主持人郡尉西敢一声长呼："奠——基——毕！"

"湔氐万岁！治水万岁！郡守万岁！"

万民的欢呼在玉垒山盘桓，在岷水中打旋，久久不弭。

7. 涧下水命：崩溃

李冰差点就不能参加湔氐道成立仪式暨筑城奠基典礼，因为从他向郡丞安排活动筹备任务，到活动举行的旬日之间，有人差点要了他的命。

李冰有个习惯，只要公务不是太忙，吃过晚饭后，会在城内散步大半个时辰，然后回郡府书房内室，依在卧榻上看一个时辰的书，之后吹灯睡觉。这天，李冰散步到少城南门，望郫水、检水方向的烂河滩看了好一阵，想着如何治理的问题。返回时，都能看见郡府大门灯笼和几个门吏了，就让蒙可先回家。蒙可刚走，郡府大门处灯笼就灭了，跟着，他身体的某个穴位被硬物击点，人便昏了过去。

不知昏了多久，醒来的时候，发现自己被绑缚在一间陌生房间的一根屋柱上。屋子没有窗，只有一盏油灯。两个佩有马刀的青壮男人在灯的阴影里聊天。

"去告诉首领，醒了。"一个男人支使另一个男人。被支使的男人推门而出，很快，首领来了，屋子一下子有了太阳般的明亮。加上先前那盏灯，共有九盏灯亮了。

一脸大胡子的首领走到李冰跟前看了看，又退回到一张几案后坐下，良久，说出了进屋后的第一句话：

"尔乃蜀郡守李冰？天下水家掌门人李冰？"

李冰："你们是何人？"

首领："杀秦狗的蜀国遗民。"

李冰:"忠勇可嘉,令人感佩。然则不明大势所趋,民心所向,堪称愚忠、悲勇,其无归路,引为一叹。"

首领:"据我们了解,郡守大人是蜀人吧?"

李冰:"鱼凫后裔,阳平山人氏。"

首领鄨夷:"既为蜀人,何以助纣为虐,乱我蜀土,囚我蜀民?"

李冰不解:"此话何来?"

首领:"自尔被秦狗任命为蜀郡守,我们一直想杀尔,但又不想冤杀尔这个蜀人,乃决意视尔行动而后动。而尔在告蜀民书中的益民说辞,竟让我们收刀回鞘,略感欣慰。蜀人治蜀,蜀人益蜀,不亦乐乎?然,此次,尔助秦本性暴露,狼子野心昭然若揭。我们决意杀尔,以终结秦在蜀的置道钳蜀行动。尔可有话说?"

李冰:"头人是说杀在下,以制止秦设湔氐道?"

首领盼咐手下:"给大蜀奸李冰喝碗酒,然后送他上路。"

两位青壮,一人端酒,一人持刀,向李冰走来。死亡在酒水中荡漾,在刀锋上闪光。首领起座,转身,欲出门。

李冰:"李冰一人耳,死不足惜,只是苦了百万蜀民矣。"

首领止步,背对李冰说:"死到临头,尚危言耸听,一郡之守,竟惜命至此?"

李冰:"悲乎!头人可知湔氐道何用乎?"

首领:"无非锢我蜀土、锁我蜀民、秦化蜀土,安有他用乎?"

李冰:"湔氐道之设置,其直接目的,只有一个,即,筑湔堋,治蜀水,润万民,变蜀地为天府,富甲天下。"

首领转过身来:"此话当真?"

李冰:"冰以治水为志业,岂能拿水戏言,亵渎水之神圣?"

首领愣怔了一会儿,转身出门,边走边说:"不怕尔耍滑,本座欲夺尔性命,只在伸手之间。几日之后,我们在玉垒山下岷水边见。送客!"

李冰又一次昏倒。醒来时,发现睡在郡府书房的卧榻上。他想了想自己被绑架的情况,但没有多想,因为湔氐道占据了他的全部大脑和行动。此前,自己玩的主动失踪,没有哪一次逃脱过属僚的盘查,而这一次,自己不想失踪的失踪,却没有任何人过问一言半语。

这是李冰的人生中,第一次见到的首领,首领是个中年大胡子,微胖,有肚子。

几天后出现在玉垒山上的首领,清癯,干净,年轻,不带寸铁。他身边的十杀手,手持强弩,对着山下高台上的郡守,只待首领一声令下。但直到全部仪式结束,首领都没有令下。这十一人,黑盔黑甲,一副秦军的样子。

首领是蜀王子泮的独子峤。

公元前316年,张仪、司马错伐蜀时,时年二十岁的蜀王子泮正率四万蜀国精兵伐至越地,并且眼看就要拿下文郎国,偏偏飞鸽传来父王王令,令他立马回师勤王,扶蜀国于既倒。一拳可以打断一条瀑布的文郎国国主雄王,见蜀军不进反退,疑有埋伏,也不追赶。

泮的大军,马不停蹄昼夜兼行赶到蜀地武阳时,父王正被司马错所率秦军追杀,泮拼死营救。蜀王见儿子泮到,竟有了死而复生、蜀国不亡的狂喜,跑得更凶狠了。但泮损兵一万也未能挽回战局的反转。跑得精疲力竭的父王,最终累死在儿子的怀里。无奈,只好带着父王完好无损、只是从胖子变成瘦子的尸体,和三万败军原路折返,顺青衣江、雅砻江驰行,造成南下返苴交趾的假象,实则隐身僰人地区莽莽群山中。司马错拟乘胜追杀,不料蜀军眨眼工夫已上船,庞大的船队风一般顺着岷水的激流远去,消失于雾中。这一次,刻在王子泮脑中的,是对司马错把父王追撵得活活累死的刻骨铭记。

僰王当时并不知道王城成都已陷,蜀国已亡,改姓秦了,见蜀王十余个儿子中最有智勇和血性的泮到来,立即恭迎入寨,按本酋最高礼仪接待。三万兵马太多,主寨吞吐不了,只好安排由各分寨接待。僰王哪里知道,他的隆重接待,竟变为了泮的润物细无声的无缝接管。

当数日后老僰王终于知道自己的老板已由蜀王变为秦王后,气得吐血,后悔不迭。泮便诚心诚意开导他安慰他,说我们可以和平共处,在僰人地区建立反秦复蜀之政治、军事、文化基地,一旦复国成功,我就是蜀王,你就是蜀相。到那时,我们率蜀军杀向中原,与战国七雄争天下,那是何等壮怀激烈的事体。泮这一头说得热血沸腾兴奋异常唾沫翻天,僰王这一头却听得垂头丧气如坐针毡心寒似冰。僰王认为泮说的两点，非常正确，但凡蜀人，自当如此，只是对自己来讲，完全不靠谱。和平共处？你强我弱，你狼我羊，怎么和平共处？人说一山不容二虎，你不在，我还算一只虎，你来了，我还是吗？至于复国，且不说实力悬殊希望渺茫，就算能成功，也不知猴年马月了，我这把老骨头能熬到那一天吗？这样一思，僰王就想改变眼下的处境。唯一的方法，似为借子打子、借刀杀人。僰王于是决定告密，告诉秦国首任蜀郡守司马错，泮的三万大军没有南下至粤越地区，而是隐身在自己的数百里地盘上。当然，他的告密没有成功。

密杀了老僰王后，泮立他的儿子为新僰王。新僰王自然就成了言听计从的傀儡，秦取消蜀郡分封制后，傀儡又顺理成章成了僰人酋邦的僰侯。

泮在僰人地区站稳脚跟、建立反秦复蜀秘密大本营后，不断招兵买马，一面向北开辟进攻之道，一面向南固守逃逸通道。北，指的是蜀郡治地成都。南，按今天的地名讲，指的是从宜宾到泸州后，经贵州，入云南境，沿滇池、文山、泸江上游，最后进入越南北部宣光地区一线。逃逸通道，其实也是泮基地控制的攫取财富的商道。两个方向一明一暗。北方是暗线，地下性质的。南方是明线，真刀真枪干。泮在北方设了个前线左军首领，南方设了个前线右军首领，自己居中，为蜀军基地总首领。其蜀军统称南方军。进退自如，首尾呼应，泮的布局还真是思虑周全。

前线左军首领管理、经营着基地布局在蜀中各重要城池及重要交通节点的秘密据点。右军首领地盘在蜀郡以外地区。

在成都绑架李冰的首领就是南方军左军首领。首领叫峤，他自己都不知道，他以前不叫峤，叫森，那是他模糊不清、仿若梦中的阳平山时代。是的，峤就是叔氾和涞的长子，冰的胞兄。

三岁的森在阳平山与家人走散后，遇到仓促逃窜的蜀相陈壮、牛鞞酋长金渊。金渊的一个手下认出他是叔氾的长子。金渊想都没想，令这个手下抱起就走。还有什么，比夺人之子，更能伤害人？再则，他总觉得把这么个人捏在自己手里，迟早都用得上。想了一路，他还是觉得，把这孩子送给反秦集团蜀国南方军左军首领最妥帖，最有意思，也正好完成左军首领的请托。一到成都，安顿了陈壮，他就亲自把森抱到左军首领秘密据点桤木苑。首领正好在，见他抱了个孩子，惊喜地问：

"找到了？此稚童面相颇佳，天赋异禀，日后定是奇才。"

"完全按首领要求找的，费了好大劲，总算找到了。"

"如何得之？"

"金渊蜀山狩猎，路边拾得，并无家人牵绊，定为弃子。"

首领突然发问："此孩何名？"

金渊果断应之："弃子无名。"

首领放下心，装模作样将一大袋钱递给金渊："辛苦酋长了，一点辛苦费，收下。"

金渊："首领不是不知道，我金渊什么都缺，哪缺过钱？"一阵大笑。

首领跟着一阵大笑，一边笑，一边收了钱袋。

金渊试探："首领要这稚童是……收为义子？"

首领大声吩咐一直在身边侍立的助手："上肉，摆酒，请酋长入座。"

无话找话地一问，金渊没想到对方不想说，就笑了笑，嘴上不再问，心里却越发要问了。蜀郡地盘上，还有我金渊不知晓的秘密？只用了三个月，他就通过自己的渠道，侦知到森已成为蜀王子泮的儿子，改名峤。峤既是长子，又是幺儿，泮很是喜欢。泮已经二十七岁，在女人身上也摸爬滚打七年，还没有后，正妃没有，侧妃也没有。他完全把峤当作自己亲子，不，峤就是亲子。因此，有关峤来历的一切信息，既是隐秘，又是忌讳，谁敢多言，杀无赦。

王子有了王子，老王子自然就升格为王了，蜀王，开明十三世蜀王。只不过，这一变化，并无多少人知道。更不知道，在蜀地，既有一个公开的秦国蜀郡，又有一个水雾一样朦胧的周室诸侯国蜀国。两个政体、两支人马，各有主张，各行其是，又多有交割。蜀国军政一体，其建制与先王时期一样，蜀相、太子傅等大臣一应俱全。泮一直想把蜀国尚存的事实通报洛邑周室，后来还真办到了。周赧王很隐秘地接待了蜀使峤，并胆战心惊表示，希望泮、峤父子复国成功，朝贡周室。

蜀王泮不魁梧，典型的蜀人身板，更无一身蛮力，却能操一张弩，所向披靡，无人可挡。当然，这是一张神弩，是神人皋通用蜀竹为他专制的。这样的父亲，是不可能爱子爱到溺的程度的。从三岁到十二岁，是峤的㵲王山时代。九年，父王请来最优秀的教师，让他受了最好的文教。

武方面，父王请来的教师是他自己。他把骑在马上，操一张神弩的技法传授给了峤。当他决定将王子送到前线左军去历练和建功时，又在巴地请了一位著名的易容大师来。谁知王子的易容术大大超过了巴师。巴师七十二变，王子七十三变，巴师一百变，王子一百零一变，总之多出一变。巴师羞愧难当，趁天黑雾浓，几变几不变，过岗越哨，偷偷下山，顺岷水溜之大吉。

蜀王泮这才知道，他为峤请的文教师，居然还是一位籍籍无名却艺压星辰的易容高人。

这位文教师就是在春秋战国诸子百家中占有一席之地的尸佼。

尸佼，尊称尸子，晋人，一直是卫鞅身边的亲密朋友和志业搭档。二人在魏国都城安邑做事并相识，一同入秦为秦孝公重用。从公元前360年入秦，执政二十余年，尸佼为卫鞅"谋事画计，立法理民"，提供了诸多重要决策。卫鞅每事"未尝不与佼规之也"。卫鞅被车裂后，他为了躲避并诛之罪，乃施展易容之术，在秦惠王、嬴虔的缉捕网下，成功逃亡入蜀，从此离开政界。入蜀后，隐姓埋名，直接就躲到了与自己素有交集的蜀王府中。待风声平息后，去了岷水南岸的青城山，在山上著书立说。他对山上的生活很满意，蜀王为他搭建了几间禅风习习的木屋，介绍了几位颇让人赏心悦目的年轻蜀女当女弟子。尸佼一边修习养生术，一边著述，春秋十载，完成《尸子》二十篇，六万余言。二十篇中，十九篇论人文，一篇论自然。他说："天地四方曰宇，往来古今曰宙。"曾为法家翘楚的尸子，其著书立说，非先王之法，学问已然倾向道家一脉。

泮真是一位好父亲。为了儿子，不惜冒着生命危险，放舟岷水，昼伏夜行，亲自上山来请尸子。其时，尸子已是百岁老人，依然童颜鹤发，精神矍铄，健步如飞。㵲王山八年，他教了王子八年。王子可以识文断字，粗通文墨后，他先用诸子百家打底，令其略知天下，触类旁通，最后方以自己的《尸子》为教案，逐字逐句提点弟子。八年后，尸子无疾而终，尸体每一寸都面带微笑。王子一早起来，找先生教习，不见其人，最后在百丈崖壁一具悬棺中发现了先生。大家不知先生是何时用马桑树做了独木棺，何时将独木棺凌空搁放在百丈崖壁上，自己又是在哪个时辰躺进悬棺，盖了棺顶。

理论课随着先生身体的结束而结束。泮觉得应该给王子上实践课了。

王子峤十二岁，就被父王交给回羱王山基地汇报敌情的左军首领。九年时间，回过多次基地的首领基本没见过王子的面，完全看不出面前这位美少年，竟是当年自己从金渊手中接过的三龄稚童。究竟是王子，作为实战教师的首领教得慎微、精细而又大胆、扎实。五年的艰苦卓绝的地下斗争和地上博弈，身经百年的实战历练，成熟了王子，使他掌握了左军首领的全部招数。率军、潜伏、暗杀、毁物、绑架、审讯、逃逸、抗刑、自杀、诈死、翻墙、上屋、打洞、搏击、使毒、用计、放火、反间、策反、挑唆、行贿、美男计、偷情报，等等，无一不通，至于化装易容，更是到了战国顶级大师的级别。

首领有个助手，老实巴交的样子，对首领言听计从。不想此人却另有心机，一直觊觎首领位子。见王子越来越大，越来越成熟，王子一旦到了可以坐上首领位子的年岁，自己岂不是蛋打鸡飞，白做梦了？于是乎，逮了蜀王泮来成都据点巡视的机会，偷偷向泮告密了。泮听说首领酒后向人说起过王子的身世，本是不信，却又宁可信其有，不可信其无。再则，助手知悉此事的本身，就是首领的错。于是乎，蜀王避了王子，对首领说，你的助手是告密者，本王把他交给你，你看着办吧。首领二话没说，一斧剁了助手。然后，蜀王对首领说："老兄，对不住了，本王说过，王子身世，任何人不得知，不得与闻。"话毕，袖中飞出一箭，将首领的身体穿了个透亮的洞，良久，方有殷血喷薄而出。首领直到断气，都没有痛感，他知道，这是主子对他最后的嘉奖与仁慈。

王子当然不知道自己的上司兼实践教师，以及可爱的助手被父王安排去了哪儿，他所知道的，是十七岁的自己，已被父王任命为南方军左军首领。王子上手很快，轻车熟路，风生水起，父王很满意。

金渊八面玲珑，一直跟泮保持很好的关系，蜀亡国前，是公开的，亡国后是秘密的。首领及其助手的永远闭嘴，金渊很满意，不然，自己也会出手令他俩闭嘴的。底因有二，一是清理可能的危险，二是独享资源。

金渊知道王子峤的一切，却暂时还不知怎么用。但他非常清楚，峤是自己手上的一块好铁，一张好牌，不到顶顶关键的时候，不能出场。峤继任首领，也即桤木老板时，峤的胞弟冰尚未进入金渊视线。冰任蜀郡守后，金渊愈发明白峤这张牌的重要，也愈发钦佩自己的先见之明。对了，他反对女儿桃枭嫁李冰，除了阳平寨这个秘因，还有一个，就是峤的存在——自己的女儿怎么能与随时都可能掉脑袋的反秦人物扯上干系？

湔氐道成立活动现场，不光蜀王子峤去了，牛鞭侯金渊也去了活动现场，从郡守嘴里，他听到的有用信息是，治过的岷水，有可能经过他的地盘。他必须面对、思考和计算的是，治服岷水可能吗？如果可能，渠水通过自己的地盘是什么情况，不通过是什么情况，从哪些点位通过又是什么情况？如此这般，会让自己损失多少地，带来多少利……再者，工程本身有钱可赚么？

金渊想计算出结果，即钱的结果，却没能做到。所有的信息都只在郡守脑袋里，他接收到的少得可怜。而郡守又是一个信息的吝啬鬼，不到实施前夜，不出口。

没计算出钱的数字来就计算不出自己的走向。回家后，金渊父子与管家一阵合计，一阵争议，最后决定，暂时还不适宜针对工程行动。暂时的针对性行动，对象应该是郡守，向对手示好，获取信息，并最终取得良好收益。他已然完全坐实，自己当年在阳平山做下的勾当，全天下只有他一人知情。那几个护卫陈壮和他到成都的人，早被他一一灭口。

湔氐道的筑城工程刚刚拉开序幕，郡守李冰又想开始另一工程了。

这一次，他不再独断专行，而是决定集议。集议的结果是，人人都反对，只有两人支持。两人中，一人是都水官王羿，一人是他自己。然后，形势陡转，意外再次出现。

郡吏们走进郡府议事厅，发现地面居然奇怪地摊开着一张大牛皮，凑近再看，看见的是牛皮上的一些粗细不一的线条和色彩有别的符号，亦有少许的文字和数字。

这正是李冰躲在阳平山弄出来的东西。

但属员们并不知道。于是都围拢来，伸着鹅脖子看。为了看全面，他们就自然而然做起圆周运动，顺时针，一圈又一圈，有点像踩蛋的公鸡。属员们是陆续入厅的，转圈形成后，后来的无法挤进，跟着转圈，转成二圈层，却什么也没看见。

"好了,诸位请入席。"

顺着声音看去,大家看见了不知何时入厅、高坐于上、难得一见的郡守,精神不由一振,各自入座。

李冰伸出左手,用勘水铁尺指着地上的牛皮说:"此乃本守亲绘的治理蜀水之都安大堰工程规划图,主要为渠首工程。渠网工程亦有涉及,但尚为初粗。诸位有何高见,但请不吝赐教。"

一时空寂如月下。

属官们尚不知这位新上司的水深水浅,面对异议和谏言的行事风格,哪敢以颈试刀。

郡丞说话了:"郡守大人,在此议事厅说话,可以畅所欲言,无所顾忌乎?"

郡守一笑:"然。"

郡丞起座,面向同僚,慷慨激昂:"诸位同僚,嬴漪与郡守大人两家颇有渊源,我们两人既是亲戚,亦为同门师兄弟,私谊极深,本该倾力附议,不发杂音。然则,蜀郡是秦国的蜀郡,蜀郡的好坏、安危,乃是秦王心中的好坏、安危。嬴漪既为秦之郡丞,自当以秦之利益为己之利益,岂敢以公徇私,夹私谊误国体。此前,郡守一意孤行,并不给我等议事机会。作为老秦人,嬴漪心系国家,耿耿于怀,如鲠在喉,不吐不快。故,今日,在此皇皇议事厅上,嬴漪就这张都安大堰工程规划图,向郡守大人提出三点反对意见。"面朝郡守,"一,一郡之中,大事何其多哉,以嬴漪愚见,为今之计,维稳压倒一切,蜀融秦土,不反不乱,方为事之大体,而非尽弃郡政,独治水灾。二,退一步讲,即便治水,何以只治岷水,而不顾其他?蜀地水多矣,仅成都平原上游,从南向北,捡大的说,即有文水、岷水、湔水、洛水和绵水。众水过境,洪水横流,独治一水岂有用乎?劳蜀民之命、伤国家之财是也。三,再退一步讲,即便治岷水,何以一定将堰首置于玉垒山下?彼处场域宽泛,水体广布,治之即掬之,工程铺排浩大矣。论财力物力人力之巨大,蜀郡何堪承载?论工期之漫长,一郡之政何堪拖耗?言尽于此,嬴漪实以国家苍生为念,如有冒犯郡守大人之处,可即刻摘了这顶郡丞官帽。"言毕,不请自坐。

嬴漪其实是怕被摘官帽的,正因为怕,才先发制人,将一身正气、一腔热诚、一颗忧国忧民之心,敞开在众目睽睽之下。这样一来,谁敢来罢免他的官,岂不显得气量狭促、格局太小？

李冰无论如何都没想到，站起来公然反对治水大业的，竟然是自己最好的兄长。但李冰并不生气，甚至很高兴。他相信这是嬴漪师兄的真实表达，只有真兄弟，才能言真言，事真事。坏你的人，明知前边有坑，也不会告知。且师兄之前已有言在先，当堂谏之，属光明坦荡之见。

李冰压抑住高兴的心情，冷冷说道：“郡丞，本守今日不与你辩。本守只想问你，你难道不清楚，治水大计，乃至牛皮地图上的治水方略，秦王及咸阳宫无不认同？"

嬴漪再一次站起：“嬴漪清楚。但嬴漪以为，那是因为秦王及诸位大臣，受了你的蒙蔽所致。作为水家，你要当郡守，千秋留名，不以水谋之，何以得成？故，国之公器，被大人私心所挟也。"再坐。

李冰再一次没想到自己的师兄竟如此咄咄逼人。前边他针对的是事，凡事，都各有一说，这没什么。这下，可是对着人来的，甚至就是对着一个人的人品来的，这就变味了，难道师兄还不晓得我李冰的人品？他突然觉得不认识师兄了。即使这样，师兄的话，还是在桌面上，不算阴招。

李冰不咸不淡回了一句：“秦王何等英明，大臣何等明事，岂能被一名布衣水工蒙蔽？"又昂声道，"诸位也有跟郡丞一样的观点？还想议？我看不必了。本守拿出这张牛皮地图，不是让诸位议论该不该做，而是要告知诸位该怎么做。王宫已然审定通过的方案，何须讨论？"

被李冰不咸不淡怼了，嬴漪半天回不过神来，竟有失言之悔。

主垦殖畜养的田曹掾史不无奉承地说：“下官以为，既然郡守大人已亲自做出了工程方案，且咸阳王宫也已底定，接下来，可将工程规划方案细化为施工方案，组织万余民伕，择一吉日开工上马。"

李冰：“诸位皆是此意？"

大厅中一片"诺"的声音。

少府史说话了：“按秦律，秦民皆有义务出工修水道的责任，然，因工程浩大，工期长，郡府的财资储量，远远不能支持工程上马所需。"

李冰：“少府史所言极是。都水长，你把本守的想法告诉诸位。"

王叕起座：“各位，按照郡守大人的设想，治理岷水之都安大堰工程，应先建渠首工程。但上马渠首工程，正如少府史言，财资储量远远不足。除了财资问题，技术也存在诸多难关，毕竟，这是一项古人没干过的、开创性的事体。由是，郡守大人认为，投入巨大的都安大堰工程，只能成功，不能失败，且必须一次性成功，否则于国于郡于民，后果不堪设想。为确保这一点，就需要建一个相仿的小工程来做测试，只有在这个相仿工程成功的基础上，方敢正式上马都安大堰工程。一句话，无成算，焉敢妄动耳？"

李冰："诸位以为如何？"

嬴漪："请问都水官，这个相仿的小工程建在何处？"

王叕："建在天彭阙。"

监御史："建此，却不建此，而去建彼。都安大堰，乃秦王、宣太后亲定，全蜀共力的重大事体，岂能想一出是一出，形如儿戏？"

户曹掾史是个瘦小老头，他尖着嗓门乎："倘天彭之堰筑成，能得用乎？"

王叕："可作治湔之用。"

嬴漪："治湔之用，小用之用，不足道哉。天彭堰，不能益于岷水也。不能益于岷，乃不能益于郡守大人全蜀治水之大计，耗工损材费时，稚童之举哉。公权中藏私心，摸索治水之道，成全水家之名，其实质尽在于此。故，嬴漪坚持反对之。"

厅堂一片嗡嗡之声，皆为"儿戏""不妥""反对""不赞成"之语。

李冰娓娓言之："都安大堰之渠首工程，技术复杂，规模宏大，直接在湔氐道上马，非是不可以，实乃风险太大，万一不成功，何来复工重建之机会？故，必须择一相似之地，注小力，试成败，获得失，以小博大，而后择其优长于都安大堰，一举而大成。如此得失计议，安能不明乎？"

众吏："属下愚钝，一切以郡守大人决议为底定。"

李冰正待说话，不料郡丞高声道："各位大人有各位大人之意见，嬴漪亦有嬴漪之观点。嬴漪就此再言一回，坚决反对筑天彭堰。"

李冰脸一沉，愀然道："允许反对，但此事不再议。本守决定，天彭堰工程，旬日上马，诸位各司其职，即去准备，全力为之，不得有误！"

属官们还未反应过来，郡守已起座出了议事厅。只有勘水铁尺的挂地声响，还留在厅内，久久不消。

当晚，李冰去敲了嬴漪家的门。嬴漪开了门，脸上带着自嘲的微笑："郡守大人晚上还有公干？"

"师兄不欢迎？"

"岂敢当郡守大人师兄，别寒碜嬴漪了。婷，给你哥看茶。"

婷从内室出来，恨了冰一眼："没茶。"又返身内室。内室里有孩子被打的声音传出。

李冰不解："婷对吾有怨气？冰怎么得罪她了？"

嬴漪："俗话说嫁鸡随鸡、嫁狗随狗。俗话还说夫唱妇随。故而，你李冰惹了嬴漪，就惹了婷。此理甚浅，大人不知？"

李冰："李冰惹了师兄？怎么会？相反，今日在议事厅，可是师兄处处跟冰唱对台戏。"

嬴漪："明白也。郡守大人夜访我家，其意为知悉原委乎？"

李冰："然。"

嬴漪："李冰，我嬴漪真没想到你这么会装。你要上台演戏，定是天下第一。你要成立戏家，一定比水家出色。天晚也，请吧，不送。"

李冰摇头，不解，一时傻得像个弱智稚童。

天彭堰工程开工后，嬴漪一直在等着盼着它的失败。它失败了，就意味自己成功了。也就意味李冰下台，自己上位。错误的是李冰，正确的是嬴漪，加之上边有人，如此，还有别的选择么？再则，即或天彭堰工程成功了，大家忙着成功的事儿了，谁还会有闲想起自己当初的话来？即或想起了，还不是可以理解为善意的提醒？总之，这事儿，成与败，于己皆为两安。为自己的高智，他幽幽地笑了。

但天彭堰工程到底是失败了，不是一次，而是两次。

第一次失败，是湔水冲塌了拦水截流的堤坝和鱼嘴。第二次失败，是"洪水"冲毁了"离堆"。

第一次崩溃，嬴漪给妹妹婷写了信。第二次崩溃，嬴漪给妹夫芈戎写了信。他相信这两封有关崩溃的信，会让李冰彻底崩溃。

按照李冰对都安大堰的设计，渠首部分工程主要由鱼嘴分水堰、飞沙堰和宝瓶口三个子项构成。现在，李冰的想法是，将这三个子项拿到天彭阙前的河滩上来试筑，做个小比例、小尺度、小规模的模拟实验。在天彭阙做，就是考虑了此处的小。湔水只是沱水上游三大支流之一，其水量较之岷水有天壤之别。

时为季春，水不大。但要在流水中施工筑堰，依然是困难的。这就需要将筑堰处的流水"搬移"一下，让此处露出河床。而"搬移"河水，则需在几十步远的上游水中，筑一道临时用的拦水分水坝，按你们现在的话讲，叫"工艺坝"。待堰体筑成后，即行拆除临时用坝。

好不容易筑好了临时用坝和鱼嘴，还未及筑飞沙堰和宝瓶口呢，就遇到一场反季的莫名其妙的暴雨。暴雨来得快，去得快，只下了半个时辰，水也没涨多少，但临时用坝和鱼嘴却被冲塌了。

看见辛辛苦苦筑起的物事在激流中解体，李冰的心随之碎了，眼角也涨出了水。如果不是知道现场所有人都望着自己，可能真的支持不住、瘫软在地了。唯一让他庆幸的是，幸好做了这个模拟试验，若直接上马，后果不堪设想。

由于事发突然，郡府属员得到消息后，才疾疾赶了来。

"郡守大人，千万不可气馁。怪只怪这老天爷，人算不如天算也。"郡丞的话，安慰中夹杂着幸灾乐祸。

监御史嗟叹一声："出师不利也。然则，万事开头难，损失亦不算大，下一步如何作为，郡守大人一定得有定见。"

李冰一拱手，慨然道："谢谢诸位。本守不会气馁，也一定会有定见。"

郡丞咄咄逼人："意思是郡守大人尚没有定见？"

李冰："有。"

郡丞："何？"

李冰："继续筑堰。"不再多言，转身走进山边帐篷。

李冰、王爻筑有拦水堰坝无数，但大都是在中原地区操作。就是说，这次，面对湍急而裹沙夹泥量很大的岷山出水，冲袭力和重压力增加了许多，却依然用了中原拦水筑堰之法。岷山属于地震、泥石流频发地带，在峡谷中横冲直撞的水流，自然就大大地携沙带泥了。李冰、王爻研究了三天三夜，研究出了原因，却没有研究出解决问题的方法。在他俩终于想到找岷水边生、岷水边长的羊磨兄妹求教一下时，羊磨兄妹却飞马赶了来。

这真是好事不出门，坏事传千里。正在湔氐道忙着筑城的羊磨族人，很快就得知了消息。怎么能不知呢，筑天彭堰的当地民夫中，就有他们的族人。他们的族人在中原治水名家李冰、王叕面前，不管见到什么稀罕事，都只管按工头的吩咐做，并不敢多言。看见中原的治水技法，他们真为祖上一代一代传下的治水之道，感到羞愧。自己的方法是那么古老、简陋，形象更是丑得不堪与外人言。而中原之法，真是让人叹为观止，一块一块凿得大小一致、横平竖直的坚石，砌成城墙一样漂亮的拦水坝，其雍容大方的模样，堪称奢华之极。他们暗暗赞叹。哪知道，好看不好用，面前的漂亮堰坝直如豆腐做的工程，稍一涨水就软蛋了。

羊磨兄妹见了李冰、王叕，望着被冲毁的工程，连连摇头叹息，一会儿怪他们不事先征询自己意见，一会儿怪自己事先不主动问询。之后，兄妹就将杩槎、竹笼之法，教与了二人。二人大为惊奇，深为古蜀氏人水工的智慧折服。

杩槎为木竹石构件，既可用作水工建筑物施工围堰，还可用作临时调节水量的拦河堰，以及用于挡水截流、抢险堵口和护岸工程。由横竖共六根长约二丈的木桩绑扎成三角支架，即为单架杩槎。在施工处，根据截流宽窄，将若干架杩槎连接一排，杩槎底架上置河石竹笼压重，迎水面捆绑长木条，前铺竹席，形成浑然一体彼此相衔的挡水平面。然后在挡水面，自下而上，层层抛入掺有卵石的黏土，即成为一道不透水的截流堰。杩槎易拆易建，木桩可重复使用，故而造价低廉。竹笼为竹编的圆柱形笼子，内装卵石，用于围堰和杩槎配重。大小适中，大了不易搬运，小了承受不住激流的冲力。

此前，王叕制造"洪水"的方法，是在湔水上游将几条支流筑坝拦截蓄水，因他没有办法将湔水主干直接拦断。羊磨兄妹到来后，直接就用杩槎、竹笼在天彭阙里边、海窝子出水狭口处，进行了截流。

水边，李冰开玩笑："叕兄怎么突然就想到了羊磨？"

王叕羞涩："想到了就想到了，何来怎么？"

李冰并未点穿，哈哈一笑。

二人闲聊得起劲，不料羊磨兄妹正好听见。羊雪大大方方说："羊雪没想到，郡守大人也可以这般坏。"李冰回首，假装严肃："羊雪，你以为本守不知道，你刚才的话是，原来郡守大人也可以这么好，然否？"羊雪："是又怎样？"

引入杩槎、竹笼技法后,都安大堰渠首之微缩版天彭堰渠首三大工程,很快竣工。

这一次,是事先谋定,人为控水,所以郡府属官都按时来了。太阳出奇地大,视线出奇地好——雾的衣被太阳扒了,大地与天空一丝不挂。

都水官请示郡守:"大人,开始否?"

郡守看了看湔水,又看了看天空:"开始。"

都水官挥动令旗,一声大喊,放水令出口:"砍杩槎!"

然后,就像邮传接力一般,一二十个烽火台一般站立、嗓门宏大的氐人,将"砍——杩——槎"三字,一程一程,送到了海窝子。海窝子出水口拦坝上,站着手举柴刀、只着裤衩的羊磨和简衣短裤的羊雪。羊磨听到放水令后,大喊一声:"砍!"

兄妹非常整齐地手举刀落,砍断了杩槎上的竹绳。蓄在海窝子里的水,像囚犯见了牢门大开,纷纷夺路而逃。兄妹纵身扎入水中,不见人影,露头时,已在下游岸边。羊雪身手身姿太美,王叕看呆了。

官吏们簇拥着郡守,站在湔水南岸高处,紧张地看见"洪水"轰隆隆从天彭阙腾空扑来。冲过鱼嘴分水堤,鱼嘴分水堤岿然不动,"洪水"被一分为二,一为内江,一为外江。两江贴着飞沙堰两壁,滚滚而下,飞沙堰岿然不动。

渠首两大工程成功!就看最后的宝瓶口了。

外江已然远去。穿行在山体与飞沙堰之间的内江,在窄窄的"宝瓶口"前受阻,回流,打漩。"洪水"越来越多,水位越来越高,一些水已漫过飞沙堰,与外江混为一体,并联合冲击着"离堆"。水位在"宝瓶口"持续抬高,瓶口中的水,被挤压得硬如顽石。终于,用杩搓、竹笼做出的"宝瓶口"一侧的"离堆",开始摇晃。又终于,一声巨响,"离堆"崩溃,"宝瓶口"不复存在,水位回落,内江自由横流。

岸上的人众,在"洪水"的肆虐中,被成功和崩溃弄得一喜一悲、一惊一诧的,还不知怎样表达心情时,却听王叕大呼:

"郡守大人昏倒,快叫医师!"

"快叫医师,快叫医师!"郡丞一边喊,一边闪出人群。一匹马驮着他,向蜀郡府奔去。

两次崩溃，牛鞭侯金渊、蜀王子峤都去了现场，只不过前者以真面示人，后者以假面现身。

咸阳城。华阳君芈戎正在府邸书房给书吏交代事体，门吏进来，递给他一支五六寸长的铜管："华阳君，蜀中来信。"

芈戎接过铜管，头也不抬："你们去吧。"

书吏、门吏后退出屋。

芈戎用小刀刮开铜管端头泥封，取出锦书，展开看了。然后，捏着锦书，向三夫人嬴姎的房院走去。在一位女婢陪侍下，姎正在花园浇水，见到芈戎，一个行礼："愚妾恭迎夫君。"芈戎："嬴漪给你来过一信？拿来一阅。"姎去房间，拿了书信，递给芈戎。

姎："嬴漪也给你来书了？"

芈戎展开看了，责备姎："你为何不转交与我？"

姎："对姎而言，漪和冰，都是兄弟。手心手背皆为肉，安能取舍乎？况且，漪的告状，愚妾不察，虚实不辨即与夫君，万一漪兄夹带私情，岂不扰了夫君公断？"

芈戎："真乃妇人之见，扰了公断，本君不能自知？"转身自去。

去年朝会上，李冰狂怼自己的场景再一次清晰浮在脑海。况且，报这一怼之仇，给那布衣水工一点颜色，也算是顺带帮三夫人家人一个大忙。他对嬴漪本人也印象不错，有才能，又懂事，时不时还会给他捎一些他喜欢的物事。

揣着两封信，芈戎抬腿准备去丞相府，想起魏冉巡边在外，就收了脚准备等他回来再去。又一想，魏冉还有一月方归，太久，就径去后宫找了家姐宣太后。哪知宣太后看了信后，并不急于表态，只让芈戎回去，说嬴姎家的事，她自会处理。

宣太后也没忘这事，魏冉回咸阳，去后宫看她，聊了些国是后，一句话没有，就将两封信交与了他。宣太后走向寝宫的时候，又舞着檀香手杖自言自语说道："一溃再溃，岂是水家名士所为？与朝会上放言，大相径庭也。秦王眼拙，本后也眼拙。"

丞相看了信，方知是芈戎越过自己，直接呈送太后，心里有些不爽。不爽归不爽,太后的态度,他是明白了。如果太后没有态度,这事儿他就按下不奏。秦昭王看了两信,就在书房转圈,一边转一边说:"这个李冰,该死,竟辜负了太后和本王的信任。"又问,"舅相,太后知乎?可有评说?"丞相道:"太后本不知,华阳君将此两折蜀中来信呈太后批阅,太后便知了。太后似有对李冰不满之意。"

秦昭王:"李冰筑堰,两筑两溃,损失巨大,舅相之意若何?"

魏冉:"魏冉以为,李冰铸下大错,郡守之职,实该免去。然则,弹劾之人嬴漪,似有觊觎郡守位之私心,且不行正途署理,终不算磊落光明之人。按秦法,失德谋私,阳善阴恶者,诛殛不赦。"

秦昭王:"继任蜀郡守之人再议。免去李冰郡守之职,即行拟书,送达蜀中。"

魏冉:"不对郡丞之言核查之?"

秦昭王:"不必。据本王所闻,郡丞为老秦人之后,断不致虚书不实之言。"

魏冉心里一个揶揄的冷笑,嘴上答道:"善。"又道,"尚有一事,不知秦王意下如何。去年朝会,李冰任郡守,白起、司马错、田贵均有担保,此番李冰出事,其责追否?"

秦昭王:"涉及三位大臣,牵一动百,实无必要,况三人时为冲动之语,免之为宜,何堪另生事端?"

魏冉:"善。"心想,你秦王要免三人,万一人家不要你免呢?

魏冉是个睚眦必报的主,加之这两年芈戎进出后宫频繁,似有谋取丞相位的倾向与意图。而魏冉的丞相之位,在宣太后与秦昭王的博弈与掣肘中,进进退退,几上几下,都有了一朝被蛇咬、十年怕井绳的惊慌与敏感。宣太后主政四十年间,"四贵"一直都在争宠,是秦国王宫内天下皆知、秘而不宣的一个重要宫情。这一次,事不大,但魏冉有种预感,自己稍稍搭把力,就会把芈戎打回原处,再不敢蠢蠢欲动痴心妄想。

魏冉心下明白,三位保荐之人中,白起、司马错皆为名动天下的秦之栋梁。二人中,大良造白起是自己一手提拔的,对自己言听计从。司马错跟自己倒没有私交,但田贵与他走得极近,白起也曾为他军中部卒。白起的军事素养,多从司马错那里习得,司马错早年带兵定蜀及入蜀平叛,白起也有参加。有此一节，白起对老上司一直敬佩有加。但司马错又与李冰及其家人极有缘分与渊源。秦昭王才不会傻到为一个区区郡守，去惹这两位大神，万一发生不测情况，谁能收拾？魏冉不想碰他们，但却可以把一个信息，送给他们。自己只需做这么一点，就够了。并且，自己只需将这个信息，透露给三人中的一位，就达目的了。

田贵三天两头都会来丞相府走动议事，这不，刚过了一夜，又来了。公干之余，丞相不经意问了田贵一句，免蜀郡李冰太守的王书，御史大夫那边可拟毕？田贵惊问，李冰怎么了？丞相反问，李冰怎么了典客不知？李冰任郡守，典客是举荐人吧？对了，好像还有白起、司马将军。说了这些，到此为止，田贵怎么问，丞相也不再多一字。但田贵很快就知道了嬴漪两折私书告密，太后、秦王震怒，不待查实即欲免李冰太守之职，并且不追究举荐、担保人之责。

田贵火速将这一消息告知了司马错。司马错听后异常激动，立马要进宫谏言，是田贵委婉的提醒才让他醒悟过来。今春伊始，司马将军已辞了朝官，告老还家，颐养天年了。田贵也可以向秦昭王直接进言的，但自己毕竟权位稀薄，弄砸后反而不好收拾。二人在司马错府邸一番计议后，由田贵执笔，向太后、秦昭王写了一个公开文书。起草修订后，又誊抄了两份。然后，田贵差了一位晓事的心腹，快马至边境，找到正在备战的白起。白起看了两份签了司马错、田贵名字的文书，备细问了几个细节后，犹豫了一下，签上了自己的大名。之所以犹豫，只因他在想，是否回一趟咸阳，面见秦王、太后陈述己见。但一看连绵的军营，便打消了这一念头。

文书大致说了三个意思，一是他们相信李冰的人品及能力，似不可能这么短时间即开工修堰，两筑两崩，损失巨大；二是他们认为国府应该启动查实程序，一旦坐实李冰大错，即刻免职，但仅听一面之词而断之，似为不妥；三是如果秦王、太后不予查实，白起、田贵愿以辞职兑现举保担责承诺，司马错业已离岗在家，无职可退，愿自取项上人头以担其责，以兑其诺。

这个公开文书一呈递，事儿就闹大了。

宣太后、秦昭王分别接到联合上书后，反应几乎完全一样。先是震惊，捉书颤抖。再是拍案而起，雷霆大怒，像一头蓝豹在红色栅栏中疾速转圈。转累了，平息下来，思前想后，最后瘫软在地，贴着地毯再不动弹。

宣太后、秦昭王母子联合执政三十年，何曾被人这般要挟过？嬴稷来到太后寝宫，母子俩好一阵嘘吁，只差抱头痛哭了。当母亲得知自己的丞相弟弟，向国王儿子提醒过查实一节，而遭到拒绝，就把儿子狠狠批教了一番。

这事儿要说大，还真不大，他们的诉求，不就是要求国府查证蜀郡那个老秦人后人、身为郡丞者两封来书的虚实真伪吗？这个诉求也不过分，说了，我们母子会不答应吗，可他们为何不好好说，偏要采取这种过激的要挟行为？尤其那个老司马，竟以死相逼。这一要挟加相逼，本欲答应的，可一答应，岂不认怂了？以后大臣们都学这一招咋办？再者，他们干吗那么信任李冰，为了一个蜀人，竟连老秦人都怀疑上了？左右纠结，进退纠结，母子俩纠结了小半天后，终于决定忍辱负重，向联名书妥协。

芈戎得知这一信息后，本来很有底的他，一时竟有些慌乱。而嬴姝，比他更慌乱。嬴姝本就常去泝处走动的，这下更勤了。并且，她还主动将李冰的儿子李楠，认了干儿子。泝和盈想等李冰回来再定，又不便开口，只得勉勉强强欢欢喜喜应了。姝也一直将冰当兄弟待的，蜀中的兄弟，不管哪个得势或遭殃，她都要站在失败者一边，这是她的执念。

带着秦昭王的书令，御史大夫偕治粟内史、典客，踏上了蜀道。为了叫白起、司马错完全信服，宣太后特别指出，让田贵同行，协助御史大夫调查。快去，但不必快回，什么时候调查清楚了，什么时候回。王书说得很明白，此番入蜀，御史大夫处理治蜀事体，拥有"先斩后奏"的独断权。甲士五十骑一路护卫。

自送出两封书信后，郡丞就一直在等着一个消息的到来。有时，他自己都没注意，腿脚就将他的身体带到了北边门楼上，直到北望了许久、天都望黑了却什么也没望到，才想起自己一直在郡府的，怎么这会儿却站在了城墙上。

北边的消息终于来了。当时郡守不在，而郡丞正在郡府像郡守一样忙碌着。随着一骑快马带来的动静，葭萌县令差来的县吏到了。县吏为郡府带来的消息是，御史大夫一行已到葭萌，正在向成都赶来。郡丞特别问了这一行人，可有来上任郡守之位的履新者。县吏回曰，并不曾有。漪一阵狂喜，令人安排大酒大肉，把前来通风报信的县吏狠狠打发了一下。一路上省食寡油的县吏，获得了跟自己的想象完全一致的待遇。

郡丞立即将这个消息告知监御史和郡尉。然后，召集郡府全体官员，整装列队，到城外迎接。代行郡守的权力让他很舒服，但他此刻还真希望郡守在。等会儿，御史大夫宣布免去郡守之职，又任命新郡守，而承接的两位对象居然有一半不在现场，这多少让人有一种打虎之拳打在棉花上的空落。胜利的心情打折了。

这一迎接，居然迎接了两天两夜，却什么也没迎接到。郡丞不甘心，纵身上马，一个人向葭萌县城驰去。刚入城门，便遇到那位报信的旮旯县吏。县吏非常热情向郡丞问好，没想到却招来极度愤怒的斥问：

"这厮！你不是说御史大夫来了吗？告诉本丞，在哪儿？"

"御史大夫还没到？怎么可能？莫非出什么事了？"

县令见到匆匆而至、面有愠色的郡丞，不知出了什么情况。待知晓了原委，方说，御史大夫已从葭萌城起程三四天了，按说，早该到成都了。郡丞拒绝了县令的热情款待，只要了几张干饼、一包肉干，便上了返程的路。这一次，他一路走，一路打听，然后就到了天彭阙前。但天彭阙前，除了天彭堰工程，什么也没有。又打听，又走，就走到了刚刚竣工的湔氐道城。郡守没在郡府，就是到湔氐道来了。

湔氐道水丞羊磨告诉他，在郡守的陪同下，御史大夫一行刚刚离开两个时辰，去成都了。

郡丞拍马挥鞭向成都城奔去。

郡丞出成都城，才奔几十里，经过龙泉山脉鹿头山一处叫白马关的废弃关城时，敏锐感觉到空气中充斥着一股肃杀之气。但他心里装着事，就没多想，更没顾及，只自顾自夹打着马肚飞了过去。他的感觉没有错，南方军左军首领蜀王子峤亲率的百名刺客就埋伏在关口。他们放过了南来北往的那位旮旯县吏，放过了北去的郡丞，但几天几夜，都没有等到他们的贵客。当终于探知到，御史大夫一行出葭萌，经涪城而来，在临白马关只有几里的地方，折向另道西行了，就即刻变埋伏为追杀，尘土嚣嚣向西漫卷。他们追到天彭阙时，发现有一支人马刚刚离去的迹象。追到湔氐道，追上秦国大员御史大夫一行，却近不了身，下不了手，因为蜀郡府郡尉率领的一千秦军已对他们欲下手的敌人，做了堤堰护水似的护卫。并且，从湔氏道城到成都沿路，亦如此。蜀王子望兵兴叹，只好收手。

郡尉一千人马的出现是这样的。郡府一众官员在北门外恭迎咸阳王宫大臣不果，郡丞又急不可待只身一人沿蜀道寻去，如此形势，行藏不定，让监御史和郡尉觉得不是个事。蜀地的安定情况，还远远没达到可以任秦国大臣逍遥自在的程度。两位官场中人，稍加合计，就对眼前事体有了基本判断。御史大夫入蜀，多半是接到举报，前来调查的。治粟内史同行，一定只与经济有关，与政治无关。典客田贵同行，多半与李冰有关，因他是李冰三大荐保人之一。再则，时间到了，人未到，要么到了现场，要么出了情况。综上，显然李冰被举报了，且是因为经济方面的动作，而这个动作，只能是天彭堰工程。再综上，盼李冰倒霉腾位者，亦即有动机者，蜀郡府就三人，郡丞、郡尉、监御史，但若排除后两位，即自己，告密举报人就只是代理郡守已然成瘾、想戒也戒不了的郡丞了。

一番计议后，二人做了决断：监御史坐镇蜀郡府，秦国驻蜀军营由尉丞主持，郡尉亲率一千秦军接应和保护御史大夫一行。这样，郡尉的人马就风一般射向了天彭堰，并在天彭堰至湔氏道城半道，追上了保护对象。咸阳来的五十骑，见了千人骑，吓了一跳，待田贵确认是郡尉军队，才落下心来。

过郫县，还在西门外远远的地方，郡丞就看见城楼上一长排人在看着他。不用说，他追找了一大圈没追到的主，此刻正在城楼上等着他到来，尔后举行一个隆重的任命仪式。

但郡丞大人的确是多想了，想多了。

但严格说来，他不是多想了，想多了，而是少想了，想少了。因为他居然没想到御史大夫不擢升他不说，反而要免他郡丞的职务，更没想到，是郡守的力保才没被免掉。

郡丞跑上门楼，跑到御史大夫、治粟内史、田贵面前，施了礼，问了安，气还没出匀净，就听御史大夫正色道：

"郡丞嬴漪听令！现已查实，尔虚拟事实，夸大损失，密走私途，诬告能吏。其心叵测，其行卑劣，本官决定免去尔郡丞之职。"

嬴漪大惊，大叫："嬴漪冤枉，请御史大夫再查！"

御史大夫："田典客，请你备细说来。"

田贵从他们出葭萌城，过涪城，直接到了天彭阙说起。他们看见的天彭堰，是由一个鱼嘴分水工程和一道分水坝构成的整体，工程所用材料构件为杩槎和竹笼。湔水流出天彭阙，被这个工程一分为二，辅以一个可移动拦水堰——用此前的仿离堆材料做成——完全起到了涝可分水散水，旱可聚水引水的作用。看见当地二三十位土著在此处劳作，唱山歌。有荡舟捕鱼的，赤手捉鱼的，有挑水灌田的，洗衣的，一幅欢乐的水上劳作景象。见御史大夫一行前来了解堰坝工程情况，便争先恐后表达自己对工程的喜爱，尤其对郡守李冰大人的崇敬。

御史大夫还特别问了土著以前、现在的收入情况，以及对未来的预估。土著说，以前靠天吃饭，没法预估，现在修了堰，可以预估了。土著说，不说远了，就今年跟去年比，至少翻两番。

然后，他们又去了湔氐道都安大堰渠首工程选址处，以及道府。在渠首选址处，他们看见李冰、王叕、羊磨兄妹，正在勘探从玉垒山体中横生到岷水中的那座断山式的半岛。

但凡官场人，见到掌监察百官、为左丞相的御史大夫专程入蜀找他，一下就会敏感到自己一定出了非好即坏的什么情况。但李冰对此却一点反应没有，向御史大夫、治粟内史、田贵略一施礼，呵呵一笑，说，你们先在水边凉棚中喝青城茶歇口气，冰忙了手上这点事就来伺候，之后就该干什么干什么了。御史大夫、治粟内史望着一个泥尘扑面、汗流浃背的郡守，把自己撂在一边，无奈中苦笑了，苦笑中摇了摇头。田贵见状，要去把郡守喊过来接受御史大夫的询问，御史大夫说，等他忙吧，我们先从其他人那里了解情况。

田贵就把王叕喊到了凉棚。

田贵："都水官，大人没事，找你聊聊天。"

王叕一贯怕官，见官就紧张，好在认识田贵，就轻松了许多。得知面前的三位王宫大人出于闲着没事、又好奇心特强，想了解天彭堰工程与此处的都安大堰渠首工程的关系，王叕就像打了鸡血，一下就有了尽情倾吐的激情。那样子，就像凯旋的将士，道说一场伟大的胜利。

在王叕的叙述中，三位王宫大臣于是知道，天彭堰工程主要是作为都安大堰渠首工程的模拟工程来建的，建成后同时又可作为湔水的分水工程来使用。

知道不找个地方建个微型版的仿真工程来做试验，消除各种设计风险和施工风险，绝不敢直接贸然上马目标工程，因为从哪方面讲，各级官府和相关人众，谁都扛不住一个庞大水利工程的失败。知道"离堆"被冲毁是试验的需要，正是在这个"离堆"试验中，获得了在此处半岛上开凿宝瓶口的形状、深度与宽度，以及连接一起的飞沙堰的高度、斜度与厚度的精准数据。知道这种仿真模拟试验的小额投入，是一个大工程的必要成本，况且，这个成本，只需一两年，就会在湔水自身的受益循环中消化掉。甚至也知道郡守昏倒现场，不是因为失败，而是因为试验胜利的兴奋和十数天没合眼的疲累之复合作用。

王叕最后着重指出，天彭阙工程全部耗资，均为受母亲浓嘱托的冰，以族长身份，代表阳平寨族人捐献，就是说，官府一钱未花！此事只都水官王叕一人知道，李冰没告诉监御史、郡尉、郡丞，是不想让大家有压力，更不想标榜自己。

原来，浓在儿子受任蜀郡守入蜀的前夜，特别将儿子叫到自己寝房，告诉了儿子一个秘密。她说蜀山阳平寨有个藏宝洞，在北岩树下，洞中之财是阳平寨族人的公款。她说，儿子入蜀治水，一定乏资，治理祖地湔水，阳平寨人，愿意倾囊以助。并且，依族规，作为族长，冰对族财具有完全的处置权。冰听了母亲话语，直接就跪在了母亲榻前，泪噗噗而下。

成都西门楼上，听了田贵的备细叙说，郡丞还想申辩，张了张嘴，终是彻底无语。他想，完了，吾生完也。不料，他的救命恩人、仕途敌人，这时却说话了。

李冰是对御史大夫说的："任免郡丞，权在王宫，亦在郡守。郡丞有过，郡守亦当担责。故，御史大夫倘坚执免郡丞，冰亦请求免郡守之职也。"

御史大夫："郡守大人，阁下可以陈述意见，但不得要挟本官，明白乎？"

李冰："冰没有要挟，冰就是陈述也。"

田贵训斥李冰："你李冰就是治水的奇才，官场的白痴！"又对御史大夫打哈哈："大人大量，别跟这人计较。"

御史大夫："郡守之言，公心为上，言之凿凿，不无道理，本官应了。"对嬴漪肃然道："既然郡守替你求情、揽过，本御史就暂不免你职。但依秦律，必须降爵一级，由不更降簪袅，以示警诫！"

嬴漪扑通一声，跽而泣曰："嬴漪谢御史大夫法外开恩。"

御史大夫："本官就不必谢了，谢你的郡守大人才是。"

嬴漪忍着屈辱说："谢郡守大人心宽似海，大人不计小人过。属下一定痛改前非，唯郡守大人马首是瞻，对郡守大人的恩德，结草衔环。"

李冰慌忙扶起他："言过，郡丞言过，冰焉敢当之。"

从湔氐道来成都，御史大夫邀请郡守乘坐他的垂帘辎车。一路上，郡守聊的蜀事，全是水事，听者也还算听得津津有味。谈到都安大堰工程，从选址、设计、技术、工师到材料，他是信心百倍，斗志饱满，但一提到钱字，底气就没有那么足了，像一条渗漏不休的长渠。

御史大夫："都安大堰，工程宏巨，需资万万。然则，找本御史要钱，怎么可能？秦定巴蜀，其意朗朗，乃向巴蜀索财，以欺六国也。"

李冰一边随车摇晃，一边指着车前的马匹对身边御史大夫说："要得马儿跑，须给马儿草。蜀郡要强大富庶，尚需骑上马，送一程也。"

御史大夫："本御史入蜀，乃为送你一程，送你上黄泉路也。"

李冰笑笑："冰愚钝，愿闻其详。"

御史大夫："有人告你，言你筑堰失败，损失巨大，吁请秦王、太后追责。秦王、太后决定先罢免你，待本官查实相关事体后，砍了你的头。"

李冰哈哈大笑："怎么可能？荒唐。御史大夫执王书就为此事而来乎？"

御史大夫："莫非还有别的事体？"

李冰："冰还以为大人是来主持都安大堰工程开工仪式的。"

御史大夫语气不无讥诮："开工？我看郡守大人还是先把自己开脱了再议。"肃然道，"李冰郡守，本御史问你，天彭堰工程怎么回事？备细说来。"

御史大夫热情盛邀李冰乘坐自己的垂帘辎车，看似礼遇，几变几不变，变成了约谈、审讯。

辎车辚辚，尘土飞扬。

御史大夫："你还是想近期开工都安大堰？"

李冰："然。"

御史大夫："不欲邀请本官莅场？"

李冰一笑："大人若去，安可不付出代价？"

御史大夫："什么代价？"

李冰："见面礼也。"

御史大夫哈哈大笑过后，说道："本御史管人不管钱。"

李冰向后边轺车一指："治粟内史管钱，御史大夫管治粟内史。是故，御史大夫管钱也。"

御史大夫："郡守在官场愚钝，在钱上面鬼精也。"

李冰："都是被逼的。工程浩大，工期紧迫，如芒在背，任谁皆会变鬼精。"

当天晚上，牛鞞侯宴请御史大夫、治粟内史、典客、郡守、监御史、郡尉、郡丞，该去的都去了。

牛鞞侯以为郡丞刚刚受了打击，去了尴尬，不会去的，但还是真心送了帖子，孰料郡丞并不在乎，接帖就来了。从头至尾，该敬酒敬酒，该说话说话，每个人都照拂到了。郡丞甚至再次向郡守道了歉，先是说自己错了，求恕罪，再是陈述自己对整个天彭堰工程的无知和误会，向王宫中人反映情况，亦属于一位老秦人子弟对国家的忠诚。说这番言辞恳恳的话，他一点不避人，于是大家伙儿又对郡丞的错或过失，有了几分理解。最后，他还自罚三爵酒，以示赔罪。当然，他还是把最多的时间用在了三位咸阳王宫大臣尤其御史大夫身上。但御史大夫似乎并不领情，反过来用在郡丞身上的有效时间，只是蜻蜓点水，一个礼节而已。

按说，作为主家的牛鞞侯应该为他这个朋友兼盟友说几句话的，但没有，甚至还装着没看见他。可嬴漪不怪牛鞞侯想与自己撇清关系的作态。牛鞞侯能请他参加这个高规格宴会，就已然摆出了态度，说明了一切，这就不是说撇清就能撇清的了。

金渊之宴请能够成功举行，当然是因为田贵的存在。

亲家田贵来了，又混得人模狗样的，作为儿女亲家的金渊总得接个风吧。亲家又不是一个人来的，总得把亲家的同僚和朋友一道请上吧。若不以亲家之名邀约，就凭自己这个民间人士，岂能邀来左丞相兼御史大夫，以及治粟内史这般的位极人臣的恐龙？而这般的恐龙，即或什么也不做，只让自己认识，就足以抬高身价了。

只是金渊万万没想到，宴请之名的名，即田贵亲家，不愿听从他的安排，遂他的美意。

御史大夫一行沿城墙参观了成都城，在西门楼上训责了从湔氐道赶回来意欲接受任命的郡丞，下得门楼，去驿馆小歇。田贵刚在寝房坐下，金渊就来了，仿佛不期而遇一般。

双方寒暄了一阵。阅人无数的金渊，立即感觉到了田贵的过分热情中夹杂的虚假和尴尬。但金渊还是直陈了来意。田贵听了金渊的意思，当即表示拒绝。金渊认为对方没听懂，重新组织语言，再次进行了表达。田贵扛不住这种表达，知道不说出真相，对方不会罢休。原来，田贵不接受接风宴，乃不想面对亲家和欠亲家的情。亲家不解。无奈之下，田贵只得将自己的犬子田桑偕妻桃枭回咸阳后，日嫖夜赌，纨绔得变本加厉、完全不顾夫人感受的作孽事体，捡其大要向亲家说了一下。

金渊的反应却是大出田贵意料了，他没想到，亲家居然坦然对之，完全不在乎。金渊说，一码归一码，儿女的事儿女解决，我们做老人的，能尽力就尽点力，尽不到力就别操劳了，儿孙自有儿孙命，儿孙自有儿孙福，我们两家老人，该咋过还咋过，该喝酒还喝酒，他们是他们的关系，我们是我们的关系，不必在意儿女的情状。亲家都这样说了，田贵还能怎样说。田贵真没看出金渊如此大量。田贵还没看出的是，金渊其实早就从女儿的来书中知道了女婿的恶习，只是鉴于各种考虑与计算，才装聋作哑，吞下一腔恶气。

成都之行，田贵与老部下项致在湔氐道见了面，又邀项致上了自己的轺车来了成都。所以，金渊的接风宴，也把亲家的老部下请来了。

酒筵摆在少城南门边的桤木苑。这本来是桤木老板峤刺杀秦官的最好场所，但哪有在自己的老窝子——南方军左军指挥部——干这种事儿的呢？金渊与峤，都明白这一点。再说，不行刺杀之能事，接近秦官、刺探情报总可以吧？我还想告诉你们的是，我的裔孙冰，被绑架审讯的地点，就在桤木苑的地下室中。

本王再告诉你们一个秘密。你们用古蜀语发音，多念几遍桤木苑，就会念成起蜀圆。蜀军在蜀国旧都，取名起蜀圆的含义，就不用本王饶舌了吧。

田贵的成都之行，还为李冰解了个谜团。

李冰现在终于明白,自己的师兄为何变了一个人:自己挡了师兄的仕道!

是田贵提醒的李冰。田贵知道李冰与嬴漪关系深厚,又知道李冰对官场人心险恶缺乏理会与洞见,就专门抽了时间,向李冰备细分析嬴漪告状的真实动机。听毕田贵分析,李冰醍醐灌顶,如遭雷击。原来,明面上,嬴漪上书告状动机是为了国家利益,内里却是拆他这个师弟的台,自己坐上郡守宝座!他不愿相信田贵的话,但田贵的话都不信,还能信谁的呢?

有那么一会儿,李冰竟后悔起自己入蜀为官来。一个郡守之位,像一把刀,割断了兄弟袍泽。他的心在流血,身体在失水。这是他生下来到现在,遇到的最棘手的大难题。一边是治水治蜀大业,一边是袍泽情,如何选择,有选择吗?治水不能放弃即意味郡守之位不能放弃,但兄弟就能放弃吗?显然也不能。同府为官,既不损治水,又不伤感情,长此以往,怎么相处?思虑再三,他有了对待嬴漪的定见,那就是,不管嬴漪做什么、做多少对自己不利的事,都属正常范畴,自己要做的不是忍让,而是必须接受。接受就是对兄弟的帮衬,对兄弟情的维系与延续,让接受去和解锋芒。他深深理解乃至同情起师兄来。

田贵建议他免了嬴漪,长痛不如短痛,一了百了。李冰拒绝了这个建议。他说,免了,师兄就一无所有了。

我所有的讲述,可以看作我的讲述,亦可看作蜀雾的讲述。雾,弥漫在我讲述的全过程。好了,雾来了。

秦国御史大夫自己闯来要求参加都安大堰开工大典,蜀郡守当然高兴了,就一不做二不休,顺水推舟给他提了个要求:御史大夫亲自宣布开工。其理由是,为秦国乃至天下,树立一个清正廉洁工程,而不仅仅是一个空前绝后的水利大工程。

御史大夫一听这个理由就笑了。他指着郡守说:"郡守大人,你岂是不谙人情世故?我看你是装疯卖傻也。拍马屁,居然拍到监察大员这里来了。不过,你这个天下第一布衣水工拍出的马屁,还真让人受用,并且也敢受用。清正廉洁,立功亦立德,本御史信汝。"

旬日之内,择了吉日,万众瞩目的都安大堰开工典礼隆重举行。

初秋的风,像从水中跳出的鱼,拼命向山上浮去,又拼命想跳回水中。

玉垒山中脊一处台级，成了开工大典的观礼台。山下从上游到下游十里河滩的鱼嘴、飞沙堰、宝瓶口三个选址处，设有三处前线指挥执行台，并分别由羊磨、羊雪、王叕担纲大堰开工执行长。横跨岷水的，是一架站满河工、在河风中左右荡漾的筰桥。三万名民夫，赤条条只着裤衩，肤色与天上的太阳沾亲带故。他们各就各位，手执木杠、绳索、铜钎、石锤等简陋工具，只等一声令下。另有从四面八方闻讯赶来看热闹的两万余名观众，从玉垒山脚密密麻麻一直站到了观礼台下。郡尉的三千甲士，对现场做了特级安保。

按照蜀郡府拟定的大典流程，由郡守担任主持人，并在开场白中简单介绍工程缘起、内容、规划及意义，由治粟内史、道令致辞，最后，御史大夫宣布开工。怕治粟内史推辞，就没事先告诉他。但一到现在，全乱了。

主持人李冰还没走上观礼台，御史大夫就先上去了。李冰见准备就绪，时辰已到，就去请示御史大夫是否立即开始。御史大夫装傻说："可以开始了？善哉，本御史这就上台。"也不看李冰，大步上台。待李冰反应过来，哪里还来得及阻挡？就算反应过来，又如何敢阻挡？两位礼仪少女反应敏捷些，急忙跟在御史大夫屁股后边一阵猛追，但依然没有追上。

一身朝服、时年四十出头的御史大夫站在台上，岷风拂动他的一部好胡须，像波纹漂在水上。

御史大夫中气十足的声音被传声人分三条线路一站一站传了出去，传到了前线执行台："都安大堰开工典礼，正式开始！主持人由本御史大夫担任。首先请……"

"彩！彩！彩！"雷动的欢呼声打断了御史大夫的言辞。

郡守于是知道，今天主持人已走马换将。郡守一时不知道自己转换成了什么角色。

御史大夫继续："请蜀郡守、都安大堰工程总设计师李冰先生介绍大堰事体！"退至台侧。

这个虽然算突然袭击，却是李冰胸有成竹的东西。他走上台，一施礼，用最精简的字词，条分缕析，清清爽爽完成了任务。又一施礼，离开台面。一位礼仪少女对他的来回做了虚扶导引。

御史大夫再次锵锵出声："都安大堰时间紧，任务重，资金体量巨大。依蜀郡之财力,很难完成。请王廷治粟内史向蜀中百姓介绍他对该工程资金事体之支持意见。"

治粟内史以为耳朵进了水,同时又明白没有进水。没错,治粟内史事先是不知道有这项流程的。不知道不等于不上台啊,他一边在心里骂御史大夫将了自己的军,一边被美女的虚扶钳制和牵引着走上了台。上了台,自然就得讲台面上的话,否则如何下台?他说,他回到咸阳后,一定按照左丞相、御史大夫的要求,向秦王和太后,提出对蜀郡实行优惠政策和资金扶持的意见和建议。至于赋税,依然执行减免政策,国库不收取蜀郡一钱税,所有赋税蜀郡自收自支。

万众欢呼:"善!善!善!"

御史大夫:"请李冰郡守举荐人、大秦典客讲话!"

田贵同样没想到御史大夫会点他的名,不得已,只能上台讲话。待上得台来,才反应过来,主持人并没让他讲什么。没办法,只好从自己被请上台的身份出发,讲了两点,一是为什么荐李冰,二是蜀地民族众多,西戎系有夷、氐、羌,百濮系有巴、僰、邛,总之但凡涉及民族问题,尽管找他。

又是万众欢呼。

御史大夫宣布第四个议程:"请蜀郡守、天下水家掌门人冰子宣布,都安大堰工程开工!"

李冰彻底无语了,这个本该是御史大夫自己完成的议程,居然落在了他身上。正常情况,按照惯例,即或御史大夫谦让,那也轮不上他,不是还有王宫大臣治粟内史和典客两位大人吗?没办法,被点了名,还能玩人间蒸发?蜀女的虚扶制止了他的胡思乱想。蜀女的虚扶像一条鞭子,把她们的郡守像小绵羊一样吆撵到了台面上。

小绵羊郡守一发声就成了虎啸龙吟:"现在,本守宣布,都安大堰工程,开工!"

万众欢呼:"开工!开工!开工!"

十里河滩上,羊磨、羊雪、王叕三位前线执行长也在声嘶力竭喊着开工,但他们的声音完全淹没在数万众声之中。这也意味着,所有的人,都成了司令的人,包括被司令的百工民夫自己。一时间,一些人手在羊磨号令下用枸槎拦水，一些人手在羊雪指挥下搬石筑堰，一些人手在王叕调度下凿石开山。

与此同时，大家一边干活，一边唱起了一首名《河广》的歌。歌声慷慨激昂，大有勇于治水的磅礴气势。

> 谁谓河广？一苇杭之。
> 谁谓宋远？跂予望之。
> 谁谓河广？曾不容刀。
> 谁谓宋远？曾不崇朝。

李冰从观礼台上纵身跳下，跑到了山下岷水边，脱了官服，像民夫一样干了起来。观礼台周边的官员及随从，见郡守如此，也跟着如此。在山上看热闹的人，也饿虎扑食般扑向河滩，把自己变成了热闹的一部分。可以看热闹的，最后只剩下郡尉的三千甲士。但甲士哪敢看热闹，他们的职责是，保卫热闹，甚至，不惜背对热闹。

李冰事后才想明白，一个工程的开工大典，由郡守主持，还是由左丞相主持，完全是两码事嘛，前者是正郡级，后者是副国级。御史大夫的胡作非为，看似任性无行，实则用心良苦也。

都安大堰的工程总监由李冰郡守兼任。蜀郡都水官王叕既是工程工官长，又是开凿宝瓶口的督理。鱼嘴、飞沙堰则由羊磨羊雪兄妹共同督理。

两千三百年前的都安大堰工程，后来的都江堰工程，自此拉开了建设序幕。湔氐道，在工程全面竣工前的十八年里，成为战国时代最大的工地。

开工典礼像一坨砸在水中的石头，涟漪一圈接一圈，细而密，多而远，但所有的涟漪，以及涟漪创生的风，都是石头带来的。

御史大夫一行入蜀，按照蜀王泮对王子峤的指令，是必杀的。入蜀的路上，想杀，却没能杀成。开工大典及出蜀路上，也是可杀的，但峤却撤销了格杀令，因为御史大夫此行对蜀民减免赋税等惠民政策，让峤认定他是一个对蜀人有情有义的好官。杀他，恐怕蜀人有怨，会给蜀王带来负面影响。但峤因此却遭到父王的严厉责骂。峤回到羮王山汇报前线左军事体，还没汇报完毕，父王就铁青了脸，骂他妇人之仁，成不了大事，王不了天下。父王的意见是，但凡秦人，无问好坏，只要踩在了蜀人祖先的土地上，人人见而杀之。不杀蜀郡守，是因为蜀郡守是一位蜀人，且处处为蜀民办事。哪一天，他李冰屁股坐偏了，坐到秦人那边去了，照杀不误。

父王的意见，峤一些认同，一些不认同，但都不想表白，更不敢反驳。父王最后说："但有下次，父王定不饶你！"

御史大夫成都行，让郡丞经历了一惊一乍、一喜一悲的大起大落。前一瞬还在跳出来抓人家的官帽，下一瞬，自己的官帽差点掉落地上。李冰在众目睽睽下扶稳他的官帽，可正是这个众目睽睽，以及相应的举动，让他颜面丢尽，痛悔为人。如果不是这个李冰，我的师弟，鸠占鹊巢，夺了我的郡守位，我会恨他吗？如果他不筑堰，或者不两筑两毁，我有机会写信吗？这样一路梳理过来，我的倒霉、屈辱、羞忿，不怪他怪谁？他同情我、慈悲我、可怜我，不就是看不起我寒碜我吗？所以，他越这样，我越恨他。

婞："你这样恨他，跟他对着干，就不怕他撤了你的职？一旦撤了你的职，你至少在蜀中，是半点机会也没有的。"

嬴㵵："御史大夫要撤我，他都不让，他自己怎么会？"

婞："应该说，他不忍心。"

嬴㵵："何也？"

婞："你是他妹夫，又是他师兄。"

嬴㵵："为此，哪怕恨我嬴㵵到死，他也会把好人装到底。郡守，水家掌门，冰子，凭这三点，他就必须显得心胸开阔，肚能撑船。"

婞："他这也忒阴了吧？不过，你整他，婞支持。他倒霉，婞高兴。谁叫他这么坏，无情无义的冷血动物。"

入夜，油灯晃影中，夫妇俩一边饮酒，一边讨论，气味很是相投。但一离开李冰话题，气味又散了。

可是，恨归恨，怎样恨才有效呢？前段时间的恨，本来是有效的，可失败了，又归于无效了。吃一堑，长一智。现在，嬴㵵开始规划下一步的恨了，那种一剑封喉的、不失败的、有效的恨。不知怎么回事，他想到了李冰的后台，田贵。如果在田贵那里烧一把火，这火会不会在顺逆莫测的风向中，烧到李冰身上？

想到这里，他为自己的智商陶醉了。

御史大夫回咸阳后，让治粟内史、田贵分别写了一份入蜀见闻、感受与建议之类的文书交他。之后，针对郡丞嬴漪的两折私信举报，结合自己的识见，写了一份扎扎实实的外调报告，一式誊抄三份，分别呈递秦昭王、宣太后、丞相。

收到御史大夫的外调报告后，秦昭王、魏冉来到后宫，与宣太后一阵合计，三人完全认同御史大夫、治粟内史、田贵共同形成的外调报告，包括对李冰及其水利工程的赞美性评价，对蜀郡郡丞嬴漪降爵一等的处理。并且，对报告中的三条建议，也一律签批依准。三条建议是：一，不要免李冰郡守之职，李冰非常称职，是蜀郡守之不二人选；二，都安大堰系定蜀强国的大工程，为保证工程建设，应在十年内对蜀郡经济给予更加优惠的政策，继续免缴赋税，由征供军需用度变免征军需用度；三，蜀郡土地丰饶，但大山偏僻地及民族部落甚多，故需中原移民前去开发实蜀，繁荣经济文化，充分融入秦制。

秦国三位决策者对李冰族人出资治水一节感佩不已。议过之后，形成了书面意见。秦昭王、宣太后只字未提当初听信芈戎、嬴漪一面之词，要草率处置李冰一事。只是在文书中指出，让丞相向白起、司马错、田贵三人，转达秦王、太后的口头表彰，并对华阳君芈戎提出口头戒示。

秦昭王回到自己书房后，又专门召来田贵，备细问了情况，末了，长叹一声："寡人不察，险些毁我一位良臣佳吏也。"田贵："依臣下度之，冰定能治蜀，蜀定能富秦也。我王不必疑也。"秦昭王："然。"

芈戎回到府邸，姤一眼就看出丈夫脸上的闷闷不乐。问，丈夫也不答。再问，只回了一句："你那个哥，哎，险些害死吾也。"姤知道情况后，不知说什么，只说了一句："都怪贱内。以后勿管嬴漪耳。"芈戎："夫人不必自责，此事不怪汝。"毕竟是嬴家事牵涉了丈夫，姤深感不安。晚上，备了好酒好菜，又侍候丈夫沐浴、上床，直到丈夫爽爽睡去，才深叹了一口气。

芈戎第二天就神清气爽醒来了。

当晚司马错老将军也喝了酒，却再没醒来。第二天没醒，第二天的第二天也没醒。

接到丞相府差吏送书,知道了秦王、太后对李冰及蜀郡的肯定和支持性举措,还未读到秦王、太后对自己口头表彰一节,老将军就大呼上酒。酒一上来,才发觉缺了对饮之人。立刻唤来三个下人,分别去请白起、田贵和泳三家人。下人一去,其实不久,而他认为太久。浑身的激动与亢奋哪里耐得住老秦酒的召唤,便不再绕案狂走,而是坐下来,喝将起来。一边喝,一边高歌。家人、下人也不敢劝,只好随了他。

待白起、田贵和泳三家人兴高采烈赶来,老将军已在内室寝间睡榻上鼾声如雷。大家笑笑,退了出来,欲走,司马家人哪里肯放。于是席地喝酒,唱歌,互致祝贺。不觉雄鸡打鸣,天渐现白。大家起身告辞,临行,又去内间看老将军,却见老将军一点声息也无。叱咤风云一生的老将军就这样走了?不是胁迫秦王、太后改主意自杀身亡,而是高兴死的?事发突然,大家吓得不行,醉了的,也吓醒了。白起跳上快马亲自去宫中接了御医来,又按人中,又扎针灸,又灌吐药,几经折腾,次日才把老将军救活。

待老将军将息两个旬日,身体恢复如初后,泳又在渭水画舫上为他办了压惊兼庆贺宴,几家人又是好一阵欢喜。

这两次,田桑、桃枭及他们的孩子都来了,只是跟以往一样,田桑总是现个身,就没了影。泳想过请上姊一家子的,终觉尴尬,作罢。但事后,泳和盈还是单独邀了姊到蜀锦蜀绣作坊侧院,几句话叙下来,姊就抽抽泣泣自责起来,说漪太不醒事,自己代兄赔罪。泳和盈自是一番宽慰不提。李贞、李楠姐弟想进屋凑热闹,被盈吃了出去。

8. 井泉水命： 盐铁论

都安大堰工程刚开工不到一年，就遇到问题了。

按照李冰的总体设计，鱼嘴、飞沙堰和离堆宝瓶口，同时照图施工。只不过，三个子工程的力量分布却是大不一样，一大半的力量集中在离堆宝瓶口上。

为了便于从山体中开出一个人工峡谷和离堆，也为了便于鱼嘴和飞沙堰施工，必须将水排开。具体的做法是，在鱼嘴与西湔水之间，把与西湔水合流的岷水，用一道长坝拦向外江，让内江露出干涸河道。

离堆宝瓶口的施工面从三个方位展开，一是从半岛式的山上往下开槽，二是从山体脚下的左右两侧打凿。纵是三个向度同时展开，但如此之工作面委实太小，容不下足量的人手同时布力，故，李冰与王叕商议后，采用了歇人不歇工的军队工兵营常用的突击抢工方法。具体来说，就是组织六支石工队伍，每支五百人，六班倒，每班两个时辰，十二个时辰连轴转，吃饭拉屎都不得占用有限工位。虽只有两个时辰，由于使的是不间断猛力，当值民夫几乎累虚脱。但毕竟只有两个时辰，填了肚子，睡了觉，又被安排到鱼嘴、飞沙堰工地的采石场，再干一班两个时辰的工。

配合这些石工的，除了衣食住行的后勤保障，还有一支工具提供和维修队伍。这支人马中，顶顶重要的又是铁工铜工。

宝瓶口出问题，就出在铁工铜工这里。这样讲，还是有些偏颇。准确说，出在铁工铜工这道工序里。如此表述，似乎也有不妥。或许，问题出在玉垒山石头太过坚硬？

情况是这样的。动工开凿宝瓶口时，进展蛮顺利。先是在玉垒山与半岛连接处，从上往下开，同时在山脚南侧无水处凿击。待上游截流分水后，又开始对露出河底的山脚北侧开掘。随着掘口进深的增加，山体表层泥土、风化石、疏松石被刨开、撬移后，山石越来越坚硬，钎、凿、錾、锤等开石工具威风不再，一路损兵折将。

正常情状下，面对石头，一排錾子一支一支被锤子砸进石头后，再将几支錾子同时砸进一处石孔，石头就会自然崩裂，然后将一支钎锸入石缝撬之，石头就与山体剥离开，滚落下来。钎、凿、錾有纯铜的，也有铜铁混合的，即尖头为铁、身子为铜。锤呢，有石锤，有铜锤。

现在，不正常了。纯铜的钎、凿、錾，随便怎么锤砸，根本钻不进石头，再砸，自己就成了一块饼，其状直如一线水柱，在石面上摊开。尖头为铁的钎、凿、錾，可以砸进石头，但纯粹属于以量取胜，劈开一块石头，比正常情况多用一倍乃至数倍的工具。砸不了几锤，它们不弯即钝，必须换上新的。而锤呢，石锤基本不堪胜任，几锤下去，下边的石头纹丝不动，自己这块石头，先自粉碎，乍然开出一朵死亡之花。铜锤应声而上，独撑大局，但平整、光滑的锤面，开不了几块石头，就成麻子脸、癞痢头、歪瓜裂枣得不能再用。

这样一来，铜工铁工们苦不堪言、骂声震天，面对堆积如山的瘫痪的铜铁物什，甭管怎样点火炉、拉风箱，又煅烧又锤打，累死累活也只是担雪填井、捉襟见肘，远远不能满足顽石的戏耍。

开峡所需的铜工铁工，以及筑堰采石所需的铜工铁工，一下出现很大的缺口。铜工铁工肯定不够，但即或将天下的铜工铁工都招来，也无济于事。哪有那多铜铁，哪来那大场所？

王叕一筹莫展，羊磨兄妹更是毫无对策。不想惊动郡守的王叕，无奈之下，向成都驰去不提。

却说李冰入蜀上任后，心无旁骛做的第一件大事是规划设计都安大堰工程，并启动开工，至于考察水系、勘探水脉、组织氐人、设置湔氐道等，均是围绕这一大事所做的辅助性支撑工作。第二件事，就是抓经济，用经济的繁荣，维持都安大堰工程建设的正常运转和蜀郡的安定团结——秦入主蜀地前与后的经济指标比对，蜀民所获实惠，削减了反秦情绪。

第一件大事的龙骨，算是基本完成。至于施工建设中遇到的不可预知的一些突发情况与细枝末节问题，那也只能急智处置，所谓兵来将挡，水来土掩。

在做第一件大事的同时，年轻的郡守对全蜀经济问题也做了未雨绸缪的思考。国家层面的支持算是到位了。秦国所有郡中，包括都城咸阳，就数对蜀政策最优。工程已然正常进行，有王叕、羊磨兄妹的具体督理，有湔氐道项致的服务保障，他再放心不过。年轻的郡守目前正在苦心研究的，是为蜀郡寻到一条生财之道，建立一套生财机制。而要实现这一点，必须回答几个问题，何者为财？财在何处？何以取财？财去何处？最后，财如何生财？

这天，他把掌货币盐铁事的金曹掾史毕手招来书房询事："陈壮筑成都城那年，蜀郡不是专置有盐官、铁官焉？后来为何取缔之？"

毕手："蜀王屡反，镇蜀乃治蜀之要也。兼之蜀地盐铁均靠外贩，本土出产贫乏。是故，置之多闲，遂取缔之。掌盐铁及货币事体，仅下官一人耳。"

李冰："盐铁均赖长途外运而来，难怪乎价高如斯。而蜀产之锦、绣、茶、漆，被盐铁置换出境，价廉伤民，与强盗掠夺有异乎？"

毕手："大人言之极是。"

李冰："本守所知，蜀地产铁者，主要为临邛一地耳。出盐之地，尚无一处乎？"

毕手："六七年前，毕手方闻，蜀地已有一处盐泉，但未能查实。"

李冰："盐泉何处？"

毕手："据闻牛鞞侯在自己领地修一小亭，掘地三尺，却挖出一泉眼。有异味，有白雾，掬而尝之，苦咸也。询中原商贩，方知为盐泉也。遂秘制盐品，悄然售之，获利颇丰。"

李冰："如此行径，可有赋税？汝既有闻，何不现场查实？"

毕手实话实说："牛鞞侯家族根深叶茂，家大业大，与官方渊源极深。下官胆小，不敢涉险，唯恐官帽不保。"

李冰已知此人软肋，脸一沉，遂正色道："食君之禄，谋君之事。毕手，汝既不恪尽职守，本官可即刻免汝官职！"

毕手大骇："大人恕罪！下官并非未尽职守，闻知盐泉事体，立即报与郡守、郡丞知矣。郡府无令，下官焉能履职？"

李冰："还敢狡辩？是非曲直，自有公论，既职盐铁事，就担盐铁责，岂可因一二人之言否而停止对违法真相之不舍追查？本守再问汝，知罪否？"

大夏天的，毕手还冷得瑟瑟发抖："下官知也，知也。"

李冰："本守给汝指一条戴罪立功之路。一，查实牛鞞侯盐泉之事，尤其具体位置。二，在蜀郡范围寻找其他盐泉，至少寻到一处。此二事秘密办理，不可与你我之外的第三人知。为期三月，至多五月，办差经费一千钱。办妥则罢，办不妥，本守立马摘了汝官帽。退下！"

看见金曹掾史吓得屁滚尿流出了书房，李冰顽童样掩嘴笑个不停。

毕手胆子小，那是在上司面前。转过背，面向下人，就不小了，且是一个称职的侦探。他这个性质的官吏，为查秦法明令禁止的私货，在市场中本身就安插有线人。找到线人，让线人查实牛鞞侯的盐泉。线人说，盐市商人谁不知金渊有私盐。金渊从不进货却又有盐买卖，盐从何来，还不是采自自家盐泉？毕手说，不要说这多废话，你去给我查实，他那盐泉在什么位置。此事绝密，但有败露，不必偷生，自己咬舌自尽。

线人找到一位盐商买盐，言明只要蜀盐。商盐就去找金渊山庄的商仆供货，商仆说放心，旬日之内取货。就这样，线人跟踪盐商，跟踪到了金渊商仆，跟踪商仆，跟踪到了与商仆接洽之人。一条线扭住不放，终于跟踪到了盐泉。让线人大为惊讶的是，此盐泉竟在成都南边五六十里远的广都县境内。几年前，金渊得到广都县笮人寨主鹿溪工仆挖鱼塘，挖到一眼盐泉消息，就打起了主意，最终据为己有。虽说有巧夺豪取之嫌，加上各方打点，到底也是付出了三十万钱的代价。当时成都附近的良田市价为两千钱一亩。卖家鹿溪一次性获得这一财富，也是喜上眉梢，成交之日，还请金渊喝了一场大酒，推杯换盏觥筹交错中，非要与金渊结为兄弟。没有多久，才反应过来，自己居然有宝不识宝，傻乎乎跳进了金渊早挖好的坑里。后悔不迭，大骂金渊，却又如之奈何？在巴蜀地区，一眼盐泉，那可是比五头拉金屎的石牛还金贵的东西！

毕手向李冰表功似的报告了金渊在广都有一眼天然盐泉。李冰很满意金曹掾史的表现，让他继续调查，查清金渊出盐底细。自己就让门下书佐蒙可去湔氐道唤了羊磨来。李冰一身布衣，带了羊磨，再一次从蜀郡府消失。二人去了广都，按图索骥，寻到了盐泉大致方位。防守太严，靠近不得。二人遂爬到一座山丘上眺望，终于确定了盐泉准确位置。然后，李冰观天察地，对盐泉周边环境进行了精密的观测和实地踏勘。羊磨也在观察，他在观察李冰，他发觉此时的李冰跟去年观察柔达娜雪山的李冰，有同样的神情。

线人买了盐，又买，又跟踪，如是再三，终于在牛鞞县境内桤木河边寻到了第二眼天然盐泉，即传言金渊修小亭挖到的那眼。

李冰令毕手如法炮制，再买几次盐，看有无第三眼盐泉。自己又一次布衣出行，与羊磨一起做了同样的事，只不过上次是成都之南广都县，这次是成都之东牛鞞县。

得知金渊的确只有这两处盐泉后，李冰对毕手着实表扬了一番。给他的好处是，对他的部门增加一个享受部门副职待遇的吏员编制，以此恢复专职盐官，且这个盐官人选，由他来荐。毕手笑了，因为这不管怎么说，都不啻为一个好处。况且，它还表明，自己的官帽戴稳了。

就在同一天，两位貌似精明却傻得可爱的蜀商，分别买走了牛鞞县、广都县境内的一宗闲地。

金渊听管家说有位蜀商要买他的一块地来开办造酒作坊，当即就答应了，因为这块地几近寸草不生，一无是处，形同累赘。管家继续请示，主人见蜀商否。金渊一指身边的公子大牛，这种小事，你去办吧。

大牛见蜀商是位穿着讲究、英俊利落的年轻人，显然跟自己一样，也是公子哥，亲近感顿生。但人归人，商归商，大牛一张嘴就翻了一倍喊价，蜀商也狠，一还价就拦腰砍了一半。大牛当然不干，又喊出一价。蜀商当然也不干，又还出一价。几个来回下来，签契、画押、付款、成交。大牛给父侯说了卖地结果，金渊哈哈大笑，直夸大牛终于能干一回，让他另眼相看了。并以让族人吃惊的豪爽，将卖地之钱，全部奖给大牛。二牛不爽，却又不能发作。

当然，金渊父子并不知道，买他们地的年轻英俊的蜀商，是郡守安排来的、女扮男装的羊雪。

卖地给另一位蜀商的鹿溪寨主，同样不知道，面前这位似练过武的蜀商，是羊磨。鹿溪哪里知道，这是自己第二次踏进人家给他挖的同样的坑。

直到一年后，这两宗被蜀商买走的地块上挖了盐井，出了盐，牛鞞侯才反应过来，紧邻自己两眼天然盐泉、地势低矮的土地，竟然早被人买了去，而买主，居然是以郡守为代表的官府！郡守不仅是代表，且是幕后策划人与总指挥！这个小杂种，当年为何不死在秦军对阳平寨的那场杀伐中！

既然论到了盐和这两宗地，虽然时间还没到，我还是把后来发生的事，择其大要，提前说说吧。

这两宗地，其实是李冰买的实验地。他要让这两宗地，诞生出天下从未有过的井盐来。支持他这种自信的有两点，一是蜀地地下有含盐的水，且这种盐是可食盐。二是他自己拥有中原的打井技术。

为了实验不受任何干扰，他决定先还是秘密进行。他新任命了盐官，盐官也领着俸禄，同僚们却不见盐官人影。大家好奇，嬴漪更好奇，想问，又不好问，不便问，因为该问的人是监御史，既然监御史都没把这事儿当回事儿，自己又怎能当回事？郡守的怪异行径又一次显现出来。盐官就是那位线人，金曹掾史荐的。

盐官上任后的工作是，以商人的身份办作坊。先是将两宗地，用普通却又高又厚的篱笆进行打围。然后，在广都那块地上，指挥一群青壮民夫挖坑。寨主鹿溪，还真是一个处处被人挖坑的命。

就是这个名叫"广都诸陂池"的坑，成了全世界第一口盐井。

李冰一身布衣来到工地现场，亲自教民夫如何打井。蜀地当时并没有打井这一概念。本王的国土水资源丰富，地表水很浅，稍稍在地下刨个坑，就见了水，何需发明一种技术，向下深掘？再者，正因为刨土就见了水，也就不能挖地窖藏菜什么的了。

李冰让民夫们只管往下挖，一边挖，一边将坑中的淤土取至地面。开始坑口很小，越往下挖，坑壁掉土、坍塌越厉害，坑中积水越多，而坑内可容纳的人手越少。见此情状，李冰决定将坑口挖成长宽各三十丈的方形，为挡水和挡泥石坍垮，用厚实木板给四面坑壁加箍子，木板间缝用土漆封填。坑中少量的渗水，则用木桶吊提至地面。每往下掘进一层，就加一层箍子。如是反复，终于冒出了卤水，黑中透黄的盐水溶液。

李冰兴奋不已，忍不住尝了一口，随之而来的剧烈咳嗽，吓坏了盐官，更乐坏了郡守。

实验至此成功，就是说，在蜀地，可以靠人工打井生产食用盐了。

接下来的步骤，牛鞞侯已经走在前边，做得很成熟了。具体来说，就是用汲卤桶，从坑井中提取卤水，输送至旁边的大而浅的晒盐池，晒而得盐，或用煮盐、煎盐的方式，通过蒸发结晶制成白莹莹的食盐。

凿一口"广都诸陂池"这样的盐井，正常情况，得五至七人，耗时两三年乃至三五年才能完成。这还得选址正确，倘选址不对，就算白干了。普通人家，甚至一般小地主、小商人，根本扛不住开井费用。即便开井成功，也难以应付伍里乡县及地方黑恶势力各种名目的盘剥和敲诈。故，盐井的开凿和经营，主要为有一定官场背景的豪族大姓所掌控。"广都诸陂池"这个实验品，是不计成本、采用非常手段凿的，施工堪称神速，用时大半年就出卤了。

盐作为人体必需品，需求量很大。食盐专卖最早可以追溯至春秋时期，管仲曾向齐桓公提出"官山海"，即专营山海资源，最重要的是对盐实行国营，利出一孔。临海而居的齐国、鲁国等可以通过煮海得盐，近盐湖的居民可以晒湖得盐，而巴蜀等内陆地区所需盐品，则完全靠穿越国境线、通过官方和匪徒的关卡、长途跋涉运输而来。对盐商而言，其进货成本，相较运输成本，几近为零。故而，蜀地井盐的诞生，对蜀地经济格局产生了重大影响。天下井盐自李冰始，巴蜀地区盐产地历朝历代以井盐导经济，使得井盐产量稳居全国之冠。除了凿盐井，李冰还在临邛地区创造了以天然气为燃料的煮盐方法。

李冰的广都实验成功后，立即令盐官启动牛鞞盐井的开凿。因一单贩奴的大生意去魏国刚刚返回的金渊，听大牛讲了邻居酒坊破土动工，永远只挖地基，不垒石，不筑墙，且把地基挖成了一个越来越神秘的深坑后，终于醒悟过来。原来这个老板真正的用意是打出卤水制盐！急忙乘马车去广都盐泉，一看不远处篱笆墙内的事体，什么都明白了。并且，他完全相信，两口盐井的老板，是同一个人。陪同而来的大牛、二牛、管家，被他骂得狗血喷头，直想跳进卤水咸死。

蜀郡地盘上哪个蜀商吃了豹子胆，竟敢太岁头上动土？怒火中烧的侯爷，

203

当即要找老板算账，东找西找，最终在蜀郡府盐署找到了。哪知老板竟是代表郡府办事的盐官，一时目瞪口呆！老板一身官服，坐在盐官座位上，似乎屁事没有，一直坐在这儿，就是为了等待他的到来。现在，金渊来了，盐官就什么也不说，只将新近悬挂在墙壁上的木简公告一指："侯爷要问下官的，皆在上面，烦请自览。"

独眼龙金渊闭了眼，用那只蒙了兽皮的瞎眼望着盐官。盐官用两只明目迎着这只瞎眼，较着力，但最终被刺射得垂下了头。这厢垂下了头，那厢就睁了眼。

映入金渊眼眸的，是《蜀郡盐业书》。匆匆浏览一遍，又细细看一遍。公告大致说了这么几个意思：一，盐利国利郡利民，市场广大，是蜀民致富之一佳径；二，号召并鼓励全蜀人民寻盐源，开盐井，制私盐；三，谁凿井，谁所有，谁获利；四，无论制盐，还是销盐，无论人工盐井，还是天然盐泉，业主均应向属地之县（道）府纳税；五，蜀地之广都、牛鞞，有开凿成功之盐井两口，欢迎感兴趣之业主前去观览，一应凿井之术，由官府派员免费教习；六、蜀郡府已重置盐官，专掌盐事。

盐官："侯爷已看毕？可有话讲？"

金渊何等聪明，岂能无话？显然，官府已发现了他的两眼天然盐泉，否则不去别处凿井，偏偏邻着他的盐泉凿？他现在想问的是，这两眼盐泉的赋税从何时开始计纳？从出盐之日，还是出这个《蜀郡盐业书》时？怎么纳，书令上没写，他委实不明。书令当然不会针对他一家单写一条。但他却是不屑对一个狗屁盐官讲什么的。典客、郡守都可以讲，最不济也可与郡丞讲的。再则，纳税之事，官府不找我，我又何必问起去，猪啊。

金渊一拱手："打扰，告辞。"

望着出门的金渊背影，盐官一声冷笑："慢走，不送。"

但侯爷还是去问了，不过，不是去问税，而是去问说法。因为他发现，自己那两眼天然盐泉的出卤量越来越少，再过一段时日，必定干涸无疑。而处低而居的两口深不可测的盐井，却是卤水丰盈，源源不断。最可恼的是，自己两眼盐泉出盐量如此之低，居然赋税一钱不少。就是说，如今，一旦完税，他必须倒贴钱去完。如此下去，只能填泉废坊了。

一贯老奸巨猾，以稳健著称的侯爷终于坐不住了。我不愿与官府为敌，但官府也不能随便欺我吧？

见盐官一个月后，他又进了蜀郡府。找到郡守，一见面，本想直接就发问，但最终呈现出来的，却是在人前一以贯之的笑眯眯的自信：

"蜀守大人安，金渊不请自来，多有打扰。"

郡守正在书房签署公文，抬头还一礼："侯爷别来无恙？请坐。"

"谢座。托大人福，勉强有口饭吃。"坐于客座案前。

"有事？"为来客沏茶。

金渊依然笑眯眯："言之凿凿、正大光明的官府，亦有阴损之招？"

郡守依然眯眯笑，且将沏好的茶置于来客案上："堂堂正正、财大气粗的牛鞞侯，取广都之盐泉，岂非阴损之招？故而，取盐之术，牛鞞侯乃官府之师也。"

金渊放声大笑："好说，好说。"

郡守大笑有声："好说，好说。"

金渊突然收笑发问："怎么说？"

郡守笑问："物归原主，安好？"

"怎么说？"

"侯爷还广都以地，广都退侯爷以钱。官府退侯爷与鹿溪土地、盐井，你们两家还钱与官府。地价不变，井三十万钱一口。"

"善哉。"

李冰这是将官府办盐，变成了官府管盐，变经营之利，为赋税之利。

李冰没有提金渊两眼盐泉补税之事，金渊也没问。金渊明白，这事，是李冰想拿捏他的一张说大不大、说小不小的牌。

听王叕备细说了都安大堰工地出现的情况后，李冰立即让蒙可备车马，向湔氏道嗖嗖驰去。

李冰来到建在玉垒山半山台级上的铜铁工营，从一个工棚到另一个工棚依次察看。一会儿用铜钳夹出火炉中的物什呆傻傻观看，一会儿向正在举锤敲打铁砧上錾子的工师问这问那，三天三夜，也没捉摸出个解决之道。

中饭后，李冰一边散步，一边对无数次踏勘过的玉垒半岛再次进行踏勘，并对随行的王叕讲了好些与这座半岛相关的传说故事。此处是岷水上游洪流暴发、揭竿而起的集结之地。完成集结后，洪流便杀气腾腾、喊声震天扑向筑在成都平原上的古蜀国都城郫都。水临城下，郫都处于风雨飘摇、欲坠未坠之中。曾参加过武王伐纣战争、几年几十年就要历经一次如此重大水难的蜀王杜宇，对此苦不堪言，如履薄冰。

正在这个时候，自称善水也的确善水的楚人鳖灵浮尸而上，逆水而来，一入郫境就死而复活。杜宇如遇救星，立即令他治水以试其身手。当时岷水洪峰已消，但龙泉山与龙门山兜夹的成都平原，积水仍在，加之沱水的加盟，以致浩若汪洋。鳖灵登龙泉山凉风垭四望，立时有了主意。拿着杜宇王授予他的治水王令，率五万蜀民，历八年之久，将十里金堂峡进行了疏浚和凿宽，盆地积水立时东涌，穿龙泉山而去。杜宇大喜，知道遇到真货，果断免了老丞相，任命鳖灵为蜀相，更名金堂峡为鳖灵峡。并再令鳖灵去治岷水上游之灾，以永绝郫都后患。

鳖灵得令，兴高采烈，耀武扬威，率五万凯旋之师，昂昂西进。哪知，不管怎样努力，方法用尽，就是不能将半岛与玉垒山体凿开，凿一条人工峡谷出来。再认真踏勘，竟发现当年大禹也曾试图开凿，依然无功而退，只好去中原立水功，划九州。触摸着大禹当年用石斧、石刀开凿峡谷的布满青苔的旧迹，鳖灵抚古思今，感慨万端。他这才知道，龙泉山的石头硬度，哪堪跟蜀中最硬的玉垒山石，即白圭系红色砾岩相媲？治岷水是办不到了，如此败回郫都，杜宇王会怎么想，自己的脸面又咋搁，之前的治水业绩岂不功亏一篑？弄得不好，回去被辱不说，罢相、丢命的可能都有。

胡想至此，计上心来。最后就有了杜宇王趁蜀相在外治水，与蜀相妻私通，曝光于天下后，悔不当初，自惭自羞，禅让王位与蜀相鳖灵，自己退隐岷山，化为啼血的杜鹃的故事。鳖灵上位成为开明王朝蜀王后，面对退了又来的岷水，忍了又忍，最终取惹不起躲得起的态度，放弃郫都，将都邑东迁几十里至成都。这已是开明五世的事儿了。成都自此成为蜀地的中心城市，其城址历三千年，至今不变。

在鳖灵抚古思今、感慨万千的地方，李冰忽然闪过一个念头，鳖灵开凿宝瓶口的传说真是传说？从自己凿不开宝瓶口来看，完全有可能是真的啊。观察了玉垒山山势，想象了古人可能的开凿点位。便拎了一把铜锄，奔跑到这些点位，与王叕一起分开灌木，刨草皮，捣鼓了两个时辰，终于寻到并遍抚了大禹、鳖灵留下的刀刻斧劈的石迹，生发了与鳖灵同样的感慨。枯坐良久，一阵临夜的风吹来，李冰看了看天，说："要下雨了。"

月光如水，羊磨兄妹跪在玉垒山上，面对滔滔岷水，一边拜，一边用氐语说些什么。

铜铁营火光闪烁，锤声铿锵，一派忙碌的夜班景象。

后半夜，突然起了大风。大风从岷山峡谷中跑来，带着岷水的漩涡与鱼刺。铜铁营中一个工棚的顶子被揭得没了踪影。风将工棚中的工师吹得东倒西歪，吹熄了油灯，却将炉膛中的竹炭火吹得更旺。不一会儿，暴雨如瀑，瞬间将炉火泼至冰凉，世界一片漆黑。工棚中的工友扔了手上的铁锤，向近旁的工棚疯跑，还没跑到，风雨皆住，真个是来得快去得更快。他们于是折身返回自己的工棚。路上，遇到几支火把也跑了来。在火把的光亮中，开始收拾被大风大雨折腾得一塌糊涂的场地。炉膛及砧板上的铜铁工具被放在了工作木台上，同时试图重生炉火。

羊磨兄妹跑进来，见到好好的工棚如此乱七八糟不堪入目，羊雪气得直跺脚。羊磨则骂了一句当地粗话，"唰"一声拔出腰刀，一刀劈去工作台的一角，震得工作台上的工具乱跳。但见李冰、王叕正走进工棚，羊磨平静情绪，将腰刀插入刀鞘。

李冰却一伸手，将羊磨的腰刀拔了出来，借着火把一看，刀口上竟有了一个缺口。羊磨见状，也是一惊："出精怪了，我这把神刀，从来都是削铁如泥。"

李冰举刀对着工作台上的一支铁锤，又是一刀。铁锤毫发无损，神刀锋口又添一缺。王叕已明白李冰之意，忙从堆积在工棚角落处的废铁具中拿起一根铁钎，放在工作台上。李冰一刀向铁钎砍去，铁钎两断，蜀刀毫发无损。

王叕将被刀砍过的一支铁锤和半根铁钎，捧在手上，呈给李冰看。后者发黑，前者闪着蓝荧荧的幽光，像被一潭千年蓝水浸染过。

李冰一把抓起铁插，惊喜地大呼："大好之风，及时之雨，天助冰也！"

李冰二话不说，立即动手，开始了后世命名为"热处理"的试验。他将在火炉中烧红的铁件，用铁钳夹起，迅速放进一木桶冷水中。冷水"噗"一声响，同时升起一股水蒸气。待铁件冷却后，将其从木桶温水中取出，然后用另一铁件对其撞击，以此获得需要的硬度和韧度。脆性强倒是硬，但易折断。没有脆性，又太软。

所谓铁件热处理，也就是将铁件在火炉中烧到一定温度，保温一定时间，然后在一定冷却温度中保持一定时间。不同的冷热温度，和不同冷热时间的匹配，则会使铁件变化出不同的性能。这些不同的金属热处理方式与过程，被后世命名为退火、正火、淬火和回火四种基本工艺。

不同的炉灶和燃料可以取得不同的高温，不同的水和油可以取得不同的低温。

通过几天几夜的反复试验，李冰终于获得了可以打动玉垒山岩石的理想铁具。开凿宝瓶口的工作又可以为继了。锤击钎，钎击石，如此反复，一排钎插入石中，石最终崩裂。锤、钎也会损坏，但比热处理前的景况，好了不知多少倍。

但他很快感觉到了慢，而慢，是因为开凿宝瓶口，以及鱼嘴、飞沙堰和开渠所需的锤、斧、锹、锄、凿、钎、镐、錾等铁质工具太少。现在的瓶颈——宝瓶口——又有了一个名字，叫缺铁。

大型如都安大堰的水利工程，还真是一个牵一动百、涉及方方面面的事体，若没有封疆大臣、地方行政主官的牵头和督办，是万难展开和完成的。

好在李冰是郡守。

工程差钱，他决定发展全郡盐业以筹资。

工程缺铁，他决定发展全郡铁业以补足。

李冰那个时代，巴蜀尚属青铜时代向铁器时代过渡的转折期，青铜业成熟发达，铁器还是新生事物。不仅冶铁技术来自中原，大量铁器也必须从中原人手中高价购买。李冰决心改变蜀人自产铁器无多、不能满足本土需要这一现状。

回到郡府，他差来金曹掾史毕手，备细问了蜀郡铁业情况。巧的是，这个毕手，铁不仅是他工作的一个部分，还是他的个人爱好，因此，说起蜀地铁矿铁坊来，如数家珍。不唯熟悉铁矿分布，他还对铁时代必然取缔铜时代有远超过他职位的、高屋建瓴的认知。为此，他宁愿背着人品不好的指摘，也忍不住说了前任蜀郡守张若，以及再前的包括田贵在内的蜀相的坏话。说他们对铁的认识不到位，不发展冶铁事业，守着金山银山般的铁山出门讨饭吃。等他说够了，牢骚发够了，李冰说，我们去看看蜀郡的铁矿。得到与郡守单独出行的机会，且是他爱好的事，毕手当然求之不得。

为尽量不惊动地方，掌握更真实情况，这次他们是扮着商人微服考察，郡守、毕手和郡守的金三角侍从，共五人。时间是金钱，郡守拒绝了郡丞安排的马车，带上食物与简易帐篷，一律骑快马上路。

考察一路，兴奋一路，但李冰并没将自己的兴奋表露出来，只让金曹掾史尽情说个不休。李冰从矿山拾了两块铁矿，一块灰黑，一块红黄。一手执勘水铁尺，一手将两块铁矿包在手心捏拿，回到成都时，矿石已成两只铁球了——数年后，桃枭见放在郡守书案上的一对矿蛋挺好玩，也不问郡守干不干，直接拿了去，连睡觉都捏着不放。他们考察了毕手所知的全部冶铁作坊和铁矿所在地。好些山道，别说坐马车，连骑马都困难，只好牵着马，步行前往。广都、武阳、临邛、南安……李冰一路看，一路在羊皮地图上标注。毕手惊异地发现，才走了不到一半地方，再往下走，他就不再是向导了，郡守反倒成了向导——郡守几乎知道他知道的和不知道的所有矿点。他心里已将郡守认作了神人，但却不敢说出口。他哪里知道，掌握了铁矿的一些规律性东西后，还不能把握矿脉所在及其走向，如何叫察天识地异于常人的天才李冰？

回到成都后，金曹掾史以为郡守会令他放开手脚开发铁矿、冶炼钢铁，哪知郡守只字不提铁政，却让他全力抓币事。

所谓币事，就是为都安大堰工程筹资，具体来讲，就是借资，既可向官府借，亦可向民间财主借，时间为一至三年，利息略高于市场比额，一年期、二年期、三年期不等。上知天文、下知地理的李冰对筹资的预期却是茫然，不过，他坚信这事儿总之是能办成的，蜀郡筹不够，就面向郡外筹，天下都筹不够，他就亲自去咸阳，找治粟内史借、找秦王借。结果是，连李冰自己都没想到自己如此低调、保守，因为金曹掾史刚在本郡公告月余，预期额度的款就筹齐了。

借契上赫然戳有蜀郡府官章和郡守印鉴，还有什么不放心的？加之，此乃响应官府号召,但凡身家已然高调公开的豪门,谁不愿意借此机会向官府示好,在业界保持既定尊位?但豪门之间,也是讲规矩的,借多少,不能想当然。牛鞞侯当然洞悉其中奥妙。但他决定先稳起,让官府向他下话后,再出手。只有一些不够级别的小财主不管这些,拉拉杂杂跑到郡府办手续。李冰、毕手见情状如此,就准备扩大地域范围,孰料有一位豪族人物,却不讲规矩,居然率先把钱送到了郡府,这个人物就是广都县笮人寨寨主鹿溪。

他对李冰说:"大人做事,说话算数,鹿溪信。"

既然业界圈内有人抛出了自己的额度,这就有了基准,其他豪族也就有了自己的定位,于是纷纷出手。

鹿溪的动作,打乱了金渊的计划,没办法,只好补救。而补救的方法,就是跟进,并且是以压倒所有人的额度优势跟进。牛鞞侯就是牛鞞侯,他一进入,包括桤木老板在内的更多的人就进入了。旬日之间,钱到了数。

毕手陪李冰去金库查看安保情况。出了金库,李冰去了一趟郡尉的军营。当天晚上,蜀王子峤策划的抢金库行动开始了,但中了秦军的埋伏,几乎全军覆灭。峤是奉了父王的令,父王又是从金渊飞鸽传书中得到的信息。金渊之所以没把自己的建议向峤直接提出,是怕峤不愿做这笔有损都安大堰的买卖。金渊对泮开出的条件是,事成后,三七开,金渊三,泮七。金渊认为这笔生意很合算,成了,除了官府必支的本息,还赚三成抢银,不成,依然回本赚息。失败后,金渊又建议在成都至湔氏道的路上劫车,说李冰绝对想不到南方军还敢再来。峤不能违拗王令,只好又去劫道,结果埋伏了好些天也不见动静,一侦郡府金库,却空了。

钱最终会去湔氏道,但现在,上了去临邛的道。

李冰令毕手组织一批吏员,以商人身份去临邛县,大家一齐动手,三五日之内,以略高于市场的价款,购下临邛地盘上所有的矿山和冶铁作坊共十三家。李冰强调,不可强买,必须对方自愿。事前,不可透露风声。

毕手不解:"大人,为何不直接以官府之名行事?假商人购之,岂非多此一举?"

李冰:"官府出手,铁市不惊乎?商对商,不受第三者干预,方为平等自由之买卖也。"

毕手:"善。下官受教。"

不到五日,临邛地界上的十三家铁矿、冶铁坊全部被外地商家买下。有两家本来有些犹豫,见同行都卖了,再不能抱团发展,生怕卖不脱吃亏,赶紧到驿馆找到商家,嬉皮笑脸说,想通了,卖。这十几家铁商,拿着沉甸甸的真金白银出了临邛界,有的去开发新的矿山,有的去买下别的冶铁坊,重操旧业。还有三家变实业为贸易,在成都做起了铁具批零生意。

手执狼毫毛笔,在蜀郡府书房一张牛皮上忙碌的郡守,双眼布满熬夜的血丝。刚刚忙完,卷好牛皮,从临邛回来的毕手就进了门。他向郡守报告了临邛行动的战果,不见郡守犒劳,正想着回家让如夫人好好犒劳一番,却听郡守叫他留下待命。

郡守:"偌大临邛,十数家铁矿,远不足也。必须增补矿点。"

毕手以为郡守会令他增补,正着急不知怎么增补,却见郡守将一卷牛皮地图从书架上取来,递给他。铁官将地图在书房地面摊开,查看增补铁矿点位。心想郡守会增补一两处,哪知这幅临邛矿点地图上的矿点多达一千余处!除了目瞪口呆,还能干甚?他这才知道,考察蜀郡铁业回来,郡守为什么老将自己关在书房,原来在忙这个。

毕手:"大人,下官万不能明白,这一千余处不毛之地,乃与矿点有关乎?"

郡守:"本守着你即刻起行,依前例,尽皆买断,从速办理,不得有误。"又懒懒地说,"对了,在城边买一块闲地,建一条街,客栈街。"

毕手呆了,反应过来后,欲问郡守,是否有误,不,是否大错,却见郡守早倒在书房席地上,呼呼大睡。

毕手叹了口气,摇了摇头,卷上地图抱在怀里,出了书房。刚刚从临邛返回成都的他,又率领原班"商人"队伍,出南门,跃马临邛。

这次买山购地,比上次还顺利。临邛地主手上的这些不毛之地、无用之物,居然一夜之间变了现,且是好价,个个欢天喜地,却又不喜形于色,只阴着高兴,关在屋里一家人天天喝大酒。但他们的怪异行径很快传出,并被所有临邛人知了底细。这样,那些天,临邛大大小小的地主就分成了大致相当的两拨,一拨是喝欢酒的,一拨是喝苦酒的。

金曹掾史再一次回到成都。

自以为活儿做得漂亮的他，预感一定会有好事等着自己。殊不知等着他的是自己最在乎的金曹掾史这一官职被免掉。他大惊大骇，一时不知所措，完全不能理解郡守怪异的动作。但他很快就知道了实情，原来是金曹掾史这一官吏编制被郡守注销了。又很快转危为安，变悲为喜，高兴了起来，原因是他毕手拥有了人生最欢喜的事体——工作与个人爱好高度统一。他被任命为蜀郡府铁官，一门心思做铁的事儿。秦筑成都、郫都、临邛三城时，设置的与县令同级别的铁官、盐官，撤销若干年后，被年轻的李冰太守重新恢复。金曹掾史这一职位的铁、盐职责被剥离出来独立后，其他职责就并入了另外的部门。这个调整，盐官自是做梦也没想到，自己居然由一位线人，一两年时间，一步副县，二步就正县级了。

新任铁官毕手望着郡守，像望着神："大人，下官下一步何为？"

郡守："画一幅图。"

铁官犯傻："大人，下官并非画师。少时，家父逼学，没少挨打，但依然不会画也。"

郡守："画一幅都邑规划图，把临邛全境，规划成天下之铁都和冶铁中心。"

铁官："临邛，十余家作坊，天下铁都，冶铁中心。这……"

郡守："将新购的一千余处矿点，尽数纳入规划。"

铁官还没完全反应过来，长官的政令再一次传来："同时，组织人手拟写召纳天下优秀冶铁师和财商入临邛冶铁中心发展。一俟规划图画毕，即刻将规划图和召纳书，一并发布天下。"

铁官简直没闹明白，为什么跟这个郡守在一起，震惊会一个接一个。

毕手做好规划图，很兴奋，跑去交给郡守看，羊磨当时正向郡守汇报都安大堰的事。郡守看了，表示满意，不料在旁边歪着脑袋看了几眼规划图的羊磨却说：

"好是好，但缺一个铁祖祠，终是不好。"

铁官："此话怎讲？"

羊磨："煌煌铁都，取铁以为己利，若不祈铁祖保佑，安有兴顺之时乎？"

李冰不以为然，但还是爽朗地说："善。铁官，就依羊磨水丞言，在临邛择一高处，建一座铁祖祠。"

羊磨："大人，既说到铁祖祠，羊磨建议，为保佑都安大堰施工无碍，亦当建水神祠。"

李冰搪塞道："建水神祠？好，待本守忙完冶铁事体，再行计议。"

临邛喧哗了，所有的驿馆、客栈全部爆满，不得已，县府又在郊外搭建了好些帐篷。之所以有如此事象，乃因为蜀郡府发布了一个大手笔文书。文书说，冶铁中心兼铁都定址临邛，其详情见布局有临邛一千余处铁矿及冶铁坊的规划图和规划备细说明。文书说，天下铁都临邛敞开大门召纳、欢迎天下优秀冶铁师与有志铁业的财商前来发展。文书说，兹定于铁祖藁爷生日，即腊月十一，在临邛举行铁矿竞卖活动。

离竞卖活动还有一两个月呢，一些野心勃勃、又自以为聪明的客商就到了。他们一到，就按照规划图的导引，把临邛境内矿山踏勘了个遍。此前，毕手早已组织民夫将每一座矿山的地表土铲去了部分，露出了矿岩层。待一千多处不毛之地皆裸露了矿岩，毕手再一次无语了，心想，还建什么铁祖祠，建个李冰祠，肯定灵验，啥啥都保佑了。

客商们踏勘了矿山，心中有数了，就去寻找和守望优秀冶铁师。一些性急而志在必得的客商，直接就率先出手签了用工契约。而更多的客商入蜀，不仅带了巨资，还带来了自己最信任的冶铁师。再一部分客商，买了矿山，却没有冶铁师可招了，只好返回故乡自寻冶铁师来临邛。

最扣人心弦的场面当然是矿点竞卖了。

活动在临邛城南郊可容纳数万军人操练的大校场举行。《临邛矿点分布图》在数张牛皮拼合的皮布上清晰呈现，而皮布则被绷开在数根并排立柱上。一千余个矿点都有编号，每个编号矿点因规模、矿质、交通等不同而标注有不同起拍价。同一个矿点开拍，谁出的价高，卖给谁。谁一旦获得，即刻立契约，交付款额。牛鞞侯金渊、寨主鹿溪、桤木老板也混在客商中。金渊在蜀中财大气粗，但跟中原豪富相比，又逊色了。但他还是出手狠辣，把城西十一个相邻矿点成片地强行拿下了。他想建一家铁都最大的冶铁坊，但这个想法与实际并未吻合。虽然要花大价钱才能拍下十一个矿点，但他环顾周遭同行，却有扬扬自得的爽惬感，因为他可以不花一钱而在地契上签上自己的大名。他购矿山所需之资，正好与官府借他的本息相当，正负相遇，直接冲抵，一举两清。鹿溪寨主、桤木老板，包括好些借资给蜀郡府的大宗债权人，均有与金渊不谋而合的想法，将借款本息，全部变成矿山。桤木老板自是没下手，他哪有经营铁的兴致，他的兴致早被其父王决断了：经营江山。

以前临邛那些将矿山和冶铁坊盘出的地主、老板，得知这些信息后，深深一叹，悔不当初。但他们也深知此一时、彼一时的道理，深知市场永远都是最公平的杠杆。但他们还是有被官府小耍了的感觉，官府捏着底牌，自己在明面，这真个是有钱难买早知道哇。但他们还是觉得，这个就看自己怎么想了，官府不建冶铁中心，不买他们的矿山和作坊，你想卖还没下家呢，更何况人家官府还出了高于自己预期的价。虽然如今高得离谱的价打消了他们想买回的企图，但铁都建成后，蜀郡有了天下最大的铁市，他们在临邛地界外办的冶铁产业，水涨船高，还不一样沾光？留在临邛的人，手里有现钱，围绕铁业，干啥啥来钱，比如把官府建的客栈买下，比如成立运铁运矿的牛车队，比如给冶铁基地提供柴、炭、石灰石，乃至粟肉酒布等。所以，蜀郡守李冰策划的做铁文章，建铁都，从官方到民间，没有输家，谁都是赢家，只不过赢的多寡有别而已。

蜀地的一些冶铜作坊老板，想抵制冶铁，但铁器利市大市，如何抵制得了？一部分老板只好转业冶铁，又转回冶铜，最终达到市场对铁、铜需求的平衡。

临邛沸腾了。一座如李冰所愿的战国铁都、天下冶铁中心，一年一个样，逐渐成熟、壮大，不到十年时间，就完全实现了规划指标。临邛出品的铁具，不仅满足蜀郡自用，还大量销往秦国各郡及出口六国。

真是阴差阳错。李冰本只是为了解决都安大堰工程的铁具用量，哪知一步步走下去，却走成了一座新兴铁都的诞生。而铁都的诞生，既解决了都安大堰工程用铁的问题和缺资的问题，还让蜀郡从青铜与铁器混杂的时代，完全走进了铁器时代。而铁器时代的到来，以及都安大堰水利工程的投入使用，则让蜀地经济发生了天翻地覆的变化，最终造就了天府之国的诞生。

毋庸置疑，水利是促成天府之国最直接、最有力、最显明的第一原发力。但没有铁器产业提供的资金，尤其凿峡、开石、挖渠等所需之优质铁具，千古留名的都安大堰工程是万难完成的。由此也可看出，水利是牵一动万的事体。

只要一动水利，没有哪个行业、哪个工种、哪个群体、哪种文化，不随之兴旺发达的。

水利带动了铁器业的建立，而铁器业的建立，又促进了多方面的发展。

首先是农业。那时蜀地还不会牛耕，因没有铁犁铧。临邛城里的铁商鹿溪，在李冰的点拨下，一下就感觉到了这是一块赚钱的空白区间，立马向李冰请教制造犁铧的中原铁技。大投入制造出一大批犁铧后，却没人买，因不会用，也不愿花钱冒风险尝试。鹿溪一下无招了，圆脸变成了一条长苦瓜。李冰让他就近送几把犁铧给羊磨兄妹的族人使用，然后他亲自手把手教会了几家氏族农户。这几家农户上手后，就再不愿回到原先的木、石、骨农具松土，甚至铜锄松土方式了。一传十，十传百，鹿溪的犁铧就供不应求了。他的笮寨，本是渔猎业，犁铧的渐浸，又拓出了农耕业。至于临邛城出产的其他铁农具，耒、耜、檀、镰、锄、耙、锹、钩、钹、枷、铲等，则是应有尽有，大行其市，沿着蜀道的出蜀方向去了四面八方。

铁深入到了劳作生活的方方面面，建房、筑城、修路、造船、制棺、挖塘、凿井、伐木、刺绣、厨炊等，无不飘逸着铁的刚毅气息。

"铁器者，农夫之死士也，死士用则仇雠灭，仇雠灭则田野辟，田野辟则五谷熟。"

"农，天下之大业也；铁器，民之大用也。器用便利，则用力少，而得作多。"

这是蜀郡守李冰将郡府全部属吏，分两期吆喝到临邛现场观看时讲的话。属吏听来受教，铁商听来振奋。

在战国这样一个大争之世，从某一个角度讲，一个国的富由铁定，一个国家的强由铁定。因此，一场战争的胜负、伤亡等情况，大致是可以用双方的铁的吨位级来确立的。否则，人类对弱者一方的武力，怎么会以手无寸铁来描述？同理，一个国家的富裕级别，也略等于铁的吨位级别。

冶铁中心临邛出品的各类兵器中，以其品牌产品"蜀刀"系列最为有名，包括长刀、大刀、环手柄铁刀等。一柄蜀刀数百钱，价格不菲，但依然让天下兵家、剑客趋之若鹜。除了蜀刀，临邛大量推出的剑、戈、矛、戟、铠甲、工兵用具、军用炊具等铁质军械以及用于防守的铁蒺藜,也质优价廉,颇具竞争力。铁箭镞比铜箭镞便宜约十倍。铜国大军在铁国大军的进逼中,节节败退。

秦国作为战国之一,能够在杀伐中越来越强,稳居战国之首,并最终灭六国,统一中国,与临邛提供的大量优质先进的兵刃和军械有直接关联。

白起就喜欢用临邛产兵器。临邛兵器的市场,可以说是郡守李冰亲自打开的。牛鞞侯的冶铁厂,主要以生产兵器为主,但生产出来后,销售却不畅通,积压的产品差点挤破库房。他原本是想让亲家田贵帮忙,田贵也答应帮忙,没想到田贵却突然死了。没办法,就去找了郡丞嬴漪,让嬴漪和他一起找郡守去。嬴漪当然不想去了,但还是被老搭档强拽硬拉去了。

李冰热情接待了二人。李冰主要精力在都安大堰,还真不知兵器滞销一事。听了金渊的介绍,和嬴漪的帮腔,他当即表态:

"但凡临邛兵器之质量价格具有市场竞争力,本守一定尽全力解此难题。"

二人一拱手:"谢谢郡守大人!"

李冰一声朗笑:"事之未成,谢从何来?再则,侯爷兵器不出库房,本守何来税源,都安大堰何时才成?"

二人一出书房,李冰即刻给白起写信。白起回信说,由于不知临邛兵器质量,加之运输成本不低,本不敢冒险试用,但他信任的郡守开口,想来质量不差,故,先要一个小批量试刀,若行,再大批量购进。

白起这个小批量,一下就腾空了金渊库房。金渊对自己兵器的质量是有数的,知道白起还会要,就令工监加班加点生产,直至库房再一次爆满。

白起果然大批量要临邛兵器来了。但金渊哭笑不得,因他的库房空空如也。他的兵器被蜀王泮全部买走了。说是买,连成本价都没给足。他想与代表泮来的王子峤谈价,但峤根本就不谈,只告诉了他父王的买价。没办法,遇到煞星,既要亏本,还要冒着灭族的危险,将货品秘密送到煞星的指定地点。其实,金渊生产出第一批货滞销时,就想到了蜀王的数万大军,但他也只是想想而已,他宁愿去求郡守李冰,也不愿去主动招惹夔王山那个煞星。这是一方面。另一方面,若不是白起都来要货,泮还不定要金渊的货呢。

金渊的短货,让其他铁坊有了机会,纷纷将一部分产能给了兵器。

蜀刀是品牌,白起也是品牌。百战百胜的战国战神白起大将军指定的专用临邛兵器，还能有错？天下客商至此无不以买卖临邛兵器为荣。

长平大战时，李冰闻知赵国临阵换将，让赵括代替廉颇担任主将，而秦昭王又暗地里以武安君白起代替王龁为上将军。又闻知白起出马，几招就将人口数十万的赵国长平城围了个水泄不通，使之断粮绝炊。

机会来了。李冰推测，白起破城是一定的，而破城后，会有大量的赵国俘虏也是一定的。而蜀郡地大人稀，迁虏实蜀，太需要了。此一点，是好心情。再有一点，却让他的心情变得坏坏的，非常糟。他隐隐约约觉得，长平大战，白起又要杀人，杀那些手无寸铁的赵军俘虏。因为他此前有很多战役、战功，皆与杀人有关。攻韩、魏于伊阙斩首二十四万，攻楚于鄢城水毙数十万，攻魏于华阳斩首十三万，战赵将贾偃溺毙赵卒二万，攻韩于陉城斩首五万。想及这层，他带了金三角侍从，快马加鞭，向赵国驰去。如果白起要杀俘的话，希望自己能劝说白起放下屠刀，将战俘发配蜀地。

路上勘验了过关关文，刚到长平，李冰就闻到了空气中浓浓的血腥味。一种不祥笼上心头。

一到长平，撞入李冰眼帘的，是一个宏大、残忍、从古至今从未有过的活埋场面。活埋已经进行九天了，这是最后一天。这些赵军俘虏死前每天只能喝一碗稀粥苟延残喘，站在万人坑边，像弱不禁风的小姐。秦兵一抬腿一个，一抬腿一个，小姐变了落叶，一片片向坑中飘去。李冰拼命阻止秦兵，若不是三位手下说他是蜀郡郡守，也非得在一群虎狼中变小姐变落叶，向坑中飘去。清醒过来，问了白起地址，跳上马，飞离屠杀现场。等他好不容易进入幕府，找到白起，不由分说要将白起拉到坑杀现场。面对这个书生似的郡守大人，白起无奈，笑了笑，摇了摇头。到得现场，已是暮色时分，哪里还有一个赵俘？不仅没有赵俘，连秦兵都无一个。空旷的大地上，什么人也没有，只有一些黑如铁器的乌鸦，飞起飞落，哇哇哇发出幽灵的鸣叫。

白起围了长平后，赵亲率精锐强行突围，被秦军乱箭射死。赵军因无主将指挥，全军向白起投降。白起飞书请示秦昭王，秦昭王回书说，但凭将军处置，本王并无异议。于是白起下令，将四十五万赵俘全部坑杀，放掉未成年的二百四十名俘虏回去报信，以此震慑赵国。整个战国期间军士战死共约两百万，白起一人杀人（斩首、淹毙、沉水、坑杀）超百万，占二分之一。

李冰痛心疾首，抓住白起肩膀猛摇，又跪在地上仰天长呼：
"为何？为何？为何？"
待李冰宣泄够了，白起说：
"李冰兄弟，你已是一郡之首，不可书生气太重。告诉白起，换作你，面对四十五万俘虏，怎么办？他们吃什么，住什么，谁来看守他们，如何安置他们，他们反叛何以处之？"又说，"郡守大人，这是战争。"转身大步离去。

李冰此次长平之行，也不是了无收获，完全白跑一趟，还搭上身子里固体的折损、气体的悲愤与液体的眼泪。李冰的女婿、白起裨将司马靳，最终让白起同意，送他岳父五万赵国人迁蜀永居。

一国占领另一国土地，会将土地上的外国人，迁往本国，或刺字为奴，或发配至偏远地区劳作，这是春秋战国时代的一种惯例。所以，白起将长平地区的五万赵国百姓"迁虏"蜀地，不过是给了李冰一个顺水推舟的人情。但它是真人情，因为是免费的，且包护送。要知道，这五万被俘赵人，不管以前是否为奴隶身份，现在皆可视作奴隶，而奴隶的价格是不菲的。白起答应，最快三月，至多半年，将他们送抵蜀地。

临别，李冰一揖手："谢谢大良造，蜀郡之山山水水，会铭记大人之恩。"
白起一笑："怎么，不斥责白起杀人了？"
李冰："一码归一码，这不是一回事。杀人这事，不想讨论，李冰辩不过大人。就此别过，后会有期。"

五万赵人，翻过秦岭，刚一踏上山雨霏霏的蜀土，到了葭萌，就不想走了。他们纷纷行贿押送军吏，希望自己的去处，离中原越近越好，最好就留在葭萌。这支队伍中，唯有一卓姓族长颇特别，他对族人说，葭萌这地方太狭薄，人多地差，不利发展。吾闻汶山之下，有个叫临邛的地方，堪称沃野。吃的方面，地里多有蹲鸱，至死不饥。工商方面，地下多有铁矿，其冶铁之名颇大，特别容易造就大商大贾。族人信其言，乃舍近求远，央押解军吏，将卓族远迁至临邛。军吏见有人自告奋勇迁居远方，正愁如何寻个既有私人好处又能完成迁地指标的良途呢，自是求之不得。

卓氏在临邛抱着铁山鼓铸不松手，又善运筹策划，果然得到大发展。仅几十年时间,到他儿子卓王孙这一代时,影响力及产品销路,已完全覆盖蜀、滇等地。拥有奴隶上千名,其富裕程度可想而知。至于田池射猎方面的玩法,完全可与君王相比拟。

本王在这里唠叨的卓王孙这个名字,大家未必知道,但我若把他女儿的名字以及他女婿的名字说出来,大家一定知道。他的女儿叫卓文君,女婿叫司马相如。司马相如到他的朋友、临邛县令王吉处做客,在卓王孙举办的宴会上,司马相如琴挑文君姑娘,以至文君与他演绎了一场中国历史上最著名的私奔故事。有"赋圣"和"辞宗"之称的蜀人司马相如自是鼎鼎大名,他的大赋作品代表有汉一代文学的最大成就与最高水准。

"迁虏"来蜀、靠冶铸铁发家的,除了司马相如的岳父卓氏一族,还有迁自山东六国地区的程郑。因政治等因素犯罪迁来的也不少,譬如秦灭楚时,迁楚王宗室于蜀。譬如吕不韦、嫪毐的族人及门客,被秦王政罚往蜀地。前路凶吉的不确定性让吕不韦深为不安,走在半道就死了。汉时,梁王彭越因"谋反"废而迁蜀,淮南厉王因"无道"而被罚迁蜀。山巇路险的蜀郡,真是流放犯人的理想之地。

盐铁跑得很快、很远,像两匹年轻的良马。带着铁的硬朗和盐的味道的资金流,从四面八方源源不断流入县府,又从各地县府流入蜀郡府,最后成为一道从蜀郡府流出的洪流,波澜壮阔巨浪滔天流入都安大堰。

但不差钱的都安大堰,但铁凿都安大堰宝瓶口,却似一头老牛,走得很慢。

这是李冰的认为。王歂、羊磨兄妹却不这样看,他们认为开凿宝瓶口,就算不能说快,也不能说慢吧,至少,怎么说,它都有正常的进展。

但通过这半年时间的铁的证明,照这个正常的进展开凿下去,李冰算了又算,并让王歂进行了复算,怎么着也得四十年才能够开成通水。这显然是不行的。秦王允他的时间只有二十年,他自己应承的也是二十年。如今三四年过去了,不提速,不提高一倍以上的速,祭出自己的这颗人头不算啥,关键是怎么对这块姓蜀的祖地交代,同时也对秦王交代?

按照自己的整体规划,开工三年后,应当立即拉开启动渠首工程以外的覆盖成都平原的渠网灌溉工程建设的大幕。现在不行了,搁浅了,因为即或建成了渠网，也是无水的渠网。无水的渠网，又哪里是渠网呢？都安大堰工程的竣工，必须是联动的、同步的、首尾相衔的竣工。

宝瓶口成了瓶颈。

宝瓶口成了拖了都安大堰工程进度后腿的桎梏。

李冰还发现，每当工程出现问题，哪怕是很小的、不是问题的问题，工地上的民夫，都会议论，乃至骚动。他不明白，按照秦法，建设水利、路桥等公共设施，当地受益民户，必须自带吃食，无偿出工。而自己体恤蜀民辛苦，对都安大堰上的民夫，虽说工钱无力支付，却一直免费供应着吃食。虽则如此，他还是隐隐觉得，面前的数万民夫，心是散的，并不像领了俸禄的蜀郡属吏，对自己的决断、号令，言听计从。水之所以能流进大海，是因为每一滴水，每一条溪，都有一颗奔向大海的心。万众不能同心，是建不成都安大堰的。

这次，宝瓶口的问题，又成了万民议论的噱头。

李冰再一次夜不能寐，陷入瓶颈和人心的困境。

见郡守为瓶颈之事，眉头深锁，不能自拔，王叕撺掇羊磨兄妹去开导他。他正在岷水边钓鱼，直钩，无饵，像姜太公那样。蓑衣，斗笠，细长的鱼竿。水边，芦苇，舟自横。

听见三位脚步声，李冰头也不回："有事？"

羊磨："大人，你钓了一天鱼了，还没吃饭的。"

李冰："不饿。"

羊雪故作轻松，调皮噘起小嘴说："可是，郡守大人，羊雪饿也。我们带了吃食来，就在水边吃，多清雅。"揭开拎在手上的竹笼，食物之香随热气溢出。

李冰："你饿你吃。"

王叕、羊磨互看一眼："我们也饿。"

李冰："你们也一天没吃？"

羊雪："是啊，大人不吃，我们哪敢就吃？"

李冰："本守命令你们吃，羊雪带头。"

羊雪上前拉起李冰手，娇嗔道："大人别难为小羊雪了，你不带头吃，小的们哪里吃得下？"

李冰没办法:"放手,放手,拉痛我也。冰吃还不行么?"

四人终于坐在水边草坪上做起吃喝闲聊之事。这是春天,无论怎么春,他们的心壁岩缝,还是爬满了秋之萧瑟。

大家装着热闹了好一阵后,羊磨无话找话:"大人,临邛冶铁还顺乎?"

没想到,李冰听见临邛二字,就显得颇兴奋。仰脖喝了一碗酒:"顺,顺也。"

羊雪:"岂有不顺之理?"

王叕逗他:"怎么讲?"

羊雪随口一句:"有铁祖祠保佑也。"

王叕看了下李冰,对羊雪正色道,"小丫头,别乱讲。临邛冶铁,大人亲督,安能不顺乎?"

羊雪顶撞之:"立铁祖祠,难不成不是郡守大人亲督之功?"

王叕:"这……"一时语塞。

羊磨哈哈大笑。

李冰若有所思,半晌,问羊磨:"羊磨兄弟,你建议立铁祖祠时,可记得对冰还有个建议?"

羊磨:"记得,一直记得的。"

李冰:"那你后来为何不再提醒冰?"

羊磨轻声道:"羊磨见大人忙,更怕大人不信,添乱添堵。再则,大堰工程本身都耗资巨大,这个又要……"

李冰问羊磨兄妹:"立祠敬神,蜀人皆信焉?"

羊磨兄妹把头点得认真,清晰,坚定。

王叕:"大人,蜀人迷巫术、方术,信阴阳五行,你知的。"

李冰:"我知,但我现在更是信!"对羊磨正色道,"本守采纳你的建议,为都安大堰,为蜀民,立祠敬神!"

羊磨兄妹惊喜万分:"李大人万岁,李大人万岁!"

李冰:"罢了,罢了,立好祠之后再呼万岁不迟。"又说,"羊磨,本守着你主持立祠事体可好?"

羊磨:"还是立一座水神祠?"

李冰:"非也,本守决定立三祠,敬山、敬水、敬祖宗!"

羊磨兄妹拊掌大呼:"万……"又以手掩了嘴。

羊磨:"大人,立祠敬神,兹事体大,依蜀俗,需请女巫主持方为妥帖。"

李冰:"女巫?善,可有合适人选?"

羊雪:"蜀山女巫,还有比阳平女巫更合适的?"

李冰望向羊磨,羊磨冲他点了点头。

李冰:"好,就阳平女巫,湔氏道奠基时冰见过,母亲也多有讲起她。"

李冰明知在秦人为多数的蜀郡府计议立祠之事,是会遭反对的,但他还是召集属吏,在议事厅尽情发表了他们的反对意见。连监御史、郡尉也都提出了反对。

郡丞说得慷慨激昂,义正词严。说正事那么多不做,比如剿匪、收兵器、征赋税、扩官廨、修蜀郡志,等等,偏偏做立祠这样的虚幻之事。此乃用国家之财,慷一己之慨,亦是以公权,讨蜀民之好,为自己留名。最重要的是,立蜀祠与国家秦化蜀俗之主张,成反转倒悬之势。其心昭昭,可谓叵测。

最后,郡守逆水行舟,坚持一己之见。他说,立祠之事,诸位已发表高见,本守俱知。但本守权衡利弊再三,觉得利大于弊,故而决定顺蜀心,立三祠,以此表彰秦王尊蜀爱蜀之仁,保佑蜀地风调雨顺,百姓康乐,万众同心,永固大秦伟业。

本王裔孙冰立三祠之正确与否,还真轮不到器局不大的人来聒噪的。《史记·封禅书》载,秦并天下后,令负责祭祀的官员,将各地所信奉和祭祀、有利于秦统一的名山、大川之鬼神,编排为序,上奏朝廷,统一规定祭祀级别和祭礼。当时全国四十六郡,经朝廷议定通过的十八所祠庙,蜀郡就占了二所:渎山祠,江水祠。

羊磨兄妹陪同李冰去了阳平山。按李冰的话讲,是李冰陪羊磨兄妹去了阳平山。按王叕的话讲,是郡守大人决定亲自去阳平山请女巫。这次,三人走了另一条路。他们从大堰渠首出发,顺着西湔水上山,至湔水源头岷山之九峰山后,翻过山脊,沿东湔水下山。一山分两水,西湔水入岷水,东湔水入沱水。那时,成都西北的玉垒山、九峰山等山体,皆被时人谓之湔山。出自湔山的水,谓之湔水。这样走着,三天,就到了阳平山脚下。路上,李冰问羊磨兄妹,阳平女巫多少岁数了。兄妹说,阳平女巫没有岁数。又问,阳平女巫住哪里。答曰,在地上住洞里,在天上住云中。

到阳平山脚下是上午,风凉凉的,像晨风。他们本是要上山请阳平女巫,不料阳平女巫已经下山等在路边,仿佛早就知道他们的到来。一棵古香樟下,身着巫衣的她,和她的几位女弟子,盘腿坐在草坪上,不说话,偶尔呷一口陶碗中的泉水。见李冰四人来了,她们起身,拎上布袋。

李冰一怔,盯着女巫看。他总觉得自己见过女巫,不仅见过,女巫还是自己的一位熟人,一位朋友。上次在湔氏道,离得远,面目模糊。

阳平女巫:"走也。"转身,欲走。

羊磨:"师婆安。此乃蜀郡府太守李大人。"

李冰回过神来,忙施礼:"李冰问安阳平女巫。"

女巫:"阳平女巫问安李大人。"

李冰:"李冰专此前来,请师婆下山主持立三祠事体,可否愿意?"

女巫:"为蜀民祈福,修功德事体,阳平女巫之幸也。"

李冰:"善哉。你们在此用午饭,容冰上山,见祖宗一面,可否?"

女巫:"大人自便。"

羊磨将祭品递与李冰。李冰独自上山,来到阳平族人鱼形墓前,献了粮、肉、酒等祭品,道了祭词,一切妥妥的后,转身下山。转身之间,顿觉少了什么。于是,一只鹿子跳进脑海。对了,鹿呢,美丽的墨泉去了哪里?环顾四野,均没有它的踪影。而以前,每次来,墨泉都在的。下山的路上,总觉得像往常一样,墨泉在目送他,便几步一回头,这样一直走到了山脚。已是午后未时,阳光像春雨一样冲刷着阳平女巫的脸,嵌在脸上的那双眼睛,不正是墨泉的眼睛吗?难道,山上遍寻不着的墨泉,不见相送的墨泉,正在山下等着自己?他再一次醒悟,之所以觉得她熟,除了这双眼,还因为她与母亲浽描述的阳平女巫的样子相叠合。这个她,还是那个她么?如果是,四十年了,她的容颜,竟跟阳平山的山水一样,了无变化?太诡异太神奇了,太像盘踞在蜀地的水雾。喜欢穷究事物本质的李冰,却不愿就此多想。蜀巫,就是蜀巫。能道说蜀巫的,只有蜀巫自己。

他们沿着湔水，也就是东湔水，往下走，经海窝子、舟景山、天彭阙，折南，到了成都。阳平女巫不进郡府，不入官驿，只在城墙边支了帐篷落脚。

从阳平山来成都的路上，李冰向阳平女巫谈了自己的想法。他说他希望在蜀中核心地区立三祠，一曰敬山神的渎山祠，一曰敬水神的江水祠，一曰敬蜀山氏及古蜀五代蜀王的蜀主祠。立祠目的为，保佑都安大堰工程施工顺畅，祈求岷水为蜀民造福，为蜀地谋利。取蜀主祠之名，李冰颇费了一番周章。以帝名之，不妥。当世秦国最高统治者秦昭王尚不敢称帝，蜀国岂敢？以王名之，不妥。蜀山氏之后，古蜀蚕丛、柏灌、鱼凫、杜宇、鳖灵五代蜀王，的确为王，可蜀并入秦后，大秦只有一个秦王，安可二之？几番考虑，即以蜀主名之。此时，他怎么也没想到，自己后来也入了祠，且是以祠主的身份。前边已说了，后世立的川主祠，即为纪念他。川主祠之前，朝廷还立有李冰祠。江水祠之名，则有岷水乃大江源头之意。最后，李冰说，我会参加三祠的开工仪式和竣工开祠大典，负责拨付立祠资费，其他一任事体，女巫自主。

李冰说，听我母亲说，我出生时差点淹死，是你救的命。还说冰这个名，也是你起的。

阳平女巫说，那不是我做的，是上天做的。

按照郡守诉求，阳平女巫针对性踏勘了成都平原与岷水流域，最终确定了立祠之三处祠址。渎山祠立青城山，江水祠立成都南郊岷水支流检江旁，蜀主祠立玉垒山下渠首之西湔水旁。阳平女巫将蜀主祠选址在湔水旁山边，是蛮有深意的，也是令本王特别高兴的。大家都知道，按照后世的记载，本王正是在湔水旁山边，行君王郊野之乐时，忽得仙道，飞身上天的。与蜀山氏主与古蜀五代蜀王有重大交集的地标，可谓多矣。偏偏是，阳平女巫和本王裔孙冰，不动声色，一个选址，一个默许，就把蜀主祠立在了本王离开俗世的飞升之地。看来，不管什么人，但凡公权在手，都有夹带私货的时候，虽然这种夹带，于公无损。夹带私货怎么着都是不对的，不过，本王喜欢。一个连自己的祖先都不敬、都没敬舒坦的人，如何去敬别人的祖先？

令李冰没想到的是，祠址刚刚确定，郡府的款项尚未落实，郡府大门外车马场已是人山人海，几近把郡府围了。郡尉得到报告，大惊，急忙集结秦兵前往。还在半路，就被郡守派来的精猴快骑拦下。郡尉令大军返回，只带了十数人继续前行。

原来，人山人海，是来捐钱立祠的。第一个捐款的是郡守，捐了两份，一份是他自己的，一份是母亲泝的。第二个是羊磨，第三是王敠羊雪这对恋人，第四位是婢。后来，越来越多，就成了人山人海。金渊、鹿溪、梍木老板也捐了。化装成商人的蜀王泮，也以假名捐了。阳平女巫盘坐蒲团，手执一柄神器，念念有词。她的侍女们在忙着接受捐款、登记造册。羊磨告诉李冰，蜀人及蜀商如此踊跃，盖因官府发起、阳平女巫主持，二者缺一不可。不用说，如此一来，蜀郡府的钱库门，自是不用再行打开了。

郡尉见款额不小，怕被人抢劫，就问阳平女巫："捐额颇巨，可需在下派军士以为安全？"

阳平女巫："蜀地立祠之善资，蜀人断不会生发歹念，这个请郡尉大人释念。"望郡尉一眼，"然则，防还是当防的，因为蜀地除了蜀人，还有非蜀人。"

热脸蛋碰到冷屁股。郡尉一愣，自己不就是非蜀人？反应过来，欲发作，却不知该怎么发作，终是装聋作哑，忍了。

立祠捐款，像柴薪一样堆放在女巫帐篷外，上面搭了一层树皮以遮风雨。深夜，有几个山东商人，男女老少皆有，不约而同前去偷盗，却先先后后死在了钱堆边。天亮后，全成都在猜测、议论这几人。城中的一位郎中尸检后说，他们的死与外力无关，他们均死于各各不同的自己的疾病。人人的身体中都带有疾病，死于自己的疾病，不奇怪。奇怪的是，这几个人的疾病，都在接近立祠款的那一刻，不约而同爆发，开出一朵死亡之花。人们怀疑这位郎中的尸检结论，又请几位郎中复检，结论惊人一致。

参加了湙山祠、江水祠开工仪式的李冰，又站在了蜀主祠的地基上。开工仪式在西湔水注入岷水交汇处的南岸举行。

开工仪式的多项流程中，其中一项叫"净祠基"。净祠基之前，需做两项准备，一是备足干净之木柴，二是在地基一侧砌一个放满了采自冰山之冰的冰池。所谓净祠基，就是在立祠的位置上，过火、过冰、过气，以祛除祠基上包括俗尘、邪气、冤怨等在内的不洁。过火就是架干净之柴木，取天火点燃，把地皮烧过；过冰就是将冰池中的冰块和冰水投泼于烧红的地皮；过气就是由阳平女巫吐气如兰般吹出一腔仙气，将地皮上的灰烬、水渍吹得干干净净。

"三过"之后，即由郡守宣布"开基"。于是，一群手持铁锹、铁铲等工具的民夫，便在净洁的地皮上，开挖祠墙、祠柱地基。

在渎山祠、江水祠做三过和开基仪式时，李冰很有感觉，但算不上特别。这次就不一样了，不仅有特别的感觉，还完全震惊了。前两次的地表都是厚厚的泥层，这次，一点泥层没有，直接就是裸露的玉垒山岩层。又由于地处山脚山坡上，地坪狭促，就需向山体方向开凿。

李冰站在观礼台上，心情宁静地观看"三过"。阳平女巫伸手向天空一抓，然后撒手向柴薪掷去，柴薪顿时熊熊燃烧。岩石被烧红后，现场所有人均用木桶、木瓢在冰池中舀取冰块冰水，一起向岩石泼去，霎时，水气冲天，岩石出现崩裂炸响之声。岩石冰冷后，阳平女巫一个深呼吸，再徐徐吐出，于是乎，岩石灰烬消失，地皮洁白如雪，裂纹四泄。主持人请郡守大人宣布开基时，他好一阵才回过神来。急忙大声宣呼：

"本守宣布，蜀主祠，开基！"

随着郡守一声号令，手持工具的民夫们拥上岩石，开始凿基。李冰听见岩层炸裂声并看见崩裂口子后，已然想到凿岩新径，由此进一步联想到宝瓶口开凿之法。果然，民夫们用铁锹、铁锤、铁锤等工具一动作，地基扩大，地基坑槽很容易就现了雏形。

李冰大喜，忍不住跑到岷水边，双膝跪地，仰天狂呼："成也，成也！但谢蜀主保佑，但谢蜀主赐福！"

郡丞在一边暗露鄙夷之笑，像观疯人之举。

李冰呼着成也、成也，一直沿岷水东岸跑到了都安大堰郡守幕帐中。王聂、羊磨兄妹闻声而来。李冰率三人爬至玉垒山半山腰，兴奋地告诉他们，开凿宝瓶口，找到提速办法了。郡守告诉他们，准备充分的柴火，在宝瓶口上方两侧各修砌一个大型水池，将岷水用杠杆轱辘之法和水车之技，提灌至池中。之后，火烧宝瓶口岩层，再将水池中雪山融化的岷水，骤然倾入岩层上，待岩层热胀冷缩、拉崩出裂纹后，再行开凿。裂纹层开凿毕，再烧，再注水，如此反复，工期可倍减也。

至此，一年四季轮番演绎冰火两重天的宝瓶口，施工速度大大提高。掣肘都安大堰整体工程的瓶颈问题，在水火不相容的成规中获得炸裂性解决。

至此，在蜀民中，李冰不仅是水家掌门人、郡守、蜀主，还成了神。

趁着宝瓶口瓶颈之破颈之喜，王叕、羊雪又添一喜，二人终于走进洞房。李冰、羊磨都知道，王叕是不愿结婚的，是羊雪催着他结。但不知羊雪给他下了什么蛊，行事慎妮的王叕终于想通了，正像宝瓶口想通了一样。

9. 井泉水命： 穿二江成都之中

现在，郡守终于可以对都安大堰整体工程，步调一致、相互联动地全面上马开工了。

具体言之，就是将渠首之水，引入四通八达的渠网之中，撒向成都平原，以解决这一地区的航运、灌溉、漂木、养鱼，以及生活、工坊等用水问题。正是这一开天辟地的大手笔，成为变成都平原为天府之国的原驱力与基底。

而在渠网中，处于骨架、枢纽地位的，乃出自岷山谷口的岷水在平坝上自然分流后，流经成都城西南边的二江：郫江、检江。二江在成都城东合流后，经广都，奔向武阳江口，重返岷水。

二江覆盖了成都平原的西部、南部，乃至东部地区，那么，北部地区怎么办？

李冰何许人？走到哪里黑就在哪里歇，拆东墙补西墙，没有一盘棋的整体谋定，他是不会干的。干了也就不是李冰了。为此，将岷水水系与沱水水系打通，使成都平原北部地区获得水利之益，自然也在李冰的运筹中。具体来讲，早在阳平山茅屋中画出的那幅都安大堰整体规划牛皮图上，已然将郫江凿开了一个口子，修了铺向成都北部地区的渠网，让该地区充分过水后，再注入沱水。正是这一开渠灌北的利民之举，使得沱水总水量近一半的水源来自岷水。

二江是自古以来就有的自然河流。岷水发洪涨水后，河流主道排洪不力，洪水就冲出主河道，横生枝节，一分为二，一北一南呈包抄之状向东边的成都城杀来。但成都城心略高的海拔阻击了它们。它们于是止于成都西南角夺路东去,很快相拥合龙。当年的鳖灵,正是浮尸大江而上,入岷水,入郫江,在杜宇的郫都,咸鱼翻身,复活过来,而最终对二江避让三舍,望东退去,迁都成都的。

之所以称自然,是因为李冰之前,二江没有受到任何人为的整理。

李冰郡守在蜀郡府议事厅升堂府议,说了疏浚二江的诸多必要性与好处。

他说,夏之涨水季,江水漫堤,肆虐泛滥,两岸人民几成鱼鳖。而冬之枯水季,又河水变小沟,甚至滴水无有,河道成马道。正因为自然,二江弯弯曲曲,深浅宽窄不一,水速急缓大异。故,有水之季,其上也只可行独木舟、竹筏,稍稍有些心宽体胖的船只,自是与二江无缘。

他说,显然,二江的如此这般的自然,于蜀人,是不自然的。渴水时,水不至,饱水时,水发疯扑来。有河道,却不能满足水运航行之需,导致人众、货品无法就近浮江而下,去往山东六国。更不能开设支渠、毛渠,扩大灌区,以解决土地和人民饥渴之难。就是说,二江之不自然,在于有水无水皆无利也。

郡丞嬴漪照例提出了自己的反对意见。他说:"都安大堰之渠首工程,尚未成功也。万一不成,穿二江成都之中,有何利可言,何利可图,岂不是白费人力财力?真乃皮之不存,毛将焉附也哉。再则,二江古来有之,顺山川地貌来,延山川地貌去,大人强力变之,岂不违背了你们道家倡行的天人合一、顺其自然之学说?"

李冰反驳说:"任何事体,人不参与其中,何来天人合一之说?顺从自然,指的乃人在改造自然的事体中,要依从大自然的运势气象,不可背离日月星辰与山川河流的大势。记住,本守说的是大势,非小势与偶发也。"环视属吏,"诸位可以走了,都水官留下听令。"

郡守的锵锵金石之声,终于让嬴漪等几位持不同观点者,无了话讲。当然,了无话讲,更是因为盐铁之利,在帮着郡守做出无声的更坚硬的发言。

所有事体的推动,都是靠人使力。所有事体的变生,都是靠人干出的。都安大堰工程在成都平原全面铺开上马,首先要上的,当然是人。

李冰留下王叕,说的正是人的事。李冰让他加班加点,用最快的速度,拟定都安大堰工程各子项、分项中全部工种设置,及人员数量配置,少了不够,多了窝工。并且，还要考虑农忙农闲、涨水枯水季节、施工进度等因素及相应的人力调度，以及不可预计因素。方案拟定出来交他审定无误后，向外发布。

王叕领了任务，顶着风雪，飞马回了湔氐道。除了处理渠首工地突发问题，基本上都把自己关在白沙邮旁边的工地帐篷里，全力设计施工岗位及人力配置。新婚的他，有好几天没回过自己的新家了。

这天晚上，王叕正在伏案干活儿，帐门一掀，随着一股雪风，进来一人，是羊雪。羊雪一脸冻得绯红，头发和衣肩缀着霙雪，双手捧着一个陶罐。

羊雪："见你帐篷亮着灯，知你还在干活。饿坏了吧？给你煨了羊肉汤。"一进帐就挑亮松油灯，揭开捂在陶罐口上的棉布，将羊肉汤舀在一只陶钵中，放在丈夫面前。

帐内溢满羊肉汤的热气与香味。

王叕一见羊雪，立即笑容满面，如沐春风："夫人来得及时，王叕大饿也。"

羊雪很专注地望着王叕放下手中的笔，手持勺子，欲伸进钵中，却没防到这厮却努个嘴，快如飞瀑地亲了自己一下。"啪"的那声亲吻声，完全盖压了奔腾在帐外的岷水。

王叕说："这下不饿了。嗯，又香又好吃。以后不用煨羊肉汤、牛肉汤什么的了，又辛苦又麻烦，人来了比什么都强。"

羊雪羞得不行，佯装生气："既然羊肉汤不好吃，那羊雪这就端走。"端起钵，欲将钵中物，倾入罐中。却被王叕抢将过来，高举，仰脖，咕噜咕噜倒入了一眼深不见底、龇牙弹舌的肉井中。尔后，才开始用勺子舀起吃。

羊雪怪嗔："馋鬼，吃什么都不吐骨头。"看了一眼陶罐，"诺，还有点，快吃吧，不然凉了。"

王叕坏笑："吃不动了。"却张了嘴等着。

羊雪："你呀，还都水官哩，就会欺负我们蜀中女子，真坏。你说，你有好多天没回家了？治水治得把自己的女人都忘了。"便像侍候婴儿或无限老的老人一样，一勺一勺将羊肉汤喂入丈夫口中。

王叕："乱说，王叕何曾欺负了你们蜀中女子。王叕只喜欢让一个蜀中女子欺负，脸冻了，帮她亲暖和，煨了汤，帮她消化掉。更让人受不了的是，蜀女美如花,多如云,王叕还想……"

羊雪怒怼:"你敢!"又说,"快说,还想什么?"

王叕:"不敢,不敢。"

羊雪:"必须说。"

王叕:"那我真说了。王叕是说,蜀女美如花,多如云,但王叕还想告诉夫人,她们没有哪一个,比得上来自柔达娜雪山的氐人羊雪,我的羊雪。"

羊雪一下更美了,主动偎在恋人怀中的文火里,把自己煨成了鲜美的羊肉汤。

温存够了,羊雪给帐中将熄的柴火添了柴,拨弄了几下,鼓腮吹了吹,火又亮堂了。

王叕羡慕地说:"我怎么就生不好火?不是死不溜秋,就是烟雾满帐。"

羊雪:"烧柴火记住八字诀就好了,人要忠心,火要空心。"逗他,"但关键是前四字,人要忠心。"

王叕:"我一忠心,火就燃了?"

羊雪:"然也。只要你王叕先生,对羊雪一忠心,别说火燃,万物都开花。你看……"眉飞色舞,说在兴头上,还要往下说,却被王叕一双治水的手揽过,箍紧,一副嘴舌把另一副嘴舌严丝合缝堵上了,正像有力而精准的木石,塞进了泄漏的渠道。

打情骂俏消停下来后,王叕又续上了先前的工作。羊雪无事,又不舍得走,便歪个脑袋瞅,不时问东问西。

她咕噜说:"不就是治水呗,不就是水利工程呗,咋个需要这么多工种,好像全天下所有的工种,都安大堰都用得上。我们氐人治水,可没这么繁复。"

王叕回答道:"说来,水利工程需要的,也就是水工、水师这些水利工师而已。然则,水利工师,实则又是由百工构成。治水之实,广而浩繁,机关甚多。踏勘测量、预估计算、设计规则、凿山开峡、拦水分流、筑堰砌堤、取石伐木、疏浚水道、开渠引水、泅水远泳、造舟划船、设关安闸、滤沙除泥、搭桥置景、补漏防浸,无不牵涉。治水之法,亦即变水之技也。害水变利水,河水变渠水,渠水变塘水变工水变饮水;大水变小水,小水变大水;有水变无水,无水变有水;南水变北水,西水变东水……水随人变,人随心走焉,是也。"

羊雪接口道："由是，水工者，识百工、统百工之总揽也。画工、测工、铁工、铜工、石工、木工、陶工、砖工、瓦工、泥工、船工、车夫、桥工、绳工、抬工、火工、雕工、布工、染工、漆工……皆为治水之必需。此外，尚需风水师、各级官员，乃至并无一技之长之万千力夫。百工连万家，万家系百工。因之，但凡治水之能事，天下之工，举国之人，无有不包也。"

王叕拊掌赞道："羊雪者，冰雪聪明之蜀女也。"反应过来，"夫人刚才是故意考王叕吧？"

"才回过神来？真笨。"

郡守李冰修订了都水官呈报的新招都安大堰百工计划书后，即令郡丞组织力量，用水漂的方式，将此书发布天下。郡丞以身体有恙，需在家休养为由予以婉拒。郡守也不恼，关切道："师兄有疾，尽可将息在家，请个好郎中，好好看下。冰忙过此事，定前去探视。"

水漂《都安大堰招百工书》事体，是王叕、羊雪和桃枭去办的。桃枭是自己闯来的。

李冰正在向王叕、羊雪交代水漂之事，王叕负责长江，羊雪负责黄河，桃枭就风风火火闯进了书房。

桃枭还是一副任性、我行我素的样子："水漂招百工书，这事儿好玩，桃枭要去。"望着冰，意味深长地，"听闻当年无名氏撰著的《水经》，就是在我们蜀地，用水漂的方式，向大江、大河发布的。"

李冰："桃枭？怎么是你，什么时候回来的，何时返咸阳？田桑兄与孩子回来也否？"

桃枭："郡守大人，你这是多少个问题，让人怎么回答？我现在要告诉你的是，桃枭又是自由身了，又可以央求李冰先生娶桃枭了。"咯咯咯笑了起来。说男女事，就像说兄弟事。

郡守猝不及防，羞得像个小姑娘。

羊雪哪知以前的那些筋筋绊绊，就老老实实告诉桃枭："这位姐，你可能不知道吧，郡守大人早就娶妻生子了。"

王叕用手戳了羊雪一下："不知就别多嘴。"

羊雪不服："羊雪怎么不知了？难不成郡守大人没娶妻生子？"

王叕急了："我不是指这个。"

桃枭："还是王叕兄明事理。告诉你，小妹妹，姐是要嫁给李冰先生做小也。"

李冰对桃枭正色道："休得胡闹。真是活回去了，这才几年没见，怎么还是如此顽皮？"

桃枭又咯咯咯一笑："还郡守呢，一个玩笑都开不起，不好玩。"又对羊雪说，"还是水漂好玩，我跟这位小妹妹去黄河上游玩水漂去。"

一谈完正事，王叕就拉了羊雪走。羊雪莫名其妙，想反抗，但没有拗过丈夫坚定不移、表达清晰的手语。

门下书佐为郡守的女客人沏了茶，退出书房，随手闭了门。书房中就剩下一对男女了，但李冰并没有尴尬、别扭的感觉。这一点，连李冰自己都感到奇怪。其实，他的感觉，我是知道的，他已经放下了，至少，这些年的时光，已稀释了他的初恋情愫。但，现在，初恋回来了，他会再起波澜吗？这我就要卖个关子，不能后话前说了。

他想知道她这几年过得怎样，正待开口，桃枭却先说了："你不是一口气问了桃枭那多事么？好，桃枭来告诉你。"

她没有先说自己的事，而是首先将一支泥封的竹管递给李冰，是泳写给儿子的一封家书。桃枭离别咸阳时，给冰的儿女拎了礼物，去向泳告别，泳和盈留她吃了饭，泳还写了一封信给儿子。信中也没说啥，只说一家人均好，让儿子尽管放心，一心干好蜀郡事，早日建毕都安大堰就好。见盈有些紧张，泳又在信中添加了一段，专门指出盈作为人母和人媳的好。写好信，泳特别要盈和桃枭看了。桃枭看了，明白泳的心思，却不多言，只笑了笑。

桃枭这次是带着儿女回来的。

桃枭拖儿带女回蜀，是因为她的公公田贵和丈夫田桑先后死了。在咸阳，她无依无靠，就返蜀回了娘家。

桃枭在成都成婚两年，生下女儿田桑桑后，随丈夫去了咸阳。回咸阳三年后，又生了儿子田二郎。田桑放浪形骸，对妻儿不管不问，李冰是知道的。好在有田贵照拂，她也就得过且过，拖着儿女，把日子一天天过下去。不承想，一天下午，她从街上回来，听见后院庭园中有很大动静。鼻青脸肿的二郎见到她，也急忙喊她快去。她跑去一看，发现田桑一边怒骂一边抓着女儿桑桑的头发，把她往鱼池水中摁。桃枭飞起一脚踢翻丈夫，一把拎起女儿横担在自己膝上，池水连同涎水从女儿口中一阵一阵狂喷出来。十一岁的女儿一脸煞白，母亲晚来一步，就没命了。将女儿抱到席地上睡了后，就去找田桑。儿子也紧紧跟着她。以为田桑躲哪里去了，谁知他竟堂堂皇皇坐在堂屋席地上等着她的到来。

她正要怒斥他，却见他一看见自己来了，立马站起，反指着她破口大骂："好个桃枭，表面倒是正经人家出身，没想到我田桑娶的女人、用了十二三年的女人，竟是别人用过的烂货。我田桑真傻也，不仅娶了烂货，还帮别人养了狗崽子。不是一个，而是两个！我要立马休了你，让你滚回蜀中，滚到你臭男人身边去！"

情势陡转。桃枭的脸，顿时桃花飞散，像女儿一样煞白、像儿子一样鼻青脸肿："田桑，你说甚来？你是否疯了？"

田桑一声冷笑："你早在认识我之前，就与李冰鬼混过，孤男寡女，还一起私奔去过阆中。这些丑事还不够。最大的丑事是，居然还揣了个李冰的狗崽子跟我成婚，这狗崽子居然还姓田。还有，李冰筑完成都城回来，在咸阳渭水边，你们又一次苟且，生下了这个狗二郎！试问苍天，这世道可有公道？"

桃枭气急："信口雌黄，不可理喻，疯狗乱咬人！"

田桑讥讽："还抵赖？你敢说没与李冰好过，没一起去过阆中？"

桃枭："我与李冰是好过，也一起去过阆中。但没有你说的那些事。"

田桑："多说无益。"从席地上抓起一张羊皮纸抖着，又奋力掷向她，"我已写好休书，你可以带上两个狗崽子，即刻滚出田家。"

桃枭捏着休书："走就走。我桃枭忍了这多年，早想走了！"

进去背了桑桑，又把愣在一边的二郎牵上，便要走。田桑如何会干？上去夺了二郎过来，说："我要留一个狗崽子，好向御史大夫告状呢。李冰这个奸人良妻的禽兽，就等着丢官挨刀吧！好了，你们母女这下可以走了。"

田二郎喊着母亲，向母亲扑去，又哪里扑得去？桃枭便过来捉了儿子一只手，但儿子另一只手被父亲紧紧攥着。儿子的哭声就起了。这个时候，母亲不撒手，谁撒手？

桃枭无奈，向儿子说："二郎，母亲会想你的。母亲走也。"心一硬，牵着桑桑，向田府外走去。却被从王宫回家的田贵拦了，并让下人将他们母子三人安排去后院房间歇息。然后，向儿子备细问了原委。然后，勃然大怒，抽了儿子一耳光：

"糊涂也。传闻岂能轻信？况乎李冰之为人，为父最是了然。他岂会做下如此恶浊之勾当？"田贵与御史大夫、治粟内史去蜀郡外调李冰返回咸阳刚刚两三个旬日，对李冰的了解更胜于昨。

因为田贵的干预，田桑只好收回休妻书。桃枭无奈，想走不成，只得在田府继续扮演自己的角色。不同的是，她扮演的是她婚前的真实的自己，那个女侠一般逍遥、天不怕地不怕的自己。婚后多年，一直扮演大户人家少夫人、贤妻良母的自己，再不复存在。她也只能这样，因为只有这样，才能大张旗鼓护犊子。因为田桑一直在伺机以或阳或阴的手段，将她的两个孩子整残或整死。既然一切公开，田桑也将自己养在外边的私生子田大接回了田府。

田贵看上去还是老样子，在王宫公干，在朋友圈转悠，在家中看书浇花逗孙。但这只是表象，两三年来，他其实暗地里一直在查那个谣言的来源。当所有的信息都指向一个人，而他正准备有所行动时，他莫名其妙死了。他死在最不该死的地方，安全级别最高的王宫中。家人等他回家过六十大寿，却死也等不来。他名字富贵，死得也富贵，是吞金死的。毕竟是赫赫秦国的一位位极九卿的股肱之臣殁亡，连最高司法官廷尉都亲自勘探了现场。结论是，自杀不可能，被王宫中的内奸下手不可能，刺客入宫行事不可能。田老夫人对这个结论很生气，但不知怎样表达自己的生气，从而以生气宣示抗议。最终，她想到了办法，觉得这个办法颇妙，就连夜照办了。天亮，田府老夫人贴身丫鬟惊恐万状，因为她打理房间时发现，老夫人的私房金子不见了，遂大喊"丢金了、丢金了"。跟着，发现老夫人睡在田贵书房，身子像一根大金条，闪闪发光。遂再次大喊"金回了，金回了"。

还别说，孽障了一生的田桑，死前还是一个孝子。父母亲一死，他甚至都没来得及把桃枭休掉，把他们母子三人赶出田府，便全力投入对父亲死因的追查中。他在都城咸阳是有一帮酒肉朋友和一伙难兄难弟的,大家一起发力,各方线索越来越集中时,线索断了,因为提拎线索总头绪的人——田桑——死了。田桑是吊死的,只不知是自己上吊死的,还是被吊死的。一根细细的,但很结实的线索,一头圈在田府庭院一棵皮皲肤裂的歪脖子老槐上,一头圈在他细皮嫩肉的直脖子上。

成天待在田府的蜀女桃枭什么也不知道,知道的,也就是田家的两代主人死了。田桑一死,桃枭就给父亲金渊写了信,告诉父亲,准备处理完丧事,即行辞别返蜀。没想到,谁都不要她处理丧事,披麻戴孝的田氏族人及田府门客,一致决定,给她一笔赡养费,让这个扫帚星和她的一对儿女,滚回她的老家去。他们怕田桑桑、田二郎继承田府家业,而又由桃枭垂帘听政,以致自己在这场大变故中捞不到任何好处。于是乎,索性沿袭田桑说法,称田桑桑为李桑桑,田二郎为李二郎,完全将二人的身世、血脉,安在了李冰名下。可怜见的李冰,什么都不知道,就在咸阳田府有了一对儿女,加上咸阳渭水边的,共有后人两男两女了。这样一来,田桑的那个私生子田大,也成了田族人的多余物,谁都不承认他是田桑的血脉。泺得知田贵的孙子流落咸阳街头后,便将他领回李家宅子。但他住了一段时间后,决定出去拜师学艺,泺留不住,便赠他一笔钱上路。他跪谢而去,自此不知所终。

桃枭走得突然,而信件又走得从容镇定。拖儿携女走进载天山庄时,携有父亲手书家信、去咸阳接她回家的一队人马正待出发。给带队管家交代事体的父母亲,看见女儿和两个外孙被几个肩挑背扛的下人拥进山庄大院,立即惊喜地迎了上去。最先看见桃枭的是金渊,虽然只有一只眼,却比其他人看得更远、更宽。

管家一声宣呼:"大小姐回家了!"

她的两个哥哥随即跑了来。一家人忍着自己的亲人嫁错郎的凄楚,欢天喜地与她拉家常、设宴接风洗尘。只有她和她的儿女,是真高兴。宴后,一家人又把她送至父亲已为她置办妥帖的一处小院中。小院在少城,桃枭和她的子女里里外外看了,很是满意。小院比田府小多了,但三人却明显感到,自己终于有了独立的、无限广大的自由天地。

听完桃枭的故事，李冰唏嘘不已，但同时又为桃枭目前获拥的好心情感到高兴。故事中的所有故事，只有田贵亡故一件他是知道的。知道后，悲伤不已，直想赴咸阳奔丧，抱着田大人尸身呼一声"义父"。可他是蜀郡守，岂能因私擅离蜀境？自己三岁时就被田大人救过命，后来又成了自己的举荐人，田贵，真乃贵人也。李冰连续七日，不进一食，只饮了一壶岷水，一壶沱水。至于他与桃枭之间的那些绯闻，他还是第一次听闻。这种事，当事人总是最后一位知道的。事实上，蜀郡各级官场中早已无人不知，甚至王叕也有耳闻。王叕是想告诉他的，又不想让这号捕风捉影的事，影响他心情，进而影响他本已繁重不堪的治水大业。反过来说，这事儿也就是李冰，换另一个人，早感觉到了。尤其他与金渊同处一个场合，周遭的眼神、指点和议论，他竟然可以没有任何一丝异样的感觉。澎湃在他心中的蜀水，淹没了一切嘈杂、丑恶和阴谋。

李冰起身："没想到我李冰倏尔之间就多了一双儿女，安可不前往探之。"哈哈大笑出门去。

李冰将出身富庶、婚姻坎坷的初恋送至她那少城的小院。才不过旬日，小院完全有了家的样子。两个孩子正在跟一位私塾教师念书，见到他，虽已没什么印象，却一点没有陌生感。由此及彼，想到了自己在咸阳的一双儿女，恍惚间，竟有些混淆。女佣、男仆在忙碌。望着小院中的主人及主人现有的一切，李冰颇觉安慰。

晚饭后，两人在花园里散步时，桃枭再次表达了自己的爱恋和愿意做小的诉求。

李冰慎重地说，过去的事，爱也罢恨也罢误会也罢，过去了就过去了，人生不只有个人情感，也会有遗憾甚至牺牲。作为男人，还必须有责任和担当。高兴之事，也颇少，十之八九是不如意。放下过去，就像水放下一切，舍去细枝末节，百转千回，一门心思奔赴大海。奔向大海，其实是水放下水，水爱上水，水融入和变成更大更澎湃的水。这是水的水命，也是我李冰的水命。而治蜀、治水，就是我为之付出一生的大海。对你桃枭，我李冰依然是爱的，并且爱得很深，深到了心里与灵魂。但这种爱，我却不能让它发散出来，去伤害一些人，尤其我的亲人。所以，我只能将这种爱，变成隐痛、泪水、怀想和对理想不懈之追求。你是一个好女人，怪只怪我羁绊太多，牵挂太多，辜负了你一片冰心，一腔深情。为此，请桃枭谅解我李冰的无情无义。

桃枭说，你何来无情无义，只是你的情义都给了你的家人，你的蜀郡，你的国家，尤其你的水。当然，你也给了桃枭，只是，你给桃枭的，桃枭能够看见、听见、感受到，唯独不能触摸和厮守。不过，桃枭还是知足了，毕竟你心里的某个角落，是有我的，这就够了。能够得到你李冰的爱，桃枭已然是全天下最幸福的人了。放心，你尽管忙你的大事去，桃枭不会影响更不会干扰你。桃枭要做的，就是爱你，等你，一世一生，无怨无悔。

李冰说，桃枭，冰不值得你这样。依你的条件，完全可以找个好男人，安安生生过一辈子的。

桃枭说，爱你，等你，一辈子，这才是桃枭的安生。冰，连桃枭这一点小小的要求，你都忍心拒绝么？冷不丁啄了李冰一嘴，然后咯咯咯一阵笑，又说，桃枭知道你狠不下这个心的，好了，桃枭放你走了。记住，今晚你的水梦中，那股游向你的水，就是桃枭。

当夜，郡守大人还真做了一个水梦。水中，一枝桃花，向他游来。

没过两天，女扮男装、一身骑服的桃枭，就跟羊雪出现在唐克了。在黄河第一弯放水漂，两位蜀女高兴得比清澈透明的黄河水都漂亮。

桃枭给李冰讲的自己的故事，都是自己知道的，自己还有些故事，是自己不知道的。但我知道。

风起于青萍之末，浪成于微澜之间。桃枭的故事，皆起于李冰与她之间的绯闻，而绯闻的制造者，正是郡丞嬴漪。嬴漪告状不成险些丢官后，就萌生并实施了用绯闻攻击敌人的想法。他相信，一旦田贵得知这一信息，即便只是将信将疑，也会有所反应，采取对李冰不利的行动。这世间居然有人敢给田家人戴绿帽子？逆天了！田桑一定会对桃枭采取不利行动，这一点，嬴漪在谋划时就想到了，并且，这也正是他的希望。他希望变正常秩序为不正常秩序，只有乱，才有改变现有格局的可能。这些，无一不朝着他想象的方向发展。只有一点，并且是最重要的一点，跑在了想象之外，那就是，田贵并没有对李冰下手，以德性败坏、行为卑劣之名，建议秦王撤了他的郡守职。得知绯闻后，田贵的确是反应了，但田贵反应的方向居然是对着绯闻的制造者与发布者而来。他吓了一跳。如此一来，岂不惹火烧身，偷鸡不成倒蚀一把米？针对这一变局，他慌忙拟定了应对的行动方案。但行动还未完全展开，田贵就呜呼哀哉了。这田贵，早该见阎王了，不仅荐李冰为郡守，还入蜀搞调查，差点让自己断了仕途。他恶狠狠骂道。田贵一死，一块石头总算落了地。

这块刚刚落地的石头，又跳起来，再次吓了嬴漪一跳。这块石头，是上一块石头的儿子，田桑。田桑祭出孝字大旗，明线暗线同时追查父亲吞金之谜。追查吞金之谜，首先追查的，是田父吞金之前在做什么事，做的这件事，会损伤谁的利益，这个是追查的前置条件。正是对前置条件的追查，再次让嬴漪陷入了惊恐的旋涡。又正是这种惊恐，让他沉至绝望的底线。而绝望之人唯一能走的活路，就是向死而生，置欲置自己于死地者于死地。当想及这一层后，竟有了打穿死穴的美妙与神奇。因为放出的一箭一雕的箭，射中的竟是双雕。这一箭，不仅使自己死里逃生，还可把政敌李冰拖进绯闻的汪洋，就算他是水魔之身，也必将淹死。田桑一死，桃枭果然就回到成都，果然就将初恋情人李冰缠上了。幕帘才拉开，接下来，有好戏看了。

关于欲置自己于死地的田桑之死，嬴漪的确是花钱买了胡地职业刺客去行刺的，田桑也的确命归黄泉了。只是大出嬴漪预料的是，刺客回来向他做的报告。刺客说，他早早潜入田府庭院伺机行刺，哪知还有两支不明来路的人马，亦要谋田桑命。而田桑被吊在树上，正是其中一支人马的手笔。这两支人马，让心高气傲、自认为聪明绝伦的嬴漪，充分感到了世界的复杂与诡异。世界有两个，一个是明面的世界，一个是暗里的世界，两个世界在交叉中独立运行。

这两支人马中杀田桑而得手的一支，是金渊派去的。

杀田桑，金渊有很多理由，但重要的只有两点。一是，这狗日的孽障太欺负人了，欺负本侯女儿，不过分，也就忍了。但他变本加厉，越来越过分，甚至发展到了要杀自己外孙女外孙子和休了桃枭。这样做，他眼里还有本侯吗？既然连本侯都敢不放眼里，这就不能忍了，也忍无可忍了。二是，只有孽障女婿死了，女儿才能回到父母身边，也才有可能与郡守大人重修旧好。他对女儿的纯洁深信不疑，就像他对李冰与女儿之间的真爱深信不疑。也因此，他一丁点也不相信女儿怀了并生了一个两个小李冰。李冰莫名其妙一夜之间成为蜀郡一号首脑后，自己肠子都悔青了，早知如此，顺其自然，让女儿嫁与郡守多好。

女儿既然有了这多舛的命运,而这又是自己信了嬴漪的话,与嬴漪合谋制造谣言、假书信,让女儿与李冰产生误会造的孽,那自己就有责任改变这一命运。女儿若能嫁与郡守,即或去李府做小,那也是一种改变。怎么能不是呢?一个拖儿带女的奔四的弃妇、遗孀,当不成典客儿媳妇,还能转身成为郡守如夫人,当然是改变了。不仅女儿改变了,自己也一变而成郡守岳父,这有哪点不好?万一郡守大人一怒为红颜,直接休了咸阳那个、他母亲为他做主硬塞给他的女人,那也不是没有可能啊。

现在,自己的心肝女儿回来了,一切似正在往他预设的方向发展。但后来才知道,自己还是计算有误。

将李冰与女儿之间初恋的一片真情,改写成绯闻并发布至郡内外的,除了嬴漪,不会有第二人。嬴漪以为天底下只有他自己知道此事,这也太掩耳盗铃自欺欺人了吧。本侯即便一只眼,也把这事儿看得很清楚。对此,本侯一开始很生气,因为怕亲家田大人生气。不想惹田大人生气,却又不能出手制止,因为绯闻像水汽,一旦生发,就抓不回来了。

田桑泉下有知,要怪就怪他的家父先他而走了。如果他家父尚在,金渊是不准备动他的,毕竟亲家是王宫大臣,对其子有震慑之力,对儿媳又多有照拂。杀田桑,他怎么也没想到,除了自己,还有另外两股势力。早知如此,老而弥坚但又老奸巨猾的他,一定会退出战场,假手他者,不劳而获。

金渊连续三天,一车一车向湔氏道渠首工地民夫送粮棉,让王叕大为感动,说他"为富为仁,捐助公益,堪称义富"。

金渊笑得很猛,差点岔了气,他说:"看不出来,都水官说话,这么顺耳。"

王叕说:"王叕会向郡守大人禀报侯爷义举,让全郡富族向牛鞞侯学习,为都安大堰工程捐粮捐资。"

金渊豪爽地说:"用不着,用不着。小事,小事,何需惊动郡守?"

说归说,这么大的事,都水官又怎能不报与郡守呢?郡守听了,一笑,说:"牛鞞侯不是还没补缴两口盐泉的赋税么,你让盐官给他办个交接,就说这批粮棉,就算抵了他的赋税。"又孩子般一笑,"此事保密。对外承认他的主动无偿之善举,说郡府和本守特别赞许,深表谢忱。明白吗?"

王叕还不是十分明白，但还是回答了"明白"。王叕是旬日之后，看见桤木老板等全郡富族纷纷赶着牛车马车，向都安大堰工程捐资赠物，才明白的。广都鹿溪寨主望着都水官，一脸愧色："不好意思，来晚了，来晚了。"王叕忙说："不晚，不晚。为蜀民谋利，早晚都是尽心。"

这是去年的事。现在，为了向郡守示好，金渊不惜连女儿的情感也用上了。英雄难过美人关，他需要女儿为他说话，他希望郡守不要伤了，更不能断了他的财路。

李冰"穿二江成都之中"的计划，是郡守嬴漪在第一时间专程去告诉他的。当时，连蜀郡府的官吏，也只有三五人知道这一计划的具体内容。嬴漪一直在找对付李冰的同谋，条件是：一、有对付李冰的能力，如还兼能对自己任郡守有加持，更好；二、不伤害秦国之国家利益；三、保密。天下符合这个条件的人很多，问题是他自己的条件不符合别人，合作内容更是与他人八竿子打不着。于是乎，只好降低条件，首先是将范围缩小至蜀郡之内。金渊就是他一降再降条件后遴选出的有着利益共同点的合作者。金渊是最好合作的合作者，又是最不好合作的合作者。他不是商人，却比商人还商人。他是酋邦首领，国家封侯之人，农耕渔猎，工坊贸易，样样涉及，但他行事做事，出发点和归宿点皆可换算成一个钱字。所以，跟他谈合作，直接也罢，间接也罢，离开了"钱"字，免谈。而一说到钱，他眼睛就发绿——两只眼的绿从一只眼中发出。这是一种重要性远远胜过生命的绿。为了这点绿，他可以搭上个人，乃至家人、全族人的命。

嬴漪给他谈的，就是一个钱字。不是小钱，而是大钱，大到可以搭上命。

从钱出发，溯流而上，倒推回来，就可厘清并呈现出二人的利益共同点，那就是，改变都安大堰，尤其穿二江成都之中和成都平原渠网工程的建设规划。改变不成，就破坏。

嬴漪要的是李冰郡守的失败和自己在堂堂议事厅上所有建言的正确，从而取得自己的全盘的胜利。

金渊要的是既得利益不会随水流失，打了水漂。不仅如此，还想要水到渠成，水变金山。

这是二人的为今之计与成算。

关于都安大堰，金渊一直很关注。但由于把更多的智力与体力，投到了盐铁上，导致其关注流于粗浅与模糊。当然，这也怪李郡守冰不合常人思维的打法：说的话，行的事，无不让人云里雾里，智识散乱如水溅。直到嬴漪寻同谋者终于想到他，又终于为他寻到利害之处，跑去找他，备细说了二江穿成都和渠网工程的详规与具体的施工图，他才醒豁过来，进而大惊失色。

说完施工图，正在兴头上的嬴漪还想江流直下地说下去，金渊用盐铁一样有意味有决断的手势制止了他。

随着嬴漪的讲述，金渊脑袋里出现无数个脑袋，它们飞速旋转、碰撞，将他的利益得失账目建立得条分缕析，赫然入目。成都疏通二江的一个重要内容，是在郫江东岸、成都西北郊外，设置一个九里堤码头，专门用于漂木上岸，以解决成都城区用木用柴之需。此条由放排人及放排组织掌控的柴路，无疑断了他的财路。成都东西南北四门外，是有柴木市的，而以东西两市为大，恰恰这两处大市，是牛鞞家族掌控的。东市的货源出自龙泉山，西市的货源出自岷山——成都地区七成以上的货源，皆来自林木广密的莽莽岷山。李冰想改变成都柴木肩挑背扛、牛驮马拉的历史，用水的冲力与浮力，降低柴木的运输成本，这也是他穿二江成都之中的动因之一。凿宽凿深河道，不分枯涝季保障持续水量，筑一个有足够打捞位的码头，就可实现这一想法。

而正是李冰这一想法的实现，将成都造就成中华大地上唯一三千年不变城址的一座古都。从开明王朝于成都筑王城始，成都三千年，历经无数次筑城、毁城、改城和扩城的变脸。但千变万变，城址不变，其里因之一，正是建于二千三百年前、被誉为"九里长虹"的九里堤码头，能够为成都城建提供源源不断的物美价廉的建筑用木。

四通八达的渠网在金渊的脑海中转圈，处处受堵，怎么转都转不通顺，转不出去。原因很复杂又很简单，渠网宽宽窄窄千回百转。但金渊是何许人？再复杂的事体还是被他理出头绪，并最终换算出渠道占了牛鞞族人多少地，而牛鞞族人又有多少地多少人受益。这一换算，修渠前后一比对，渠水一直在他的亏损里打旋，不松绑、不散开。牛鞞侯顿知亏大了。

这一换算，让嬴漪终于找到了合作者。而他之于金渊，则有一种他乡遇故知的感觉。双方都认为，转了一圈回来，还是老搭子舒服。从此，金渊时不时就能接收到郡丞传递来的水的消息。

金渊其实还有一个撒手锏，只是他目前还不想用。他一用，李冰失官事小，还有灭族之灾，当然他自己也有灭族之灾。害人不利己，这个换算不成立。但到了非两败俱伤不可的当口，也只好破釜沉舟拿来一用了。

桃枭刚回蜀不几天，一种劫后余生外加鞍马劳顿的情绪与疲累还没完全熨平，金渊就提醒并催促她去给李冰送家书。金渊本想即刻就慎重告诉女儿实情，让她去说服郡守改变既有决断。但他还是忍了口没说，他想让女儿与郡守的关系恢复到位、发展到位，才能说服到位。但又不能只等不做。为此，他决定一边等女儿到位，一边自己行动。

桃枭怎么也没想到，她与羊雪踏上松茂道、穿过岷山峡谷到黄河九曲第一弯放水漂，她的大哥大牛却在不远处的下游捞水漂。她更没想到的是，大牛在大家畏缩不前遂身先士卒作示范性捞水漂时，被水漂走了。他的手下手忙脚乱，顿时由捞水漂者变为捞尸首者，但终是水漂、尸首一样也没捞着。一样没捞着，但一定会捞着侯爷对他们剁手斫脚的严惩。于是乎，趁好手好脚的，一溜烟消失在若尔盖大草原的空茫中了。

放水漂去大江的是羊磨带的一队氐人。他们是在武阳县岷水江口码头放的。水漂平平顺顺浩浩荡荡出发了。下游一二十里水隩处，牛鞞侯的二公子二牛正领着一班人马候着，见水漂如期而至，就准备驾舟打捞。哪知，风云突变。先是狂风大作，再是雷电交加、暴雨如瀑，最后是天色飞速变暗，白天顿成黑夜。这还怎么捞水漂？为避免自己成水漂，赶紧掉头上岸，摸黑找崖底躲雨打躲雷劈。

牛鞞侯以自己的两个儿子为领队，派出的两队人马，一支一个不落全回了，一支一个不落全没回。都没完成任务，都让他与嬴漪的计划打了水漂，按族规家法，必须惩罚。可怎么惩罚呢？他想破了脑袋也没想出一个对两支队伍一视同仁、互相没有话说的公平办法。

按照水漂公告，天下优秀百工在规定时间、规定地点，找到规定联系人报了到，并赓即一个萝卜一个坑地出现在自己的工位上。

这些人中，有位来自韩国的十六七岁的少年水工，叫郑国。老成持重的小郑国，从最底层干起。两年后，羊磨发现其才，答应收他为水工弟子。十年后，郑国自己又收了一位弟子，叫金。十几年后，工程竣工因故出蜀，郑国已是韩国第一水师了。

一时间，以都安大堰工程为载体，以湔氐道渠首工程为龙头，以二江及渠网为支撑的一个水利大项目，将成都平原变成了天下最大的建设工地。工地热火朝天，夜以继日，号子声、金属声、山歌声响彻云霄。工程参战人数，加上给养保障管理人众，达百万之多。

由于工期漫长，百工、给养等民夫年老、伤残、疾病等原因，还由于工种、工序、工期的平衡与调度，总之是旧的去新的来，这里去那里来，总人数基本保持不变。

二江在继续淘挖、凿打和砌堤护岸。几年过去，按照都安大堰总体部署，到了该启动建桥和开凿石犀溪的时间节点。

二江绕成都西南行，隔离了成都城区与西、南方向的通道，架桥通路自是穿二江后，面临的必然选择。成都出西门，与湔氐道连接，需要桥。出南门，通广都、临邛、南安、武阳、严道等，进而通滇、黔等地，需要桥。李冰之前，即有这两条自然河流，亦要与西、南产生联系，除了独木舟、竹筏外，也建有桥，西一架，南一架，少且简易，曰笮桥。此显然不适应李冰时代的城局。城郊东北边为何不建桥？因为此处没有河流割裂城区与东、北方面的衔系。建七星桥，这个惊动战国的大手笔，是李冰对成都桥梁的换代升级。要知道，在这两条颇宽的河流上建桥，是有大难度的。郫江，元代时还"江宽半里"（约合两百米）呢。

倘仅仅是为了成都与远方的联系，李冰的建桥动静不会这样大。动作这样大，更多的还是为了眼皮底下的更现实的利益。

这个利益在于，李冰想在城外二江之间的土地上，建一个市，借此将城中的市，迁移至此。这块地，呈不规则的长条形，东西长三四里，南北宽一二里。上游起洪，这里就成野水撒欢之地，所以，该处的常住民是芦苇、桤木、柳树和飞禽走兽之类。秦人主蜀土后，经过四五十年的发展，尤其山东人的入驻，成都城的市民大增，城市功能的配套能力已远远落后于人众的持续增长力量。商业市场的外迁，既避免工商业聚落对城内行政机构、居民生活、治安秩序、交通出行的干扰，又方便居民的商业交换购物活动，以及外地商旅人众与货品的专业性集散。

鳖灵迁都定址成都后，有过两次东进，其内容是在少城之东筑大城。一次是陈壮主持、无名氏执行，一次是张若主持、李冰执行。现在，由李冰主持并亲自设计的迁市工程，是成都城的首次南拓。

一辆辎车在窄小的驿道上行走，车里坐着李冰，他手里摊开着一张羊皮纸地图。车后有三骑马随行，金三角侍从。时值深秋，天气已凉，加之驿道上车来马去，尘土飞扬，辎车就放下车帘，四围了。

李冰已亲自绘制了在二江上建七座桥的规划图，明确了七座桥的桥址、桥名、桥形乃至施工方案。七座桥，按照李冰的意思，必须水天一色，天地人合一，上应七星，每桥均含有星字，故称七星桥。正因为必须上应七星，李冰担心自己拿捏得不是十分精微，就想亲自去请教自己的星象师父落下先生，以期得到指点和认定。这次走的车道，多绕了些路，成都去阆中，先东大路，再川北道，需在官驿住两个晚上。

李冰一行四人，出北门，两个多时辰，遇到一家路边幺店子，就进去吃午饭。饭间，不时有马蹄声响起，又消失。出店门，发现门外拴马桩拴了一匹马，毛色湿润，汗还没歇干。店里一位小伙计，正打水准备给它洗澡。上车时，门下书佐上前一撩帘门，又"啊"一声退了回来，望着郡守，表情怪怪的。李冰上前撩开帘门，看见车中坐着一位少妇，不敢细看就想退回，可哪里退得了？那少妇玉手一伸，就将他拉上车坐自己身边了。李冰看都不看，就知这少妇是桃枭，因为他已敏感地嗅到了只有桃枭身上才有的香味。

李冰一惊："怎么是你？你来做甚？"

桃枭："还能做甚？不求重温旧梦，但求故地重游。"对前边那位年轻的驭手说："大哥，打马，行车。"

辎车缓缓上路。桃枭刚开始还兴奋地与李冰聊些天，但聊着聊着，却听见了身边男人轻微的鼾声，很好听，像一种水的音乐。桃枭笑了，像看一位孩子，一边看，一边听音乐，不知不觉进入梦乡，头一歪，刚好落在身边这位大孩子的肩窝里。李冰醒来，见身上严丝合缝贴着一个美丽的软体动物，自己右肩上那块胎记，被她叼在嘴上，惊出了一身冷汗，又紧张得出了一身热汗。却又不忍心弄醒她，就只好大睁着眼，依然保持着睡时的姿势。久了，又僵又累，遂拿起羊皮图纸放在软体动物身上，研究起来。而刚刚醒来却依然装睡的软体动物，终于忍不住咯咯咯笑了起来，指着身上的地图说：

"郡守大人此举，乃要把桃枭变成身穿羊皮的狼乎？"

李冰举手，投降状："蜀女皆如此？伶牙俐嘴，冰斗不过你。"

桃枭得寸进尺："不行。尚有三日车程，不斗嘴，何以到阆中？"

进了阆中地界，快入阆中城时，被人堵了道。一位七八岁的女童坐在驿道上唱童歌，一只大如矮马的白羊般的多角动物在路边啃草。李冰只好停了车，并不允随从去吆赶，静下心等她唱完。她一唱完，抓起适才坐着的一只竹筒，跳跳蹦蹦到了辎车前，对李冰、桃枭一施礼道：

"郡守大人安，桃枭女史安！落下先生女童奉先生命，在此专候。"

李冰、桃枭听闻此言，急忙跳下车。

桃枭："你见过我？"

女童："无有。"

桃枭："落下先生知道桃枭要来？"

女童："天地之间，事无巨细，落下先生无有不知。"

李冰："落下先生让你来，乃是有事告诉冰焉？不妨说来。"

女童将竹筒递给李冰："落下先生要说与先生的，皆在这里。"转身便说，走了几步，回过头，"对了，落下先生说，就不留你们食宿了，你们可以打道回府了。"

那只大如矮马的白羊般的多角动物已候在驿道上，女童单脚一点，轻如一片柳叶飞到空中，侧身落坐在动物背上，双脚一前一后打在动物左腹上，像一把剪刀剪着阆中的秋风。

李冰用一把小刀挑开竹筒一端的泥封，倒出一幅帛图来。展开图刚看一会儿，双眼盯着图一动不动，对桃枭说："快，羊皮图。"桃枭急忙上车取了羊皮图，摊开在路边灌木上。李冰看一眼帛图，又看一眼羊皮图，兴奋地对桃枭说：

"冰之七星桥，与落下大师七星桥，分毫不差。"

本王忘了告诉读者诸君，这位落下大师，正是落下闳的六世祖。落下闳，道家人物，西汉天文学家，太初历、浑天说创立者。

之所以叫七星桥，是因为从天空俯视，就像仰望北斗七星：天枢、天璇、天玑、天权、玉衡、开阳、瑶光。将城南玑星桥、夷星桥、员星桥、长星桥四桥相连，得一不规则长方形，形似北斗星座之斗构，连接城西曲星桥、尾星桥、冲星桥三桥，形似北斗星座之斗柄。

从来迷信鬼神的土著蜀人，在他们的民间流传着一种共识：三祠之立，不是水神何以成，七桥之建，若非天神何以生？李冰者，水神天神之化身也。但凡李冰郡守号令，必以敬神之诚生死从之。

回到成都后，金渊发现，李冰、桃枭二人，是在发展，却不是朝着他预设的方向发展。他们越发展越像两兄妹了，不，两姐弟。无奈，只好摊牌，让女儿去说服郡守放弃都安大堰。哪知女儿不仅断然拒绝他的意见，反倒是变本加厉更加温婉更加猛烈地说服起当爹的来。一句话，李冰做的事，一定是正确的，反对他等于不正确，我们怎么能做不正确的事呢？那一瞬间，他热血上涌，知道盼不上了，真想拔刀杀了这个白眼母狼。下一瞬，他将刀插回想象的刀鞘，用独眼强挤出一丝笑容说，为父跟你开个玩笑，宝贝女儿还当真了，好了，歇了吧，父亲去准备明早上龙泉山打猎事体了。桃枭一听，高兴地搂着他脖子，撒娇般说，父亲，女儿好久没打猎了，也要去。金渊"哎哟"连天，说搂断为父老脖了，为父答应你，去吧去吧。桃枭的女儿桑桑凑过来嚷道，桑桑也要打猎。

桀骜不驯的桃枭也听了一回父亲的话，当了一回乖女儿。在父母亲的撺掇与总成下，她终是同意女儿桑桑嫁给父亲的忘年交朋友桤木老板。桤木老板也真是能干，几个几年下来，居然让桑桑给他生了一大群儿女。多年以后，桑桑才知道，桤木老板不仅是桤木苑老板，还是蜀王子峤。而桃枭却是更多年以后，才知道这个。峤长桑桑二十五岁，认识桑桑前，娶过一房死了，又娶一房死了，就没再娶。

上次打猎，按照之前的约定，桤木老板也参加。桑桑在围猎中的英姿，仿若母亲少女时代的重演，把桤木老板看得眼睛发直，折腾得英雄气短——李冰当年迷桃枭何尝不是如此，自此以后，梣木老板有事无事都设计一些机会往桑桑身边凑，弄得桑桑也对文武双全的他有了感觉。见时机成熟，梣木老板就直接对金渊说了心事，提了诉求。金渊没有选择，就联合夫人做起了媒人勾当。金渊夫人并不乐意外孙女这桩老夫少妻的婚姻，一直有气在心里蓄着，又不散去，没两年就一病呜呼哀哉了。

七星桥建造工程很顺，只是在设计开建之初，有点小插曲。七星桥中的六座，都是由李冰亲自设计、由都水官王叕组织官府工室工坊人手施工的，桥材以金属为主，石、木为辅。

石犀溪开工那天，正是秦国政局大变的一天。李冰什么都不知道，只忙着欢欢喜喜主持开工仪式。而在关西大邑咸阳城王宫，秦国的宣太后并"四贵"时代宣布终结。宣太后被废，自此软禁深宫，"四贵"被剥权，先后离开咸阳贬逐封地。

准确地讲，石犀溪不叫溪，应叫人工河渠。它原本是不存在的，是按照郡守的意志，在二江之间的空地上开凿出来的一条连通二江的河道。石犀溪，长约四里，由西北而南，斜斜地，穿过官府城市规划图上"市"的中部，在二江流域，大致造出了一个工字形图案。这个图案自是实用美学作用的结晶，功能有三：一是畅通水运，既有利进出新市船只的行走与停泊，又可以让不欲入成都城的船只，取道石犀溪，绕城而去，减轻城西南航运压力；二是方便新市日常生活用水和消防取水；三是防洪，可分郫江水势于检江，减弱洪水对成都城的伤害。

凿石犀溪的同时，李冰还令画工画样、石工雕琢五头犀牛，置于二江和蜀郡府，用于压住水妖地魔和保护急弯急流处的河堤，同时还起有水则的作用。水则，即水尺。西汉《蜀王本纪》是这样记载五石犀的："江水为害，蜀守李冰作石犀五枚，二枚在府中，一枚在市桥下，二枚在水中，以厌水精。"2013年1月8日，成都天府广场东北侧四川大剧院考古工地中心出土的一头石犀，即为"二枚在府中"之一。石犀长3.3米、宽1.2米、高1.7米，圆滚滚的身体重约8.5吨，材质为浅红色粗质砂岩。经过两千多年的河道错位、地标失基，另外四头石犀牛睡卧何处、今还安否，本王当然知道，但本王不能告诉你，一切随缘吧。

石犀溪开工这一年，是秦昭襄王四十一年（前266）。昭王听取以化名张禄偷偷投秦的魏国人范雎的建议，采取上述雷霆行动，"政变"成功后，拜范雎为相。

宣太后本是楚国人，后成为秦惠文王的姬妾，称芈八子。公元前306年，秦武王在周王朝王城洛邑举鼎而死。因无子，其弟弟们争夺王位。赵武灵王遂将在燕国作人质的公子稷送回秦国。在宣太后同母异父弟魏冉帮助下，公子稷继位，进入秦昭襄王时代。魏冉随后继续按照其姐的谋划，平定了王室内部争夺君位的动乱，诛杀惠文后及公子壮、公子雍，将秦武王后驱逐至魏国，肃清了与秦昭襄王不和的诸公子。因秦昭襄王年轻且权微，由宣太后主政，魏冉辅政。

这位敢说敢做、笑傲天下的楚国美女，从三十岁上下出现在战国政治舞台，掌政秦国四十来年。秦国尚武，她的四十年，亦是秦国武功最强盛的时期之一。战国名将白起、司马错、王龁、蒙骜的一生，主要驰骋在她的时代她的麾下。后世秦史专家马非百对她的评价是这样的：宣太后以母后之尊，牺牲色相与义渠王私通，然后设计将之杀害，一举灭亡了秦国的西部大患，使秦国可以一心东向，再无后顾之忧，她的功劳不逊于张仪、司马错攻取巴蜀。

李冰怎么也没想到，王宫中这场大政变，阴差阳错，竟让他一家子得以团聚。

"四贵"并不是同时驱逐的，首先是一次性驱逐了三贵。最后一贵芈戎，即宣太后的同父异母兄弟，满以为逃过一劫，谁料拖了两年后还是享受了前三位的命运。他的封地华阳地处秦岭南坡汉中地界，距咸阳六百来里，说来不算远，但他还在半道上，就死了。这个结局，他一出咸阳城门，就知道了。是范雎亲自送的他。范雎一出现，对他一笑，他就知道，范丞相这是在送自己上路。当过左丞相的他，两年来，不管干什么，或不干什么，范丞相都觉得芈戎在密谋复仇计划。这是识人断人缺慧眼，又有着睚眦必报脾性的范丞相不能容忍的，就老在秦昭王处鼓捣芈戎的坏话。昭王听烦了，为了耳根清净，也不管舅不舅的，一纸王书将芈戎逐出咸阳。

主人一死，又是蹊跷之死，一群六神无主的家眷，谁还敢去往华阳？个个争抢钱财、车马，作鸟兽散。荒野之上，尘土散去，剩下的只有嬴姇母女二人。姇的女儿芈千时年十五六岁。三夫人姇与芈戎生过两个娃崽，且是带把的，都早早诡谲莫名地夭折了。第三个生下的是女娃，一下变得顺风顺水，茁壮成长。夜很快就来了，跟着，野兽的叫声和游走的身影也来了。母女二人急忙捡柴燃起一堆篝火，才相拥挨到天明。到山边一潭水中洗脸，看见自己的面影，母女竟不相信是自己，肤色黑不溜秋，形同乞丐。一照铜镜，亦是如此。这才知道，此乃一夜烟熏火燎的结果。

看来也只好以乞丐之身，女扮男装了。姇想了又想，也无一个妥帖的去处。若不是为了女儿，真想把自己挂在旁边的一棵核桃树上，一了百了。她想去投奔唯一的亲人漪，可蜀道太遥，母女尚未走到，多半死在路上。最终还是反身，与女儿踏上回王城咸阳的路。

傍晚，泳和盈婆媳俩在家中小院做女红，李二郎借着皎月，亭下读书。李贞年初已嫁司马错次孙司马靳。一个十几岁的女婢来后院请示：

"主人，有人敲门，开否？"

嬴盈："这么晚了。"

泳："还是去看看吧。二郎，你去。"

二郎跑去开了门，见门外站着两位握着打狗棍的男乞丐，就将二人带至后院奶奶和母亲面前：

"奶奶，母亲，他们一定饿坏了，给他们一点吃食吧。"

泳："然。吩咐厨下给他们烹做。"

二郎正待去，却见年长乞丐拉着少年乞丐扑通一声，双膝跪地。

年长乞丐泪水涟涟，发出女音说："泳姨、盈妹，救救姇母女！"

少年也发出女声来："泳婆、盈姨，救救母亲和芈千！"

两位乞丐又伸出双手，一把把快速抹拉脸上的烟灰。

泳、盈、二郎大惊，急忙上前扶起二人，让她们坐下。

泳问："听闻你们一家去了华阳封地，如何成这样？"

听姇说了半道上的变故后，泳立即说："姇，你们母女就住在我这里吧。"

姇："我们可是戴罪之身，会给你们带来麻烦的。"

泝："别这样说，谁叫我们两家有缘，结好几十年了。"又对小院中人正色道："此事保密，不得与外人知！"

婹再次跪地，连连叩头："恩人也！"

泝吩咐下人侍候母女沐浴、更衣，安排接风洗尘晚宴。惊慌失措的母女，终于在李宅踏踏实实睡了一晚。一早醒来，婹就给蜀中的亲哥写了一折丝书，告知了自己的遭遇，并让兄长放心，说她们母女已被泝热情收留，秘密住进李宅了。写好后，装进铜管，封了漆，让堂妹盈亲自去找一家邮亭，以密级最高的方式，发给蜀郡府郡丞嬴漪。

嬴漪收到信后，脑海中依次闪过三道雷电。第一道是，将妹妹和外甥女接来成都自己家中，两家人在一个屋檐下一口锅里过日子；第二道是，接来家中，岂不成了收留罪人，违了商君之法，自己岂不连带遭殃？不可，万不可也；第三道雷电是，将一道雷电交到秦王手中，隔山打虎，让秦王用它，将李冰打下郡守位。

这最后一道雷电，让他兴奋得簌簌颤抖，像中了一击爱情的雷电。

"妹，别怪嬴漪。你这么爱你唯一的亲哥，哥知道，为了我，你可以牺牲一切的！"他把他的祈祷，告诉了婹，婹没反对，但婹第一次对睡在自己身边的这个男人，感到了害怕：哪一天，他该不会把我卖了，我还在帮他数钱？

秦昭王收到嬴漪的名为上书，实为告密信后，召来丞相范雎，在王宫东偏殿书房商议。范雎整了芈戎一家，当然还是怕人家报复，因为他自己就是一个有仇必报的主。但这次，针对一对比上岸的鱼都弱小无助的母女，就完全没有这层担忧了。否则，自己算什么了，岂不让秦王好看？

他对秦昭王说，听闻李冰治理蜀水，甚是艰难，但他依然不惧任何困难，在秦王的支持下，以一郡之力，持续推动都安大堰工程正常进行，殊为难得。虽为蜀人，其对秦王的忠心，可鉴日月。然环顾天下，其治水之才，镇蜀之能，似无一人可替也。而都安大堰对蜀地经济的拉动意义，蜀地对秦国后方的稳固作用，依范雎之见，都是不可或缺、无法估量的。

秦昭王："丞相说得极是。然则，处置嬴漪上书，丞相可有高见。"

范雎："臣启我王，范雎以为，为进一步笼络李冰之心，蜀民之心，促成都安大堰早日完工，蜀郡成为秦国粮仓和盐铁锦漆供应之地，非但不能处罚李冰，反当嘉奖也。"

秦昭王："其功未成，嘉奖无名，如何嘉奖？"

范雎："就以处理嬴漪上书为名。为彰明秦王对李冰之信任，让其永怀感激秦王之心，一心治水治蜀，可做三件事体。其一，将嬴漪上书，转交李冰，令其知之；其二，赦免太后宠信侍女、芈戎遗孀嬴姇及其女未赴华阳之罪；其三，不再将李冰亲眷作人质对待，允其归蜀，以全其家。"又道，"嬴漪对家人之告密，虽不齿于人，然却是实情，依秦律当奖。范雎以为，可适度奖之，加爵一级，以彰秦国巍巍法度。"

秦昭王："善。"

范雎略一思忖，又进一言："李冰究竟还是蜀人，对其取消质任之束，似有放虎归山、任龙潜海之忧。为防万一，可否令白起、司马错替其亲眷，承担质任之责？"

秦王起身果断说道："不必。多此一举，画蛇添足，实乃赘笔。既让人安，就让人大安。"然后大步入了内室。

王宫内吏一行来到李宅。李宅上下以为收留、窝藏罪人事发，惊恐不已，泳将竹杖往地上一杵："慌甚？"才镇压了慌乱。

泳听了王宫内吏宣读的王书，激动不已，老嗓的呼声格外年轻："秦王万岁！"

众呼："秦王万岁！秦王万岁！"

王宫内吏一行人刚走，泳立即对众家人曰："老妪离蜀四五十载矣，今承蒙秦王恩准，尚能归返祖地，实乃先人之神助、冰儿之德孝也。幸哉乎，庆哉乎！"又昂声道，"变卖家产，准备车马，旬日之内，启程入蜀！"

一家皆大欢喜。姇母女闻知并非祸事，反是大好之事，迅即从地窖钻出，提出随泳入蜀，投奔兄长漪去。泳瓮瓮大笑："福祸同当，患难与共！李家归蜀，自是要携你们母女同行，何需多此一言？"

对李家的蜀锦蜀绣产业觊觎已久的咸阳尚商坊山东六国商人，听闻李家将迁蜀，纷纷前来报号，不问价钱几何，只求转让得手——仿佛他们待在尚商坊不回本国就为等着这一天的到来。而泳只一个要求，作坊所有织工绣工，不问男女老幼和工技高下，必须全部接纳。然后，又补充道："如此，锦绣之品，也才能既有蜀之名，又有蜀之实，不致毁蜀也。"

上路之前，一家人自是忙着给一众故人，如地下的嬴梼、田贵，地上的司马错、白起等，作别不提。

却说李冰接到咸阳宫专吏奉王令转来的嬴漪直呈秦王的上书，大吃一惊，他没想到姊母女戴罪落难，没想到她们母女住在他家，更没想到师兄漪又给他下了烂药，而秦王不着一字却将告密信转给了他。就是说，他李冰被一分为二了，一个李冰在蜀中埋头治水，一个李冰在几千里外的王城犯了事。

咸阳宫专吏将嬴漪上书转交他的同时，把对嬴漪加爵一级的王书下发给了嬴漪。李冰知两桩事，嬴漪却只知自己这一桩。接到王书后，嬴漪兴奋不已，知道自己成功了。但他隐忍不发，他要等到郡守倒霉时一并发作。

从来都成竹在胸的李冰，这下算是遇到过不去的坎了。秦昭王将告密信转给自己，是让自己自知其罪，并自己首先提出处罚办法，再由秦王谳罪。秦王这是相信他，相信他有自知之明，能像廉颇一样负荆请罪。李冰一时百感交集，想了很多，想了近的，也想了远的。近的远的，都是都安大堰。自己免职，乃至杀头，比起都安大堰，都是太小的事。但愿秦王、秦国不要放弃都安大堰，但愿有能者继任蜀郡守，不要让已筑了十三年的工程，功亏一篑。即或陷入如此处境，李冰依然没有怪嬴漪。对嬴漪，自己能不了解、能不理解？他爱国、上进，一直为仕途功名而奋斗，为了自己的理想，可以不顾包括亲人、朋友、情感等在内的一切。但无论如何，自己都不能将郡守之位"禅让"于他，一是他的治蜀理念及才能，皆与治水无关，二是自己哪有腾位于他的权力？

事实上，为化解这对矛盾，在嬴漪首次状告李冰天彭堰工程失败、御史大夫调查返王城不久，李冰就向秦王上书，力荐蜀郡丞嬴漪升任军职，更好地为秦国立功。但秦王没予理睬。嬴漪后来当然是知道了此事，是姊专门来信告诉他的。对李冰的举荐，他不是不以为然、不屑一顾，反是更恨了。他这不是想一脚把我这块绊脚石踢走，同时顺带羞辱我么？他越要我走，我越不走。他不是要装大善人么？看他能装多久！

家人收留罪人，自己连带受惩，这是商鞅定的法度。世事无常，造化弄人。自己一无所知的事发生了，而证据确凿得连秦王都知晓，看来这次是真的在劫难逃了。站在二江工地上,他长叹一声,一口积郁的鲜血像夕阳下反转倒悬的瀑布喷向了布满河流的天空。

在书房,他以文字作荆作缚,拟写上秦王书,向秦王请罪。写毕,看了一遍,长叹一声。孟维走进书房,见郡守一边将锦书卷好往铜管中放,一边向蒙可吩咐传送事体。

孟维见状,又看了郡守有些异样的神色,问之:"向秦王上书?有甚大事,要秦王决断?"

李冰解嘲地笑笑,将自己的请罪书,递与孟维:"监御史自览,冰不赘言。"

监御史快速读完,脸上的异色大大胜于郡守。

李冰一笑:"只怕你我再不能同郡共事也。然则,能与监御史同僚治蜀,冰幸哉乎。"

孟维又非常敏感地看见了书案上标识明显的秦王之转批文书,未待郡守同意,一把抓过就读。

孟维手抖嬴漪告密信,大笑不止:"兀自扰心,兀自扰心。郡守大人无罪也。"

李冰懵了:"冰,无罪?"

孟维持续激动着:"非但无罪,秦王此举,反是秦王对郡守大人的嘉奖也。"

郡守像个拙童,稚稚地,听先生上课。

孟维继续上课,说,秦王将他人写的告密信转你这个当事人,乃对告密者的不屑,恰是对你的不疑和完全信任。并且,将对你不利的告密者公开告知你,既是提醒你防范,亦是交给你自处,即,任你处置。你说,这算不算秦昭王对蜀郡守颁发的一字也无、又尽在不言中的嘉奖?

经孟维这一点拨,李冰终于明白秦昭王的良苦用心。

李冰含泪道:"秦王对冰如斯,冰敢不死心塌地,尽忠职守,治蜀以成乃报君恩焉?"

孟维刚走一会儿,郡丞又敲了书房门。李冰忙收拾了书案上的告密信和自己的请罪书。

嬴漪一进书房,就问道:"监御史大夫来过?"

李冰:"然。来商议东风渠筑建事。"

嬴漪："嬴漪亦是为此事，请教郡守大人。"

李冰："师兄但讲无妨。"

嬴漪是来推荐筑建东风渠团队的。李冰以为他荐他的老朋友金渊，哪知他荐的却是羊磨任寨主的柔达娜氏寨。嬴漪想的是，李冰一旦用了这个与他有私谊的团队，那他的罪状里，就又多了一条了。若不是刚刚发生了告密信事件，李冰会非常高兴郡丞的这一推荐，羊磨的团队的确优秀，建一条渠无异小菜一碟。外举不避仇，内举不避子。但此刻，李冰的说法是，公平竞筑，还是交与诸位大人议决吧。

自始至终，李冰没从嬴漪脸上看出他获有升爵一级的奖励。李冰好几次都想把实情向他和盘托出，可自己又实在不愿看见他痛苦、失望的表情，尤其不愿与他龃龉相向，兄弟成仇雠。

李冰亦没想到，秦昭王对自己的嘉奖，不是一宗，而是一宗接一宗。

才过一个半旬日，巾帼老英雄一样威风的涑，率领的一队入蜀车马，进了成都北城门。

车役请示涑："老夫人，车马径去蜀郡府？"

涑："冰、漪公干，我等家眷，岂可干扰？径去驿馆，歇脚一候。"

住进杞木苑，吃了饭，婍等不住，说先去兄长嬴漪家看看。涑说，好吧，婷应该在家。婍要带母女的行李一起走，涑说，带这多东西不方便，找到嬴漪家了，再叫上婷一起来取呗。

李二郎想陪她们一起去，但没好意思开口，只悄悄跟芈千使了一个眼色。这两个年轻人在咸阳就认识，也就是认识，并无特别之处。芈家落难后，二郎一下对芈千有了特别的感觉，但她不以为然，认为怜悯不等于爱情。哪承想，在这几千里蜀道上一颠簸，颠来簸去，还真把二人的爱情给颠簸出来了。

婍母女出了栯木苑，才一个多时辰，又返回了。去时，母女一脸红辣椒的喜色，返回时却是霜打的茄子。涑急问出了什么事。婍泪水涟涟说了经过。

毕竟是郡丞的宅子，成都人知道的不少，母女俩很快就找去了。婷和她的儿子金在家。下人开了宅门将母女带到女主人婷面前，婷吃了一惊，强笑道："原来是你们上门，我说今天喜鹊怎么老在这院子里叫。你们不是住在咸阳我老母家么?"

姊盈盈一笑:"先前是的,现老夫人入蜀,我们母女无处可去,就投奔哥嫂家来了。"

姊诧异:"你说老母也来了?"

芈千接话道:"然也,就住在桤木苑。"

姊:"你们先在这里歇息一会儿,我这就告诉嬴漪去。"边说边走,"小五,沏茶。""茶"字是从宅门外传进来的。

姊的往返真是比风还快。姊一进门就对姊母女说,她见了漪了,漪说不敢收留国家罪人在家,请妹妹原谅他,他是官府的人,不能因违法而自毁前程。他说,如果妹妹爱哥哥,就不要害哥哥。他建议她们去……

姊气得脸色发青:"他建议我们母女去哪儿?"

姊无比尴尬愧疚,但还是把必须说的说了:"他建议你们去李冰郡守家,说树大好乘凉。"

姊不再多说一字,拉着女儿,转身出了嬴宅。

姊刚把她们母女的遭遇向老夫人讲完,李冰就匆匆跑了来。激动万分地奔至泳面前,双膝跪地,抱着泳的双腿和她的邛杖,哽咽道:"母亲,一别十三载,想死冰也!"泳抱着儿子的头,老泪纵横:"老母也念冰儿啊。起来,都快五十的人了,膝盖老骨,经不起硌磕了。"一边说一边拉起儿子。

李冰又向姊母女问了安,并告诉姊,是嬴漪告诉了他,他才知两家人入蜀了。姊不知说什么好,只顾簌簌掉泪。

李冰向自己的妻儿问了安后,见姊还在流泪,就问芈千:"你母亲为何如此伤心?"

芈千对李冰说:"我们母女入蜀投奔舅舅,舅舅说我们是罪臣家眷,拒绝我们母女入他家门。"

李冰安慰母女说:"倘若愿意,你们母女可跟我们住一起。"

芈千故意考验李冰:"郡守大人就不怕受牵连,被秦王流放、杀头?"

李冰认真地说:"安能不怕?但我会上书秦王,请求赦免你们之罪。"

姊哭得更猛了,突然哇哇大哭起来,李冰以为自己做错了什么,一时愣怔了。但除姊以外的两家人,都笑了,只是笑的人的眼睛,是湿润的。

李冰从老母处得知秦王已对自己取消了质任制，还赦免了姅母女的罪，也笑了，笑的本身，也是湿润的。

　　李冰为入蜀者办的接风宴，要把嬴漪一家请上，姅不同意，说请，他们也不会来的。李冰劝她说，家和万事兴，家里内部的事，一定要站在对方的立场，相互宽谅。请了，不来，是他们的事，不请，就是我们的事了。老夫人支持儿子的观点。姅带着儿子金来了，嬴漪没来。宴至半酣，嬴漪来了，他是来接妹妹姅母女回家的，但姅母女坚拒之。

　　芈千伶牙俐齿，嘲讽他道："舅，先前何以拒之？现在来接，怕是已然知晓秦王赦免我们母女之罪也。然则，迟矣。贵府宅门槛高，我们母女就不进去了。"

　　嬴漪含着泪，动情地对姅说："妹，哥错了，向你赔罪还不行么？"

　　姅抹着眼角："你走吧，我不会去的。人这一生，有些错可以犯一百次，有些错，一次也不能。"

　　桃枭也来了，她是唯一不请自来者。她一来就跟老夫人热络起来，专拣渭水边船宴上的故事讲。桃枭的儿子田二郎，与李二郎在咸阳就相识，又同庚，几杯酒一喝，比亲兄弟都亲了。两位后生向李冰敬酒时，一致请求到渠首工地上去，也要学一身治水的本领。李冰对两个二郎说，李二郎可以去，他的主，我做了。田二郎，你要去，叔叔没意见，但需你母亲做主。

　　桃枭在一旁听了，也不搭李冰话，只用撒娇的口气对浕说，老夫人，桃枭想与你儿子结为亲家，让一对儿女，认他为义父，可好？郡守大人说他做不了主。浕一指盈，佯装严肃道，这个么，老身也做不了主，得盈做主。盈略一害羞，大大方方走到李冰身边，拉了李冰手，对桃枭的一对儿女说，喊啊。

　　桃枭的一对儿女立即脆生生喊了"义父、义母"。

　　桃枭这才对李冰说："郡守大人义子田二郎去渠首治水，郡守大人现在可以做主乎？"

　　李冰："善哉，善哉也。"又道，"渠首工地，正缺识文断字人手。两位后生，明日即去，先跟羊磨水丞学习治水之道。"

　　李二郎："父亲万岁！"

　　田二郎："义父万岁！"

金受到感染，更加之不想待在一个灰暗的家中，就向舅舅李冰提出，也要参加治水。李冰还未回答，泺就斩钉截铁回答了，好，去吧，为蜀民治水，好男儿就当如此。婷，你说是不？见母亲这般说了，婷还能说啥，只能是了。

这个晚宴上，婷应该是最尴尬的一位。座中每一位，都有让她尴尬的地方，甚至自己的亲生儿子金。金见父母这般处境，心里会咋想，脸上有光么？自己的养母，昔日的恋人夫妇，都在桌上，都对她微笑有加，而自己又是一个太有故事的人。她走也不是，不走也不是，只想地上有个缝，钻进去，逃之夭夭。

得知岳母桃枭来了，桤木老板慌忙跑来敬酒，并声言所有消费全部免单，但遭到李冰婉拒。泺一见到桤木老板那一瞬，愣怔了一下，但很快又平复了。田桑桑告诉丈夫，自己已拜郡守为义父。桤木老板一听，便拉着夫人一起向李冰敬了一杯孝敬酒。

李冰抽空陪老母一行去阳平山祭了祖。婷，以及婷母女也陪同去了。大家齐齐跪在罩着雾气、蝴蝶群飞的鱼形坟堆前，献牲供果，念念有词。那头叫墨泉的鹿，在不远处张望。

最激动的自然是泺了。"老祖宗，不肖女泺回来了。不肖女泺，去蜀近五十载，终于回来了！"只这一声，已泪湿衣衫。

祭祖回到成都的翌日，老夫人就带着盈和婷，兴致盎然在大城、少城选宅买宅。与此同时，在嬴漪点拨下，金渊找到李冰，提出送他一个庄园、一百名僮仆、黄金千镒。话毕，从袖袋中将一份房契放书案上，又向李冰面前一推。李冰笑道："受人钱财，替人消灾。侯爷需要本守……"金渊正色道："凭我俩之私谊，何来此说？"又笑容可掬地说，"不过，倘若大人能一顺手，大笔轻轻一画，将占我金渊大量肥土的渠道朝旁边移一二里，那是再好不过。还有那个柴木码头……"李冰顽皮地一笑："这个，对不住侯爷了，免谈。"又说，"本守已有了秦王给予的郡守俸禄，就不能要侯爷送的厚礼了。胃袋只有这么大，只能装一样。"话毕，伸出一指，将房契向金渊面前一送。

老夫人看中了大城中的一座宅院，趁晚上李冰来桤木苑看她，就问他意见。儿子说，能否先租用呢？儿子的意思是，我们鱼凫后裔的宅子要立在水边才像那么回事。在阳平山，立在湔水边，在枳地，立在大江边，在咸阳，立在渭水边。现在，住成都，儿看就立在岷水边。这个是一方面。另一方面，儿是要告诉天下人，儿子能够治好岷水，有儿子在，岷水再不会泛滥伤害成都城了。只不知母亲以为然否？老夫人连说，然，然，既是敬祖敬水，又是给人以信心，儿子不愧是郡守，思虑周全。就这样，明日我们就去租一个宅子住，同时，择址建房。

他们最终在郫江北岸择了房址，买了宅基。一年后，一座临水的李府竣工，老夫人退了租房，搬了进去。婶自然是要进住的，因为自己的女儿千，要在乔迁的新宅内，与李二郎结婚，成为李冰夫妇唯一的儿媳妇。千的肚皮也很争气，进宅不久，就揣上了。

由于郡守的私宅都建在了水边，显然水害已被郡守镇住，再无洪水之虞。于是乎，二江两岸芦苇丛生的清冷野地，一下热闹起来，稍有余资的人都纷纷前来置地建宅。尤其那些对二江之间建市缺乏定见和尚无成算的商人，一直踌躇不前，大家私下议定，除非官府硬来，下死命令，否则，若依自愿，绝不迁业于城外，置家财生命于二江夹击之中。但现在有了底，争先恐后出城圈地。这样一来，二江还没建毕，商市已成雏形，且一半以上已然开市。西汉文化大家、郫都人扬雄在《蜀都赋》中用"两江珥其市"来比喻成都城与市的搭配布局关系。他说成都城像人之头，而成都的市则若一只珥饰，佩戴在南郊的二江之间。二江在成都城区合称锦江，于城东南合流向南后，称南河。从成都登船，顺南河而下，即可于武阳江口入岷水，于宜宾入长江。

此前，李冰一个人，没租房也没置房，一直住在蜀郡府他的书房里间。现在，两边住了。忙的时候，还是一个人住郡府。盈想过去陪他，帮忙，老夫人就说，你这不是过去添乱么。于是作罢。

10. 大海水命： 千秋堰功诞天府

赵孝成王即位的前一年，即公元前 266 年，湔氐道出现了一位赵国年轻商人。

赵国年轻商人以做跨国贸易生意为业，以物易物，用本国胡马换取异国特产。在成都少城商市与广都寨主鹿溪做成一笔铁器买卖后，对寨主说，一直非常仰慕都安大堰工程，想为它捐一笔款，不知怎么捐。寨主一听，说这是好事嘛，你去找都水官王叕大人，就说你是我的朋友。王大人大部分时间都在湔氐道渠首工地。

金渊一直对竞争对手的生意很留心，早有线人告诉了鹿溪与赵国年轻商人之间的事。于是乎，待赵国年轻商人从湔氐道返回成都后，就去驿馆找了他，但人家对自己的生意毫无兴趣。金渊颇怅惘，甚是不解。

王大人收了赵国年轻商人的捐款后，带他参观已成雏形的渠首工程。赵国年轻商人听得饶有兴致，王大人更是介绍得兴致饶有。

这位赵国年轻商人，不是别人，正是即将成为赵孝成王的赵国储君赵丹。赵丹少年壮志，想仿效其祖父当年微服私访包括巴蜀在内的秦境的壮举，就在布衣剑士暗中护卫下，来了蜀郡。赵国在他祖父赵武灵王实施"胡服骑射"军事改革后，国势盛，军力强，对外战争胜多负少，胡骑大有横扫天下之势。赵武灵王亲自乔装成使者入秦，考察蜀郡、巴郡等各郡地形，就是试图绕开函谷关，于九原出击，一举灭了秦国。但赵武灵王之后，秦国奋起直追，军力国势均超过赵国。赵丹不服，且虚心好学，决定深入秦境，学秦人之技以制秦，让赵国重振祖父时代雄风。事实上也是，赵丹即位变成赵孝成王后，一直与秦争雄，直到长平之战，才一蹶不振。

王叕告诉赵丹，成都平原主要是在六条河流作用下形成的冲积平原，平原的中脊为都安至成都城，再至龙泉山主峰长松山一线。东北部有绵水、洛水、湔水汇流而成沱水，西南部有文井江、斜江等汇入加盟岷水，中部就是面前的岷水。而岷水出水量最大，同时其洪水对成都城造成的威胁和危害也最大。李冰郡守将渠首置于此处，大致有三个原因：一是此处为岷水出山口，治好了岷水才能卸掉成都的洪水之灾，并充分利用丰饶的岷水灌溉成都平原，同时让成都拥有可行大船的水运能力；二是此处地势位于成都平原最高点，可让在中脊上流动的岷水，实现无坝引水，即不截断河流以蓄水放水，和呈扇形的自流灌溉；三是此处地形、地质和水文条件，可经济合理地修建壅水、分水、泄水、引水和拦沙、沉沙、排沙的水工建筑物。

岷水出岷山谷口后，地势脱束而开，流速张散，减缓下来。沙石淤积，河床抬高。在千万年洪水冲刷下，宽敞如广场的河床遍布大大小小的沙洲，沟壕纵横，滩沱交错，河道失据。

如是之情势，不整治是不行的，于大地不利，于蜀民更不利。

都安大堰枢纽工程设计布置的总原则是"乘势利导、因时制宜"八个字。对渠首布局的具体操作是"堰其右，槟其左"六字。

王叕着重介绍了渠首三大工程：鱼嘴、飞沙堰、宝瓶口。

鱼嘴位于岷水出山口下游一里许隈弯环流的江心。鱼嘴的上游，有一块由岷水和西湔水冲积出的江洲。修建鱼嘴，因地制宜，充分利用了岷、湔两脉水势，以及江洲本身所具有的稳固性和分水作用，再加工而成。因地理，顺水脉，事半功倍。鱼嘴由装满卵石的竹笼垒砌而成。顶端略呈圆锥形，深埋入水底，上面露出水面部分形似鱼嘴，故有此称。

鱼嘴连同其顺流而下的鱼身，实则一条无坝分水、引水堤。其主要功能是利用坡降度和水脉，因势利导地把汹涌而下的岷水一分为二，一东一西剖割成内江和外江。这个动作，有点像一把锋利篾刀，将一根竹子端端剖开。内江过宝瓶口后，分成郫江和检江，穿成都之中。外江又称金马河，过温江、新津，纳文井江、斜江后，于武阳江口与内江兄弟会师，重以岷水真身全身示人。外江是岷江正流，主要用于排洪。内江是人工引水渠道，主要用于灌溉和水运。在岷水与西湔水碰撞、江洲及山体的作用下，冬春季河水较枯，水流经鱼嘴上面的弯道绕行，主流自动直冲内江，内江进水量约六成，外江进水量约四成。夏秋季水位升高，水势不再受弯道制约，主流直冲外江，内、外江水量的比例自动颠倒，内江进水量约四成，外江进水量约六成。只此一招，就从大数据上，大致解决了成都平原枯水期用水、丰水期遭涝的问题。

河水之所以决堤泛滥，一个重要原因，是泥沙俱下，抬升了河床。那么，排沙，保持河床原状，是治水的一项重要内容。鱼嘴除了分流，还可排沙。由于岷水下层水势受到西湔水水势的拦腰俯冲，下层水势所裹挟的岷山沙石，便大部分被自动冲入外江，内江沙石含量得到大幅度控制。

仅靠鱼嘴这一招是不够的。

飞沙堰上接鱼嘴分水长堤的尾部，下近宝瓶口。顾名思义，其作用是将内江中的沙，飞过堰去。沙肯定不能自己飞过去，是猛水载着它飞过去的，故，飞沙堰还有自动泄洪的作用。

由鱼嘴分派到内江的水，流量在夏秋之季一般都远远大于宝瓶口的流量。不能通过宝瓶口的多余的水，顺山壁反冲回来，在底层形成螺旋形回流，即壅水。水势越大，壅水越高。夹带在内江底层的沙石，就随着螺旋回流的水势，从飞沙堰上排泄出去，流入更加凶猛的外江。内江流量越大，飞沙堰的泄洪排沙能力越强。当遇到特大洪水时，从鱼嘴分进的内江总干渠的流量，可达宝瓶口流量的四倍。这种情况下，飞沙堰能泄出内江流量的四分之三，使成都平原免遭洪水的折磨。枯水季，飞沙堰不过水，宝瓶口上游内江之水，全数注入郫江、检江之中，充分满足成都平原用水。

第三招，是凿离堆而形成的宝瓶口。玉垒山有一段伸进岷水中的半岛似的余脉。所谓离堆，即是被峡谷似的宝瓶口硬生生分离出去的余脉的一部分。也就是将此前的半岛，变成了脱离母体的小岛。

之所以名宝瓶口，盖因其为内江的进水口，犹如瓶口一般，严格控制着岷水进入成都平原的流量。宝瓶口的总进水量，占岷水的二三成，流量随水枯水丰而自动调节。如果说上游的鱼嘴、飞沙堰对水起着定性的处理，那么宝瓶口就是定量处理了,像精密的阀门一样,锁死季节时间,只让岷水在成都平原波动着均匀恒定的流量。除了计量功能,把定流量,前边已说,宝瓶口还起着与飞沙堰联手排沙的作用。

王叕向赵丹除了备细介绍渠首的鱼嘴、飞沙堰、宝瓶口,还约略介绍了辅佐这三大工程的百丈堤和人字堤。百丈堤位于内江左侧,用竹笼填装卵石垒砌而成,起着顺正水势、顺正漂木和保护左侧堤岸的作用。人字堤位于飞沙堰背后,作用与飞沙堰一样,分水排沙。只不过它起的是备胎的作用,一旦飞沙堰受损,就该人字堤上了。

王叕随便怎么备细,也说不到以上程度,更不可能冒出现当代语汇。好些信息,都是本王补充添加的。本王是个唯美主义者,不习惯支支吾吾语焉不详缺胳膊少腿。虽则如此,也怪不着王叕,要怪只能怪时间,时间还没到,你叫人家王叕怎么说。其实本王也说不清,比如水势、水脉,是那么好识、那么好察的吗?水居天地夹层,出于天地,归于天地,不能知天知地,如何能知水表、知水中、知水底,以及每一滴水的思想、立场、动向?不能知之,何以识察?不能识察,又怎能借力打力,据为己用?本王说不清,但本王依然骄傲,因为本王的裔孙冰说得清。全天下也只有冰说得清。

李冰还在渠首外江西边,开凿了一条人工河流羊摩江,直通入文井江。此举既可灌溉岷水右岸广大地区,又可在涨水季起到排洪作用。由于这条人工河流从氐人地盘流过,氐人不明就里,怕遭岷水之祸,遂生发了对秦人官府的抵触情绪。为解决这一矛盾,李冰就以氐人代表人物羊磨名字的谐音,为这条人工河命了名。这个动作,氐人很认同,李冰更认同——依羊磨兄妹之于都安大堰的贡献,用羊磨之名命名一条河,太应该了。王叕没介绍羊摩江,因为羊摩江那时还没影呢。

憋憋行事的王叕最终是出情况了,死了,死得孤茕而辽阔。

王叕之死,与赵丹有关,却跟将都安大堰的建造之术泄密给敌国无关。

赵丹听了都安大堰,惊叹,嘘唏,真真是羡慕忌妒恨,但却一点办法没有。他布衣深入秦地,一是了解学习,二是学以致用。显然,第一个目的,达到了,第二个,想达到,却没法达到。都安大堰就躺在那儿,你什么都看了,什么都学了，甚至还拿手抚摸过，拿脚丈量过，拿身子浸泡过。那又怎样？你那里有一模一样的岷山岷水、一模一样的成都、一模一样的成都平原？没有。它似乎只能供你学习。而你也学习了，也学会了，可又什么也没学到。它是蜀郡、秦国的宝，对自己却是一无用处。不仅无用，还有害，它为虎狼秦国注入了力透胸背的砥力。

泄密不泄密，情况就是这样的。

为什么说王叕之死与赵国储君赵丹有关，却又是另一番道理。

鹿溪虽然算不上金渊的主要竞争对手，但他的生意情状，尤其客户资源，金渊还是有数的。鹿溪刚刚签下铁器换胡马的大单，赵国年轻商人就成了金渊锁定的目标合作者，即或被拒过，他也相信事在人为。

但这位赵国年轻商人真是一个奇特的人。他与鹿溪的易货生意，从契约到履行毕，快如闪电，离蜀不过三月，一批胡马就到了成都。而金渊查他的底细，却非常慢，直到三年后，才有了眉目。

金渊先是派出的一般的探奴，哪知一去不返。又派了精干的探奴，还是一去不返。不就是一个出手阔绰的商人吗？不仅跟踪无果，还让我损兵折将。这叫金渊大为光火，又斗志倍增。功夫不负有心人，整整三年的侦查，终于有了结果。而这一结果，让三年来的一切疑惑，变得顺理成章，虽然这个顺理成章，让自己的合作梦付之东流。

原来，那位赵国年轻商人，就是今天坐在赵国王宫国王宝座上的赵孝成王！这个让金渊大为震惊的信息，却是无效的信息，因为它没有含金量。但是，在查获这个没有含金量的信息的过程中，他得到了一个含金量高得惊人的信息。

这个信息，可以让李冰失去郡守位，乃至，断头。

王叕是个奴隶。奴隶是其主人的私有财产，任何人留用或掠夺别人的奴隶，就是犯法。这个法则，战国通用。对李冰更为不利的是，他身边最得力的心腹、助手、干将、被他亲自引入官府任为官员者，竟是来自敌国的一位奴隶！

王叕本是赵国王族家中的一位工奴，其在制作庭园水景方面的天赋，深得主人即赵王兄弟的赏识。十几岁时，一个闷热的傍晚，因意外撞见女主人在庭园溪水中沐浴，而面临剜双眼吃哑药之刑。趁人不备，他跳进一眼井中。于是主人只得改原刑为填井之刑。但他早在泥石飞来前，从井底一个泉眼潜游出去，成为隐姓埋名的逃奴。逃进深山，找到一种毒药，将用墨刑刺在右脚肚子上的赵氏家奴徽记，处理成了一块长红毛的胎记。半年后，离开赵国，成为浩浩荡荡水工大军中的一员。他谨小慎微，稀交往，寡饮酒，少亮脚肚子，更是忌讳别人问家世。李冰是这世上唯一知道这个秘密的人。他一直隐瞒身份，既怕自己丢命，更怕李冰获罪。

但他还是跟李冰之外的又一个人说了自己的家世和身份，这个人是羊雪。王叕虽为奴隶身，但他的心却是解放的，自由的，尤其对爱情的向往，内心比身体，强一万倍，艰难一万倍。综合考量，也比一个自由人强一万倍。这或许就是物极必反、压迫越大反抗越大的道理吧。他太爱羊雪了。羊雪之前，几乎是见一个爱一个，但没有任何一个女人知晓他的爱，他爱得太秘密太自娱自乐了。直到遇到羊雪，一个冰雪聪明而又绵羊般纯真的蜀女。羊雪爱他，他想不爱羊雪，但办不到，就只好爱下去。爱下去，快乐而赞美。当爱的一切，不顾一切向婚姻合流，他害怕了，恐惧了。自己这奴隶身份，这逃奴身份，配吗？爱一个人，就是只顾自己欢愉，而不管不顾有可能带给爱人灭顶之灾与盐也洗不尽的墨刑耻辱？为此，他拒绝结婚，甚至提出了分手。羊雪怎肯就此放手，知道他爱自己，出现如此反常行为，定有为人所不知的难言之隐。

于是乎，在渠首工地王叕帐篷，本是去送夜宵的她，说着说着成了讨论，讨论来讨论去成了争论。争论中羊雪做出了反常之举，将一把锋利的氏刀搁在了自己冰雪一般白净和危险的脖子上。

羊雪怒问："你王叕既不爱我羊雪，羊雪活之何用？"

王叕急辩："非也，王叕岂有不爱之理？"

羊雪："既爱之，安有拒绝结婚成家之言行？"

王叕："王叕不配也。"

羊雪："何为不配？"

王叕："我……"

羊雪："既无道理，羊雪去也。"一刀抹向脖子。

王叕大恐："别！我说！"又降下音调，"王叕是蜀郡府都水官，但更是奴隶，赵国逃奴。"捞起右脚裤管，露出那块丑陋的长红毛的胎记。

羊雪扔了剑，蹲身，抚摸丑陋的假胎记，噙着泪说："就为这个？羊雪不在乎。"一把抱了奴隶男人，伏在奴隶男人胸前说："我们明日就结婚，不，今日，马上。羊雪要为你生一大群孩子，羊群一样，漫山遍野。"边说边为奴隶男人剥衣，又让奴隶男人为自己扒衣。然后，把野水一样的奴隶男人放倒在席地上，治理成柔水。几年后，他们有了自己的女儿舫。

赵国储君赵丹在渠首工地见到王叕时，就觉得这位都水官有点面熟，再听他的声音，却是南腔北调，没有多少明显的地方特色。但是，记忆力惊人、对声音尤其赵地声音特敏感的赵丹，还是从众音合唱的浑然中，听侦出了游走其间的藏头藏尾的赵音。

二人边聊边行。正行间，面前出现一段浅水，可蹚水直接过去，也可绕道过去。赵丹装着若无其事说，蹚水吧，近。王叕卷裤蹚水，赵丹立即从他的腿肚上，看见了那块"胎记"。这样一来，基本可以锁定，面前的都水官，就是他小时候在伯父家见过一两面的家奴。这显然是一个大秘密，但他不能作声，因为他自己是一个更大的秘密。

回到赵国后，他将王叕的秘密告诉了伯父。要伯父派人入蜀，将王叕活捉回赵，然后以王叕为筹码，向秦国索取等价利益。若秦不答应赵的条件，即将秦国官府违背公例，擅用他国私奴王叕建都安大堰的不道行径，公诸天下。

谁知将王叕这样的活人捉了，从蜀地带入赵地，是件非常棘手不易的活儿。赵丹的伯父虽然派出了由一名百夫长率领，由侦奴、剑奴、工奴等乃至斥候组成的十人缉捕队，可入蜀近三年，行动一二十次，均告失败。这主要有三个原因，一个，王叕毕竟是官员，公开场合身边总有人，下手捉了，影响太大，根本无法监管和全身而退；二个，王叕究竟是逃奴，脑后早长了一双鹰眼，周遭的任何异象和风吹草动，无不牵动他的神经，接近他很难；三个，蜀地山河密布，地势诡谲，雾霭深重，赵国缉捕队人生地不熟，两眼一抹黑。

而这一切信息，最终被老蜀人金渊的侦奴所查获。查获后，金渊的脑算盘上立即换算出的，是可能丢失的土地和柴木市场的失而复得与完璧归赵。

又立即换算出，实现这宗换算，还需郡丞嬴漪的联手，而嬴漪，一定非常乐意。

金渊就趁夜去嬴漪家。一直扯淡，不谈正事，待夜深了，嬴漪催促家人睡去了，才进入实质话题。果然，一听了王叕的故事，嬴漪惊喜得眼睛都绿了！人证、物证、事证，啥啥证都有，一剑封喉，一招致敌死地，完全是铁板钉钉的事，任李冰有三头六臂，这次也玩完。

金渊是个无事不起早的主，以往每次来家，必定有事，也必定不避婞。这次却是神叨叨的，明显是要避开她谈事。就是说，今晚的事，不想让她知晓。越是不想让她知晓的秘事，她越想知晓。于是乎，假寐的她，又悄悄起身，偷听了两个男人算计李冰、终结都安大堰的密谈。

婞不知就算了，知了就算不了了。婞对冰的情感，说来复杂，说来也简单，因爱不成，就变为恨变为报复了。但她自己都没意识到，恨与报复恰恰是一种对爱的在乎，恨有多深，爱有多深，报复有多凶，爱有多凶。加之，她从丈夫对亲妹无情无义这一点上，已感到了一些寒心和害怕。所以，偷听到有人欲置冰于死地而后快且出手即成功的密谋后，吃惊之余的第一反应是，救冰。她为自己的这一反应而惊疑，而庆幸。养母泳入蜀后，自己总是怕见，其心结都是自己形成的。为回到坦然面对养母的心态，就萌生了急于解开自己心结的想法。现在，她知道，自己一行动，就可走出阴霾，回到养母身边，回到与冰哥哥两小无猜的年代。即便行动失败，即便付出生命，也心甘，更心安。

婞决定救冰。怎么救呢？把这个消息告诉冰，依冰的脾性，他一定会挺身而出，为他的朋友、那个赵国逃奴挡砍刀。这样，不但救不了冰，反而会让冰死得更快。思前想后，她认为应寻找个同盟，把这个信息告诉同盟者，共商营救之策，谋定而后动——像嬴漪与金渊那样。

她把同盟者锁定为桃枭，一个与自己一样，单方面深爱着冰的女性。可她愿意吗？金渊可是她亲生父亲。又一想，嬴漪还不是自己的丈夫，为了正义与爱情，还不是照样背叛？再者，除了桃枭，她也想不出还有谁合适了。天亮，待嬴漪吃了早饭出了门，她就上了别无选择的桃枭家。一切如她预料，桃枭先前对她有几分警觉，待她说了来意，立即一拍即合，欣然结成同盟。不，比同盟更同盟。两人拜了生死姐妹，桃枭为姐，婞为妹。

桃枭毕竟有女侠之风，快人快语："杀王叕，毁尸灭迹，一了百了。"

婞："王叕毕竟帮冰不少，冰一旦得知，必定怪罪我们姐妹。"

姐妹俩重新商议的结果是，由桃枭女扮男装，一骑快马去湔氏道，让王叕即刻带着妻儿逃进岷山，藏匿在氐人之中。

王叕听了桃枭传递的消息，一点不惊讶，仿佛一生就为等待这一消息的到来。他向桃枭表达了自己的谢忱，并让她代向婥致谢。又说，但有机会，你告诉郡守大人，接任蜀郡府都水官之人，王叕荐郑国。

王叕："你们姐妹救了郡守大人，救了都安大堰，救了王叕一家，天意。王叕此生，能辅佐李冰大人，能遇及羊雪和你们，安有不知足乎？"

王叕表示，他回家叫上羊雪母女，即刻逃之。

桃枭闻言，放下心来。临走，告诉王叕，说她看见附近有几个形迹可疑的人，让他注意。又灵机一动，抓了一件王叕的衣服笼在身上，说，我把他们引开。

女扮男装的桃枭，又变成了王叕。从王叕帐中出来，骑马过白沙邮，上松茂道，走了没多远，就发现有三人跟了上来。她纵马驰过一个弯道，又返身驰回，剑光一闪，两人已横在地上。第三人赶紧回马，跑得比死亡快——快了一只马蹄的距离。白沙邮位于西湔水汇入岷水处的松茂道边，隶属湔氏道，是道令项致按李冰要求设置的全蜀首个邮亭。因为白沙邮的缘故，后世索性将西湔水易名为白沙河。

王叕出帐篷到了不远处另一个小帐篷，那是他的家。他看了摸了夫人和女儿的东西，泪水贴脸，感慨万千，该走了，该走了。摸遍全身，摸出了几个秦半两，一个不留放在桌案上。又把自己的所有物品收拾干净，拎到帐篷后山边，点火烧成灰烬，然后撒到了岷水中。

王叕在百丈堤工地找到羊磨和郑国，把近期事体向二人作了交代。郑国见没他什么事了，就一边忙去了。

羊磨问，妹夫要去郡府理事？王叕说，我要去临邛将卧铁拉回来。羊磨说，不是还有两天才冶铸出炉吗？王叕说，有些技术问题，我要亲自去处理下，才放心。羊磨说，这卧铁的活儿也只有你才明白郡守大人的备细要求，好，早点回来，羊磨想喝迎卧铁酒呢。王叕说，放心，王叕一定会回来的，一定会的。羊磨一拍他肩膀，笑声朗朗说，羊磨当然放心，你不回来我没问题，可你问问羊雪和舫干不干？王叕赶紧背过身，离开百丈堤工地。

自己本不想看见羊雪和女儿，但女儿还是看见了他。他是去离堆工地通知牛车运输队出发的。听见女儿喊父亲，就向女儿走去。十二岁的女儿舫正帮着母亲扎竹笼。王叕看见母女二人，装作很轻松的样子，一边上手扎竹笼，一边告诉母女，自己马上出发，去临邛拉卧铁，几天就回返。

女儿问："父亲，何为卧铁？"

王叕告诉女儿说，都安大堰虽说还没竣工，但谋定在先的郡守大人早就制定好了岁修之策，具体为"深淘滩，低作堰"六字诀。淘滩，指淘挖淤积于内江、外江进水口河床的沙砾卵石。深淘，指必须淘挖到规定的深度。为准确掌握这一深度，就要在河床底埋上四根卧铁作标记，岁修淘挖时，见到卧铁为止。同理，为测量掌握岷水涨落，郡守大人还在白沙邮旁河床上，立有水竭不至足、盛不没肩的三神石人，以作水则。成都二江中的三石犀，亦有水则作用。作堰，是指修复飞沙堰、人字堤，以及鱼嘴引水堤。低作，是指修复堰堤，应合乎尺度，不可过低，也不可过高。低了，不能保内江水，高了，不能泄内江水排内江沙。

李冰、桃枭、婷的儿子，李二郎、田二郎、金，见王叕讲故事，也从各自的工位跑来听了。

见牛车队队长等几人已候在一边，羊雪对女儿说："舫，别缠父亲了，父亲要上路了。"

"上路"二字似乎惊醒了梦中人，王叕对舫说："女儿，你不喜读书，老逃学，这不好。父亲的意思是，世间人，都应平等，男女更该平等，女子也当念书。舫，你明日还是回成都，到李府继续念书，知道不？再说母亲工地上事儿多，也顾不了你。"

舫低着头，不作声。

羊雪："回父亲话。"

舫轻声道："好吧。"

王叕对羊雪说："你也好好照顾自己吧，王叕走了。"也不看羊雪，转身大步走去。我看得很清楚，他的后背上，汹涌着比盐还浓的狂涛。

从湔氐道去临邛的官道，一行车马以牯牛的速度行进着。王叕的轺车在前，中间是四辆特大型牛车,后边是一队骑兵护卫。

王叕一行在临邛的官驿住了三晚。两三天时间里,王叕听取了卧铁定制方鹿溪寨主的冶铸方案,察看了那座大型铁炉,并对相关技术尤其铁炉火候和炉口开关提出了备细要求。

四根卧铁冶铸出来了,让笮人鹿溪大为惊叹的是,本该纯黑色泽的卧铁,却是黑中闪着青绿之光,且青绿之光中,又分明呈现出流水波动纹理。更奇怪的是,货品出来了,取货之人王叕却消失了。王叕对队长说,他要去临邛城附近几家铁坊察看铁器,让牛车队的人喂好牛,检修车辆,备好回程粮草。哪知,都水官这一去,就没了影儿。鹿溪的人,和牛车队的人,找了一天,没找到,慌了,急忙向临邛县令报案。谁不知都水官是时任郡守大人的红人?县令比他们更急。在临邛地面出了事,弄得不好,官帽都不保。县令得知都安大堰急等卧铁,就让牛车队先回湔氐道,寻都水官的事,他来办理。千万别忙中出乱,人丢了,大堰的事儿又耽搁了,那更惨。

人出了状况,货可不能。鹿溪寨主主动成为牛车队员,护送卧铁到湔氐道。

县令不敢兜着,首先派了县丞,快马去郡府向郡守大人报案。然后又令主吏掾率几个县吏,到湔氐道府交涉寻人之事,万一都水官有急事突然返回湔氐道了呢?最后,临邛境内,县尉全面出动,县、乡、里、伍,拉网式寻人。

李冰听了临邛县丞汇报,觉得此事实在蹊跷,但王叕一定出事了无疑。从不骂人的李冰将临邛县府狠狠骂了一通。然后,召来郡丞嬴漪,令他立即部署,全郡寻叕。跟着,他去了湔氐道。

但是,一无所获,一点蛛丝马迹的线索也没有。

李冰到湔氐道,去了王叕公干帐篷,去了王叕家。家里空无一人,舫已到他家跟着先生念书。王叕身为郡府官员,唯一的私邸就是这座小小帐篷。刚从成都返回,正在工地干活的羊雪,听见有人喊她回家。走进帐篷,见郡守大人正坐在王叕常坐的席地上发呆。

李冰见羊雪来了,半支撑起身子:"此屋没有都水官物什,何也?"

羊雪:"我亦奇怪。他以前出门,从无此况。卧铁已回,叕未回,羊雪问之,皆回曰去郡府公干了。"警觉,"怎么,他没去郡府,他失踪了?"

李冰并不知道,她对自己丈夫目前的情况竟一无所知。

他说:"不急,都水官会回来的。"

羊雪一下明白了什么,哇一声哭了起来:"他怎么了?他去了哪儿?"自从知道王歽身份以来,每一天,她都在等着一个噩讯的到来,每过去一天,她都在感恩柔达娜神山的赐福。此刻,她已敏感到,这样的日子,到头了。闻讯而来,在帐外候着的羊磨,听见哭声,急忙进来劝妹妹。

李冰在湔氐道官驿住了一晚。蒙可请示他,道令项致要见他。他对蒙可吼道,他见本守何用?令他将都水官找来见本守!

第二天一早,李冰到渠首内江指导卧铁安放事体,包括放置地点、起重、摆放方向与间隔,以及过水等。李冰乍见卧铁,也吃了一惊:青绿光泽,水波纹理,宛若极玉。李冰问鹿溪怎么回事。鹿溪说,一定是铁祖祠显灵,给都安大堰配以如此神器。李冰指挥杠杆起重,将卧铁逐一安放在距鱼嘴不到两箭远的内江河床上。四根沉重的卧铁,顺着河道的方向相间并排而卧。干涸的内江河道上游,架垒着两道蓄有岷水的杩槎竹笼拦河坝。李冰一声令下,上游杩槎绳索一砍,岷水就冲了下来,覆盖了卧铁。卧铁在激流中纹丝不动,一些沙砾,稀稀拉拉跑来,栖在了它们身上。

卧铁安放成功。

众人欢呼:"郡守万岁!卧铁万岁!"

只有李冰背转身,蹲下来,双手捂着脸,挡不住的泪水,无声地从指缝间电闪雷鸣流出。在四根卧铁遇水的那一刻,他清晰地看见,每根卧铁上,居然现出了一个阳刻的"又"字。四根卧铁,四个"又",拼接在一起,岂不是一个"歽"字吗?而"王"字,不就是四根卧铁之横三竖一的书写吗?

他在心里大声喊着"王歽王歽王歽",声音有多大,泪水的雷鸣有多大。在他的雷鸣中,他的脑海里,已然清晰出现一个画面,临邛,一个身影,从高架上,昂然飞入大型冶铁炉中,炉火被溅得艳丽无比。他希望脑海里出现一个阐解前一个画面、回答为什么的又一个画面,但是,没有出现。王歽无言,像他脚上的墨刑疤痕一样无言。

万人都在仰天欢呼,没人注意到他们的郡守正对着大地哭泣。就算注意到了,也会理解为,这是他们的郡守异乎常人的举动,否则,为什么他能成为郡守，常人却不能？这时，一个人悄悄把他拉出人群，带到玉垒山树林中。这个人是桃枭。那日，桃枭调虎离山，杀了两个跟踪自己的赵国人，就折马返回了成都家中。她像一只狐狸，警觉地观察着郡府的动静。她相信，王叕一家失踪的事，一旦发生，第一时间就会在郡府获得相应的反应。所以，一见郡守奔湔氐道而去，她也就跟去了。羊雪将女儿舫送到江边李府的第二天，她就知道了。她不知道王叕为什么不把母女带走，怕母女受奔波之苦？但王叕从逃奴再次成为逃奴，却是无疑的。见李冰哭成那样，她知道李冰是在哭他的朋友王叕莫名其妙失踪。

他怕桃枭误会自己的泪水，就告诉她："王叕去矣。他没有死，他只是变成了四根治水的卧铁。"

桃枭一惊："死了？都水官死了？"

李冰："化身在临邛的冶铁炉中了。然则，冰不知他为何如此。治水的事体甚多，尚有很多水，等着他去治啊。"

桃枭："桃枭知道他为何而死。"

李冰大为惊讶："你知道？"

她把李冰扶在一块石头上坐下，讲了其中原委。

桃枭："婳和桃枭给他指了条生路，而他却踏上了死路。"

李冰："冰明白了。你们皆为救冰。都水官用自己的不存在，证明了冰的无罪。"又喃喃自说，"王叕，你如此做法，让冰如何处之，冰有何脸苟活于人世？"

桃枭怒喝："李冰，你一死，王叕岂不白死了？他之所以选择死，乃要你活。要你为治水活，为蜀民活，为他活，以完成他未竟之夙愿。再者，你一死，你倒解脱了，你想过王叕的遗孺和女儿么，想过你的母亲、夫人、儿女么，还有婳和桃枭？为你活着，婳背叛了丈夫，桃枭背叛了父亲。只有懦夫，在这一刻，想到的不是活着，不是担承，而是死，一了百了，一人上天入地优哉游哉快活去。言尽于此，对于一个要死的人，没人拦得住，都水官如此，郡守如此。桃枭也不拦你，要死你就死去。"转身就走。走了几步，站住，背对他说：

"对了，都水官让我转告你，他荐郑国，接任他的都水官一职。在王叕那里，命没有水重要。"话毕，桃枭大踏步走了。

李冰双手拄剑，跪在地上，其状颇似象鼻山——离堆的另一称谓。离堆西北侧临水处，有一岩貌，状肖象鼻。

　　从没有过杀人念头的李冰，突然想杀人了，杀了嬴漪、金渊，为王叕报仇，至少他要去把这两个家伙大骂一顿。但念头一起，即被另一念头压下了。自己如此作为，岂不让婳和桃枭暴露在光天化日之下，置她们于险危之境？再则，王叕的确为奴，采取极端方式自焚，就是为了毁灭把柄保全自己，自己如果站出来，其结果无非是让他白丢了一条命。

　　在湔氐道府，郡守打发走其他人，留下水丞羊磨，把王叕的故事原原本本告诉了他，让他转告他妹妹羊雪。郡守说，李冰欠你们一家的，真是无以为报。建议羊雪去成都李府休养，千万不要太悲伤。羊磨听后，慨叹不已。他说，他会将郡守大人的话转告妹妹的，但他估计妹妹不会离开工地，更不会离开卧铁。另外，他也劝李冰大人不要太过自责，他相信，王叕，一个逃奴，能够成就一番事业，也是万分感恩大人的。他焚化自己，让自己消失得无影无踪，正是对大人和他妻儿的感恩。你们活着，继续他的治水心愿，方为对他的最大回报。

　　羊雪果然没去成都李府，只身一人住进了埋有四根卧铁的山边洞室。两年后，女儿舫在李府学业毕，回到母亲身边，与母亲同工同住。在泳的总成下，女儿嫁给金后，羊雪哪儿也不去，只与附近蜀主祠里的阳平女巫有些往来。再后来，羊雪怎样了，谁也不知道，因为认识她的人，早不在人世。她住的那个洞室，被后世称为玉女房。后世的人，没有人知道她有过男人，即或当世知道者，也犯了迷糊，怀疑起自己的知道。她不光是玉女，她还是大秦第四任蜀郡守的岳母呢，这个就更不为人知了。此乃后话的后话。

　　却说李冰回到成都后，既没催促寻找都水官，也没撤销寻叕令。旬日之后，郑国被任命为代理都水官，三个月后，去掉了"代理"二字。

　　嬴漪和金渊的计划是将王叕捉了，囚禁在一个秘处，形成人证、物证等构成的证据链后，即由嬴漪上书秦王，一招致李冰于死地。这个捉拿王叕以成证据的谋划，完全是对赵国行动的照搬。但是，他们怎么也没想到，自己尚在谋划如何捉拿王叕，王叕就已然人间蒸发。他们首先是怀疑赵人得手了，但查了半天，发现赵人也在寻王叕。何止赵人，连官府、民间，尤其自己，都在寻王殁,又都没寻着,显然真是人间蒸发了。既然蒸发了,就表示世上过去、现在乃至未来,都不存在这个人。如果你非要说存在不可,那请你拿出这个人存在的证据。活人没有,尸体、首级总得有吧,衣物总得有吧,你拿不出,就叫胡言乱语,就叫诽谤、诬告、陷构。赵国人明白这理儿,就埋了两位同伴尸首,灰溜溜又如释重负地回到了阔别三载的祖国。

一个重大信息,一场精心谋划,就这样被化解成了无。嬴㵉、金渊气得差点背过气,然后是相互指摘、攻讦。首先是金渊,说自己花了三年时间、近百人手获得的信息,竟毁在了嬴㵉这里。嬴㵉反击说,这事怪就怪谁泄了密,你那里除了你,还有不少人知晓王殁身份,这说明是你坏了事。金渊说,我们的谋划是推翻李冰执政,知此事体者,仅我等二人耳,关我那些手下屁事。

对于合作联盟而言,存在内奸,太可怕了,若不挖出,怎敢再度合作?

于是乎,吵过之后,在设定问题不是出在赵人一方的前提下,二人又平心静气开始对嫌疑人分析、筛选、研究、排除,最终得出的结论,是他们二人中的一人泄了密。又一番指天发誓后,金渊将怀疑对象指向了嬴㵉的家人与仆人。排除没有告密动机的仆人后,婷就成了唯一的嫌疑人,因为婷有告密动机,她是李冰的妹妹。但嬴㵉对金渊的怀疑,予以果断的否定,说婷是他的爱妻,说婷最恨的人就是李冰,说……

嬴㵉越说越激动,而在金渊听来,却是越说越没底气。于是起身离去,把蜀郡府的郡丞,独自留在载天山庄空旷的后花园。

嬴㵉虽然果断否定了合作者的怀疑,但他其实内里更加深了这种怀疑。按说,他可以怀疑全天下,也怀疑不到婷头上。婷恨李冰,甚至比他更恨。对一个女人来讲,还有什么比爱情的伤害更能激发其仇恨吗?他心里明白,虽然不愿意这样想,自己获得的爱,是一种恨催生出来的——她把自己身体和一生命运交给他,就是对李冰决绝仇恨的开始。到了后来,李冰任了蜀郡守,挡了他的仕道,他俩就不光是伉俪,还是有着共同仇恨目标的同道。但是,撇开情感、动机等精神层面的东西,仅从纯技术层面入手,排除到最后,她便成了唯一不能排除的嫌疑人。即或这样,他永远也不会对外人说起。哪个男人愿意承认自己的老婆背叛自己、与另一个男人相好?

无论如何,这都是猜测,即或是技术层面的演绎、推论和数字运算。他终究是不怀疑儿子他妈的忠诚的，不是尚有赵人之嫌疑没排除么？但是，他还是决定面对面，单刀直入证实一下，让自己完全释怀。

这天是初夏的傍晚，嬴漪夫妇在宅子庭院中，一边喝小酒，一边闲聊。刚喝一会儿，嬴漪就吩咐下人说，你们去夜市逛逛吧，别扰了我们清静。听见丈夫做了这样的安排，心思缜密的婞立即明白丈夫接下来会干什么。但她依然装作若无其事，继续给丈夫斟酒敬酒。她知道接下来会有一场战争。同时相信，该来的，不管是福是祸，迟早都会来。

推杯换盏间，嬴漪不经意咕噜出一句："王叕，那个都水官，是个逃奴，你可晓得？"

婞立马接嘴道："晓得的，不是赵国的么？"

这真个是越不想听见什么，越要听见什么。嬴漪痛苦得直想变身为一味哑药，塞进面前这个女人的嘴。你难道就不会撒一次谎？

嬴漪继续聊天："你把这个消息告知谁了？"

婞天真烂漫地说："婞的哥哥李冰，郡守大人李冰也。"没有直道桃枭，是为了保护之。而郡守李冰本身就处于矛盾的中心和明面，不存在保护不保护。

嬴漪大吼一声："自己找死，怪不得嬴漪也！"像流泪的鳄鱼突然纵身跃起，龇牙咧嘴，露出凶相，将面前的女人扑倒在地。

婞大叫："嬴漪，你疯了么？我是婞，你儿子的妈！"拼命挣扎。她知道有场不可避免的战争，但没想到这场战争如此突兀、猛烈、尺幅巨大。当她看见那双抚遍自己身体的熟悉的手，已然卡住自己脖子时，才反应过来，这居然是一场要她命的战争！

有位逛夜市的女仆，因为突然有事回嬴宅。刚走到庭院门边，就看见男主子把女主子压在身子下的情景，急忙退出，生怕惊扰了主子的好事。跑到夜市，想把撞见的那事告诉同伴，又怕多嘴惹祸，硬生生憋了一晚上。几个仆人难得有这么轻松的时候，直到夜市敲梆熄灯闭市才回返。进得宅子，静悄悄的，赶紧上榻睡了。半夜，女仆起来小便，路过庭院，被什么东西绊了一跤，自己一个狗吃屎，竟扑倒在那东西上。显然被她压在身下的是一个人，吓得一蹦三尺高，惊叫起来。众仆举着油灯、拎着刀棍，虚张声势战战兢兢围过来，发现躺在地上的是他们的男主子。急忙喊女主子，不应，又急忙将男主子背往他房间席地。谁知还没往席地放，男主子醒了。醒了，就握了剑，满宅子找夫人，和那个把他打昏在地的蒙面大侠。

不用说，蒙面大侠是桃枭。桃枭毕竟经历过磨难，又比婞大点，所以对人心的险恶、利益的角力有更深的认识。她料定父亲与嬴漪的阴谋失败后，一定会怀疑并迁怒于婞。于是，从湔氐道安放卧铁现场与李冰分开返回成都后，就一直在暗中保护婞。她打昏嬴漪，将婞从她男人手爪下救下，一刻不歇，直接背婞到附近一户郎中家。郎中将婞救醒。待身体恢复后，桃枭按照婞的要求，把婞送到了南门外江边李府老夫人身边。婞自此回到给泝当女儿的幸福时代。

嬴漪找不到夫人，就准备贴寻人启事。还没贴，刚刚得知情况的李冰，在第一时间就告诉了他。李冰说婞在老夫人身边，我知道后，劝她回家，而她说你要杀她，我说这怎么可能呢，你还是回去吧，可她偏不。看来，冰是无法了，解铃还须系铃人，师兄若不信，那就亲自去接婞回家吧。

嬴漪很不想去，但还是去了。去的时候，婞在，儿子金也在。金受郑国差遣，到郡府公干，听说家里出了事，就来到了母亲身边。嬴漪还没说话，婞就说，杀人犯，你还有脸来？金说，你走吧，母亲不想见你，我也不想。嬴漪对泝说，伯母，你看这……泝说，此乃你们家事，老身不便多言。再说，脚长在他们身上，老身也管不了。嬴漪又对婞说，婞，嬴漪错了，向你道歉、赔罪，还不行么？婞说，若不是被蜀山侠客相救，婞已然是死人。死人还能回嬴宅晦你？不再说一字，拉起儿子，转身进了内堂。

嬴漪离开李府时，回身看了门额上用秦篆、蜀文并书的李府二字，对李冰的恨更深了一层。这李冰，不仅鸠占鹊巢，夺了我的仕位，现在，连夫人、儿子也夺了去。

都安大堰总有竣工的一天。一旦竣工，为工程立下汗马功劳的成千上万的百工，何去何从？历史上，就有过周室洛邑百工起义、卫国百工暴动的例子。作为都安大堰的总设计师、总操盘手和蜀郡守，李冰不得不考虑对百工的安置问题。

治蜀、治蜀，说一千道一万，治好了经济才是基础。都安大堰一俟竣工投用，全蜀经济勃兴，原材料及产品丰茂，其销路就难免壅堵。就是说，李冰疏浚了蜀地的水后，跟着需要疏浚的，就是工货和农林牧副渔等产品的销路了。

治蜀等于疏浚。为今之计等于疏浚。先是将原材料资源疏浚成产品，再是把产品疏浚成钱币，或另外的产品——以货易货。

设立工坊消化原材料以出其品，建立商贸集散市场以促其商，开拓疏通道路以畅其销。除了治水，这亦是李冰谋定而后动之整体治蜀方略的一部分。声名已然鹊起的盐铁，属于撬动这个大盘的杠杆。

工业、手工业方面，李冰首先在成都设置了大型官营作坊——工室，并将这个工室命名为东工。东工将承担国府、地方官府所需部分物品及军工品的生产。蜀郡东工生产的项目有冶铜和兵器，以及陶器、漆器等，规模皆很大。工室人数近万，其中冶铜工匠二千人以上。工室及人员是不得随意生产的。《秦律》规定，若非本年度计划批定生产的产品，又无国府命书，而敢擅自制作其他器物的工师、工丞，各罚二副铠甲。工室不仅郡府有，各县也设有。

笮桥南岸还设有一个官办官营的织锦厂，叫锦官城。建于此处，乃便于濯锦于此江中，使锦色纹理更为分明、宜人。而换一处地方濯锦，则无此效果。水变锦变。锦江之得名，即源于此。

造大船亦由官府亲办。在临邛铁城未建成前，蜀地河流上基本只有独木舟和小型船只。锯、斧、锛、凿、斤、削等铁质木工工具的大面积使用，才让造船业得以飞跃性发展。当然，除了铁的功劳，还有李冰引进中原造木板船、舫船技术的功劳，尤其疏浚河道的功劳。李冰还特别令郡府工官，在湔氐道宝瓶口出口不远处码头边，造两艘百人舫船，用于放水仪式。

而民间方面，则将各种作坊及商品贸易，规划在成都南侧二江之间堋地上，形成一个综合性的大市场"南市"。南市什么都有，除了冶铜、漆器、蜀锦、蜀绣、制玉、制陶、丹砂、制盐、烤酒、制茶、木工、竹工、造船、纺织等买卖，还设有战国时期最大的奴婢集散市场。冶铁及铁器市场主要设在铁都临邛。

蜀地的产品要出去，蜀地需要的异地产品要进来，除了水道，就是陆道了。而水道，却不是你想怎么开就怎么开的，必须遵循水的法则进行，比如有高差，有夹岸。所以，疏畅了水道后，永远有力可使的地方，就只能是陆道了。

民间的道路，基本都走在官府前边，即或小如羊肠，险如柴道药道猎道，总之是有道的。李冰要做的，就是对蜀郡地盘上他之前已然形成的民道、官道做进一步的开辟、维修、疏通、拓宽等上档升级处理。这些道路多以成都为始点或终点，包括北出成都的剑阁道（金牛道、石牛道），南出成都的牦牛道（青衣道、南路、会同路）、越嶲道（中路），东出成都的东大路，西出成都的松茂道。成都以远地区的出入蜀道路，有阴平道（左担道）、僰道（五尺道、牂柯道）、米仓道等。

有事就有人。事再多再大，都是人干出来的。

正是以上这些技术活儿和体力活儿的众多岗位，让都安大堰工地上百万民夫流动起来，得到不下岗、不待岗的有效调节，尤其让山东六国的一大半百工，连祖国都不想回了，一心定居蜀地求发展。成都正是从李冰时代开始，变成了一座来了就不想走的城市。

光阴荏苒，各项事体都在按郡府的总体部署推进。眼看还有一年，都安大堰就要竣工放水，亦即意味金渊及牛鞞族一半财物要打水漂了，你说金渊急不急。

对于金渊及牛鞞族的损失，蜀郡是有补贴考虑与安排的，但金渊完全不能接受官府给出的标准。官府是以未筑大堰之前土地收益的经济数据为基线，来计算出补贴额的，而金渊则是以大堰通水灌溉后土地预期收益的经济数据为基础，并且不是一次性补贴，而是年年补贴。他的理由是，如果不这样计算，那牛鞞族与其他受益族的差异，将会越来越大。要穷都穷要富都富可以，我穷你富不可以。当然，他的诉求，官府亦不能接受。

这一次，金渊决定不再采用迂回战术，也不寻人合作，目标对准都安大堰的核心点位渠首鱼嘴，一旦成功，渠首工程受损，没有三年修复时间，肯定不能竣工。如此一来，都安大堰工程就不能在二十年内完成，李冰在咸阳王宫大殿上的承诺就无法兑现。其结果是，不仅李冰人头不保，连三位主动担保者的人头亦不保——田贵已去，现在还有司马错、白起的人头在。李冰的人头都不保了，都安大堰还能保？这样一来，我金渊的财物不就保住了吗？

金渊让儿子二牛和管家亲自出动，用重金加胁迫家人的手法，在渠首工地水工堰工中，谈成了八名死士。另外有三人，谈了，没谈成，三人就神秘失踪了。八死士不仅潜水功夫了得，关键是他们对渠首工程的卯窍一清二楚。饶是这样，二牛和管家还是组织八死士进行了秘密模拟训练，直到离汛期只有月余，才开始行动。与当年李冰的模拟选址一样，他们去了天彭阙，具体场所为阳平族人出资筑的天彭堰。

汛期到来时，鱼嘴将岷水四六分开，内江四，外江六。外江骤然水量增大，水位得到提高，就与内江水位形成一个不大不小的落差。正是这个落差，让金渊有了机会与成算。当时，内江还没完全竣工，鱼嘴分水还不能达到准确的四六开，但为了泄洪，内江依然需承担一定量的洪水"过境"。李冰还有一个考虑，内江正式竣工放水前，必须让干涸的河道过水、吃水，让内江的投入使用有个预热阶段。

金渊他们的行动，需要知道汛期渠首过水的准确时间，偏偏这一点，不需要他们费任何力，因为李冰主持的官府早就发布了精准预报。

金渊他们的做法是，汛期到来前，在鱼嘴后边用竹笼垒筑的引水堤上，选择一个薄窄处，凿穿一条从外江倾向内江的堤洞。八死士分成两组，内江、外江各四人，在夜色掩护下操作，从堤坝两端同时开凿。一二人凿洞，另一二人将卵石搬出。天黑后搬开堵在洞口的活动石门，进洞干活，天亮前出洞，封好石门。这样干了近一个月，堤洞成。

洪水终于来了。是下午来的，带着狂风暴雨。包括李冰、嬴漪、郑国、项致、羊磨兄妹等，都冒着风雨，在现场察看渠首过水情况。爱看热闹的桃枭也来了，当然，她也是来看儿子田二郎的。一切正常，鱼嘴、内江、外江、宝瓶口、飞沙堰……什么样的水走什么样的地方，井然有序，纹丝不乱，就像此时，李冰抹一把脸上的汗水，汗水在他的掌纹里不管怎样流，都在他的掌握中。

大家伙儿绷紧的心，一下松弛了下来。

到傍晚时，连风雨都完完全全停住了。项致劝李冰等郡府官员到城里官驿休息，明天再来察看。李冰吩咐都水官郑国安排好夜巡值守后，随项致离开渠首。

按照郑国的安排，羊磨兄妹带五十人在空间范围不大的离堆、宝瓶口点位值守，两位二郎带五十人在鱼嘴及引水堤值守，郑国自己与金流动巡回值守。天，黑如蜀地大漆。火把在值守人员手中摇曳。

四更刚过，一个年轻男人的声音在鱼嘴引水堤上炸雷般响起：

"水、水、水！"惊恐，撕心裂肺。

"破堤了！泄水了！"跟着又有人大喊。

火把光影里，值守人员看见，一条水注从鱼嘴引水堤内江一侧半腰，一个两人合围大的洞口射出，像一条黄龙，腾空而起，至内江中央方钻入水中。而洞口正对引水堤外江一侧之万马奔腾的岷水边，则出现了一个巨大的漩涡，路过的水无不陷落其中。

显然，外江的水正通过鱼嘴引水堤中的洞道，向内江扑冲。如此下去，若不能堵住堤洞，堤洞就会像一把利剑，将引水堤挑割开来。跟着，引水堤坍塌，鱼嘴坍塌；再跟着，飞沙堰、人字堤被冲得无影无踪。建了十七年的都安大堰渠首除宝瓶口以外的工程，眼看功亏一篑，彻底归零。情况万分危急！

三支五十人队的值守人员，在接力式的惊呼中，向黄龙腾空的方向奔去。鱼嘴引水堤以外的人，上引水堤，必须通过横跨内江的那条窄窄的笮桥。

李二郎、田二郎在第一时间奔至内江洞口处，一看情形，立即奔至外江边漩涡处，观之，大喊：

"竹笼、石头、工具，快，全扔下去，填洞！"

值守人员一个一个将"竹笼、石头、工具，快，全扔下去，填洞！"这道前方急报，接力式传递下去，从外江漩涡处，过笮桥，过宝瓶口，过玉垒山，一直传到湔氐道府，传到官驿李冰郡守耳里。夜色中，一支支火把，把接力的急报呼号，连成了一条弯弯曲曲高高低低的红线。但是，李冰不在官驿，他的寝间卧榻空无一人。不仅李冰不在，驿馆里的住客都不在。

鱼嘴引堤上没有竹笼，大家打着火把飞快地寻找，也只找来几块不大的卵石和几只铁锤、铁钎、铁插、凿子等工具。两个二郎与众人将卵石、工具尽数抛入漩涡中心，但它们中的大多数，都随水从内江洞口喷射了出来。堤上的人几乎都听见了大地开裂的声音。再也无物可填，怎么办？千钧一发之际，两个二郎对望了一眼，将刚刚握在手里的火把抛向空中，然后拥抱在一起，侧身一跳，像一条装满卵石的竹笼，笔直插入漩涡中。

堤上的人全傻了，只有一人，握着勘水铁尺，穿过人群，向漩涡处扑去，欲步两个二郎后尘。与此同时，三个人追来，死死拽住了他。还是与此同时，人群欢呼：

"水堵住了！""堤洞堵住了！"

紧接着，石头、竹笼连成一条线到了。那个握勘水铁尺的中年人立即大声下令："立即堵洞，从两端堵！"

人群顷刻一分为二，一部分将石头、竹笼往外江漩涡里抛，一部分从内江洞口处堵洞。鱼嘴引堤上的火把，在江心上空的那只鱼鹰看来，是一个标准的"丫"形。

对了，正是这只鱼鹰，啄扣官驿寝房的一扇窗户，将李冰喊醒。为了快速，李冰只穿了里衫，连官服都未穿，拎上勘水铁尺，取了门厅柜上的火把，就奔出了驿馆。门厅有个值夜的驿卒，一直在做梦，大门吱嘎一声惊醒了他。睁眼看了一下，又闭了眼，再又猛然睁开，跳将起来。黑暗吹来的岷山凉风让他警觉。他一边大喊有贼，一边摸索着点亮了另一支火把。

喊叫吵醒了官驿里的人，大家一起寻贼抓贼，却连贼影子也没看见。金三角没见着郡守，踌躇了一阵，还是决定去看一下。从门缝朝里一看，哪里还有郡守的影子？

李冰奔出门，万籁俱寂，两眼一抹黑，手上的火把弱小得只能把它自己照亮。黑暗中响起了鱼鹰的叫声，便跌跌撞撞向叫声奔去，直到奔到宝瓶口附近，看见一长排火把，叫声才消失得一丝不存，仿佛从未来过。

目睹了亲子李二郎和义子田二郎，相拥跳江堵泄的悲壮。但李冰来不及作任何之想，只想着尾随俩儿子，跳进龙嘴似的漩涡。他是被金三角拽住的。当他得知洞口的剧烈射水变为了一股小小的涓流，就知道，俩儿子的悲壮，已成功卡在堤洞内，堵住了险些毁掉渠首的洪水。还是什么也不能想，本能的反应是，下令抛石塞洞，直到外江漩涡消失，内江堤洞再也塞不进一只竹笼、一块石头。堤洞填堵了，渠首保住了，才松了口气。

天空用自己的亮，对着火把吹了下，火把立即熄了。

也就在这时，李冰发现桃枭就站在自己身边，用手抹着脸上的汗。显然，她参与过堵洞。不知她什么时候来的，不知她知不知道她拼命埋葬的，其中一位，是她的亲生之子田二郎。李冰面对她，不确定说不说，该不该说，怎么说，却又不能不说：

"桃枭，你也来了。冰对不住你了，二郎……"

桃枭这才想起自己的儿子，忙朝人群呼："二郎，儿子，你在哪儿，母亲在这儿哩。"

一些人躲着她的目光，一些人说没看见呢。躲着她目光的人就拿眼制止说话的人，说话的人就莫名其妙，然后就拿耳过去听使眼色的人嘀咕。

桃枭似乎敏感到了什么，看李冰，李冰也躲闪她的目光，且他自己的眼睛，更是泪光一片。

冲着李冰吼："二郎呢？我的儿子二郎呢？你的义子二郎呢？"

嬴漪过来插话："桃枭，你就别折磨郡守大人了。嬴漪告诉你，二郎在这下面。"用脚踏了踏地面。见她懵懂，又说："堵水眼了，惨啊。"

羊磨："郡丞大人，你不说，没人会拿你当哑巴。"

嬴漪："我说的不对？好，那你水丞大人来说。"

羊磨："你——"

桃枭胆战心惊问李冰："二郎死了？"

李冰："二郎是英雄，治水大英雄，蜀民是不会忘记他的，秦国是不会忘记他的。"

桃枭母兽一样号叫："不，我不要英雄，我要二郎！"然后，沿水呼喊二郎，不应。然后，又要跳水。被众人抱住后，就蹲在地上，抱头抽泣。

羊雪过来蹲在她面前，扶着她肩膀，安慰她说："桃枭姐，别太过伤心，你要保重身体。"桃枭哼哼唧唧说："我身体再坏，身体还在，二郎连身体都不在了。他一个人在下边，多孤寂啊。"羊雪望了眼埋卧铁的地方，轻声道："好在，还有都水官，在那边陪他。你还不知？郡守大人的儿子李二郎，也在下边，他们两兄弟，在一起。他们两兄弟，相拥相抱，跳入了岷水。"

桃枭仰着脸问李冰："李楠跟二郎，在一起？"

李冰点了下头。

桃枭起身抱着李冰，失声痛哭："我们的命，为何如此之苦？"

李冰安慰桃枭说："我们能养育出这么优秀的儿子，是我们的幸运，是上天对我们的偏爱、垂怜。我们万不可过于悲伤，儿子不希望我们这样。桃枭，他们是我们永远的骄傲。历史记不住我们，但一定不会忘记我们的二郎！"

李冰又站在一堆竹笼上，亢声对堤上人众说："两个二郎走了。他们是为都安大堰献身的，是为他们钟爱并为之奋斗的治水大业献身的。他们并非赍志而殁。为保住渠首，立了大功，死得其所，死得光荣。我们活着的人，除了继承二郎的遗志，按时保质建好都安大堰，别无选择！他们走了吗？没有，他们就在这里，无时无刻不看着我们，看着我们的岷水，去灌溉千家万户的田地，去催生一个富饶的成都平原！"

众呼："二郎不死！二郎永在！"

玉垒山脚下、内江岸边，盈扑在洺的怀中哭泣，洺一手拄邛杖，一手抱着她，望着河对岸人众，满脸都是骄傲的疼痛、疼痛的骄傲。两人的两侧，站着婢、婳等李府的人，大家都在安慰两个二郎的夫人及其幼龄子女。李二郎娶嬴婳之女芈千，生有二子。田二郎娶鹿溪之女嫽雾，生有一子一女。

言及于此，我必须来叨唠几句。被渠首现场人众呼号的二郎，本是李冰亲子李二郎、义子田二郎的合称共呼，亦有两个小伙子的意思。但随着时间的流逝，世人就将两位同庚同名者演变为一人，李姓，共名二郎。东汉末年，源于蜀地的二郎神信仰就开始流布全国。因传说二郎神司水，宋代以后，各地江河两岸，多建二郎神庙。北宋嘉祐八年，宋仁宗封二郎神为惠灵侯，并言"神即李冰次子"。最初的李冰祠，后来的二郎庙，自此更名为专供李冰父子的二王庙。其庙址与两位二郎埋骨处，只隔着内江河床的距离，一个东岸，一个西岸，人神隔江守望。最初的李冰祠，是由秦始皇亲自下诏立的。对此，东汉应劭《风俗通》说："李冰为蜀守，开成都两江，造兴田万顷以上。始皇得其利，以并天下，立其祠也。"就是说，嬴政赢得统一战争后，没有忘记李冰在后方为这场战争立的大功，立李冰祠，就是始皇为时间开具的证据。

非常明显，鱼嘴引水堤出现漏洞，系人为事件。道令项致在大家于窄小工作面忙着堵洞时，就忙着令道尉查获坏堤之人了。几乎没费什么事，道尉一干人即在岷水下游、距堤洞约四五里的右岸，拿获了八位作案人。只不过捉拿的人，无一活口，全是身中数剑的尸体。道尉将现场略作勘察，立即得出结论，八人坏堤泄水后，顺水汨至此处上岸，在毫无准备的情况下，遭到十名以上的蜀中剑士围杀，显系杀人灭口。羊磨差人辨认八具尸体，认出皆为中原水工堰工。道尉继续往下查，郡府更是注入了最强侦破力量，期望揪出幕后老板，但终是一无所获——他们甚至在洪水消退后找到了打开堤洞两端石门的两丈长的专用铁钩。

出了这样的事，郡守严厉训斥了包括郡尉西敢、道令项致、都水官郑国、水丞羊磨等相关人员。训斥之前，他首先训斥了自己。训斥自己没有安排在渠首堰坝上备足竹笼、卵石以防万一，训斥自己轻视反对派力量，没有想到让郡尉派兵驻守渠首。最后，郡守强调都安大堰翻年开春就要竣工，跟着就是放水盛典，越是这样的阶段，越不能出丝毫的错。他说，全天下，最不好管的就是水，大则倾覆九州，小则四处浸漏，你们想想看，哪有不漏雨的屋面？没有，从来没有。今天不漏，明天也会漏。但，水再难管，我们都安大堰人，也有信心和能力管好它！

府议次日，防堤补堰备料和一千黑甲驻军到位了。渠首驻军制，就此开始。蜀汉诸葛丞相认为都安大堰乃全国农耕之本，国之所资，故在渠首专设堰官，并调军队一千二百人驻防。

嬴漪一返回成都，就去载天山庄找金渊。如果金渊不在，他会怀疑金渊去了湔氐道。但金渊在，并且，正在为外孙亡故悲。听管家告知郡丞来访，立即收起悲。

喝了一口青城茶，嬴漪问："有人破坏渠首，侯爷可知？"

金渊呈惊讶状："不知，竟有此等事体？"

嬴漪："李冰的儿子李二郎死了。"又说，"田二郎，侯爷的外孙，也埋在了堤中。"

金渊一声叹息："哀哉，哀哉！如此不幸，只苦了吾女桃枭也。"又问，"毁堤者谁？"

嬴漪："正查中。"

金渊："一旦查获，定要千刀万剐！"

嬴漪："自会如此。就算没有两个二郎之事，毁堤之人也会被千刀万剐的。毁堤乃毁李冰之命也。"

金渊试探一问："郡丞也痛恶毁堤之人？"

嬴漪:"然也。都安大堰乃秦国财力所筑,吾虽盼李冰失败,但并不意味支持人为毁堤。人为毁之,岂能证明他决策之误哉?"

金渊心想,幸好之前密谋毁堤,避开了此人。

嬴漪:"侯爷是商人,恐怕水毁、人毁,但凡堰毁,皆遂其愿也。"

历时十八载,都安大堰终于竣工了!

这一年,是公元前259年,李冰太守五十二岁。

都安大堰竣工了,制造都安大堰的能工巧匠们下岗了。但正是他们的下岗,带来了蜀地经济的大腾飞。

他们下岗了,却又零空当地跟着水流的去向,转到了李冰早为他们设置好的岗位上。

都安大堰不是发展,十八年不全是发展,不但不是,反而是大投入、大消耗、大阵痛和大磨难。但它又是发展的前置条件、基座与成本。都安大堰的投入使用,唤醒了成都平原这片古老的土地,而要让这片土地沸腾、飞跃、淌金涌银,还需要人力的介入、融进与互动。现在,人力来了,是随着水力一起来的。

水灌溉了田地的庄稼,水推动了作坊的水车,水载起了庞大的商船……农林牧副渔在水中大发展,工业在水中大发展,商业在水中大发展。

那时,蜀锦、漆器、茶、铁器、井盐、蚕丝、蜀布、邛杖、枸酱等蜀地特产,除行销关中、中原,还通过商旅熙攘、从成都至印度的"蜀身毒道",远销到东南亚、南亚乃至欧洲。而沿着"蜀身毒道"而来的玉器、珠宝、毡、缯布、海贝、琥珀、玛瑙、棉花、燕窝、鹿茸、蛇纹石,和高鼻梁、蓝眼睛的异域人,则在少城和南市出现。蜀身毒道亦即后世所言的中国最早的一条国际交通线路——南方丝绸之路。

众所周知,丝绸之路的开通与彰名是以西汉外交家、探险家张骞凿空、出使西域为标志的。张骞一回到长安就疾疾向宫廷奔去,大汉的风在他扑满域外沙尘的衣冠上打旋。关于张骞向汉武帝的报告,司马迁在《史记·大宛列传》中是这样记载的:"臣在大夏时,见邛杖、蜀布。问曰:'安得此?'大夏国人曰:'吾贾人往市之身毒。身毒在大夏东南可数千里……'以骞度之,大夏去汉万二千里，居汉西南。今身毒又居大夏东南数千里，有蜀物，此其去蜀不远矣。今使大夏，从羌中险，羌人恶之；少北，则为匈奴所得；从蜀宜径，又无寇。"就是说，早在张骞开通丝绸之路以前，蜀地成都就有一条隐秘的商道通达身毒，直至大夏，即今阿富汗。

  成都商业的发达，一个核心原因，是因为成都有着特殊的经商政策，而政策的获得，乃李冰郡守向国府和秦昭王努力争取的结果。在士、农、工、商的行业划分中，商本已位居末位，而商鞅还变本加厉，雪上加霜，制定了重农轻商的"抑末"政策。秦入巴蜀后，即实行"市籍"管理制度，限制农转非，弃农经商，对商贩户籍实行专门管理。凡有市籍的家庭，除赋税不同外，其本人和子弟均不得为官吏。市场上出售的商品，价值一个钱以上的，必须明码标价。李冰首先通过文书说服丞相范雎，而后又上书秦昭王，几经波折，最后终于得到"蜀郡相对封闭，可暂不实行抑末制，以作试点"的特殊商业政策。

  李冰主持修建的都安大堰，正确处理了鱼嘴分水堤、飞沙堰泄洪道、宝瓶口引水口等渠首主体工程的关系，使其相互依赖，功能互补，巧妙配合，浑然一体，形成布局合理的系统工程，联合发挥分流分沙、泄洪排沙、引水疏沙的重要作用，实现枯水不枯，涝水不涝。李冰利用造物主给予的不可思议的地势水势，科学而奇妙地解决了江水自动分流、自动排沙、自动控制进水流量等问题，消除了水患，使成都平原"水旱从人、不知饥馑"。

  都江堰使人、地、水三者高度协合统一，是当今世界年代久远、唯一留存、以无坝引水为特征的宏大水利工程。与之兴建时间大致相同的古埃及和古巴比伦的灌溉系统，以及中国陕西的郑国渠和广西的灵渠，都因沧海变迁和时间推移，或湮没或失效，唯有都江堰独树一帜，源远流长，至今滋润着川西坝子的万顷良田，改善着这片土地的人居环境。

  都安大堰竣工投入使用后，仅仅过了一百多年，即西汉中晚期，成都便一跃成为仅仅略次于国都长安的全国第二大都市，和西南地区政治、经济、文化中心。又过了三四百年，东汉中晚期的成都平原，已成为天下公认的唯一的天府之国。此前的关中、河北地区，自此退出历史舞台，不再被人呼为天府。当然，关中被呼为天府时，秦蜀对它的给养，也是占了其中的一个份额的。成为天府以后，成都平原就成了灌溉中国的最忠实、最有力的优质有效水源，比如刘邦夺天下的根据地选的是这里，比如三国的国都之一选的是这里，比如唐代皇帝逃命避难地选的是这里，比如抗战大后方和兵源粮食供应地选的是这里。有一个术语，叫"扬一益二"，说的是唐代的工商业中心，扬州第一，成都第二，两座城市的繁华富庶地位，超过长安、洛阳。其情其景，正像诸葛亮老早就在《隆中对》中对刘备分析的那样："益州险塞，沃野千里，天府之土，高祖因之以成帝业。"著名历史地理学家任乃强说："若以四川盆地与黄土之黄河平原比则无亢旱之虞，与冲击之江浙平原比则无卑湿之苦，与三熟之广东平原比则无水潦之患，与肥沃之松辽平原比则无霜冻之灾。"将都江堰誉为天府之母，将本王裔孙李冰誉为天府之源，实至名归。

也出现了另外的情况。天府之国建成后，成都平原的人民与战国时相比，似乎换了一个人种，再无百工、民夫们的那种辛劳、繁累和拼命了。这里的人民变得慢了、慵懒了、安逸了。怎么不呢？你看那些耕农，坐在自家院坝吸烟、喝茶、摆龙门阵，渠水、沟水在身边流淌，田里的粮食走了出来，树上的果子长了出来，水磨上的豆腐跑了出来，塘里的鱼跳了出来，酒坊里的香飘了出来……一个二个的蜀女，沐浴得比莲藕都白。生在水旱从人、不知饥馑的地方，也是没办法的事。所以，就有了少不入蜀之说。年纪轻轻的，陷入这样的安乐窝，哪里还有好男儿志在四方的壮心与猛志？但这样的安乐窝，却羡煞天下人，更是文人骚客的天堂，司马相如、严君平、扬雄、陈子昂、李白、杜甫、元稹、薛涛、贾岛、欧阳修、苏轼、陆游、杨慎、郭沫若、巴金、李劼人、沙汀、艾芜等，无不得到过这方水土的滋养。

都安大堰竣工后，在等待入夏起洪的这段时间，李冰将除大堰运行人手以外的所有人众，全部转移到了各个行业的生产经营岗位上，去耕农、去养鱼、去牧畜、去工坊、去商市、去筑路，举凡种种，不一而足，又人人皆足。

玉垒山的树林中，金渊与嬴漪，对着渠首工地上正在有序离开的民夫指指点点。

金渊惑然道："老夫不解，李冰自信何来？民夫遣散，万一放水失败，水毁大堰，重筑者谁？"一边用山体般嶙峋的老手，管理着被山风吹散的纯白胡须和纹丝不动的护眼兽皮。

嬴漪冷笑："李冰此乃孤注一掷，破釜沉舟。但凡失败，项上人头都没有了，还能管此筑堰事体？侯爷以为然否？"

金渊释然："郡丞大人言之有理。"又以桑木手杖指着渠首说，"倘渠首放水成功，李冰岂不大功告成，名垂千古？"

嬴漪："纵是渠首放水成功，亦不意味二江、渠网过水成功，更不代表成都平原灌区成功。故，一切，两说也。"

金渊："下一步，何为？"

嬴漪："静观其变，不变应万变。"

金渊："善。"

过了两三个旬日，洪水来了，不是一般的洪水，是百年不遇的洪水。

都安大堰只设计有放水仪式，没有竣工仪式。搞了竣工仪式，放水——放洪水——不成功，还叫竣工么？既不叫竣工，何来竣工仪式？由是，洪水季大堰的首次放水仪式，既是放水仪式，也等于竣工仪式。

仪式流程及内容也简单，也不简单。第一点位选择在开工仪式的地址上，即玉垒山台级。由监御史主持，首先是阳平女巫做法事，请各路神仙保佑放水成功，跟着由李冰在致辞中介绍大堰概况，十八年筑堰事体，感谢所有工程参与人众及给予大堰帮助者，不忘将生命热血抛洒给大堰的烈士，预祝放水成功。最后由专程从咸阳赶来的治粟内史宣布放水。治粟内史上台宣布时，没有完全照剧本来，他在都安大堰前边冠了一个定语：国家工程。也是，如果只是一个地方工程，他大老远跑来干吗？第二个点位在宝瓶口与二江分流处之间的码头上，内容为政要及各业界代表坐大舫船，赶浪头，游二江，至成都。两艘大舫船，走检江一线的一号船由郡尉主持，走郫江一线的二号船由监御史主持。在一、二点位之间，专门修了一条观礼车马道，从玉垒山半山腰穿过，连通一、二点位。第三个点位，是渠首及二江以外的覆盖成都平原的由干渠、支渠、斗渠、农渠、毛渠织成的渠网，内容为民众自由观水、取水。最大的亮点，为第四个点位，内容为郡守李冰骑马赶浪头。赶浪头，是从大禹开始的，被各地放水仪式纳为重头戏的一项活动，即观水者沿两岸，追赶放出之水的第一波水浪，直到跑不动为止。一路上水越来越多，而人越来越少，最后只剩一人，这最后一人也是以失败为胜利。谁能赶浪头一直赶到大海？说是赶，其实也是给远去的水送行。

四个点位的总和，为放水仪式。

按照李冰对洪水到来时间的定量预测，参加放水仪式的各色人等，比洪水早一天到了湔氐道，早三个时辰候在渠首。郡府县府该来的都来了，老夫人泺也率李府全体来了。

晨曦乍现，岷山像一头睡狮开始有了抖动，继而是隆隆声响与雪风从谷口吐出。显然，公元前259年，岷水的第一波洪峰来了。听声响，见水势，但凡熟识水性的观众，要不吓得屏了呼吸，脸色苍白，静待灾难的降临；要不吓得惊恐万状，疾声呼叫。好些站在两岸的人，纷纷往山坡上跑。

李冰一身朝服，拄着勘水铁尺，站在玉垒山上，立得比山上任何一棵大树都稳，更像一杆大纛旗，把渠首镇住。

郑国、羊磨兄妹、金四人，各自领着三百人队堰工，迎风立于渠首关键部位。他们像四道堰坝，围合、平定了万人的惊慌。

随着治粟内史的宣布，"放水"令，被人众接力成了散着水香泛着水色的两个扇面之形，先是出扇，后是收扇，始端为治粟内史口腔，终端为鱼嘴东侧内江杩槎竹笼截江拦水坝上之笮桥。拦水坝下游这边用内江的干涸等待着，上游那边用春水的婉约等待着。笮桥低矮，几乎贴着拦水堤横过内江。站在笮桥上的堰工，只着裤衩，人人手上都捏着一柄手把很长的刀具，大致为砍刀、钩刀、剪刀。这些刀锋听见放水令后，在洪峰浪头离自己仅有二三丈距离时，飞舞起来，各显神通，绑扎杩槎之绳，立时纷纷断开。绳索断，杩槎散。杩槎散，竹笼坍。洪水被鱼嘴四六分开。六成之水，顺外江嗷嗷而去，四成之水，昂昂涌入内江，贴着笮桥下通过。

"鱼嘴过水成功！"鱼嘴处堰工齐呼。

李冰见状，跟着浪头，纵马向宝瓶口方向驰去。治粟内史也迅速坐在四敞轺车上，向仪式的第二个点位奔去。一时间，这条车马道上黄尘滚滚，车马如流，与山脚下浊浪浑涛形成了一高一低的两条黄色线条。

内江洪水气势汹汹扑至宝瓶口后，由于河道陡然变窄，河流水位随之抬高，形成一个斜斜的水坡。水争先恐后想要穿过宝瓶口，夺路而去。但这不是水想咋样就咋样的事，还需问人家宝瓶口干不干，怎样干。最终洪水在此处与宝瓶口达成共识，让所有的水在瓶口前略作停顿，打漩，大部分水通过瓶口，小部分水从河床底部裹沙腾起，顺着漩涡的水势，飞过飞沙堰，再飞过人字堤。

"飞沙堰过水成功！"飞沙堰处堰工齐呼。

"宝瓶口过水成功！"宝瓶口处堰工齐呼。

"渠首过水成功！"现场万众齐呼。

李冰驻马观之，见渠首成功经受住了百年不遇之洪水检验，又拍马追着浪头前奔。他路过二号点位码头时，两艘大舫船泊在宽阔的内江边蓄势待发，只等从玉垒山车马道来的几辆轺车上的官吏和嘉宾一到，即刻开船。

李冰精神抖擞，红光满面，高声呼问："渠首安否？"

船上船下的人皆从李冰的神情和声音中听出了答案，高声应之："安！"

李冰并未驻马，又呼："说甚？声音太小，本守未能耳闻也。渠首安否？"

众再次齐齐雷鸣："安！"

李冰纵马前奔，背对着大家挥了挥手。如若不是马的颠簸，从他背上反映出的激动与喜悦，会更加孤挺、鲜明和沧浪横流。

内江出了宝瓶口后，河床变宽，流速一下慢了下来。李冰追上浪头后，也放慢了马。这样一来，那两艘大舫船，也跟了上来，郡尉前一艘，监御史后一艘。在岸上赶浪头的，除了李冰，还有其他人，骑马的、跑步的、坐车的，都有。一群以人字形在天空飞翔的鱼鹰看见了这样的川字形画面：内江水中，划行着首尾相连的两艘大舫船；内江两岸，人山人海，一边喊水一边跑水，浪头有多远，人流有多长。

浪头至二江入水口时，一分为二，一排浪头左入郫江，一排浪头右入检江。李冰放弃了过笮桥跑检江的既定安排，直接顺郫江跑去。紧跟在李冰身后的依然是他的金三角。

郡尉西敢这艘一号船，船工们还是按计划走检江至成都。这时，船上一位年轻人走到郡尉面前说道："老爷说，我们还是跟着郡守大人赶浪头。"

一旁的郡丞插话："郡尉大人，走检江近，原计划好。郡守大人愿走远路，随他去好了，我等是来赶浪头的，不是来赶郡守的。再说，路远一分，风险大一分，万一决堤何以应之？"

年轻人又道："我们老爷……"

郡丞不耐烦："你们老爷谁人焉？哼！"又对郡尉说，"郡尉大人，别理此等疯子，我们还是走近路妥帖。"

船上一位上了年纪的商人说："郡尉大人，在蜀郡，不跟郡守走，跟谁走？今天我们赶浪头，既是赶水的浪头，亦是赶李冰郡守的浪头。"

郡丞正欲对老者发作，郡尉已大声下令："全体船工，舫船转向，随郡守大人前行。"郡丞见年轻人回到老者身边，侍立一侧。

大舫船向郫江航去，监御史孟维见状，立即令二号船船工将船划向检江。一江两分，船、人跟着两分，顺二江的浪头，向成都赶去。分流后，两岸人众之壅塞终于得到疏解。但二江上，由于早候在两岸的人众的加入，依然是人流涌动，随浪头滚滚向前。灌区农人，箪食壶浆，犒劳巡渠渠工。

随着二江通水，其两岸渠网已堪堪见水。渠网之跑冒漏滴问题，每完成一段施工，就做了关水查验，但凡有此情况，均得到及时解决。故而，此次渠网过洪水，主要是检验渠网的承洪、分洪能力，看渠水是否溢出堤岸，或决堤而去，同时检验水闸关启的实战能力。一切安然！看渠水者尤其耕农们，以水泼身，喜不自禁。只有金渊，看一眼从自己低矮田地流过的渠水，又看一眼自己山坡上的广阔土地，像将断未断之流一样唉声叹气。

郫江究竟是长些，李冰和一号船到成都西门外时，检江浪头及人潮早过了城南。李冰将郫江的浪头赶到了二江合流处，就不再赶，而是回马走了一段，左转过江桥，到了检江边，又沿检江岸上行观水，然后过笮桥，穿过南市，穿过万人之"郡守万岁！""都安大堰万岁！"的欢呼，回到蜀郡府。一直跟着他赶浪头的一号船，在二江合流处与二号舫船会合，两船调头，交换场地，二号船入郫江，一号船入检江，逆流而上。一号船至笮桥处停泊。乘客下船，过笮桥，穿南市，最后入成都南门。

李冰去年住湔氐道官驿时，做过一个梦。他梦到岷水中有一个江神，是一条孽龙，脾气一来，就会兴风作浪，让百姓遭殃。而要让它消停，则要送上自己的女儿给它做新娘。于是乎，每年夏初的一天，就成了它迎娶新娘的节日。这不，这节又来了，布衣李冰就让自己的尚未出嫁的女儿李贞做新娘。哪知江神伸手来牵新娘，刚刚碰到新娘玉手，就触电一样跳入岷水。哪里逃！李冰父子挥剑追入岷水。李冰变为水牛，二郎变为蛟龙，与孽龙大战七十二回合，终于把它镇压在离堆下，离堆因此升高一丈。梦刚做到这里，就被窗外一只鱼鹰喊醒了。也就是从做这个梦开始，李冰知道，都安大堰，成了。

李冰赶了浪头，又赶回郡府，是为了听取各路郡吏飞马传报各地渠道通水过水情况，尤其二江合流后，复又回归岷水事体。所有的消息都是令人激动的，又都在他掌控之中。眼看天黑，才想起该去赴请有治粟内史参加的庆贺宴了。这时，孟维走进书房，告诉他，我们就不去参加郡府在桤木苑准备的庆贺宴了，我已安排由郡丞代表你去那里主持。李冰大为惊讶。孟维进一步告诉他，说有一位大老板已安排好庆功宴，并且，治粟内史也要去参加。李冰虽说疑惑，但一听治粟内史要参加，再无话说，跟着孟维便走。

正是这个变化，让治粟内史捡了一条命——他躲过了峤策划的、埋伏在他必经之路上的暗杀。

李冰随孟维一走，就走到了泊在南门外郫江边的一号大舫船上。一上船，就见船舱中摆了桌案，正前方两张，其他三方各有若干张。正前方桌案后，坐着一位商人模样的老者，李冰觉得面熟，一时想不起到底何人。御史大夫站在老者身边，像一位侍丛。二人的后边，还有卫尉、少府、治粟内史等几位王廷重臣，再后边，是西敢、项致及伫队而伫的昳丽乐女舞女。

老者见李冰愣怔，笑笑："老夫真个老脱形了？连郡守大人都不识了。"

李冰闻声即想起老者为谁，急忙向老者施礼并朗声道："李冰不知秦王临蜀，未曾迎侍，请秦王恕罪！"

老者又是一笑："既为不知，何罪之有？郡守大人到了，诸位但请入座。"对李冰招招手，又一指身边的空桌案，"来，我大秦之大功臣，坐本王身边。"

李冰又一施礼："君是君，臣是臣，下官不敢。"

老者肃然："立大功者，就可骄傲得连王令都敢违拗？"

李冰昂声道："冰谨遵王令。"大步上前，泰然入座。

老者哈哈大笑。各位臣工依官序入座。

老者看向治粟内史："今日之庆功宴，由王廷主办。治粟内史，你吩咐下去,好酒好菜,只管上之。本王欲与郡守把酒言欢,夜游蜀水。"

甘酒、清膘酒、酴酿酒,三种闻名天下的蜀酒,以及罐、壶、爵、鼎、觯、钘、盏等酒具,迅速到了案桌。

老者正是时年六十六岁的秦昭襄王。在秦昭王这里,都安大堰兴建工程一直是他心头的大事,得知竣工放水,无论如何也要来的。秦昭襄王十八九岁登基,在位五十六年,七十五岁薨,王秦时间是秦历代君王中最长的。他在政治军事诸方面都建立了卓越功勋,特别是军事方面的成就,即使较之秦王政也毫不逊色。他重用范雎、白起、司马错等人,使秦对六国的斗争取得决定性胜利。梳理秦昭襄王一生诸多功勋,其稳定巴蜀,是重要的一项,而这重要一项的具体措施,即为兴建都安大堰。

秦昭王决定来蜀,却又不能大张旗鼓来。毕竟治理蜀水,是连大禹、鳖灵都没办利索之事体,成败皆有可能。秦国上下同心,举一郡之力,耗时十八载,自己又翻山越岭亲临现场,万一失败,岂不为山东六国所讥笑?威风八面的秦王,傲然雄立的大秦,安能丢这样的脸?如此一想,即令范雎料理国府事务,自己便衣入蜀。

按照范雎的安排,明面里,治粟内史代表国府入蜀。暗地里,御史大夫、卫尉、少府等几位大臣及三百名铁鹰锐士则扮成商队,陪护秦昭王入蜀。秦昭王本不想惊动蜀郡府任何人,以免影响放水事体的正常进行。但丞相坚持认为,必须要让监御史和郡尉二人知道,否则极易造成混淆错乱导致的不可控风险。秦昭王最终同意了丞相的意见。放水仪式中,他随着李冰的身影,观看了渠首、二江以及南市之市廛繁茂、储廪丰饶情状,感受了蜀民的欢欣,耳闻了斥候不断传来的各地渠网成功过水的消息,心情万分激动,心想,秦国所有郡倘皆有蜀郡气象,多好!也就在一瞬间,他改变了原先的一个决定:筑堰成功,将李冰调往国府任职。举凡天下,治蜀,除了李冰,何人堪用?

船宴中,秦昭王试探李冰:"郡守,本王欲调任你去咸阳宫。告诉本王,想任何职,本王一定依你。"

李冰回曰:"冰启我王,冰只想留在蜀郡,哪里都不想去。"

秦昭王:"为何?"

李冰:"冰筑了都安大堰,但若用不好此堰,前功尽弃也。而如何用之,以为经济计，以为军事计，冰已有成算。"起身，向秦昭王恳恳请求，"是故，还请我王收回成命，让冰留在蜀郡，继续履行郡守之责。"

秦昭王："郡守能作如此想，本王之幸，秦之幸，蜀之幸也。本王就依你，李冰郡守继续治蜀，为我大秦一扫六国，尽股肱之力。"

李冰起坐，站立："冰谨遵王令，不负王恩。"

秦昭王招招手："郡守坐下说话。来，本王敬你一盏。"又眯缝着眼说，"郡守刚才说到王恩，本王确乎支持你以治水来治蜀。但最大的王恩，是何事体，可知？"

李冰一时茫然，不敢贸然回答。

秦昭王又问众人："对李冰，对都安大堰，诸位以为何为最大的王恩？"

众人一脸窘色，哪敢作声。

李冰见状，只好硬着头皮道："是我王对冰的绝对信任。"

秦昭王哈哈大笑："要说本王最大的恩，恐怕乃本王至今未死也。"

众人全傻了。

秦昭王："一个大堰十八载，从计议，筑立，到竣工，本王皆坐于王位之上。倘秦王一易又易，臣工一换再换，此堰可成否？大概不能成吧。是故，郡守刚才之言，又对又不对。本王虽谈不上对你绝对信任，确乎对你信任有加。但本王的身体，对你乃绝对之信任耳。皮之不存，毛将焉附。身体不信任，安有他哉？"又抖着龙体一阵哈哈大笑。

众人齐呼："我王万寿，秦之大福！秦之大福，我王万寿！"

秦昭王又微醺着半认真半开玩笑道："正因为此，本王常常告诫自己，不能死，不能死，要死也要等到本王亲见了都安大堰竣工通水后再说。"

众人齐呼："我王万寿，秦之大福！秦之大福，我王万寿！"

大舫船灯火通明，前后左右则是融入夜色略等于无的小型战船。船队郫江起航，城东入南河，至武阳县江口码头掉头，原路返回。河水有多长，船宴有多长。秦昭王一边欢饮畅聊，一边听歌赏舞，一边感受和想象蜀水带给秦国的大好利市。秦昭王临死前回忆到自己晚年经历时，将此次船宴视为最快乐最难忘的一次。

> 交交桑扈，有莺其羽。君子乐胥，受天之祜。
> 交交桑扈，有莺其领。君子乐胥，万邦之屏。
> 之屏之翰，百辟为宪。不戢不难，受福不那。
> 兕觥其觩，旨酒思柔。彼交匪敖，万福来求。

这支名叫《桑扈》的祝酒歌，就是秦昭王在船宴上亲自领唱的。

秦昭王微服入蜀，在成都平原各处共巡视五日。船宴结束，秦昭王在官驿中大睡一天一夜后，启程返咸阳。出官驿前，换上王服，各随行大臣换上朝服，三百铁鹰锐士一身铁甲戎装。蜀郡府全体官吏早晨刚一入府，就被通知穿戴官服，到北门外集中，送治粟内史一行回咸阳。

郡丞在北门外组织好欢送队伍，等着郡守、监御史、郡尉陪同治粟内史一行从官驿来此，却见一队整饬有致、威风凛凛之车马，隆隆出北门，隆隆而来。一心向仕、素有仕志的郡丞一看这阵仗，即刻蒙了，这不是秦王出行的规制规格么？郡丞何其机敏，未待郡守下车近身下令，立即令郡府官吏站成恭听秦王训示的队形。

李冰跳下辂车，至覆有华盖的王车前恭侍秦昭王下车后，走至郡府队列前站定，监御史、郡尉分站其两边。早有几位王宫侍从在少府安排下支起了华盖。御史大夫等大臣将秦昭王拥在中央华盖下，面向郡府官吏站定。

李冰郡守亢声道："蜀郡府一干属吏在此，请秦王训示。"

秦昭王清清嗓子："此番入蜀，所见所闻，皆称本王之心。尤其都安大堰之竣工放水，更是从古至今所无有之惊世事体，可富蜀，可强秦，可小诸侯也，可喜可贺。然则，此千秋堰功，乃是李冰郡守率郡府、县府、道府一众人等所立。是故，本王将对诸位论功行赏，破例予爵。"

秦设有军功爵位二十级，以战场上杀敌斩首数量计功封爵。为奖励农耕，也实行了卖爵制，以增财政收入。在奖励耕战的同时，为稳定政权等利益，特殊情形下，秦王还可行使赐爵权。秦昭王欲赐者，既无斩首之功，又无捐钱之功，而又的确有功，有大功。正是这番道理，秦昭王方言破例予爵。

御史大夫昂然宣读行赏王书。对全蜀在编吏员普赐民爵两级，对监御史、都水官、水丞赏赐民爵四级，对郡尉升职一级调国府任用，对李冰郡守赏赐民爵六级。对为大堰献出生命的两位二郎的家属，各赏黄金百镒。

"秦王万岁！"

"郡守万岁！"

"都安大堰万岁！"

呼声如晨潮，欢声如猛水。水与水比着声音，比着美。

送走秦昭王，李冰直接去了湔氐道，跪在埋卧铁处的堤岸上，对着王叕说了很多话，除了王叕，没人知道他说的什么。羊雪站在玉垒山，泪掉落地上，跟李冰掉进水里的泪，有着同样的盐的味铁的重。

御史大夫入蜀时，随身携有两份王令，一份赐李冰爵，一份砍李冰头。船宴至半，趁李冰给其他大臣敬酒，御史大夫悄悄将砍头令塞在秦昭王手心。秦昭王也不看，笑笑，直接喊李冰过来，将王令递给他。御史大夫颇诧异。李冰看了，像王一样笑笑，说，冰早知御史大夫备有此王令，只是冰不会给我王此等机会。秦昭王哈哈大笑，伸手道，还是将此王令还本王吧。秦昭王从李冰手上接过王令，起身至船舷边，将王令拎在油灯上点燃，看丝绢灰烬掉入河中，被水冲走，冲远。

后　缀

秦昭王回到咸阳，不几日，就接待了自楚入秦来访的荀子。叙谈间，荀子对秦国重视刑法吏治，轻视仁德士君子的做法，不以为然。得知秦昭王刚从蜀地归来，立时对布衣水工、稷下学宫同窗李冰筑立都安大堰之事体，表示出极大兴趣。秦昭王为彰示秦国最高端工技和用人之德，立即建议荀子赴蜀考察，以正其对秦观感。荀子求之不得，次日就踏上蜀道，直接去湔氐道把渠首研究了一番。盘桓三日，来到成都。

荀子在书房外高声吟道："籊籊竹竿，以钓于淇。岂不尔思？远莫致之。"

李冰在书房内亢声回曰："淇水滺滺，桧楫松舟。驾言出游，以写我忧。"

与以往一样，两位老同窗见面，依然用了士子唱和之礼。此番引用的是《诗·竹竿》中的句子。李冰开门，两人紧紧拥在一起。

荀子为什么先见水后见人，只因其信奉孔子的"水有九德，是故君子逢水必观"。荀子在《荀子·宥坐》中讲了个故事："孔子观于东流之水。子贡问于孔子曰：'君子之所以见大水必观焉者，是何？'孔子曰：'夫水遍与诸生而无为也，似德。其流也，埤下裾拘，必循其理，似义，其洸洸乎不淈尽，似道。若有决行之，其应佚若声响，其赴百仞之谷不惧，似勇。主量必平，似法。盈不求概，似正。淖约微达，似察。以出以入，以就鲜絜，似善化。其万折也必东，似志。是故见大水必观焉。'"

李冰、嬴漪见老同学荀况到访，很是高兴，在桤木苑设宴接待。席间，荀子问,当年在稷下学宫,冰预言过我的寿数,可记得?漪说,荀兄是说冰曾预言,你们不在一年生,会在一年死?冰说,年少胡诌,岂可当真?荀子哈哈大笑,真即真,不真即不真,何须当真不当真?席间,三人对荀子观都安大堰后悟出的"水能载舟亦能覆舟"思想进行讨论,因讨论太热烈而上升到了争论。争论中,嬴漪拂袖而去。

闻知都安大堰竣工投入使用,有两个人死了,一个是高兴死的,一个是不高兴死的。

高兴死的在咸阳,喝酒庆贺,越喝越高兴,喝死了,他是司马错,时年八十又五。

不高兴死的在成都,喝酒解闷,越喝越痛苦,喝死了,又救活了,他是嬴漪,时年五十又六。

说到这里,本王觉得还是应该将发生在司马错与张仪之间那段有关先伐蜀还是先伐韩的著名争论,原汁原味从后世《资治通鉴》中抄录下来,以此为司马老将军送行。

司马错请伐蜀。张仪曰:"不如伐韩。"王曰:"请闻其说。"仪曰:"亲魏,善楚,下兵三川,攻新城、宜阳,以临二周之郊,据九鼎,按图籍,挟天子以令于天下,天下莫敢不听,此王业也。臣闻争名者于朝,争利者于市。今三川、周室,天下之朝、市也,而王不争焉,顾争于戎翟,去王业远矣!"司马错曰:"不然,臣闻之,欲富国者务广其地,欲强兵者务富其民,欲王者务博其德,三资者备而王随之矣。今王地小民贫,故臣愿先从事于易。夫蜀,西僻之国而戎翟之长也,有桀、纣之乱,以秦攻之,譬如使豺狼逐群羊。得其地足以广国,取其财足以富民,缮兵不伤众而彼已服焉。拔一国而天下不以为暴,利尽西海而天下不以为贪,是我一举而名实附也,而又有禁暴止乱之名。今攻韩,劫天子,恶名也,而未必利也,又有不义之名,而攻天下所不欲,危矣!臣请论其故。周,天下之宗室也;齐,韩之与国也。周自知失九鼎,韩自知亡三川,将二国并力合谋,以因乎齐、赵而求解乎楚、魏。以鼎与楚，以地与魏，王弗能止也。此臣之所谓危也。不如伐蜀完。"王从错计，起兵伐蜀。十月取之。贬蜀王，更号为侯，而使陈庄相蜀。蜀既属秦，秦以益强，富厚，轻诸侯。

闻知司马大将军亡故，李冰将玉佩从腰带上取下，直接套于脖颈，挂在了胸前。泪水滴，滴在玉佩上，像洗玉的盐。秋风中，太守左手拄铁尺，面北而立，背后岷水长流。

即便到了这步田地，嬴漪也不愿承认自己的失败。或者说，他还在寄托于一种特殊的、出人意料的胜利。他为此陷入了比盐井更深的沉思。在他还没想出个头绪时，竟发现金渊一个秘密，天大的秘密。这个秘密，让他兴奋，让他觉得立功上位的机会终于来了。并且，自己上位的同时，还可给予李冰致命一击，因为郡守必须为郡守的监管失职买单担责。这个机会不是来自对敌人的攻击，而是来自对盟友的告密。当然，实事求是讲，即或不为私利，他也会出手的。毕竟是老秦人后胤，但凡国家利益与一己私利冲突，一定会站在国家利益一边。

他得知了金渊向蜀王泮长期提供铁质武器的信息。这个信息，让沆瀣一气的合作者，至此成仇。

信息得来很偶然。他与金渊的儿子二牛喝醉，半醉，两人瞎掰。他问，最近忙何，又挣甚大钱了？二牛答，忙是忙，但挣个屁大钱，不亏就算老天保佑了。他问，什么生意如此烫手，既如此，不做也罢。二牛答，敢不做么，不做，人家杀你全家，灭你满族。他随口问，谁如此厉害，敢在侯爷头上动土？二牛答，这蜀中，除了南方军，还有谁？来，喝。

"南方军"三字，一下子将嬴漪肚中的酒全惊没了。此后他立即转移话题，兄弟，我们好久没一起打猎，什么时候约下。二牛一拍他肩头说，善哉，约就约。

嬴漪是何等聪明的主，一下就敏感到这一准是武器买卖。

嬴漪直接就到临邛，对金渊的冶铁作坊进行暗中查探、跟踪，并终于查到了一处藏有大量私制铁质兵器的山洞。

嬴漪不想让李冰沾到这块肥肉的边,以致他将功补过,就直接找了郡尉。郡尉还是郡尉,他不愿为了升一级而离开蜀郡,他说他极愿辅佐李冰治蜀,秦昭王同意了他的要求。嬴漪告诉郡尉之前,说这个军事行动极需对蜀人保密,而李冰郡守是蜀人,故要对李冰郡守保密,若郡尉做不到这点,他不敢告知。郡尉本身就有独立的军事行动权,加之他知道郡守刚刚去严道考察岷水中游了,就一口应承了郡丞的不无成见的要求。

牛鞞侯一直在暗地里向蜀国南方军提供兵器?!听了郡丞密报,郡尉感到事态严重性,虽然他还不能坐实信息真实性,也只能宁可信其有,不可信其无。再说,寻查南方军线索,一举灭之,这可是他作为郡尉的多年夙愿。立即做出两个决断,一是派一支三百人的队伍捉拿金渊父子,二是亲率步骑一千,由郡丞带路,去临邛目的地设伏。

郡尉什么都想到了,就是没想到这个消息还是走漏了出去。知道这一消息的,只有两个半人,两人指的是他自己和郡丞,半个人指的是去抓捕金渊的带队头目尉丞。尉丞只知抓金渊,不知临邛事体,故称半人。尉丞是自己心腹,不可能出问题,再说,临邛之事,他压根不知,如何去走漏?郡丞更不会,没有此人,连这事儿也没有了。剩下的就只有自己了,可自己并没与人说起,连郡守都没机会知会。他其实一直怀疑自己的尉府中藏有奸细,为此,不止一次对什长以上的军吏进行过公开的和秘密的排查,终无所获。

他的尉府中还真有奸细,并且是老秦人的后代,并且不是一人,而是两人。一是厨兵,一是库兵,二人并不知道对方是自己的战友。二人都是被峤胁迫加收买而变为峤的内线的,他们甚至不知峤为何人,只知峤是一位在一家神秘财团中司暗杀之职的首领,他需要知道尉府的任何一次军事行动。一般而言,集体性军事行动前,一定会架锅煮饭、装袋备粮,一定会打开仓库动用兵器、车马。所以,有此二人做内线,还能不知尉府之风吹草动?两个互不知情的人做内线,还有一个好处,就是对彼此向峤发出的飞鸽传书,做出双向印证。这么两个根正苗红、职位低下得连伍长都不是的军士,谁能想到他们竟是吃着双饷的南方军内线呢?

得知尉府同时展开两个行动后,峤立即部署手下监视其动向,他从两支队伍的装备及出发后的路线,立即判断出,一支去抓捕金渊,另一支去临邛也一定与金渊有关，而金渊在临邛做的非法和反秦事体，只能是向南方军提供兵器。结合到自己这几天正在安排接货时间地点情况，他完全坐实了自己的判断。

峤迅速将自己的判断传递给金渊的同时，说了两字，速逃。事实正是如此，除了金渊及其儿子孙子，和十几位知晓兵器事体的心腹干将携细软，通过载天山庄地道逃之夭夭外，一切都来不及了。尉丞搜查了金渊有可能藏身的所有地点，包括桃枭的房宅。抓了包括桃枭在内的一些远亲近戚和小爪牙，没收了金渊父子名下的全部财产。

逃跑之前，再急，金渊还是从容放飞了一只信鸽，将秦军正开进临邛的消息，通知了在临邛备货的管家。但他对管家在秦军铁骑赶到前，能否把众多兵器处置妥帖，擦干净屁股，一点把握没有。放了鸽子后，又放了一把火，点燃了载天山庄。管家在临邛得知消息后，立即组织几十名死党，连夜将兵器搬出洞子，投进冶铁炉。然后，带着细软和死党，钻进深山，向老板约定的地点窜去。

郡丞将郡尉及一千步骑领到山洞周遭，埋伏起来。较之原计划，他们晚到了二三个时辰，因半道突遭暴雨，路桥被淹，只好绕道而行。埋伏洞外，他们在等待一个时机。盯住兵器不放，兵器去哪儿，就去哪儿，直到追随接货一方，将南方军老巢所在地查实。但这个时机一直没出现，埋伏了二三日，连个人影都没见。不仅郡尉怀疑，连郡丞自己都怀疑里面是否还藏有兵器时，终于来人了，是尉丞派来的人。他们于是知道，消息还是走漏了。涌入空空如也的山洞，寒风随之涌出，冷得他们无一例外打了个寒战。

此次行动，最为气馁的还是郡丞嬴漪。金渊向反秦的南方军提供兵器，自己凭着对秦国对秦王的忠心，立了一举摧毁敌人意图之首功。此事体郡尉相信，甚至郡守也相信，可自己提供不出人证、物证，王廷尤其秦王相信么？自己唯一可以指出的是，金渊父子及其心腹，若没私造兵器提供南方军，干吗逃跑？但人家也会说，金渊父子这样的酋邦首脑，样样涉及，哪有干净的？逃跑，一定是因为兵器之事么？在这一事件中，李冰也真够胆大的，从严道一回来，就放掉了关押在牢房中包括桃枭在内的所有嫌疑人，理由是他们不知也未参与兵器事体。至于没收的金渊各地的私产，李冰说既然主人逃逸，那就先由官府暂管，待破获此案后，再做最终处置。

桃枭被放回家的当天，李冰去看了她，并说，你一个人住太孤单，不妨住李府去，人多，热闹。桃枭说，家里刚经历了这一大变故，让她冷静想想，再作选择。李冰又说，桃枭，你一定要记住，你不仅仅是桃枭，你还是英雄二郎的母亲。李冰刚走，她的女儿桑桑和桤木老板又来了，意思与李冰一样，一是安慰她，二是邀她入住女儿女婿家。对此，她表示领情，同时予以了不容回旋转圜的婉拒。女儿女婿还没出门，桃枭就决定去李府了。她把老女婿桤木老板的真情，视作了聒噪。

去李府那天，李冰去了牛鞞酉邦的老寨。酉邦不能一日无主，李冰决定去主持一个选举会，让牛鞞族人选举一个代理酋长出来。一旦老酋长金渊犯法坐实，即由代理酋长出任新酋长。孟维、西敢都不同意他亲自去，说牛鞞族人对官府多有成见，去那里风险极大，建议郡丞去就可以了。郡丞听说建议他去，找到二位建议者，说什么也不干。他倒不是因为怕，他是巴望郡守被牛鞞族人架火上烤来吃了。李冰又不傻，当然知道有风险。但他还是一意孤行，只身上了龙泉山脉之牛鞞山。一切如郡丞所料，不管李冰怎么讲理，人家就是不听，人家只要侯爷平安归来，只要柴木市场回归往日，只要渠占之地退还如昨。但这三个"只要"，李冰一样也不答应。偏在这个关头，桃枭飞马赶了来。当着族人的面，说了郡守大人的爱民之心，公平公正之举，说了郡守大人只身上山的诚意，更是历数了父亲的违法行动。最后说，倘若族人们非要将郡守大人烤来吃了，那就把我桃枭一并烤来吃了。牛鞞族众山寨头目，听了大小姐的陈述与要求，又得知牛鞞山下已布列有黑压压的秦军甲士，一阵权衡利弊得失后，同意给大小姐面子，答应郡守建议，推举出本族代理酋长，以使本族正常运转。此外，也接受了官府筑大堰对牛鞞族人所受损失的补贴性赔偿。

郡守回到郡府，与孟维、西敢商议后，决定将没收之金渊全部私产，交与牛鞞酉邦管理，并任由处置，以此再次弥补和表达官府对牛鞞族人经济损失的歉意。牛鞞族人闻知此事体，无不感动有加，反生出了对官府的无限歉意，以及日后对这个亏欠如何弥补的想法。

老夫人泺过七十四岁生日那天，喝了两盏酒后，竟出人意料宣布，她要回阳平山居住了。她要在山上为住在李府的人再建个家，让大家乡下城里都有个走处。城里住烦了乡下住，乡下住烦了城里住。这事儿就这样定了，不议。

盈、婷、婷、桃枭以及李冰等嘀咕了一阵后说："不议就不议，只是乡下阳平山的宅子要筑得够大，不然我们去给老夫人办生祝寿什么的，何处下榻？"

老夫人说："宅子建大些好啊，只是万一老身赀财不济，可要你们大家凑啊。"

众人嘻嘻哈哈道："钱不够，大家凑，此理甚是。"

李冰说："此宅当取个名乎？依冰之见，曰'阳平山墅'可也？"

桃枭："不用李府之名？"

老夫人点着邛杖道："老身说，就依冰儿，'阳平山墅'，善哉。"

这事儿就这样定下来了。跟着由阳平女巫帮着选好田地、林盘两顾的宅基，跟着买地、筑宅、跟着搬家。令老夫人没想到的是，李府之人，一个不剩，全搬进阳平山墅了。而为建山墅，李府早在开工三个月后就卖了，然后反租过来使用。头天搬空府邸，次日就退了租。这样，老夫人的七十五岁大寿，就与山墅生火开灶之日，叠合在了一起。老夫人上山住的第一晚，就梦到了一头巨大的犀牛，自己蜷睡在犀牛背上，细小如一根毛发。犀牛看她一眼，笑笑，又沉沉睡去。

过了一年，李冰的女儿李贞，领着三个儿女也住进了阳平山墅。李贞的丈夫司马靳，见自己的恩人、长官白起自杀身亡，喊了声："将军，做伴与你，靳来也！"也拔剑自刎了。李冰得知白起和女婿司马靳死讯后，悲伤不已唏嘘不已，写信让女儿一家回蜀来住。此乃后话，按下不表。

却说金渊及其儿孙率心腹逃出成都，来到牛鞞县境内黑峰山脚，蛰身在一座废旧祠堂中。等了三四天，管家带着几十个死党来了。听了管家的叙说，二牛说，早知如此，我们何必逃亡，兵器之事，官府并无人证物证。金渊说，蠢，我们不走，官府抓几个人去审，还不审出人证来？又问众人，官府咋知兵器事体，谁向官府告的密？众人皆信誓旦旦，把自己撇得干干净净。待众人散去，他留下儿子，沉下脸道，说，是你泄露的吧？儿子一下跪在地上，嗫嚅道，儿子亦不知是否，但有次酒后，儿子似将我们与南方军有生意往来一事，只言片语告诉过一人。金渊问，此人是嬴漪乎？儿子道，然。金渊道，起来吧，没你事了,以后少喝点酒,误事。

黑峰山顶有个土匪窝子,地势险要,易守难攻,叫黑峰寨,立寨时间没人说得清,总之没有千年也有数百年。金渊与他们多有渊源,但有合作,总是皆大欢喜。这天下午,寨主见金渊、管家一行十数人上山来,急令打开寨门,迎进寨子。

寨主热情有加,春上眉梢:"几月不见,侯爷精神矍铄,健步如飞,又见年轻了。山人没记错的话,侯爷今年七十又九了吧?羡慕,羡慕。"

金渊也不谦逊:"要保持此状,尚需蜀地巫药健之也。今上龙泉山采撷巫药,路过贵寨,故来相烦一宿,不喜?"金渊深谙药道,闻名全蜀。

寨主:"何来不喜之说?跟往日侯爷上山一样,好酒好肉待之,巴国歌女陪寝。秦王至此,莫过于此?"

金渊:"秦王至此,黑峰寨尚能存乎?"

众欢笑。

一出篝火夜宴,一场兄弟大酒,一夜鼾声大作。三四更间,金渊父子里应外合,摸黑刈了寨主父子人头。然后,火把骤起,把个山寨映得透亮。只见二牛拎着寨主父子人头,在寨子中央旷坝上哞哞大吼:

"寨主父子已死!黑峰寨新寨主,侯爷是也。但有不从者,立杀之!"

真有几个忠义好汉不从,提刀杀来,顷刻间,享受了牛脾气赐予他们的立杀之待遇。

自此,金渊沦为山匪,黑峰寨易主,成为金渊巢穴。黑峰山地处龙泉山脉中段,西眺成都平原,东眺沱江流域,南北向是群峰各异气象万千的莽莽龙脊。如此风水,桃之夭夭,怡心养身堪称绝佳。自己这把岁数,还能蹦跶几天?待在如此地方终老,也无不可。但望着一大群山人模样的儿孙亲眷和死党,在自己眼皮子底下晃来晃去,过着刀锋上舔血的日子,就不是滋味了,背过人,老泪一把一把往下掉。想当初,他们过的什么日子?那可是锦衣玉食,呼仆唤婢,车来马去!

他只想让金渊家族的荣光兴于己,不想毁于己。有个打算,弄一把钱回来,让自己的儿孙带着自己的忠仆,去山东六国发展,出人头地后,自有机会杀回蜀地。儿孙的机会很大,自己的机会却很渺茫,甚至极有可能为此丢了这把老骨头。但他愿意一试，在这里，在那里，都是刀锋上舔血，万一成功了呢？失败了也没什么，为家人，也算尽力了。关键是，这是一笔尚有很大成算的生意，一笔值得用生命去换算的商机。

金渊谁也没说，睡了，又起来，带上一小袋春面饼、酱牛肉，从山寨那个只有极少几位头目知道的暗道，走了出去。早饭时，儿孙不见他，就去喊，屋子里哪里还有人？满山满坡找了半天，最后又回到他房间，掀开睡垫，在卧榻上见了他写给二牛的几个字：吾儿，父亲做一笔买卖去也，不用找，也找不到。

金渊用刀子割了自己的一部好胡须，打扮成一位在山里挖药的中老年人，拄着桑杖，向夔王山走去。夔王山，去过无数次，太熟了。进山的路上，盘查甚多，但他还是很轻松地见到了蜀王泮。泮在夔王洞中，正跟刚刚从成都回来的峤谈事。夔王洞洞壁上，刻有一个硕大的古蜀文字中的蜀字，还有一些小字，也是古蜀文字。在遍地秦篆的秦国，只有泮的地盘，没被秦篆统治。见到金渊的到来和金渊的样子，父子惊讶之余，表示了真诚的欢迎。女侍兵给他沏了茶，退了出去。

金渊一揖手："金渊问安蜀王，问安王子。"

泮："侯爷所历之事体，本王大致知悉，先不道此。既远道而来，谅已口干腹空。王儿，吩咐下去，好酒好菜只管上来。侯爷非外人，乃你夫人之外爷是也。"

峤起身道："然。"正欲走，被金渊喊住："王子，酒菜不急的。肚腹之饿，哪堪与心饿相媲？你且歇息去，老夫要与蜀王谈点私人事体。"

峤一个愣怔。泮挥挥手："就依侯爷的，下去吧。"峤离去，又悄悄折回，藏在一个岔道秘洞偷听。

金渊还没开口，泮就说："我知道侯爷要说甚。侯爷不就是来怪本王的么？侯爷遭殃，是因向南方军提供兵器。为此，侯爷来要求本王索赔，不是么？然则，本王正要向侯爷赔索，没去找侯爷，侯爷反而找上门来了。"

金渊问道："找我索赔甚来？"

泮笑道："你我之间已有约定，由你向南方军提供一批兵器。可是，时间已过，兵器何在？"

金渊气急，忍住怒火冷笑道："从本人在临邛开冶铁作坊始，应蜀王之要求，十多二十年来，给南方军提供过十数批兵器，哪一批不是蚀本买卖，甚至有两批一钱不与。此次，因向你们提供兵器之故，害得我金渊家破财尽，亡命深山。你不赔偿也罢了，倒是反咬一口，竟让我赔偿你，真是岂有此理！"

泮笑道："但凡蜀人，向本王和南方军无偿提供任何资货乃至生命，皆为本分。因为我们所做的，乃将秦狗赶出蜀地，实现蜀国之复国梦，让蜀国跻身战国之林，蜀人与战国诸国之人平起平坐，故而侯爷……"

金渊打断泮的话："蜀王这些话，本侯不爱听，也听不懂。本侯做任何事体，都认个买卖的理。投入了，就该收回，付出了，就该获得。做一笔是一笔，一笔一笔了结。金渊今日来，就是来要回金渊该得的。"

泮笑笑："侯爷直率，然则，本王不予呢，因为你有你的章法，本王也有本王的规则。"

金渊也笑了："蜀王更是直率，但金渊相信蜀王会予的。金渊给你两个秘密，两个你想知道但又不知道的秘密，之后，你再把我想要的予我，黄金万镒。"

泮："公平。侯爷这笔买卖，既可谓之以物易物，亦可唤作持货在手，待价而沽。然则，本王颇好奇，两个甚秘密，竟值黄金万镒？"

金渊说："据金渊掌握的事体，峤对蜀郡府所有的秦官，都有过暗杀筹划，唯独没对郡丞嬴漪做过什么。能思及此一层，乃此次得知他告密兵器一事后，百思不得其解，最终悟出的。金渊本与嬴漪有着数十年的合作关系，只不知嬴漪与你们有甚关系，但金渊想告诉蜀王的是，这次向你们提供兵器失败，正是嬴漪向官府告的密。此乃第一个秘密。"

泮暗自一惊，却不动声色道："第二个秘密是甚？"

金渊所有的狡黠、阴鸷，都从他的独眼中射出："你先说，这第一个秘密，是秘密么？"

泮："是。"

金渊猛喝一大口酽茶后，慢条斯理讲了一个故事。他说："这第二个秘密，蜀王是知道的，全天下除了本侯，也只有你一人知道了，以前也有人知道，但被你杀了。你没杀我，是因为你不知道我知道。但这个天大的秘密，蜀王也只知其一，不知其二。全天下，知其一也知其二的，只余金渊一人而已。蜀王大约已经猜到我说的秘密了，没错，这个秘密就是，蜀王子峤不是你的亲子，而峤不知道这个秘密。"

泮轻轻呷了一口茶，笑道："越来越有意思了，侯爷往下说，本王洗耳恭听。"

金渊就从五十一年前甘茂带兵入蜀平叛、自己在阳平山偶遇与家人走散、时年三岁的峤说起。说他把峤带到成都，交给一直托自己找天赋异禀孤儿的南方军左军首领，首领没让他知道谁要孩子。首领把峤送给了一直没有子嗣、那时的蜀王子泮现在的蜀王泮。首领以为瞒过了他，但实际没能瞒过。所以，泮杀了首领和首领助手，以为全天下就没人知晓这个秘密了。泮很喜欢峤，当亲儿子待之，峤也很亲这个父亲，亲上加亲，天长日久，两人就成了比亲父子还亲的父子。当然，那时峤不叫峤，叫森——他也是在听见阳平族人喊寻森时，知道这名儿的。多年后，他查出了森的父母是谁。峤是泮取的名。

说到这里，金渊停下来，像少女般不无羞涩地当众抿了一口茶。茶的水汽升起、氤散，他借此偷窥泮的反应。

泮依然笑着："此确乎秘密也。本王真不知侯爷晓得这等事体，且用功之深，备细之至。然则，令侯爷失望的，乃蜀王子峤已知他并非本王亲子。他过二十岁生日那天，也就是加冠行成人礼时，我就告诉他了。我想，孩子成年了，对于是非对错，已有明智之断。我没想到的是，他得知这一重大秘密后，没有半点惊讶，只说了一句，没有父王，孩儿不知流落何方，是死是活亦不得知，你既已当了孩儿十七年的父王，就只能当孩儿一辈子的父王了，赖不掉的。"

金渊终于没能稳住，露出了惊愕、颓废的一面："蜀王是说峤已知他不是你的亲生子？"

泮又说："本王再告诉侯爷一个秘密。就在你刚才进洞时，我正跟王儿谈一件事。本王已正式决定禅让，从明天起，甚至就是从此刻起，峤已是新一代蜀王了。数万南方军全归他统辖、节制。侯爷就是侯爷，知道的秘密还真不少，不过，这一个秘密，对峤而言，不再是秘密了。"

金渊："金渊阅人无数，此节算是看走了眼，蜀王毕竟是蜀王，器局不同凡响，佩服。然则，尚有一个秘密，天下只我金渊一人知道耳。"

泮："本王明白，侯爷是说峤的身世。这个本王的确不想知道，但本王更不想让任何人知道，包括王儿峤。"

金渊："蜀王的意思是要杀老夫灭口？"

泮："然也。但敢么？本王如何不知，侯爷敢只身前来兴师问罪，虎口拔牙，自有自己的成算。侯爷是何等人物！"

金渊："说不上人物，保护自己，乃万物本能也，况乎人？金渊不过是将所知之秘密，撰誊多份，封于铜管之中，交多人保管，两个旬日之内，若不见金渊现身，即公诸天下。"

泮："本王已想到侯爷会有如此勾当，设身处地，本王亦会如此。好了，侯爷既知峤之价值黄金万镒的身世，不妨道来听听。"

藏在秘洞偷听的峤，耳朵尖成了一根鱼刺。

主洞、支洞，都有蜀雾游魂般飘逸。

金渊："以前，本侯只知峤是阳平寨人，被我抱走时，也就三岁的体智。因得知他一夜之间成了蜀王子，就多了个心眼，想查出他的身世，以备不时之需。查淼的身世很难，其因在于，幸存之阳平寨人，为逃亡之人，藏身之处，多有变化，一切皆以隐为上。蜀、巴、滇、楚之山之水，我都派人寻过。功夫不负有心人，用了整整二十年时间，才摸清了他们的出蜀线路及其遭遇。先是沿湔水、沱水入江，又折入赤水入夜郎国，后又顺江去了枳地。在枳地，幸存者再遭楚军围杀，只有三人幸存逃生，隐身枳地。三人辗转飘零，后终于在咸阳立足。我的人，一路查访，直到三人在咸阳住了若干年后，才得到了我想要的东西。原来，淼是阳平寨老寨主澈的长孙、继任寨主叔汍的长子，其母名泳。正是泳带着次子冰、养女婷，从枳地逃到了咸阳。"又说，"蜀王，你永远想不到这个冰，亦即小峤一岁的胞弟是谁？"

泮作佩服状："侯爷下了二十多年功夫得知的事体，本王如何能知？"

金渊："此冰者，乃李冰是也。"口气骄傲。

泮忍不住问："不会是秦国任命的第三任蜀郡太守李冰？"

金渊："然。"

泮霍地站起，又缓缓坐下："确乎奇也。"又问，"此等机密，侯爷为何不使今日之手段，将其兄之反秦事体，告知于冰，获乎其利？"

金渊:"依老夫对冰之了解,宁为秦王斩首,亦不会就范。再者,金渊一直坚信,此利害牵一动百,若如此行之,致蜀王与蜀王子关系之不是,透露出去,必为蜀王所害。汝之害人必利己,倘吾之害人不利己,蠢哉。"

泮:"一母之子,一个反秦,一个奉秦。查出此等惊天真相,侯爷二十年之辛苦,值也。"

金渊老脸兴奋得如一潭曦水,立即追问:"可值黄金万镒?"

泮:"十万镒都值!"

金渊大喜过望:"蜀王要与金渊黄金十万镒?"

面对挢逼,泮依然笑着说:"倘若侯爷不是以要挟为手段,本王定会与之。侯爷当该知道,本王一生什么都吃,偏不吃要挟。连秦王、司马错的要挟,在本王这里,皆为屁也。"

金渊沉下脸:"蜀王不与?"

泮:"非也。"

金渊:"还是一万镒?"

泮:"非也。"

金渊:"何数?"

泮:"依然是一,然则,非一万镒,而是一刀耳!"

一道白光闪过,金渊的头已然落地。头一边滚,头上的一只老眼一边笑,且是那种戏谑的胜利的笑。与此同时,护眼兽皮脱落,那只瞎眼乍然睁开,怒火夺眶而出。但在这之前,老英雄泮拔刀削掉这颗脑球之一瞬,脑球上紧抿的嘴唇飞出一颗乌黑银针,直刺泮的喉咙。泮早防了这一着,一展身形,闪过毒针。同一瞬间,没有了脑球的金渊,脖口喷出草绿色的血,身子飞起,双臂环箍泮,来了个最紧密最热情的大拥抱。此举害得泮被喷了一身热血不说,折腾了好一阵才解除对方的大拥抱,一脚将金渊身子踢飞。金渊身子落地,脖口正好与地上的脑球接上,直到此时,金渊大睁的两只小眼睛才一只笑眯眯一只怒冲冲闭上。一个金渊变成两个金渊后,此一个行动,彼一个观摩。两个金渊回到一个金渊后,金渊的戏份就结束了。

泮一边抹着脸上的血,一边喋喋不休:"这老贼没有一点反秦的热血,然喷在本王身上的血,还真他妈烫人。"

峤一边大喊"来人!"一边飞奔过来。几个男侍兵、女侍兵匆匆跑来,其中两个女侍兵又返身端来温水,抱来衣衫,为蜀王洗脸、洗手、更换血衣。

峤扶蜀王坐回王座,半跪着问:"父王受惊也,无碍乎?"

泮:"无碍也。侯爷要挟父王,父王杀之,王儿不怪父王焉?"

峤:"安能怪父王?你们对话,王儿尽悉。牛鞭侯欺人太甚,黄金一万镒,奸诈过分之极,纵是桑桑外爷,亦死有余辜矣。"

泮吩咐男侍兵:"将侯爷抬走,施厚葬之礼,马桑木船棺,高崖葬之。"

三个男侍兵上来,一个抱头,两个抓手抓脚,将金渊移出洞外。

峤:"父王不怕牛鞭侯的人,将秘密公布出去?"

泮:"王儿怕?"

峤:"不怕。且王儿以为,牛鞭侯所言将秘密公之于众,亦为诈也。"

泮:"在他那里,这些皆为天大秘密,无价之宝。依极度自私者多疑者之为人,多半不会透与他者知。"

泮脸上突然出现痛苦得奇怪的表情,但只一瞬,又恢复了平静。泮对侍立在洞壁处的侍长下令:"通知蜀相及夑王山各营首领,半个时辰内,来此领命。"侍长回曰:"诺。"匆匆而出。泮又对众侍从做了一个手势,洞内就只剩他和峤二人了。

峤对父王这种近乎神经质的突然举动,习以为常。但他明白,父王又有重大决定要发布。

泮首先把一个秘密发布给了峤,是关于蜀郡府郡丞嬴漪的。此前,峤一直不明白父王为何再三叮嘱他不能动这位秦官,不仅不能动,如遇危险,还当全力救助之。经父王这番备细相告后,方才解惑,又嗟叹不已。关于如何处理和对待嬴漪,他完全答应了父王的要求。

泮又主动与他交流了对时局,尤其对他胞弟李冰郡守的看法。

泮再次明确了自己一以贯之的两杀一战主张:但凡官府秦人,无问好恶,杀之;但凡官府蜀人,为虎作伥,助纣为虐,坑害蜀人,杀之;但有犯我南方军者,无问谁者,战之。峤表示赞成。峤忍不住大胆提出了自己的建议。建议之前,他以纵论天下大势、秦国大势、蜀郡大势为铺垫和前提,然后着重阐述了秦入主蜀国五十八年来的各种变化，尤其秦军、南方军、戎伯、山匪、民间武术流派等各方军事力量比对。最后，慎重断言，我们南方军的驱杀秦狗、复我蜀国、富我蜀民的主张，基本不能实现了，甚至，随着李冰郡府对边地的开发，长期盘桓在僰人地区，也会越来越困难。好在，南下之路，实际掌控权一直在我们南方军手里，故而，我军当筹谋一个长策，亦即父王早就谋定的一旦前进失势后的撤退方略：撤出僰人地区，南下攻取文郎国，在蜀国之外建立一个新蜀国。

听了峤的分析和建议，泮长叹一声："没有哪个国家不是努力将夺地化为一体法度，秦之于蜀亦然。我们一直拒绝秦之一体法度，希望回到蜀国的法度。战国乃大争之世，不胜则败，并无中间路可走。大势所趋，天不助蜀唯助秦也。近六十年抗秦驱秦，泮尽力了，对得起先王和蜀民了。王儿言之极是，逆潮流而行，注定被潮流所覆，就依王儿定见，谋划离蜀建蜀之长策。"

峤："谢父王，王儿定不负父王夙志。"

泮率先谈起了对李冰的看法："李冰治蜀二十一年来，蜀地经济年年见长，尤其都安大堰的投入使用，必然会让蜀地尤其成都平原成为天下富足之地，如此一来，蜀民大大受益。此皆为李冰于蜀之大功也。就爱蜀地、利蜀民、扬蜀名这一方向上，他与我们可谓之同道，引为知己。也正因于此，我们才在他执政期间，少有与官府抗对，尤其没为难于他。然则，他又是秦王任命之蜀郡主官，为秦治蜀，为秦治水，为秦谋利，乃是其职责。有此职责，可恨也，唯杀之而后快。但若无此职责，何能最大限度地、有效地爱蜀地、利蜀民、扬蜀名？这真是一件让我等反秦之士困惑、矛盾、不知进退的事体。我们常常思考一个问题，设若换一个郡守，对我们蜀国和我们蜀民，更有利吗？李冰之前，那么多人治过蜀，可有治好？父王相信，李冰之前没有，李冰之后，也不会有——也不是不会有，但其成就一定逊于李冰。"

峤说："王儿完全认同父王摈弃成见后的反思与胸襟格局，但李冰较之父王，依然有诸多不足之处，最重要的一点是，父王一心要让蜀国回到从前，成为天下诸侯国中的一个，而不甘被另一个诸侯国灭国、统治和奴役，即便和数万南方军一道，成为前朝遗民，也在所不辞。父王的此种蜀人壮志、热血、骨气，以及坚守蜀地近六十年而不为虎狼秦军所灭之将才，李冰不如也。"

泮说:"父王喜你,知道为何?乃你承继了父王的这种壮志、热血和骨气,当然,还有统军为将之才。然则,李冰之志之才,不可与我等相提并论,水是水,土是土,何以较之?再者,冰两岁出蜀,且无蜀王主蜀之责加身,安能求全责备?"

正说间,半个时辰已到,见蜀相、太傅及僰王山各营首领全数到位,蜀王泮没有一句多余话,开门见山:"本王在此宣布三件事体,令诸位执行。一、从现在始,本王不再是蜀国蜀王,本王立王儿峤为新蜀王,蜀国与南方军一应决断、行动,以及今后接任之人选,概由新蜀王定夺。二、从现在起,新蜀王更名为泮,世间再无峤。三、本王死后,悬棺高崖葬之,秘不发丧,本王从此活在新蜀王身体里。四、本王之死,无关他者,乃误中金渊血毒之故,金渊已为本王所杀,不可再寻仇殃及池鱼。"又拿起挂于王座旁的神弓,递给峤,"蜀王神弓,现在是你的了,拿着。"

没待峤接,直接挂在了峤肩胸上,然后,大喊一声:"闪开!"迅速转身将一口憋在胸腔里的草绿色毒血喷在了地上,身子亦随之倒地。显然,金渊是嚼了一把毒草才入洞的,至于解药,除了他自己,鬼也不知。

从二十岁起就率四万蜀军抗秦的泮,死了,七十八岁。巧合的是,泮、金渊,两位完全不同路的蜀人,不仅同年同月同日生了,还同年同月同日死了。

安葬了泮,处理了蜀国政务和南方军军务后,时年五十四岁的峤,亲自去成都桤木苑任命了左军新首领,设计了绑架郡丞嬴漪的行动。

虽说嬴漪警惕性极高,尤其秦军巡城力量颇强,但还是被泮的手下弄昏装袋,绑架到了当年羁押李冰的桤木苑地下室。只不过,当年的囚房,现在布置成了蜀王王宫。

嬴漪醒来后,竟发现自己躺在微型王宫的卧榻上,身上不仅没缚绳索,反而穿着蜀王规制的锦衣。榻旁三位宫女打扮的美丽蜀女,见他醒来,便有条不紊侍候他沐浴、更衣、用膳,并对他一口一个蜀王地叫着。他问什么,她们皆答,主人吩咐做的,其他一概不知。他试图离开,但开门后,发现有武士把守,只好退回。

嬴漪被侍候着做完了一切,正百无聊赖东想西想时,宫女口中的主人来了。

主人是化装成一位老者的泮，曾经的峤。泮吩咐宫女将嬴漪扶在屋中正面靠墙处台阶上的王座坐了，自己坐在王座下方侧对面的座案后。宫女给两位男人桌案上摆了柑橘、荔枝等水果，沏了蒙山茶，退出蜀王王宫。蒙山茶，是世界上最早的人工种植茶。中原尚不知茶为何物时，蜀地早有茶饮之俗。

嬴漪不无傲慢："你们吃了豹子胆？可知本人是谁？"

泮抿了一口茶："郡丞嬴漪。若不知道，何必请你至此？"

嬴漪："你是谁？此为何地？"

泮："老夫乃蜀王泮。此地为蜀王宫。"

嬴漪大惊大惑，少顷，问："本丞乃老秦人后代，打我主意，计算于我，做梦乎？"又道，"本丞明白了，怪我坏了金渊向你们南方军提供兵器之美事，前来兴师问罪焉？"

泮："是，亦不是。郡丞大人如此言之，似有偏颇。老夫想告知郡丞大人的是，除了兵器，还有更大事体。"抿了口茶，又道，"知否，你并非老秦人后代，更不姓嬴。你是蜀太子存于世间之唯一血脉。是故，坏我兵器之举，实为叛蜀卖祖，助秦为虐。"

嬴漪歇斯底里，几乎疯了："你不是泮，你是疯子！"

泮再次抿了抿蒙山茶："老夫是否疯子，郡丞大人听完一个故事后，自有决断。"

嬴漪："胡言乱语，妖言惑众，本丞不听！"

泮："大人此等态度，恰好证明大人信了。不是乎？"

嬴漪鼻子哼了一声，嘲谑道："看来，本丞不听你的故事，是出不了这个蜀王宫。开始编吧，本丞洗耳恭听。"

泮的故事从其父王，即古蜀国末代君主、开明王朝第十二任国王蜀芦说起。其父王有一位秦国商人朋友叫田选，此人公元前354年生于秦国旧都栎阳，后随家迁入咸阳，从军当过千夫长，退役而商。田选虽为秦商，但上溯五六代，其先祖乃为蜀地青衣江人氏。因为父王这层关系，蜀王太子阢及蜀王子泮，亦与田选是朋友。张仪、司马错设计率兵伐蜀那年，蜀王前往兼萌迎战，惨败，逃至武阳岷水边而亡。蜀太子阢和太傅、丞相等随蜀王奔逃，大雾中，与蜀王失联，退至逢乡湍水边而毙。这些血腥战斗，在成都以北开场，继而延展至成都西边和南边。彼时的成都惊慌失措，蜀王府、太子府更是形如乱水，各色人等只顾四奔逃命。太子妃身怀六甲，想逃也无力逃，只待跳入井中，连同腹中婴儿，同赴黄泉。恰在这时，田选率仆从赶了来，救出太子妃，藏在自己家中。战乱稍平，为安全计，即令心腹手下，打出秦国商旅旗幡，送太子妃出蜀。哪知蜀道一颠簸，就将腹中婴儿颠簸出来了，是个男婴。太子妃大出血，待乡野郎中赶来，早断了气。到了咸阳，男婴暂寄这位心腹家中。

话分两头。却说田选救了太子妃后，方知蜀王、太子已战死。想到太子与其三弟泮系一母所生，关系甚笃，而泮所率蜀军兵败去南，养精蓄锐，伺机杀回复国，遂决定亲自寻泮去，讨个主张。还真让他给寻着了。泮听了他的讲述，很是感动，说患难见真情。从长远计，泮当即对太子的血脉做出了五个决断：一、为此子取名为漪，乃蜀国当依靠他再起波澜之意；二、请田选设法将其身份衍化为老秦人后代，并助推其成为秦官；三、养育、助推此子之一应费用，由泮承担；四、田选为此子之付出，由泮及泮统率的蜀国三万南方军以辎重物资供应及武力保护予以回报；五、此事属蜀国最高绝密，天知地知你知我知，漪本人更是不能知。田选听了这五点，自是乐意接受，并暗自庆幸救太子妃，救对了，既维持了友情，又先人一步续上了预期的生意。因为生意上的往来，金渊也认识田选。在很长一段时间，他都觉得田选有些神秘，想查，但田选嘴关得太严，对他尤其警惕。

田选快马回到咸阳，一番精心比对和思量后，将漪从那位心腹仆从家里接出，安置在了一直都由自己扶携的老秦人嬴梼那里。漪自此有了另姓，由从未投入使用的蜀漪更名为嬴漪。从出生、养育、念书一路下来，嬴梼做得很好，尤其保密事体，更好。正因为做得好，田选、嬴梼的生意就像交了好运，一顺百顺，跟着好了。尝到甜头的选、梼二人，将漪当作了财神爷，一明一暗，对漪的感情真正做到了视如己出。后来，梼用钱粮给宝贝儿子捐了爵位，田选又用蜀锦作支撑，在嬴姅的运作下，为他谋了个牛鞞县县长职。自此，两位商人成了多余者，不仅多余，天长日久，难免因为醉酒、炫示、要挟、欲望等种种随机而发的原因，泄露机密，导致前功尽弃，白忙乎一场。于是乎，泮令王子峤亲赴咸阳，成功策划组织了暗杀知情人嬴梼夫妇和田选的行动。对了，田选就是田贵的父亲、田桑的祖父。而后来，田贵一家遭殃，即是为守住漪身世之秘，采取的断然行动。

泮："后来的事体，就无须老夫来讲了，郡丞大人本人更清楚。"

嬴漪："田贵和田桑都是你们下手杀的？为保护我？"

泮："都是因为你为李冰制造绯闻惹的祸。为让你不暴露身份，我们杀了田贵。田桑也想杀，但被人捷足先登了。后来我们查出，杀田桑者，金渊也。"

嬴漪双膝跪地："王叔！"

泮扶起漪："贤侄请起。"

嬴漪心悦诚服，唏嘘感慨："虽五雷轰顶，令人崩溃，但漪相信这些事体皆为实情，岂容杜撰哉？漪恨不能早知，以迷途知返，报效故国之深情和王叔之苦心。"

泮："贤侄能作如此之想，王叔甚感欣慰。王叔对贤侄五十多年的经营，也算对得起父王和兄长阢了。"

嬴漪开门见山，直表心迹："你们一心驱秦，杀秦狗，为何不杀李冰祭旗？"

泮："据我们查实，李冰为蜀土为蜀民，做了太多好事，功莫大焉。倘杀了他，秦王又会任命一个郡守来。作为秦国蜀郡太守，应该没有人比他对蜀更有利了。"

嬴漪："你们数十年不来，一直让我处于休眠状态，何以现在唤醒我？"

泮："一是为你安全计，待在秦国官府比亡命山野强百倍也。二是盼你仕途上进，官职越高，越有利复国事体。但官职之事，我们只能帮你坐上县长位，再上，则无能为力了。三是不想你再有坏我军兵器之类事体发生。再一点，今日唤醒你，乃王叔已近八十矣，时日无多，不可再等。"

嬴漪动情道："侄儿急于为蜀立功，王叔需要侄儿做甚，尽管盼咐。"

泮："王叔需要你做的，只有一事。待王叔打下一片江山，建立一个新蜀国后，王叔禅让，侄儿你来做蜀王。"

嬴漪怎么也没想到会有这一出："这怎么行？漪寸功未立，王叔数十年心血，漪岂敢贪之，如此作态，天下耻笑也。"

泮："蜀太子之子，承继蜀王，天经地义，谁敢耻笑哉？"

嬴漪："王叔美意，漪却之不恭。然则，漪定要用秦官之便，为南方军立下大功，稍加弥补过去对蜀军蜀民所做之诸多可恨可恶之事，方敢应承王叔

315

之托。"

泮："贤侄血性男儿,既存此志,王叔只好成全。愿贤侄安全为上,小心为是。"大叫,"来人,上酒!"

二人约定了联络方式才分手。嬴漪去的时候是被点穴点昏的,出来的时候是喝酒喝昏的,加之是夜半回来,一觉醒来,竟发觉自己睡在自家卧榻,身穿秦国官服,一点想不起蜀王宫究竟在何地。

嬴漪怎么可能自己否认自己的老秦人身份?这可是自己一辈子引以为傲的资本。再说,自己这个在任三十余年的秦官,怎么可能从地上步入地下,落草为寇,即或此寇以缥缈可笑的蜀王冠之?这可是我嬴漪之为嬴漪的根本。再再说,就凭泮一人之嘴,我就相信自己身世天翻地覆的变故?泮,你这盘送上门来的菜,本丞不吃可是有负数十年的等待与奋斗。即或啥都不说,就凭你杀了嬴梼夫妇,就该死!他当时还想问南方军人数几何、老巢何地,怕泮怀疑,终没开口。

不出旬日,嬴漪就告诉泮,巴郡正被楚攻,领王廷军令,郡尉将亲率五千步骑秦军,驰援巴郡。时间、路线、装备,样样清楚。嬴漪甚至都为南方军决断了伏击秦军的点位。一切都按照嬴漪的谋划进行。郡尉虽不喜郡丞这人,但对他在情报方面的能力还是信任的。这次依然听了他的建议,没有知会郡守。泮也听了嬴漪的,只是向成都基地首领亲自点名派了熟手,盯着郡尉府驻军营不放,但有行动,即飞鸽传书。至于厨兵库兵两位内线,该做啥做啥,不用再作交代。郡尉的斥候查实南方军已在既定地点埋伏既定兵力后,立马飞鸽传书尉府。但他们手上的鸽子刚刚飞上天,他们自己的脑袋就落了地。秦军斥候哪里知道,方圆百里范围里的蜀民,好些都是怀揣蜀刀的南方军军士扮的。秦军五千步骑倒是准时出城的,并沿着既定路线行进。但比他们早出发两三个时辰的,另有一支两万人的秦军。这支两万人的秦军出城三四十里后,一分为二,一北一南,向南方军的埋伏地点包抄而去。

从三个渠道得知两万秦军出了军营,泮一下就看穿了嬴漪的真实想法与耍诈手段,亦明白了其包抄手法。他立即下令三万南方军撤出阵地,飞奔近百里至南路设伏。到了设伏地,一张饼一袋水下肚,一万秦军就威风凛凛到了。战斗很快结束。泮一箭射毙秦军头目后,将士一举击溃秦军,斩首半数以上。打扫战场,收拾兵器,消失在浓雾中。害人之心不可有,防人之心不可无,泮对嬴漪只是有所防,并没把他想成敌人,否则自己早在此处做了工事、滚石、猛火油等布置。如此一来,一万秦军还能跑脱一个?"背叛蜀国而给侵略者当奴才,蜀奸也。蜀奸,其坏更甚秦狗。本王必亲取你狗命,以解父王之恨。"泮一边走,一边骂,一边发誓。走了一阵,叫住蜀相,作了安排,自己又返身成都。

郡尉亲率的中路五千秦军经过设伏地时,越走越慢,最后竟停了下来,因为他们期待的呐喊与刀箭一直没有在雾中出现。终于等来了北山方向的动静,要不是郡尉发现并制止得快,差点自己人跟自己人干一仗。郡尉判断南路军一定出了问题,赶紧令两路人马向南线增援。自然没什么需要增援的,于是乎就沿着南线秦军的足迹,返回了成都。楚攻巴,是事实,但秦国府令蜀出兵,是诈言。

这一仗,损兵折将,加之郡尉年近花甲,就被国府降了级,安排在巴郡大巴山腹地一个叫太平的边远县任县长。

郡丞满以为南方军会被秦军包了饺子,全军覆没,自己立巨功升高职。秦军兵败归来,自己的希望泡了汤不说,自己的命也一定被蜀王泮惦念上了。此前因兵器之事,担心被金渊家族察觉,加害自己,就提高了警惕,总不让自己独处,这里住一晚,那里住一宿,一把剑紧紧捏在手心。可哪里睡得着?自此,失眠症向精神分裂症转化。这次又有了势力强大的蜀王,就真不知该如何防范了。是李冰食宿蜀郡府的身影提醒了他,一下有了主意。可郡守不发话,哪个属官可以随便占用蜀郡府房间,食宿都在府内?极不想求李冰的他,为避免不必要的牺牲和成为精神病,还是向李冰下了话。

嬴漪:"郡守大人,为了秦国利益,嬴漪挫伤、打击了蜀泮、金渊之流,他们视嬴漪为仇人,皆想要嬴漪这条贱命。然则,贱命虽贱,还想为大秦尽绵薄之力。故,恳请郡守大人允漪入住郡府,以防贼人加害。"

李冰热情有加:"师兄言之甚是,你我兄弟食宿同室,回归咸阳渭水边之旧习,岂不乐乎?"

嬴漪:"此一时,彼一时也。下官怎可与上司同室,乱矩乱礼焉。谢大人借房，告辞。"

嬴漪当日就住进了郡府。他没想到，住进郡府还是不能睡安稳。每天夜里闭着眼，可脑瓜子比宝瓶口前的漩涡转得都快、都清醒。

住了不过旬日，二牛和管家来了。两人从窗户跳入，就着月光，举剑向席地上那个鼾声大作的人刺去，没防到熟睡之人比他们刺得还快，管家当即中了一剑。嬴漪利用屋内地形，左腾右挪，让二位刺客险象环生。二位刺客立即跳到窗外，在院坝上大战嬴漪。

二牛："父侯和我如此信任你，你却背叛我们，向秦狗告密，该死！"

嬴漪哈哈一笑："本丞本为老秦人后代，何有背叛之说。尔等叛秦奸商，看剑！"

三人正大战间，一位银须老者凌空飞过院墙而至，一剑刺来。嬴漪大惊，心想吾命休矣，却见先前俩刺客一个趔趄，后退好几步。嬴漪大喜，定睛一看，来人却是蜀王泮。

泮："两位先生请退下，取嬴漪狗命，还轮不上你们。怙恶不悛的蜀奸，看剑！"话毕，一剑如虹，直指嬴漪。

嬴漪勉强抵挡两剑，剑脱手。眼看泮的长剑要穿胸而过，自己却被一人拨了一下，同时这人已立在他胸前，为他挡剑。泮一见是冰，是自己的亲弟，陡然收剑，但还是刺中了冰。

郡府突然大亮、鼓响，轮值护兵与非轮值护兵举着火把蜂拥杀来。三位刺客见状，越墙而去。

大家围着胸前一片血红的李冰，大呼郡守大人。

嬴漪大喜，不，应该是狂喜。对李冰，他不管怎么做，都整不倒，更整不死。今晚，他什么也没做，李冰就倒了，真乃怪哉。但只狂喜了一日，就蔫巴了。没想到，自己的克星李冰又活过来了。同时，判断出泮只想杀他，并不想杀李冰，否则，泮的那柄长剑，完全可以穿过李冰和他两人的胸膛。为了不让李冰死，泮竟连他嬴漪的命也不要了！蜀人，真诡异！

又一次被李冰救了，又一次让李冰成了自己的救命恩人。在李冰面前，我堂堂嬴漪怎么就比一个乞丐还可怜，比一只蝼蚁还弱小？他完全不能理解这个吊诡莫辨、阴差阳错、永远与他作对的世界了。狗日的泮，怎么不一剑穿两人，我不能灭冰，你让我们同归于尽也好嘛。想到同归于尽，屡试屡蹶的他终于悟出了一直没有悟出的击打李冰的办法。

他悟出的办法是，自己举报自己！

他立即向秦王上书，举报自己弄虚作假，欺上瞒下，蒙蔽国人。自己并非老秦人后代嬴漪，其真实身份乃开明末代蜀王芦之太子之太子，正在复国中之蜀国之储君，蜀漪是也。如此天大之欺瞒之罪，只求秦王立即赐死，诛九族，一个不恕。另求秦王一定要宽恕李冰郡守明知故庇之罪，因为郡守大人对自己的妹夫、师兄即蜀漪太好。砸缸救过，挡剑救过。为让自己有政绩，就去牛鞞县帮自己治水。自己诬告犯错免职，他又力保不免。如此恩人，自己唯一之报答，乃乞请秦王赦其包庇、纵容、欺君之罪，不予撤其职、斩其首、灭其族。

秦王读了举报书后，召来范雎说道："丞相，世间竟有如此疯子。而我大秦官府如若容之，岂不令天下笑话？"将手中绢书递与丞相。

发送上书后，依然住在郡府的郡丞嬴漪，一直盼着国府钦差到来。而后，一队囚车载着李冰和自己两家人，到咸阳刑场斩首。那一天，一定万人空巷。但他等来的，是秦国的王令。王令是下达给郡守李冰的，令李冰立即罢免疯子嬴漪之郡丞一职，不得申护，若再有如此疯人任职蜀郡府，郡守必负连带之责。

郡府的风吹草动无不牵动嬴漪的神经。郡守还没找他商议，他就知闻了王令，这只硕大的骆驼就被最后一根草压垮了。智识超群的嬴漪疯了，真疯了，成天在少城、大城转悠，吃垃圾、胡言乱语外加随地大小便。李冰知悉这事后，就上阳平山，与老夫人、婕和姊打商量。三位女人最终同意李冰建议，将疯子嬴漪接到阳平山墅。李冰、嬴漪坐在一辆敞帘辎车上，有说有笑，回到了少时习学的时光。送嬴漪去阳平山这天，不光李冰去了，金也去了。金上山，除了安顿疯子父亲，还办了一事，把王叕与羊雪的女儿舫，变成了妻子。婚礼上，嬴漪看见阳平女巫的祝福，是岷水与湔水在云彩上跳舞、汇合，生下一大群鱼，又一大群鱼。羊雪参加完女儿婚礼，在哥哥羊磨陪同下，回到了渠首旁的洞室。

此后，岷水经过四根卧铁处时，总能听见一个女人的歌声：

考槃在涧，硕人之宽。

独寐寤言，永矢弗谖。
考槃在阿，硕人之薖。
独寐寤歌，永矢弗过。
考槃在陆，硕人之轴。
独寐寤宿，永矢弗告。

飞翔在歌声内里和周遭的，是色泽斑斓、全身长有古蜀文字的蝴蝶。

郡守接到免嬴漪王令时，脱下斗篷甲胄，尚穿一身衬甲短布衣不舍脱掉的郡尉，正准备起程中。想到郡尉一大把年纪了，又在治蜀治水上出过力立过功，就向秦王上书，建议将空出的郡丞之位，让郡尉接任。得知秦王同意了郡守建议，新任郡丞老泪纵横。战场上拼杀从无恐惧感的他，太恐惧去大巴山深处那个太平县过太平日子了。

金下山不久，当上了蜀郡府都水官。前任都水官郑国母亲病重，要辞官回韩侍母。郡守同意他辞官，亦同意他荐官。出蜀十一年后，深得李冰治水之法的布衣水工郑国，接受韩王命令，成为为祖国实施"疲秦计"的间谍，到秦地关中地区建一条渠。十年后，渠建成，并富裕了关中地区，"疲秦计"流产。这条渠就是郑国渠。

老夫人乔迁至阳平山墅不久，两只眼睛就盲了。众人深为不安，老夫人咯咯一笑："到了阳平山，老身还要眼睛做甚？看什么物事，没有老祖宗帮着？"老夫人有个习惯，数十年如此。每天必须面对河水，盘腿枯坐半个时辰，要么天亮时，要么天黑时。这个时候，她不希望任何人打扰。这一天，在阳平山下湔水边温泉处，半个时辰的枯坐，竟有两人打扰，但她都没有不高兴，因为一个是疯子，一个不知她有此积习。

她听见背后有人傻笑，就对着湔水说："漪，伯母知道，你写给秦王的举报书，举报自己的假身份，此事体，是真的。你真是开明末代蜀王太子的唯一血脉。你写的时候，没有疯，完全是个正常人。也许，你自己都不敢肯定，你写的内容，是真的。但伯母告诉你，它的确是真的。因为，二十年前，就有人告诉了我这事。告诉我的人,是田选先生的心腹忠仆,是他亲自把你送出蜀的。他后来又成了田选偷偷安插在你们嬴家暗中保护你的内线。当年,田选被人暗杀时,他逃掉了。他来告诉我这个秘密,是因为他要死了。他说的没错,他见了我之后,第二天就死了,是老死的,也仿佛是完成了一个使命后死的。可是,他把这个重大秘密传递给我,又有什么用呢?告诉你,你又能怎样?告诉冰,冰又能怎样?于你于冰,皆徒增痛苦罢。从水到水,水总是用来流的,让流来的流来,流去的流去,方为水家之道、天下大势之道。"

老夫人还没说完,嬴漪就傻笑着跑上山了。老夫人知道他上山了,还是把该说的,都说了。因为她知道,几乎与嬴漪同时来的,还有一人,此人是从湔水中冒出来的。嬴漪一上山,此人就上岸,水淋淋跪在老夫人身后,泪水与湔水混为一体。

泳动情:"淼,吾儿,你终于来了。"

善变的泮,这次完全示出了本来面目,虽然母亲什么也看不见:"母亲,是淼,是你的长子淼回来了。"

这是母子俩失散后第二次见面,也是最后一次见面。第一次在桤木苑,但彼此并不认识。这一次,母子俩说了很多,什么都说了,直到枯坐时辰早已超过,山上火光亮起,有杂沓脚步声传来,泮才扎入湔水,混在一群夜鱼中游走。

泮到了成都桤木苑,将夫人田桑桑和儿女们一并带去了僰王山。行前,田桑桑去阳平山,与母亲桃枭说了一整晚的话。

在战国这种大争之世,各国之力量,其实比的是一把刀。军事是刀锋,经济、人口、土地、精神等加在一起,是刀身。攻城夺地,防敌救险,首先亮相较真的,即为刀锋。

由此可知,都安大堰之于秦的重要性,撇开防水害,在水利方面,水运是排在第一的,第二才是灌溉等。而水运之中,跑大型战船方是正要。因蜀地地处长江上游,只要河道上可以跑大型战船,便可浮江而下,取得楚地,拿下中原。正是因为秦惠文王、司马错看好这一点,才迅即发兵吞并巴蜀。但最终的事实证明,都安大堰的水利作用更主要是灌溉。水运也主要,但却是跑商船,而非战船。这个有点像郑国渠之于疲秦计,因大船战争之需而建的都安大堰,却用作了灌溉富民之需。一切都阴差阳错，却又差错得比正确还正确。

李冰非常清醒地认识了这一点，他决心做到，既要让秦王满意，更要让蜀民满意。他用渠首工程解决了水害问题同时也解决了灌溉问题后，就把重心转移到了让二江通大船上。二江问题的解决，让大船可以直接在成都与岷水之间往来，打通了此前的隔阂与瓶颈。现在，尤其枯水季，影响大船顺岷水直入长江的，还有多处河道因弯、浅、窄而导致水急水险，航行不畅，必须以"遇弯截角，逢正抽心"之法，予以解决。

由于这段岷水其中的好几处属于僰道地盘，李冰的凿平溷崖、平掉雷垣滩和盐溉滩的动作，自是惊动了盘踞僰王山的蜀王泮。泮升堂召集众头目议之，大家都认为秦军拓水道，其意是已侦知南方军大本营，将从水路来剿灭南方军。蜀相的意见是打，守住僰人地区。僰侯的本意是撤，自己独大僰地，不再扮演傀儡角色，但哪敢开口？泮明白他的心思，也不询他。

泮什么也没说，只说了一个字："撤。"按谋划，他将在一年后才会说这个字。由于撤得匆忙，又行路迢迢，他把好些辎重都送了僰侯。僰侯自是欢喜不提。

关于泮率蜀军撤出蜀地的原因，民间还有一个说法的，我把它放在这儿，信不信由你。李冰在僰道拓岷水河床时，其母泝知道长子淼的老巢保不住了，两兄弟一定会有一番血战，最终败北的一定是长子淼。泝不希望这样，就把李冰召至阳平山，告知他亲兄长的一切。李冰下了阳平山，又独自一人上了僰王山。两兄弟秉灯夜烛，谈了三天三夜后，李冰下山。赓即，泮升堂议事。跟着，率军离蜀。

泮变化的计划，自是打乱了敌国已然掌握的计划。

泮率蜀军，长途奔袭，从天而降，一箭射杀新国王雄，灭掉文郎国，收服众多部落，建立了名为瓯雒国的海边蜀国，自号安阳王。其王城在今河内近郊东英县。泮由于是突然出发，一路又召集布置在各据点部众，至交趾时蜀军已增至六万余众，加之新雒王毫无准备，又素恐泮威名，自是一触即溃。这一年是公元前257年，泮五十三岁。泮在鼎盛时期，将番禺及今天的深圳、香港、澳门等大片蛮荒地区纳入自己辖区，并在开发中播种了古蜀文明。

蜀国飞地瓯雒国立国五十四年后，即秦末楚汉相争之际，被秦将、南海郡尉赵佗起兵所灭。泮是六十六岁死的，死后，由他与王后，即桃枭女儿田桑桑生的儿子，继任安阳王。儿子死后，孙子继任，其名皆为泮。其国正是在孙子这一代灭的。孙子的女儿被赵佗使了美男计，毁了父亲的神弓，国就灭了。灭国时，泮率战败之蜀军，放舟海上，辗转去了海外。秦灭巴蜀后，由蜀王子泮支撑的蜀国，传四世，续存一百一十三年——它亲眼见证了秦国的统一之战和秦朝的灭亡。为此，我为我的裔孙冰骄傲，亦为我的裔孙淼骄傲——他们两兄弟是我们鱼凫族最杰出最伟大的血脉。赵佗将瓯雒国连同之前被他占领的桂林郡、象郡并在一起，建立了传五世、历九十三年的南越国。

最大的反秦势力南方军撤出蜀地后，李冰更是一心治水，直到岷水、沱水完全可并排行走三艘大船。

事实上，岷水、沱水河道还没完全拓好，李冰就接到了丞相范雎派的活儿——修蜀道。李冰于是一边通水路，一边修陆路。范丞相是个聪明人，他早料到都安大堰一成，蜀地将成秦国最靠谱的可实现物资大供应的大后方，加之又获悉李冰已在蜀境范围内进行了大规模的筑路拓路事体，自己只消稍加动作，即可留名青史。于是乎，向秦昭王提出筑蜀道的长策并获认可。范雎兴奋之极，亲自主持修筑蜀道北段褒斜栈道的同时，向李冰下达了相府筑路令。这自然是奔流直下、顺水成舟的事。李冰接到相府令后，在自己花了二十年时间使之基本成形的路道上，稍作整理，就达到了范丞相的要求。但留在史上的功劳，自然就是范雎了。说到这里，本王再来交代一下陈壮的事。陈壮自己都不知道，他惹祸上身的死因之一，竟是故意不修路。不修路，什么意思，不就是想让蜀郡成为孤岛，好让自己占山为王吗？不修路，当然就是叛秦了。"噫吁嚱，危乎高哉！蜀道之难，难于上青天！蚕丛及鱼凫，开国何茫然！尔来四万八千岁，不与秦塞通人烟。"后世蜀人李白一声感叹，把蜀道之难之重要的情势，感叹到了振聋发聩的高度。

水路、陆道大致通顺后，李冰把主要精力投在农耕、手工业和商贸上。晚年时，因成都北部地区出现数百年不遇之持续暴雨，导致沱水上游四大水源中的洛水、绵水肆意横行，古老的河道被冲得面目全非。

这是郡守不能容忍的。

沱江四大水源中的另两条是郫江、湔水，因被李冰治理过，故经受住了暴雨考验。这次，他将工地幕帐设在北川大禹修炼地，首先治理了较易治理的绵水。之后，全力导洛。导洛的主要事体是，凿瀑口以另开一渠，疏浚洛水主河床以便上游石亭水泄入沱水。正是在这一暑热天的繁重事体中，李冰劳累过度，倒在洛水边的章山上。倒得有些突然，连他的左手都没及伸出，就扎扎实实严丝合缝扑在大地上了。养在身体中的水，一滴滴，一丝丝，向河流走去，向水雾走去。倒下的同时，化为羽衣人，又化为一片云雾，飞升而去。这一年，是公元前238年，李冰七十三岁。

李冰飞升后，秦王嬴政亲政办的第一件事就是，按照李冰治绵、导洛前撰写的荐书，同意金接替他。自此，时年四十八岁的金，成为秦国任命的蜀郡第四任太守。这是后世公知的事体。至于金的真实身份——开明末代蜀王太子之太子之太子——则只有我，末代鱼凫王知道了。当然，现在，读过这本书的你们，也知道了。

子在川上曰：逝者如斯夫，不舍昼夜。好了，雾来了。蜀地的水雾漫漶而来，静谧得如此茂盛、喧哗。

2018．7．31 初稿
2018．8．19 二稿
2018．9．9 三稿
2018．9．14 四稿

附：李冰生平史料录引

蜀守冰凿离碓，辟沫水之害，穿二江成都之中。此渠皆可行舟，有余则用溉浸，百姓飨其利。至于所过，往往引其水益用溉田畴之渠，以万亿计，然莫足数也。

——［西汉］司马迁《史记·河渠书》

李冰以秦时为蜀守，谓汶山为天彭阙，号曰天彭门，云亡者悉过其中，鬼神精灵数见……江水为害。蜀守李冰作石犀五枚：二枚在府中；一在市南下；二在渊中；以厌水精。因曰石犀里。

——［西汉］扬雄《蜀王本纪》

秦昭王得田贵之议，以李冰为蜀守，开成都两江，造兴田万顷以上。始皇得其利，以并天下，立其祠也。……江水有神，岁取童女二人为妇。主者白：出钱百万以行聘。冰曰："不须，吾自有女。"到时装饰其女，当以沉江。

——［东汉］应劭《风俗通》

三十年，疑蜀侯绾反，王复诛之。但置蜀守。张若因取笮及楚江南地焉。周灭后，秦孝文王以李冰为蜀守。冰能知天文、地理……从水上立祀三所。冰乃壅江作堋。穿郫江、捡江，别支流，双过郡下，以行舟船。岷山多梓、柏、大竹，颓随水流，坐致材木，功省用饶。又溉灌三郡，开稻田。于是蜀沃野千里，号为陆海。旱则引水浸润，雨则杜塞水门，故记曰："水旱从人，不知饥馑。时无荒年，天下谓之天府也。"……乃自湔堰上分穿羊、摩江灌江西。于玉女房下白沙、邮作三石人，立水中。与江神要：水竭不至足，盛不没肩。时青衣有沫水，出蒙山下，伏行地中，会江南安；触山胁溷崖；水脉漂疾，破害舟舩，历代患之。冰发卒凿平溷崖，通正水道。或曰：冰凿崖时，水神怒，冰乃操刀入水中，与神斗。迄今蒙福。僰道有故蜀王兵阑，亦有神，作大滩江中。其崖崭峻，不可凿；乃积薪烧之。故其处悬崖有赤白五色。冰又作笮通汶井江，径临邛。与蒙溪水、白木江会，至武阳天社山下合江。此其渠皆可行舟。又导洛通山洛水，出瀑口，经什邡、雒，别江会新都大渡。又有绵水，出紫岩山，经绵竹入洛。东流过资中，会江江阳。皆溉灌稻田，膏润稼穑。是以蜀人称郫、繁曰膏腴，绵、洛为浸沃也。又识齐水脉，穿广都盐井、诸陂池。蜀于是盛有养生之饶焉。

李冰造七桥，上应七星。

——［晋］常璩《华阳国志·蜀志》

杨磨有神术，能伏龙虎，于大皂江侧决水壅四，与龙为誓者。今有杨磨江，或主事讹为羊麻江。磨辅李守，江得是名，嘉厥绩也。

——［唐末五代］杜光庭《治水记》

冰姓杜宇，号浮丘，蜀主鱼凫裔孙。战国时巴东人也。

——［清］陈怀仁《川主三神合传》

王叕与李冰同穿江。按今人但知李冰矣。犹之犒秦师者有奚施，而弦高独著；守睢阳者有姚訚，而张、许特传……皆以本事而湮没也。

——［清］张澍《蜀典·宦绩类》

爱斯民如冰，绍往圣如冰，聪明正直如冰，蒙难坚贞如冰，能捍大灾、兴大利如冰……

——［明］郭维藩《李冰凿离堆论》

李冰者，亦不详其地望。或云：冰姓杜宇，号浮丘，蜀主鱼凫裔孙。战国时巴东人也。……稽元牒，定姓李，定名冰……二郎美丰姿，喜游猎，精诗、礼，识地理，通韬略，善骑射。

——马非百《秦集史·人物传八之一·李冰》

李冰是蜀地阳平山地区生长的人，他的治水才能，只能是从蜀族柏灌氏和开明氏世代积累经验的基础上，再经过改造发展而取得。

——任乃强《四川上古史新探》

公元前316年，秦攻占蜀国故地，置蜀郡，以司马错为郡守。

公元前314年，秦置巴郡。秦封蜀王公子通为蜀侯，以陈壮为相。蜀王子率部分蜀人南迁。

公元前311年，秦在蜀郡改筑成都、郫、临邛三城。

公元前309年，陈壮杀蜀侯通，起兵反秦。秦王命丞相甘茂率兵入蜀平叛。

公元前301年，蜀侯恽自杀身死。

公元前285年，秦王疑蜀侯绾反，派兵入蜀，诛蜀侯。任张若为蜀郡守。此后只置蜀郡守，不再封蜀侯。

公元前280年，秦将司马错率兵从蜀地攻打"楚黔中"，收取了大部分被楚国占领的巴地。

公元前277年，蜀郡守张若率兵攻打"楚黔中、巫郡"之地，收回部分被楚国占领的巴地，巴郡治所由阆中迁江州，筑江州城。李冰任秦国蜀郡守，不久开始了创建都江堰工程……

公元前238年，"金"任蜀郡守。

——罗开玉《四川通史·卷二·大事年表》